評伝 春日井建

岡嶋憲治
Kenji Okajima

短歌研究社

評伝　春日井建　目次

凡例

本書は歌誌「井泉」に二〇〇五年三月号より二〇一四年三月号まで連載され、完結を待たず著者が逝去したため、最終回予定の未定稿・日記を併録し、表記の統一など最小限の訂正を加えて刊行するものです。

本書では、中部短歌会発行の雑誌を「短歌」とし、角川書店発行の雑誌について、角川「短歌」と表記しました。また、作品、歌集名などは初出表記に従いました。

評伝　春日井建

岡嶋憲治

装幀　間村俊一

第一章　『未青年』まで

第一節　幼年時代

（一）出生

歌人春日井建は一九三八（昭和十三）年十二月二十日、父春日井濵、母政子の長男として愛知県丹羽郡（現江南市）布袋町大字小折三九五六番地の一に生まれた。父濵は一八九六（明治二十九）年名古屋市東区に父佐藤深三郎、母かなの次男として生まれ、愛知五中から神宮皇學館に進み、皇學館在学中に「潮音」の創刊に参加、太田水穂に師事した。一九一九年「覇王樹」創刊同人となり、一九二二（大正十二）年、創立された名古屋短歌会（のちに中部短歌会と改称）が発行していた「短歌」に第三号から出稿、一九五五年には浅野保のあとを襲って中部短歌会の主幹をつとめた。また、母政子（旧姓・鳥居）は一九〇七（明治四十）年東京浅草の生まれ、上野高等女学校卒業後、義兄で彫刻家の毛利教武を介して知りあった「青垣」の大亦観風画伯の勧めにより作歌を始め、大熊長次郎に師事した。一九三三年「短歌」同人となり、毛利政子名にて同誌に短歌・随筆を寄せた。一九三六年春日井濵と結婚。ともに最初の配偶者とは死別、濵は二度目の妻とも離別し、三度目の結婚であった。翌三七年長女佐紀子誕生、そして明くる年の三八年十二月に長男の建が誕生する。四〇年に次男の郁、四四年には次女の久仁子が誕生、建は二男二女の第二子にあたる。

建が生まれた布袋町の家は、北側を木曽川が流れる濃尾平野のほぼ中央、名鉄犬山線布袋駅のすぐ西側に位置していた。妹の森久仁子によれば、「赤い屋根の西洋館風」の家で、太い根を張った無花果の大木が青々と茂る屋敷だったらしい（角川「短歌」二〇〇四年九月号）。後年、建はこの無花果の木を繰り返しうたい、また散文にも書いた。当時濱は江南市にあった滝実業（現滝学園）に国語教諭として奉職し、鳥居政子との結婚を機に名古屋市千種区（現昭和区）の曙町から布袋町に移ってきたばかりであった。夫婦が新生活を始めた布袋町の家には、濱の先妻である春日井とき（現尾西市富田出身、一九二七年死去）が生んだ長女四七子と次女須美子、およびときの両親である春日井藤十郎、あやをの四人が同居していた。嫁いだばかりの政子にとっては、義父母の世話のほかに、ふたりの姉妹の母親の役割が待っていたことになる。このとき、濱三十九歳、政子は二十九歳であった。時代は前の年に日本が中国と始めた戦争が、政府の不拡大方針にもかかわらず長期化し、泥沼化の様相を呈しはじめていた。この年の四月、第一次近衛文麿内閣は「支那事変」を背景に、政府が随時国民の権利と財産を制限できる国家総動員法を公布した。

建が生まれた三八年の「短歌」一月号を見ると、「南京入城」と題する濱の歌十数首が掲載されている。「軍帽にかがやく朝をゆく兵の軒昂としてきびしかりけり」とか、「今日の日にあぐる兵らが勝鬨《かちどき》を耳には聞きて泣きにけむかも」といった歌が並んでいる。同年九月号には「勤労団即事」が掲載され、生徒たちを率いて開墾に従事したことがうたわれているので、江南の片田舎にも戦争の足音が着実に忍び寄っていたのだろう。しかし夫婦の生活には事件らしい事件もなく、幼いいのちの加わったこの年の春も平穏のうちに暮れようとしていた。

なれなれて夫にわが言ふくづれたる言葉は時にさびしく思ふ　政子
湯あみしてわかやぐ妻は春の夜の添乳けうとく寝入りたらしも　濱

結婚後二年ほどが経過し、新生活への馴致とそのかすかな寂しさが寡黙にうたわれている。互いに見つめ合う夫婦の日常の目は穏やかで愛情に満ちているが、家族を多くかかえた生活は決して楽なものではなかっただろう。しかも歳晩にはもうひとり家族が加わろうとしている。ことに乳飲み子のほかに十代の娘をふたりもつことになった政子は、毎日の生活に追われて、おそらく息つく暇もなかったことだろう。建の生まれる直前の政子の歌に次のような作がある。

いはけなき汝はも姉ぞ今の間にたつぷりと飲め母吾が乳を
乳房ほる吾子背負ひ来てせんなけれ桑畑はすでに月夜こほろぎ

冬には乳離れを強いられるわが子に、今のうちにたっぷりと母乳を飲んでおけと言っているのである。桑畑に出て良夜の月を仰ぐこの若い母親には、一見、生活していくうえでの迷いや不安は何もないように見える。しかし彼女には、馴染んでゆく夫との生活にふっと寂しさを覚えたりする内省的なところがあった。普通なら生活の内に紛れてしまう折々の「詩心」を、この若やいだ「妻」は決して手放すことがなかったのである。もちろん夫濵の文学的影響はあっただろう。しかし後年、建が短歌という形式を自己表現のひとつとして選んだ背景には、父濵の存在は言うに及ばず、少女のころから文学に親しんでいたこの母の存在を抜きには語れない。象徴的に言えば、そもそも建にはその出生のときから短歌という詩形が、乳幼児の蒙古斑のように身体に刻印されていたのだ。「父も母も短歌を作っていた」という事実を強調しすぎることは、あるいはこの卓絶した歌人の本質を見誤らせることになるかもしれない。しかし建の伝記を試みようとする者なら、おそらく誰もが濵や政子によってこの歌人の出生がうたい留められているのではないかと考えるだろう。出生の翌年の「短歌」二月号には次のような濵と政子の作品が掲載されている。

手術室の玻璃窓あかあか灯はつけり異《け》にしづまれる廊をもとほる　濵

手術臺にくくりつけられしまでは見て出され來たれる妻は吾兒をいふ　同

手術臺に手とり足とり押しあふのけ蛙のごとく腹割くかあはれ　同

まじまじと自がくくらるるさまは見て泣かむともせぬ衰へし吾子よ　政子

去れといふいかしき言や手術臺に吾子をのこして母われは出づ　同

すみしといふ夫が言葉に張りつめしこころゆるみてくづほれむとす　同

それまでのふたりの作品にあった伸びやかな雰囲気とは一転して、張りつめた手術室の様子が克明にうたわれている。子どもに何か異変があり、その異変に茫然と立ちつくす両親の切迫した心情が写されている。政子の「まじまじと」の歌には「開腹手術」と添書があるので、出生後まもなく建が開腹手術をうけたかのように読める。しかし実際に手術を受けたのは姉の佐紀子のほうで、新生児には何の健康上の問題もなかった。ただ同じことが建の身の上に起こっていたとしても、夫婦の対応はまったく同じものであったろう。伝記作者の期待に反して、その後の夫婦の歌に登場する「吾子」たちも姉たちであることのほうが多い。以下、政子の歌を二首引く。

母われが少女のころの手記をほり旅に讀まむと言ふが愛しさ

「短歌」一九三九年五月号

歌會に必ずゆきし若き日よ這ふ児をもちてこほしみ籠る

同十一月号

前者は姉の四七子を詠んだもの。「母われ」が堂に入っている。「愛しさ」に濁りがない。二首目の「這ふ児」が時期的に見て建であろう。子育ての忙しいなかにも、この母は片時も詩歌や詩歌の会のことを忘れることがなかったのである。

（二）無花果のある家

建の生まれた布袋町の家について、濵が書き残したものがある。一九三七年の「短歌」七月号に掲載された「随筆」である。そのなかで濵は、移り住んで間もない新居についてこう記している。

僕は去年の四月、職務の関係から古知野へ転居、それから適当な家が手に入つたので布袋へうつりすんだのであるが、周囲がほとんど桑畑で見わたす限り青々と快いのである。その上一寸安つぽいながら謂ふところの文化住宅でもあるので、桑風荘といふ呼称をつけてみた。（中略）僕の屋敷は全くの独立家屋である。広さはまづ三百坪は尠くともあらう。四十五六坪の二階に六坪ほどの別棟の添家があつて、赤瓦のよそ見は一寸ハイカラな家でもある。

恵まれた田園の家である。郵便物が「丹羽郡布袋町駅前桑風荘」で届いたということだが、東京あたりの歌の友達からは、多分アパートにでも住んでいるのであろうといった想像から、桑風荘内とか、桑風荘気付といった郵便物が盛んに舞い込んだ。濵にとっても政子にとっても、初めての田舎住まいである。夫婦は庭の空き地を利用して野菜や草花を育てた。ことに少女時代を東京で過ごした政子にとってはこの田舎暮らしは新鮮であったらしく、同じ年の「短歌」五月号には、「都会での生活の重苦しい圧迫、或いは浮薄な廃頽的な享楽からの思想は、濁つてゐていびつで、不健康になり勝ちである。聖いもの、美しいものを求めるのは、煩雑な都会で春の微風の快さを感ずるよりも（田舎のほうが）仄かにあはれである」と書いて田園に住む喜びを語っている。

布袋町の家に建は出生から一九五〇年三月までの約十一年間過ごした。この家で特筆すべきは、何と言っても裏庭にあった無花果の木であろう。後年、建は新聞に寄せた文章のなかでこの巨大な無花果の木にふれ、次のように述懐している。

子供の私はこの無花果の巨木の上で何時間か過ごした。学校から帰ってくるなり木にかけのぼり、枝を伝わって屋根へ行き、平らな秘密の場所に寝ころがった。あのころ、どうして私は同じ年ごろの仲間たちと遊ばず、木の上で時を過ごしたりしたのだろう。私は一人でいることが好きだったが、私はあそこで内省の時というものの過ごし方を知ったのではないか。何を考え、何を夢想したのかは今では定かではないけれども、確かに私はあのときにいろんなことを学んだ。そしてその後の私に顕著となったいささか現実逃避的な性行も、あの無花果の上で過ごした日々があったからではなかったか。とすれば、あの無花果は私の生涯にとっての刻印を記したことになる。

「思い出の背景」「中日新聞」一九九〇年一月二十一日

「生涯にとっての刻印」とはいささか誇張に過ぎると思われなくもないが、『白雨』以降、『朝の水』に至るまで、繰り返しこの無花果を詠んだことを勘案すれば、建の主観においては、確かにひとつの原風景であったのかもしれない。老兵として戦争に出かけた父が帰ってきたときも、建は無花果の上にいた。学校でいじめられ、鞄も靴もそのままにしてはだしで逃げ帰ったときも、真っ先にこの木の上にのぼった。そしてもうひとつ、家のなかには鬱鬱として病む祖父がおり、無花果の枝から屋根を伝わってひとつの窓をのぞくとその祖父の姿が見えた。

帰還せし軍服の父を避けをりき安息の場所たりし木の上
四方へ張る枝太かりし無花果が苦患を宿す家に住みにき
自死の前の祖父と食みしよ悲しみの量《かさ》とも実りし乳の実いくつ
目とづれば乳の実あまた落ちつづく狂はずにをられざりし祖父かも

『白雨』のなかの「記念写真」と題する一連から引いた。建一流の虚構がほどこされているとはいえ、これらの歌の背景となっている父の出征と帰還、祖父の自死といった事実は建の現実の体験にもとづいている。一九四四年三月、中部神祇学校校長となっていた父は、翌四五年の春、輜重《しちょう》兵少尉として足助《あすけ》の部隊に召集された。四十八歳の「老兵」である。この年の秋まで、わずかの期間ではあったが濵は軍隊生活を体験する。父の帰還した日、夕方になって無花果の木から下りると、「お父さんが帰ってきてうれしくないのか」と父が聞いてきた。父は出征するとき、戦争に勝つまでは帰ってこない、と言ったはずだった。聞かれた建は「わからない」とだけ答えた。

この年、建は自宅からほど近い布袋国民学校に入学していた。六歳の少年の「わからない」に過剰な意味を読み取るのは禁物かもしれない。しかし意外に子供は大人の事情に通じている。「子供だから何も知らない」と思うのは大人の側の思惑であって、この目から鼻へ抜けるような少年にとって、大人の世界の現実を知ることなどさして難しいことではなかった。少年時代の建の内省的な性格や「現実逃避的な性行」は、大人の世界がよく見えていたことと無関係ではない。問題なのは、後年の彼がそれを「苦患を宿す家」と表現せざるを得なかった、その内的必然だろう。

しかし、姉の佐紀子によれば、現実の布袋町の家は「苦患を宿す家」とはほど遠く、政子が随筆に書いたとおりの「明朗で健康的」な家であったという。四人の子供たちは、裏庭のまんなかを突っ切って横に伸びた無花果の幹にブランコを吊ったり滑り台をかけたりして遊んだ。ゆったりとした時間が流れ、一家は政子の望んだとおりの「自然の恩恵を身いっぱいに浴び」た生活を満喫していた。無花果は少年に「内省の時」とともに、豊穣な夢も与えていたのである。


さらにもうひとつ、無花果の収穫のことも忘れられない。秋の雨あがりの朝、早く起きた私はひんやりとして熟した無花果をもいだ。青空へ手を伸ばして無花果をもぐとき、私は同時に夢をもぎとっていた。それに取っても取ってもなお取りつくすということの不可能な収穫だった。敗戦後の物のない時期だったこともあろうが、あの折の豊穣さの記憶は、今どんなものを手にするときの気分をもってしても追いつけるものではない。

年齢の離れたふたりの姉たちはつぎつぎに自立し、ともにはじめの配偶者に死なれて安定しなかった夫婦の生活も、ようやく落ち着きを見せはじめていた。この間、戦争とその後の混乱があったとはいえ、基本的には一家の暮らしぶりは「苦患を宿す家」からはほど遠く、それがこの「豊穣さの記憶」の基盤ともなっていたのである。

濵の年譜（「短歌」一九七九年十月号「春日井濵追悼号」）を見ると、一九四五年六月、義母あやを死去（六十四歳）、十月、義父藤十郎死去（六十七歳）と記されている。実父の佐藤深三郎は三二年十月に他界、実母のかなは早世しているので、濵は先妻春日井ときの死後、ふたりの娘を育てるためにこの義父母と同居していたのである。姓も春日井のままであった。濵の出征中に義母が亡くなり、敗戦をはさんで、もともと鬱傾向のあった義父が妻のあとを追うようにして自死する。濵の血をわけた両親ではなく、政子にとっては濵との婚姻によってのみ関係の生じた義父母である。ましてや当時六歳であった建が、血のつながらないこの祖父の死に何を感じたかは不明である。強いてそれを求めようと思えば、のちの建の作品のうちに探るよりほかない。しかし確実に言えることは、作歌に向かうときの建が、決して現実そのものを歌わなかったということである。

建には「事実などはまことに小事、創作の火種となっても決して重要なことではない」（「歌の読み方・事実の軽さ」「ＮＨＫ歌壇テキスト」二〇〇二年五月号）という思想があった。また寺山修司がシュペングラーを引用して主張した「過ぎ去った一切は比喩にすぎない」というエピグラムを支持していた。「事実など軽いもの、どう転んでもいいもの」という思想は、『未青年』はもとより、その後の建の作品に一貫している。歌空間のなかで仮構された「現実」が、「読み手の心にどう伝わり、どう届くのか」、それだけが建にとっては問題だったのである。したがって、「悲しみの量《かさ》」や「狂はずにをられざりし祖父」といったフレーズに、その背景となるような現実の根拠を求めても無駄である。祖父の死は少年に大きな衝撃を与えただろう。しかし、そこに狂気への過剰な怖れや、のちに『未青年』において展開されるような夭死への願望を読み取るのは性急に過ぎよう。

繰り返すが少年には「いささか現実逃避的な性行」があった。これは同じ「思い出の背景」のなかで、イタリアの作家カルビーノの小説『木のぼり男爵』を借りて、「地上に下りて俗世間にまみれることを拒み生涯を木の上で過ごした男の物語」への共感として語られている。少年には現実の俗世間がよく見えた。それだけにより俗世間を拒絶しようとする性行が強かった。

青葦のそよぐを擁《だ》かな少年の世捨人たりし日につづく今　　『青葦』

と、のちに歌われる「少年の世捨人」という自己認識は、それが六歳の少年のものであったかどうかは別として、布袋町時代の建が樹上の「内省」によって手に入れたものだったのである。

敗戦の翌年の十二月、濱は「戦時中神職を養成したる廉」により教職追放となった。日中戦争以来、好戦的な歌をつくってきたとはいえ、特攻隊のような過激な国粋主義にはむしろ批判的な思想の持ち主であった。翌四七年の三月、中部神祇学校廃校。濵が校長となった三年後のことである。こうして濵の生涯では異質ともいえる五年間の「サラリーマン生活」が始まる。明治時計名古屋工場総務課課長となり、毎日名古屋まで電車で通った。この間、ながく心臓病に悩まされたのも、慣れないサラリーマン生活が祟ってのことだろう。戦時中廃刊を余儀なくされた「短歌」は、四六年八月に復刊され、教職から離れていた濵もこれに加わって健筆を揮った。

第二節　曙町時代

（一）「裸樹」創刊

思い出深い布袋町の家をあとにして、春日井一家が名古屋に転居したのは一九五〇年三月のことである。建は小学校の六年生になろうとしていた。転居先は名古屋市千種区（現昭和区）曙町一の一八で、すぐ近くの吹上町には名古屋刑務所が、また少し西には噴水塔や白亜の音楽堂で知られる鶴舞公園があった。転入したのは吹上小学校。六年生の建が児童会長として、「二〇世紀後半」への抱負を述べたことを、一年生になったばかりの妹の久仁子が記憶している。中学校は、鶴舞公園の南にある名古屋市立北山中学校であった。ここではその作文能力を買われて、弁論大会の区代表に選ばれている。十代のほとんどを建はこの曙町の家で過ごした。

『未青年』の揺籃とも言うべき曙町時代がこうしてスタートしたのである。

「現代短歌　雁」の創刊号（一九八七年一月刊）に建の「自筆年譜」が掲載されている。これはおそらく建が生涯に書いた唯一の自筆年譜で、喜多昭夫編の「春日井建年譜」も基本的にはこれをもとにつくられたものである。この自筆年譜によれば、一九五一年「春、父は新年御歌会始預選。秋、パージが解除した。わが家の『戦後』が終わった」とあり、五五年には「父が浅野保より『短歌』の編集発行人を引き継ぐ。同誌に短歌の初期作品を発表する。向陽高校の仲間たちと『裸樹』創刊。短歌、俳句、詩、小説などジャンルを問わず書く」と記されている。習作時代の建が、「短歌」と「裸樹」というふたつの作品発表の場を得たことがこれによってわかる。「短歌」に載った建の最初の作品は、一九五五年九月号の六首（無題）であり、翌十月号にも七首が掲載されている。

以後、翌五六年の十月号に大作「堕天使」四十四首が掲載されるまでの一年間、「短歌」誌上に建の作品は見つからない。しかしその空隙を埋めるかのように「裸樹」の作品群があり、日付のある作品としては、短歌作品「Destroy」十首に付された手記とも創作ともつかぬ文章に、「1955.5.30」とあるのがもっとも古い。「裸樹」第一号の発刊は五六年の六月二十三日、第二号は同年九月二十八日だから、日付の数字が正しいとすれば、「三年生」の建は、一年以上も前の作品を「裸樹」に発表したことになり、活字になった建の作品としてはこの「Destroy」とそれに添えられた文章がもっとも古いことになる。「裸樹」は建が通った名古屋市立向陽高等学校の文芸同好会の機関誌で、詩、短歌、俳句をはじめ、創作（小説）、随想、写生文など、文芸にかかわるものなら何でも載せた。第一号の目次ページには建の短い詩が掲載されている。

砂丘の
連打音
突風が
裸樹を揺する
湧きあがる
昏睡
そして目覚めて
逆巻く
嵐の中の
巨木の扉を
あける

「裸樹」という命名もおそらく建によるものであろう。表現への初々しい出立が、混沌とした嵐のなかの巨木に譬えられてうたわれている。「自筆年譜」には「向陽高校の仲間たちと『裸樹』創刊」とあるが、「裸樹」は同人誌というより顧問のいるクラブ活動の発表誌といった体裁のもので、後年、建が加わった「旗手」（荒川晃創刊）のような雑誌とはかなり性格のちがうものであった。第一号の巻末に「文芸同好会会員名簿」が掲載されており、建を中心とする三年生の男子（二十五名中十二名）が中心的な役割を果たしていたことが推測できる。建は第一号に前記の「Destroy」と手記のほかに、目次の詩とはちがう詩を一篇、そして「証言」と題された創作（小説）を発表している。現在確認できる建の短歌作品としては、先述の「短歌」掲載の六首が一番古いものだが、手記に記された「1955.5.30」の日付から、「裸樹」に掲載されたこの「Destroy」も最初期の作品と判断してよいのではなかろうか。

禁断の果実が黒き制服に熟れ汁まぶして学を捨てゆく
浮浪者が凍土に紅く獣糞を焚きいる街の夜に吸われゆく
肉声を遥かに聴きて下りゆく霧の運河にひたる石階
胎壁《はらかべ》に胎児の我は唇《くち》をつけ母の血吸いしと渇きて思う

周知のように、最後の一首はほとんど原形に近いかたちで『未青年』に収録されている（「胎壁に胎児のわれは唇《くち》をつけ母の血吸ひしと渇きて思ふ」）。

他の三首は完成度において到底この一首に及ばないが、歌に添えられた手記を一緒に読むと、これらの作品が『未青年』において展開される禁忌、暴力、悪、瀆神といったテーマと直結していることがよくわかる。手記の冒頭は二首目の歌にあるような「浮浪者が凍土に紅《ママ》あかと獣糞を焚いて身を暖めている」という書き出しで、場所は「運河のほとり」という設定である。「歓楽のうす汚れた裏街」に身を寄せ合って寒さをしのいでいる彼らの傍らを、「学生服の私」は足早に駆け抜けていく。「母の高潔な至純の心に触れて育った」私は、「浮浪者になってみたい」「堕落したい」という願望を強く抱くが、そのためには場末の路地の屋根裏部屋にすむ「友」（浮浪者の世界の人格的表象）のなかに「自分の母親と同じものを見る」ことが必要とされる。友は賭博をする仲間の間で、ヴァイオリンを弾きながら音符を書き続ける清き「艶歌師」として聖別化されている。「私が愛に渇ききって思うことはすべて醜いこと」であり、友と母はその清らかさゆえに何れも「醜」によって汚されなければならない存在である。観念的な悪と瀆神のテーマが早くもここに顔をのぞかせる。

若書きの通例として、文意はたどりにくく、独り善がりで晦渋な表現も少なくないが、十六歳の少年の作としてはおそろしく早熟で、すでに確固とした内面世界を持った少年という印象を強く与える。冒頭に『ファウスト』の引用があったり、末尾には『人間失格』の主人公のなかに「私は自分のモデルを見た」と書いているので、ゲーテや太宰治の影響を指摘することは容易だが、ここに見られる悪と瀆神のテーマは建独自のものといってよく、後年『未青年』において展開される愛と死の相克といったテーマさえ、すでにこれらの作品には出揃っている。もちろん『未青年』の読者の眼からすれば、修辞は粗削りで大きな瑕瑾となるようなフレーズも含まれているが、表現というものの持つ眩暈作用を知ってしまった少年の歓喜は紛れもなく、まさに昏睡から目覚めて「逆巻く／嵐の中の／巨木の扉を／あける」心境であったことだろう。

「裸樹」第二号は五六年九月の発行。第一号が六十ページほどの冊子であったのに対し、こちらのほうは堂々百ページに及ぶ大冊である。建はここでも健筆を揮った。創作二篇、詩三篇、短歌八首、俳句十五句を発表している。創作はいずれも六千字ほどの小説で、このうち巻頭に掲載された「流氷」という作品は、舞台をガンジス流域の「ガヤ郊外」にとり、仏弟子アーナンダ（阿難陀）の信仰への懐疑と苦悩の遍歴について書いたものである。物語はかならずしも史実にそったものではないが、この時期の建が仏弟子やリグ－ヴェーダの世界に魅かれていたことは興味深い。

そしてもう一篇、「森の挽歌」と題された小説は、「ある少年の幼年期」という副題をもつ自伝的作品で、「淳」という「小学校四年の感じ易い少年」が主人公である。ときは昭和二十年七月、沖縄戦に従軍している父と、淳少年とともに家を守る病弱な母、そして淳の好きな女の子で交換ノートをしている陽子という「醜い子」が主な登場人物である。ある日、淳は胸を病む母が出征中の夫に据えている陰膳に手をつけてしまう。あまりの空腹からそうせざるを得なかったのだが、「このご飯が腹に入らなかったせいで父さんは飢え死にするかも知れない」「僕が父さんを殺すことになるかもしれない」と思い悩む。

「父さんの死んだ事を初め《（ママ）》母さんに知らせようかな。僕が殺したと知ったらなんと言うだろう。父さんの死んでいる陽子は一緒になって手を叩くかもしれない。」
淳はこんな事を考えもした。昼から夜中への興奮が父親に対する愛情を遠くに連れ去ってしまっていた。白じろと彼は平静であった。人間にとって完全なる平静は狂うことなのかも知れない。

「森の挽歌」末尾

こうして彼は父の死を確信するにいたる。ここには建が布袋町の家のあの無花果の樹上で体験した夢想が反芻されている。すでに述べたように父濵の出征と帰還は一九四五年の春から秋、建の実年齢は六歳で、国民学校の一年生であった。小説では小学校四年生の少年だが、建が実際に体験した父の出征は六歳の折で、そのわずかな体験からこのように物語をふくらませているのには驚かざるを得ない。

「森の挽歌」はさらにひとりの修道女を登場させて、この多感な少年に幻想的な性愛の世界を垣間見させているが、いずれにせよ「裸樹」時代の建が、夢見がちな想像の世界をみずからの表現の根拠にしていたことは疑いなく、そのことが小説に限らず、詩、短歌、俳句といった多ジャンルの表現に彼を向かわせる要因ともなっていたのである。

詩、短歌、俳句のどれにも建らしさはすでに現れているが、どことなくまだ生硬で習作期に特徴的なカオスが孕まれているように思う。俳句作品のなかにさえ「サロメ」とか「カイン」といった語を持ち込むところに、西洋文化への著しい嗜好を読み取ることは容易だし、「ジンフィーズ」「レモネエド」「マダム・カッフェ」といった欧米の風俗を織り込んだ詩句にも、そうした嗜好を読み取ることができるだろう。興味深いのは、この時期の作品にもやはり「母」のことがうたい込まれていることである。

母は重い倫理の書物の金文字です
母は碧い天空と姦淫して子供を生みました
それが僕の筋骨　僕の肉体
詩「寓話」初連

聖母マリアの処女懐胎を想起させるこの鮮やかなスタンザに、読者はいったい何を読み取るべきであろうか。もちろん「胎壁に胎児のわれは唇《くち》をつけ母の血吸ひしと渇きて思ふ」というあの瀆神の一首を重ねて読むべきなのだ。「裸樹」第二号の短歌作品「秒音」八首のなかにも印象的な母の歌が一首ある。

弟に奪われまいと母の乳房を二つ持ちしとき自我は生れき

これもほとんどこのままの形で『未青年』にとられた作品である。「母」というテーマが、少年期の建にはやくから重い課題として自覚されていたことがわかる。他ジャンルの作品にも例外なく母が登場する。この二首を含む「堕天使」四十四首の発表のときが近づいていた。

（二）少年ジャン・ジュネの登場まで

春日井建の出世作となった「未青年」五十首は、角川「短歌」一九五八年八月号に掲載された。当時の編集長中井英夫の鑑識によるもので、十九歳のまったく無名の新人の作品が一挙に五十首も掲載されるのは異例のことであった。中井は「短歌研究」の編集長をつとめていた一九五四年、創設した「五十首詠」（短歌研究新人賞）の応募者のなかから中城ふみ子、寺山修司のふたりを発掘し、前衛短歌運動の発端を開いた人物である。その中井が葛原妙子の作品「劫（Kalpa）」六十三首とともに八月号巻頭に掲げたのがこの「未青年」五十首であった。目次の脇には「紫陽花いろに病む太陽の下、現代の悪を負う少年ジャン・ジュネの歌」というキャッチコピーが記され、新しい時代の少年歌人の出現を予告していた。

中井が春日井少年の存在を知ったのはいつ頃のことであったろう。一九七一年刊行の『黒衣の短歌史』（潮新書）には五十首掲載に至る事情が次のように記されている。

十九歳の少年だった春日井建の作品を、名古屋から出ている結社雑誌の「短歌」誌上で知ったとき、当然私の心は躍ったが、それはかつてのように不安を伴ったものではなかった。二段組みに並べられたたった五首ほどの歌に私がある限りの呼気《プシケー》を吹きこみ、いきなり見よこれを、というふうに高々と示したとしても、もう周囲には私がただの好き嫌いで作品を判別しているのではないと知ってくれる有力な知己が多くいたのだ。

結社誌の「短歌」は、一九五六年十月以降角川「短歌」の編集を手がけていた中井英夫のもとにも毎月送られていた。当時の「短歌」は、五五年の八月より春日井濵が編集代表および発行所を引き継ぎ、翌九月号から建の作品六首を載せるようになっていた。といっても作品は、十月号に七首が掲載されて以降、五六年十月号の大作「堕天使」が掲載されるまで、一年ほど誌上から姿を消している。これは建が「短歌」よりも「裸樹」に夢中になっていたためである。したがって中井が目をとめたのは五六年十月以降、五八年春頃までに断続的に発表された二百首ほどの作品と想像される。ただ引用中の「二段組みに並べられたたった五首ほどの歌」という表現には多少の誇張があり、実際には七、八首、多いときには二十首（二回）、さらには三十七首、「堕天使」のように四十四首ということもあった。結社誌の新人としては、まことに破格の扱いである。これらの初期作品のうち、「堕天使」とともに注目されるのが、五七年十月号に掲載された「金の糸」三十七首である。この二作を中心に、この時期の建の作品を二百首ほどの作品から引用してみよう。

肩厚きを母に言ふべしかのユダも血の逆巻ける肉を持ちしと

「堕天使」「短歌」一九五六年十月号

プラトンを読みて倫理の愛の章に泡立ちやまぬ若きししむら

同

無頼の手黒く節くれだつ夜は盗汗しげく堕天使と呼ぶ　同
空の美貌を怖れて泣きし幼児期より泡立つ声のしたたるわたし
「血は呼ぶ」同一九五七年四月号
太陽の金糸に狂ひみどり噴く杉を描きしゴッホを愛す
「金の糸」同一九五七年十月号
エジプトの奴隷絵画の花房を愛して母は年わかく老ゆ　同
海鳴りのごとく愛すと言ひしかばこころに描く怒濤は赤き　同
鳩を巻く蛇を大地に叩きつけ打ちつつ打たるるものなきわれか
「少年」同一九五八年二月号
太陽が欲しくて父を怒らせし日よりむなしきものばかり恋ふ
同一九五八年三月号

目につく作品を挙げていけばきりがない。ここには後年『未青年』に収録される歌の原形がある。中井が心を躍らせたのは当然であったろう。彼はこの一年半ほどの間、「短歌」の新鋭たちに注目していた。折々掲載される建の文章なども読みながら、彼はこの少年の才質が本物であることを確信しただろう。五八年一月号には「短歌」創立三十五周年記念の特集が組まれ、中井も川田順、木俣修らとともに記念号に一文を寄せている。

「新鋭集の作者たち」というその文章のなかで、中井は濵が五六年の十一月号から創設した「新鋭集」の「一群の青年たち」に着目し、小瀬洋喜《おせようき》、小松甲子夫、立松幸雄、春日井建、牛田健治郎、服部鉄治らの名を挙げながら、「この人々が慌ただしげに積重ねては送り出す言葉の没薬や骰子や隕石のたぐいが、歌壇の古都名古屋を海彼の新興都市のように活気づかせたといえるかもしれない」と、いかにも中井らしい表現で持ち上げている。しかし中井は苦言を呈することも忘れない。これに続けて「だが最近の合著『香菓』を一読して、これら青年作家群の誰ひとり〝畸型な魂〟というべきものを持合せぬことに、やはり驚かずにはいられなかった」と書き、さらに「ただ冷淡な読者の立場でいうならば、『短歌』だけのことではなく、おおよその作家が肉体的に健全であればあるほど昇るべき礫柱に、相変わらずの癌や癩の病気あるいは極端な貧苦をのみ手がかりに昇る人しかいない歌壇一般の風潮がここにも及んでいる」と、なかなか手きびしく批評している。

引用中の『香菓《かぐのみ》』とは、前年の一九五七年十月、三十五周年を記念して出された中部短歌会の合同歌集のことであり、また「相変わらずの癌や癩」と言っているのは、当時の中部短歌会が少なからぬハンセン病患者の会員を擁していたことを意味していると思われる。「誰ひとり〝畸型な魂〟というべきものを持合せぬ」と嘆じているが、この段階で中井は春日井少年のうちに密かに〝畸型な魂〟を見ていたのかもしれない。

この時期、濵は建に歌だけでなく文章も書かせた。「短歌」に載った建の文章のうち、もっとも古いものは一九五七年二月号の「花咲く肉体」である。四千字ほどのこの一文は、合同歌集『海中石』を批評したもので、高校卒業を目前にした少年の文章とは思えぬほど、鋭利で矜持に満ちたものであった。『海中石』は、光明園の入所者たちの作品を集めた合同歌集である。光明園とは当時ハンセン病患者を隔離していた全国十数ヵ所の療養所のひとつで、「短歌」にも室町史朗、有馬修、大仏正人、大路匡といったいわゆる「光明園短歌」の人々が所属していた。建はこの歌集を「雄々しい人間の復活の里程であり、生命の激しい情感を内訌しながらついに癩病む肉体のカタルシスを施しとげた十七人の愛の履歴書」と言い、ピエール・ルヴェルディやボードレールを援用しながら、彼らを「稀有の詩精神をもつた選ばれた人」と呼んで、「この歌集のなしとげた白い透明な美への昇華を、拷問の享楽とか、不幸の耽美とか言つてみたい気がする」と書いている。

「拷問の享楽」「不幸の耽美」という批評はいかにも刺激的で、評者が十八歳の少年であることを勘案しても大胆不敵というよりほかない。そしてさらに建は彼らに次のように言ってのける。「くそリアリズムに戻れとはさらさら云はないが、魂を覆つている虚飾のヴェールを剝ぎとつて欲しい。魂を昇華させ、肉体を美しい精神の場に於て花咲かせた人達に、もう一度楽園から舞いおりてこいと僕は望むのだ」と。批評には、ブルトンが、ジュネが、ランボオが、そして坂口安吾までが動員され、ハンセン病という重い主題に精一杯建が立ち向かおうとしている姿勢が読み取れる。

すでに建は「裸樹」の頃のような一文学愛好者ではなくなっていた。ひとかどの見識をそなえた、何ものにも物怖じしない「若き詩人」に成長していたのである。ランボオやジュネに熱中する建を、すでに還暦を迎えていた濵はどのような思いで見ていたことだろう。受験勉強に興味を失ったわが子を不安に思うと同時に、歌や文章に健筆を揮う、この「若き詩人」を頼もしく感じていたのではなかろうか。月々の編集の過程で誌面に余白ができると、濱はそこに何か書くようにと建に命じた。

「窓（「短歌」のエッセイ欄　筆者・注）に余白ができたからお前の詩でも」と父の仰せ、さてと日記を繰つていたら家持の歌の書きつけが目についた。おのれの恥をさらすよりも、万葉の貴公子の登場を願つた方が遥かによいとやつと悟る。

「短歌」の一九五七年三月号に掲載された「みかづき」と題する建のエッセイの冒頭である。六百字足らずの小文だが、引用に続いて建は、家持十六歳のときの作「若月《みかづき》の歌」を引いて解説を加え、さらに家持の「なでしこの歌」をもう一首引いて次のように締めくくる。

同じ作者の愛らしい歌を口ずさみながら、僕も純なる恋愛を、それは若月と呼びなでしこと呼ぶ素朴な恋愛をしてやろうと思う。そして僕の素的な父親に、初めてあつた時の僕の母さんはどんな眩しい花だつたか白状させてやろうと思う。

茶目っ気たっぷりの、いかにも建らしい文章である。気まぐれな父の注文に、悪戯好きの息子が軽く応じているのである。作品の世界ではあれほど敵視し、超克の対象でしかなかった父が、ここではまるで親しい友人のように扱われている。目の前の父はあくまで温厚な老紳士であり、若い建の前に立ちふさがるような存在ではなかった。作品世界では対立し葛藤する親子関係が、ここではやさしく微笑ましい父子の関係に変わっている。

もうひとつ、「核」という同人誌についても触れておく必要があるだろう。「核」は「一九五八(昭和三十三)年一月、名古屋地域の若い世代の歌人十七名が結成した会の同人誌」(三省堂『現代短歌大事典』)で、二〇〇五年八月現在、百三十九号を出すに至っている短歌同人誌の老舗である。六〇年安保の高揚と軌を一にして、このころ同人誌運動が全国的盛行をみせるが、そのなかでも「核」は岐阜の「仮説」、千葉の「環」とともに「同人誌の鬩ぎあいの先蹤」(『現代短歌大事典』)といわれるものであった。建は創刊当初からのメンバーのひとりで、第一号から第八号までの八冊に短歌作品九十七首を寄せている。十七名のなかには中部短歌会のほかに、「青炎」「橄欖」「沃野」「近代」といった結社に所属する若手歌人が含まれており、「短歌所属」「南山大学在学」と紹介されている建はそのなかでもまた一段と若かった。第八号(一九五九年三月刊)を最後に建の作品は掲載されなくなる。総合誌角川「短歌」の中井英夫がこの「核」にまで目を通していたかどうか、それは今のところまだ不明である。

(三)「未青年」五十首の衝撃

「未青年」五十首が中井英夫の推輓で角川「短歌」一九五八年八月号に掲載されたことはすでに述べた。中井の『黒衣の短歌史』によれば、「この五十首は四回作り直してもらった」ことになっている。しかし、ここにはプロデュースした中井の後年のバイアスがかかっており、実際には「作り直し」とはちがった形で世に送り出された。

建が「旗手」の同人荒川晃に語ったところによれば、最初は七首ということで普通の新人扱いであったという。しかしその後、中井のほうからあらためて三十首送るようにという依頼があり、さらにそれが五十首に増やされた。この間、何度かの手紙のやり取りがあり、建は言われるままに歌を作って送った。「作り直し」という自覚は少なくとも建の側にはなかったのである。

五十首の構成にどの程度中井の手が加えられたかは定かでないが、中井はこれを真っ先に寺山修司に見せたという。『黒衣の短歌史』には、「『未青年』を発表する前、ようやく退院して来社した寺山修司に原稿を示して、どうだろうというと、彼は『うんといい、うんといい』とだけくり返した」とあり、中井はこの無名の新人を世に送り出すに当たって、自分が「短歌研究」時代に見出した寺山の鑑識によって作品の真価を確認していたことがわかる。

この「未青年」五十首は、歌集『未青年』（作品社刊）の序章「緑素粒」とはやや異なった印象を読者にあたえる。それもそのはずで、そもそも歌集『未青年』には「未青年」と題する章はなく、四十首ずつで構成された九章（うち第八章の「兄妹」三十二首、第九章「洪水伝説」三十五首）、全三百四十七首で、あとがきに「十七才から二十才までの作品三百五十首を採録」したとある。これらは、角川「短歌」に発表された「未青年」五十首、「海の死」四十八首（五八年十月号）、「生誕」百首（五八年十一月号）、「弟子」三十首（五九年一月号）、「火蛇」五十首（五九年四月号）、「血忌」三十首（五九年十月号）などを再構成したものである。全九章のうち章題として残されたのは「弟子」と「血忌」だけで、その二章も雑誌発表時の作品をそのままの形で収録したものではない。「未青年」五十首は、歌集『未青年』の「緑素粒」「奴隷絵図」「雪煙」「火柱像」といった章のなかに配され、とくに「火柱像」の章にはそのうち十八首が収められている。「緑素粒」とちがう印象を与えるのはそのためだが、それとともに歌集では「未青年」にあったふたつの詞書が省かれており、そのことも全体の印象を変えさせる原因となっている。そのうちのひとつは、詞書というよりアンドレ・ジイドの『地の糧』からの短い引用であり、もうひとつは冒頭のエピグラフとも散文詩ともつかぬ、モノローグ風の一文に接続する三百字足らずの文章である。

よく知られているように、歌集『未青年』には「少年だつたとき　海の悪童たちに砂浜へ埋められた日があつた」で始まり、「ひとりぽつちのぼくの真上には　病んだ　紫陽花のような日輪が狂つていた」で終わる文章が、歌集全体のエピグラフのように「緑素粒」の前に据えられている。「未青年」にのみあるもうひとつの詞書がなぜ消されたかはあらためて後述するが、この五十首には「少年ジャン・ジュネの歌」という触れ込みにふさわしい「悪」や「同性愛」を主題にした作品とともに、歌集『未青年』において展開される主題のほとんどが出揃っている。傷つきやすい、それゆえに反抗的な少年期の無垢な自意識、ギリシア的、アポロン的肉体への憧憬、父との葛藤と母の聖化（オイディプス・コンプレックス）、日常への違和と「死」への傾斜。そしてこうした主題を展開するための「場」としての海や空、都市、街、獄舎、独房、棺といった素材……。歌集『未青年』の読者にはおなじみの世界だが、この五十首には、こうした主題が渾然一体となって読者の前に投げ出されているといった印象がある。

この五十首を真っ先にとり上げたのは、翌月の角川「短歌」九月号に掲載された荒正人のグラビア批評「明日を展く」であった。荒は戦後文学を領導した「近代文学」派を代表する論客で当時四十五歳、『負け犬』『第二の青春』といった評論集で知られる著名な批評家であった。

荒はこの短評のなかで、建の歌を「ハイ・ティーンの泡立つ感情」を表現したものと呼び、その印象を「パステル画のような白っぽいムードが全体を流れているが、その底から、若い、爽かな魂の美しい叫びを、小石のように一つ一つ拾うことができる」と記している。さらに続けて「私は、このハイ・ティーンのすぐれた作品に接し、三十年前の自分を昨日のように鮮かに思い浮かべた」とも述懐し、この「青春前期にのみ許された感情の氾濫」に祝福を送っている。建は後年になっても荒のこの評言を長く記憶し、自身の出立にとって重要な意味を持ったことを周辺にも洩らしていた。

「明日を展く」には荒の文章に加えて建の写真が大きく掲載され、八月号で鮮烈なデビューを遂げたこの十九歳の少年の実像を公開した。写真は新大久保付近の鉄道の沿線をバックに、有刺鉄線の張られた杭を抱くようにして立つ少年の横顔をとらえている。腕まくりをした白いワイシャツ、胸の前に立つ杭、その杭から伸びる有刺鉄線の上にのせられた右手。うら若い建の写真に接した読者は、前号に発表された「未青年」の実像を見せられ、驚きをもって迎え入れたにちがいない。

しかし何といっても「明日を展く」は一ページのグラビア批評であって、本格的な作品評にはほど遠いものであった。「未青年」五十首に対する本格的批評は、翌十月号の角川「短歌」に掲載された深作光貞の評論「現代短歌の人間追求」を待たねばならなかった。深作光貞（一九二五年～九一年）は、当時パリから帰国したばかりの少壮の学者で、戦前、前田夕暮の白日社に入社、「詩歌」の会員となり、戦後も後継者の前田透のもとで自由な活動を続けていた。ソルボンヌ大学留学後は、「律」「ジュルナール律」といった雑誌の発行に寄与するとともに、内外の大学の教壇に立ち、晩年は京都精華大学学長をつとめて日本の文化人類学の草分けとして活躍した（三省堂『現代短歌大事典』）。

　この論のなかで、深作はまず「現代短歌には、極めて安全且つ退屈な道徳律が、文學以前を規定している」として、「世間常識を出ない倫理観が、見えない約束のようにその中であぐらをかいている」と告発する。「見たり聞いたり」したことへの「喜怒哀樂」が、「ほんのちよつぴり申譯程度の感動で綴られている」現状では、「倫理観の變革」が不可欠だというのだ。帰国して間もない深作の目には、この変革の可能性が既に死去した中城ふみ子の短歌と、八月号に掲載された建の「未青年」五十首のなかにあるように見えた。現代短歌の倫理観変革を問題にする以上、深作が建の作品のなかでも「悪」を主題にした歌をとり上げるのは当然であったろう。

礫刑の繪を血走りて眺めをるときわが悪相も輝や（ママ）かむか
獄舎の君を戀ひつつ聴けり磁氣あらし激しき海を傳へる電波
免業日の青衣の友に送るため火傷のごとき音符をしるす

夕焼けて火柱のごとき獄塔よ青衣の友を戀ひて仰げば

深作はこれらの作品を「獄舎の男性の愛人を戀う少年の歌」とよび、ジャン・ジュネの作品との相似性を指摘する。ジュネは「悪の世界の中で、社會の指彈と憎悪をうけながら、汚醜なる者、絶望的な狡智に長けた存在として、その醜悪特異な運命を自ら意欲して追求した」（サルトル）。これに対し、春日井建は「清らかな魂と分別と、少年の燃える慾望と本能と夢との織りなす二重奏のような歌」を「獄舎」を舞台にフィクショナルにうたっているだけである。この意味でふたりは全く異なっているが、建の歌には中城ふみ子の歌とともに、古い結社の上に成り立っている現代短歌の倫理観にラディカルな変革を迫る「貴重な勇氣と誠實さ」が秘められている。そこには、「他人に頼らず、自分の眼で見、自分の心で感じ、與えられた自我の可能性を、果てまで追求」する、〈自我追求〉の姿勢が感じられるというのである。そして、サルトルがジュネ論のなかで言っているような意味において、「人間の可能性の一つを、彼が短歌の中で、開いている」と指摘したあと、「彼の勇氣と、自己追求の誠實さとに僕は尊敬を捧げ、今後の進展を期待したいと思う」と結論づけている。

深作のこの論は、さまざまな主題が混在する「未青年」五十首のうち、とくに「悪」というテーマに焦点をあてたものであった。そしてその限りにおいて、その読みは正確なものであった。

前述した三つ目の詞書のあとには、「銀河よりなだるる風か窓に鳴るねむる赤裸のよりそふ深夜」「前科の腕を垂れて君ありわが彫りし生ける塑像と誰か云はぬか」といった歌が置かれ、作中の少年が出獄した男と抱擁する場面がある。

この場面を深作は、「事實でもフィクションでも差支えはない。しかし単に審美的フィクションではなく、彼の内面の眞實をうたつたものであることに間違いはない」と正確に読み取っている。もちろん十九歳の現実の建に、「男囚」の友とか「無法の友」があったわけではない。自宅のすぐ北側が当時の名古屋刑務所で、受刑者を目にする機会が日常的に存在したことは事実だが、生身の春日井少年が無頼の徒であったとは考えにくい。中井英夫がいみじくも喝破したように、この「未青年」五十首は、「ある無垢な魂がどうかして自分を汚そうとして汚し得ず、観念的な〝悪〟への憧れを歌いあげたもの」(『黒衣の短歌史』)であった。観念の世界に「男囚」の友を住まわせることなど、この早熟な少年には苦もなくやってのけられることだったのである。

それにしても三つ目の詞書がなぜ消されたのか、という疑問は依然として残る。今ではこの詞書を読むこと自体容易ではないから、ここに引用することにも意味があるにちがいない。

悪いことをして監房へ行つたんだ　腕を切つて　噴きでた血を唾にまぜて吐いたんだ　喀血だとあざむいて　あなたは娑婆に帰つてきたんだ
太陽が空に干からぶ昼　あなたはまだ覚えているだろうか　土蜂の巣をつついて逃げた遠い日ころんだあなたにかぶさつて　ぼくはむきだしの手足で敵をふせいだのだつた　一緒に野宿した夜は　あなたは眠らないで朝までぼくを守つてくれた　それがいつのことだつたろう　あなたは僕の手におえなくなつていた　あなたは自分ひとりで傷ついた

帰ってきたいとしい情夫よ　その熱いまぶたをぼくの唇びるで濡らせ　その鋭い目玉をせめて
ぼくの抱きしめのなかでみひらけ

濃密で、閉鎖的な他者との関係が、「あなた」という二人称への呼びかけの形式によって記述されている。歌集冒頭の詞書に比べて、仮構された同性愛的世界への惑溺が強く、それが短歌作品の読みにも微妙に影響している。歌集にまとめる際、この「惑溺」がマイナス要因と意識されたのだろう。作品だけでジュネ的な世界はすでに表現されている。わざわざこれを歌集に収録する必要はないと判断されたのであろう。

(四)「海の死」へのあこがれ

「未青年」五十首につづく建の第二作「海の死」四十八首が発表されたのは、一九五八年十月のことである。深作光貞の「現代短歌の人間追求」が掲載されたのも、ちょうど同じ号の角川「短歌」であった。

これも第一作同様大きな反響があったが、なかでも『裸体と衣裳』という日記形式で書かれた三島由紀夫のコメントが逸せない。建について三島が書いた文章は四つあるが、その最も早いものが『裸体と衣裳』の一九五八年十一月二十五日の記述である。当時三島は三十三歳、長編小説『鏡子の家』を執筆中で、雑誌「新潮」に連載されたこの日記は、小説の執筆時期とちょうど符合する。建に関する記述は短いもので、私邸の建設や映画鑑賞、書籍の注文といったトピックのなかに何気なく挿入されている。引用歌を除けばわずか四百字ほどの文章なので、以下に全文を抜き出してみることにする。

人にすすめられて「短歌」といふ雑誌を読み、春日井建といふ十九歳の新進歌人の歌に感心する。尤も私は日頃現代短歌に親しまないから、他と比較した上での批評ではない。

「狼少年の森恋ふ白歯のつめたさを薄明にめざめたる時われも持つ」

かういふ一首には少年が人生に対して抱く残酷な決意ともいふべきものがある。

学徒兵の戦死を悼んだ連作に、

(以下八首略)

かういふ連作は、ソネットのやうなつもりで読めばいいのであらう。私は海に関する昔ながらの夢想を、これらの歌によつて、再び呼びさまされたが、十代の少年の詩想は、いつも海や死に結びつき、彼が生きようと決意するには、人並み以上に残酷にならなければならないといふ消息が、春日井氏のその他の歌からも、私には手にとるやうにわかつた。

いづれにしても詩は精神が裸で歩くことのできる唯一の領域で、その裸形は、人が精神の名で想像するものとあまりにも似てゐないから、われわれはともするとそれを官能と見誤る。抽象概念は精神の衣裳にすぎないが、同時に精神の公明正大な伝達手段でもあるから、それに馴らされたわれわれは、衣裳と本体とを同一視するのである。

「人にすすめられて」と言っているのは、親しくしていた中井英夫のことをさすのだろう。「海の死」四十八首は、冒頭と作中半ばに置かれたふたつの詞書によって前後二篇の構成となっているが、三島の引用は前半二十五首中の「海」を詠み込んだ歌に集中している。後半では「未青年」と同じように悪と同性愛がテーマになっているので、三島の関心が「海の死」（正確には「海の死へのあこがれ」）に向けられていたことが理解できる。

作品では学徒兵だった兄が登場し、その兄が南海の孤島で戦死したという設定になっている。生き残った十代の少年が生きようと決意するには、「人並み以上に残酷にならなければならないといふ消息」も、「狼少年の森恋ふ白歯」や「蝶の粉を裸の肩にまぶしゐたり」、「羽抜きし蝶を投げつつ」といった「他の歌」のフレーズから素直に納得できる。そしてこれに続けて三島は、「詩は精神が裸で歩くことのできる唯一の領域」であると書いて、詩というものの一般的属性に言及する。「抽象概念」という精神のもうひとつの営為は単なる「衣裳」にすぎず、「本体」たる「詩」とは区別されるべきものである。三島は建の歌にこの精神の裸形を見たと言っているのである。公開日記が『裸体と衣裳』と命名されたのも、建の歌に言及した上記の記述に由来していることは疑いない。ここで三島がとりあげている歌はわずか八首で、その批評も掲出したように短いものだが、彼はこのあともう一度、建の歌について論ずることになる。一九五九年四月、文芸雑誌「聲」（丸善）に掲載された「春日井建氏の歌」がそれである。しかし、そのためには「海の死」以後の建の作品についてもふれておく必要があるだろう。「春日井建氏の歌」を書くまでに三島が目を通した作品だと考えられるからである。

十月号の「海の死」に続いて、翌十一月号の角川「短歌」には、建の作品「生誕」百首が掲載されている。これは「新唱十人」と題する誌上歌集で、十人の作家がそれぞれ百首ずつ、計一千首をまとめて掲載したものである。一九四〇年の歌集『新風十人』、五一年の『新選五人』に続くという意図を持ち、プロデュースした中井英夫の言によれば、「五年間の新人の仕事の決算書」(『黒衣の短歌史』)ということになる。出詠者は建のほか、塚本邦雄、岡井隆、中城ふみ子、石川不二子、寺山修司、松田さえこ、安永蕗子、相良宏、田谷鋭の計十名である。この十人の顔ぶれを見ると、中井の見識がいかに確かなものであったかが歴然としてくるが、それはさておき、「生誕」百首はすべてが新作であったわけではなく、そのうちの約半数は、角川「短歌」に発表された「未青年」や「海の死」、そして「短歌」一九五六年十月号の「堕天使」四十四首、同じく五七年十月号の「金の糸」三十七首など、初期の作品から再構成されたものであった。それにしてもこの百首は圧巻である。みずからの歌の生誕について語った冒頭の言挙げにも、青年らしい客気と昂然たる矜恃が感じられ、読む者の心胆を寒からしめるようなところがある。

蝶は蝶の卵から生れ、猫は猫の親から生れ、水仙は水仙の球根から芽が出、葉が伸び、花が咲き、悪はエデンの林檎の樹から生誕した。そして僕の歌は青年への愛から生れたのかも知れない。青年への怨恨からあふれたのかも知れない。やがて僕も十代と訣れるだろう。そしていま僕は新しい月日のなかへ、新しい悪のための歌が生れるのを待つている。僕の心はたいへん

暗く、狂暴に生長した。　　角川「短歌」一九五八年十一月号

「未青年」や「海の死」にあった詞書以上に、ここでは作歌の意図が直截に明かされている。青年への愛と怨恨、新しい悪へのあこがれ、そしてその背後にある暗くて狂暴な心。三島由紀夫をして「少年が人生に対して抱く残酷な決意」と言わしめた、その「決意」の源がここにあるのである。

その後、作品は翌一九五九年の一月号「弟子」三十首、四月号「火蛇」五十首と矢継ぎ早に角川「短歌」に発表されるが、篠弘の『現代短歌史Ⅱ　前衛短歌の時代』（短歌研究社）によれば、歌壇の反応は、建の登場を「第二の寺山」と受けとめていたようである。篠は斎藤正二の時評『新唱十人』の評価を繞って」（角川「短歌」一九五八年十二月号）と前田透、山田あき、山本友一による作品合評「今月の問題作『新唱十人』」（角川「短歌」一九五九年一月号）のふたつの評を挙げ、先輩歌人たちの寄せた好意的な春日井評を紹介しているが、と同時に若い世代（青年歌人会議のメンバー）からの「弟子」にたいするかなり手きびしい批評にも言及している。詳しくは篠の文章に譲るが、ここではそうした事実をふまえて、ふたたび三島の「春日井建氏の歌」にもどることにする。後年の建の文学的遍歴に決定的な役割を果たしたのが、三島のこの文章だったからである。

先述したように、「春日井建氏の歌」は一九五九年四月の文芸雑誌「聲」に掲載された。「聲」は前年の十月に創刊された季刊文芸誌で、編集同人には、三島のほか大岡昇平、中村光夫、福田

恆存、吉田健一といった錚々たる作家たちが名を連ねていた。「春日井建氏の歌」が掲載されたのはその第三号で、先の日記の文章に比べれば分量もずっと長く、批評の内容もはるかに行き届いたものであった。引用歌は「生誕」より十首、「海の死」より六首、不明二首である。これとは別に、「火祭りの輪を抜けきたる青年は霊を吐きしか死顔を持てり」の一首を、「これは氏の近作のうちで最も美しいものだ」として、「火蛇」五十首のうちより引いているので、それまで角川「短歌」に掲載された三百首近い作品を三島が読んでいたことはほぼ間違いない。

われよりも熱き血の子は許しがたく少年院を妬みて見をり
独房に悪への嗜好を忘れ来し友は脱けがらとしか思はれず
狼少年の森恋ふ白歯のつめたさを薄明にめざめたる時われも持つ
テニヤンの孤島の兵の死をにくむ怒濤をかぶる岩肌に寝て
生きをれば兄も無頼か海翳り刺青のごとき水脈はしる

こうした歌を挙げたあとで、三島は「これらの短歌が少年的であるのは、いかにも短歌の現代的特質に則してゐて、悪へ、森へ、遠い海の死へのあこがれは、密室の独房を前提とし、三十一文字の定型詩は、ゆくりなくも彼の密室、彼の独房をなしてゐるのである」と述べて、短歌が「現代の一少年のいらいらした反抗的な詩精神の器」にもなりうることを指摘している。また別の箇所では建のことを、「十九歳のいらいらした、熱狂的な、焦燥にあふれた少年」とも表現し、決して長いとはいえないこの文章のなかで、「いらいらした」という言葉を二度までも使用している。当時の建の内面を言い当てた的確な評言というべきであろう。

三島が指摘したように、この「いらいらした」十九歳の少年にとって、戦争は悪と同等の魅力を帯びていた。言うまでもなく作中の兄は現実には存在しない。兄を戦死させ、その兄へのイローニッシュな羨望によってしか内面の空隙を埋め得ない、そうした倒錯した倫理観を抱く世代こそ、第二次大戦を幼年時代に経過した建の世代の若者たちだったのである。戦争という悪の象徴が、そしてその悪への殉教が、青春という退屈で、抽象的な論理のオートマティズムから少年を解放するよすがとなっていたのである。三島の慧眼は最初からこの構造を見抜いていた。建にとっては最良の理解者が出現したのである。

それにしても三島の知遇を得たことは、建の文学にとって決定的な意味をもつ事件であった。最晩年の建がタイの短歌大会（日本歌人クラブ）で三島に関する講演を行なったことはよく知られているが、これも三島文学との因縁浅からぬ関係を抜きには語ることができない。実際に会って言葉を交わしたのは数回だったろう。「名古屋タイムズ」のコラム欄に書いた「夕閑」（一九七二年十一月十三日）によれば、建が最初に三島に会ったのは十九歳の頃で、三島作の「娘好帯《むすめごのみおび》取池《とりのいけ》」が歌舞伎座で上演されたときのことであった。三島の年譜を見ると一九五八年十一月、『むすめごのみ帯取池』が吉右衛門・猿之助劇団により歌舞伎座で上演」とあるから、最初の出会いが『裸体と衣裳』の日付（一九五八年十一月二十五日　何とこれはのちの憂国忌の日付と同じだ）の直前であったことがわかる。『未青年』序文の「馬のはなむけ」まではあと一歩のところであった。

（五）「旗手」の仲間たち

一九五九年五月、角川「短歌」は「文學と政治の谷間」と題する四人の座談会を掲載した。出席者は荒正人、近藤芳美、寺山修司、春日井建の四人で、「戦後派」を代表する荒、近藤の世代と、「十代」あるいは「ハイ・ティーン」時代の歌壇の旗手として登場した寺山、春日井の両氏との対話が試みられている。前述のごとく、荒は「短歌」誌上に発表された建の作品にいち早く注目し、それを高く評価した批評家である。また、近藤や寺山とは編集者の中井英夫を介し、あるいは前年の一九五八年十一月に行なわれた塚本邦雄の『日本人靈歌』の出版記念会の席上ですでに面識があった。この座談会を企画したのは中井英夫で、彼自身も司会として討議に加わっている。彼の意図は、「政治と文学」の問題を、建や寺山の世代にぶつけてみることにあり、そのためには荒や近藤のような戦後派の文学者との対話が不可欠であると考えたのである。

時代は安保闘争を翌年にひかえ、熱い「政治の季節」を迎えようとしていた。しかし、結論的にいえば、この座談会は建にとって実り多いものとはいえなかった。組織と個人、パステルナークと警職法といった政治性の強い内容が話題となり、「いま短歌に残されているものは、もっと小さなもののなかに残された美しいものを追うくらいのもの」「そういったところに短歌が現代文学の中で生き残れる最後の場があるんじゃないか」という建の主張は、戦争体験を持つ荒と、それを持たぬ寺山との激しいやり取りのなかで、ほとんどかき消されてしまったかのような印象を与える。

「僕の短歌は耽美的なもの」という認識を持つ建にとって、政治や社会の安易な作品化は、「スローガンのようなもの」「新聞の題字みたいなもの」としか思われなかったのである。「政治と文学」の問題に関心がなかったわけでも、それについて自分なりの見識を持っていなかったわけでもない。ただ原理的な自己の立場をパラフレーズするいとまもなく、議論は参加者たちの性急な自己主張に終始し、若い建に十分な発言の機会を与えなかったのである。発言を求められても、途中、何度も建が沈黙を続けるのは、参加者たちのパセティックな物言いと、自己の原理的な立場との乖離に戸惑っていたからではないか。残念ながら、座談会は建にとって不本意なままに終わった。

しかし、このころ三島由紀夫が「聲」（一九五九年四月号）に発表した「春日井建氏の歌」は、歌壇内外に大きな反響を呼びおこしていた。なかでも澁澤龍彦の「異端者の美学」（角川「短歌」一九五九年六月号）は、建の作品が歌壇以外の文学者たちからも注目を集めていたことの端的なあらわれであった。澁澤はマルキ・ド・サドやジャン・コクトーの翻訳で知られる少壮のフランス文学者で、この年の秋から冬にかけて、サドの『悪徳の栄え』の翻訳や、評伝『サド復活』の刊行を着々と準備していた。翻訳『サド選集』の序文を三島由紀夫に依頼し、快諾を得たことから三島邸に出入りするようになり、それをきっかけに建のことを知るようになったのだろう。「異端者の美学」は建のことだけを論じた文章ではないが、澁澤は建の作品のうちに、寺山修司や塚本邦雄の作品とともに、現代の批評に堪えしめる、伝統の詩形式における新しい「様式の創造」を見ていた。「様式の創造」とは、「生のままの現実を峻絶すると同時に、現実のある未知なる様相を昂揚することによつて、そこから得た要素を作家の世界観に従つて再び構成し直すこと」と定義され、澁澤は建の作品のうちにある「若々しい禁欲的狂気」や「受苦のなかの幸福」にこそ、その実現の可能性を見ようとしていたのである。以下、「異端者の美学」より引く。

現実嫌悪の資質を有つて、生れた少年が短歌という最も反時代的な形式に偏愛を見出し、三十一文字という古い定型の苦行的な酷使に、ほとばしるような暗い青春の詩情を注ぎ込み、そこで一種の倒錯したサディスティックな逸楽に酔うのは、あたかも拷問にかけられた若い肉体の痙攣が快楽のわななきと見分けがつかないのと同様であつて、若さの特権ともいうべき手段と目的の取り違えが美しく実を結んだのである。（中略）

受苦の期待にふるえる春日井氏の若い魂にとつて、優雅であるべき短歌とは、あの中世イタリアの刑具の一種である「鉄の処女」のごときものであろうか。この刑具は優雅な女人の貌をしているが、その貌の下で胴体が左右に開かれるや、胸壁には内側に向かつて先端の尖つた鉄の刺が何本となく生えているので、内部に閉じ籠められた罪人は苦痛に身悶えしなければならない。

三島の『未青年』序文とともに、のちに広く知られるようになる「鉄の処女」論がここには展開されている。「痙攣」「わななき」「身悶え」といった刺激的な語彙に、読者は『未青年』序文の「活作《いきづくり》の海老」の比喩「春日井氏の魂は裏返しの海老である。その魂は、歌集のいたるところで、活作の海老のやうにぴくぴくと慄へてゐる」を思い出すかもしれない。しかし、書かれたのは「鉄の処女」のほうが早く、受苦と悦楽の倒錯的構造を指摘したのは澁澤のほうが先であった。翌六〇年四月、『悪徳の栄え 続』が発禁処分となったのを皮切りに、澁澤はいわゆる「サド裁判」の当事者として法廷に立たされることになるが、建を論じたこの一文は、サドという稀代の異端者を擁護した、いかにもこの人らしい比喩と創見に満ちたものであった。

この頃、三島や澁澤の論に刺激されて、建の作品に強く反応した一群の青年たちがいた。彼らは早稲田大学や明治大学に通う学生たちで、一九五九年の二月、「旗手」という文芸同人誌を創刊していた。同人たちの中心は、荒川晃という明治大学仏文学科三年の学生で、「聲」に載った三島の文章を通じて春日井建の存在を知ったのである。「どうせなら全作品を読んでみたい」と思った荒川は、角川書店に電話して「短歌」のバックナンバーを送ってもらい、仲間たちの間で作品を回し読みした。彼らの内にちょっとした「春日井建ブーム」が巻き起こった。彼らは建の作品を読んで、「自分たちと同じだ」と感じたのである。同人たちはのちに写真家として知られる浅井愼平をはじめ、名古屋出身の若者が多かったが、そのうちのひとりに向陽高校時代の建を知る者があった。それが荒川で、帰省先の名古屋の自宅から建の住まいのある曙町までは、歩いて七、八分の距離にあるという。

この年の夏、帰省した荒川はさっそく曙町の建の自宅を訪ねることにした。七月に二号を出したばかりの「旗手」に参加してもらうためである。二階に案内された荒川が、目の前に現れた青年に来訪の趣旨を伝えると、建はあっさり「いいですよ」と返答した。このとき建は南山大学英文学科二年に在籍中の学生で、同じ年頃の荒川（一九三七年七月生）とは文学以外のことでもすぐに親しくなった。映画や音楽、娯楽や旅行といった「遊び」でも、荒川は建の良き先達となった。当時はまだ新幹線がなく東京―名古屋間に五、六時間を要したが、建は上京のたびに文京区本郷三丁目にあった荒川の下宿に立ち寄った。同人たちは新宿歌舞伎町の「蘭」という店に毎日曜日の午後に集まり、常置してあるノートに好きなことを書いて交流したという。

荒川の記憶によれば五九年の秋頃、三島邸に呼ばれた建は、そのときの模様を銀座に集まった「旗手」の同人たちに語ったという。建が三島から白いジャケットをもらったのはこのときのことである。「旗手」はこの年の九月に三号を出すが、建が加わったのは四号（十一月）からで、その後は一九六〇年十月の荒川の帰名とともに発行所を名古屋に移し、さらに六四年四月の九号まで発行された。四号に載った建の作品は「みどりの氷跡」と題する短歌で、作品は全部で二十六首。既発表のものもいくらかあるが、のちに歌集『未青年』に収録される作品も散見される。その後は詩や小説、戯曲といったジャンルにシフトしていく。

夜をこめてヴイヨンを読めば去年《こぞ》の雪にじみしごとく来たる薄明
だれか巨木に彫りし全裸の青年を巻きしめて蔦《つた》の蔓は伸びたり
青年の氷跡をたどり滑りゆけば愛は刃身《エッジ》に研《と》がれてゆけり

帰りゆくさむき部屋には抱くべき腕さへ持たぬ胸像《トルソオ》が待つ

タイトルにとられた三首目は、「生誕」百首で既に角川「短歌」に発表した作だが、「氷跡」という語はおそらく建の造語であろう。「核ぐるーぷ」の「核」第三号（一九五八年五月）にも作品「氷跡」十首があり、冒頭に「君がのこす氷跡をたどり滑りゆくに囚われ身《(ママ)》はつまづき易し」の一首があるから、当時の建が好んでこの言葉を使っていたことがわかる。ここにはまだ『未青年』の「兄妹」の章にあるような「いもうと」の主題は登場していないが、スケートという素材をすでにこの時期から建が作品にしていたことは興味深い。「氷跡」とはスケート靴のエッジが残す軌跡のことで、厳冬の峻烈さと青年へのひたむきな愛が、この語の使用によって先鋭化されているのである。「ヴイヨン」「全裸の青年」「胸像《トルソオ》」といった対象の選択にも、無頼と同性への愛という、それまでの建の作品との共通性を指摘することができる。しかし、このあと「旗手」における建の活動は散文に向かい、ふたたび短歌に帰ってくることはなかった。

荒川晃は建の死後に編まれた遺稿エッセイ集『未青年の背景』（二〇〇五年十月　雁書館）の解説のなかで、建の出現を昭和三十年代の日本の風土のなかに位置づけ、さらにそれを第二次大戦後の世界的な文化、思想状況から説明している。イギリスの「怒れる若者たち《アングリーヤングメン》」、フランスの「新しい波《ヌーベルバーグ》」、さらにはアメリカの「ビート・ジェネレーション」に建たちは熱い視線を送っていた。「若者は大人に反抗しながら、まやかしに満ちた世間と妥協して生きるか、それとも迎合も妥協もしない生き方を選ぶかの選択を迫られていた」（荒川）のである。

「旗手」に加わったばかりの建は、四号の編集後記に次のように書いた。

コクトオの〝オルフエ〟で黄泉の国との仄青い境界をさまよつていた硝子売、ぼくはあのつめたいシネ・ポエムを限りなく愛している。短歌という様式を選択したのも、あるいは僕の感動があの硝子売のように、生と死とのあいだを振り子となつてめぐることしかできないからなのかも知れない。ぼくの燃えあがる感動は生きながらえないでいつもはつと急死してしまう。時間はとまり、僕はばらばらになつた感動のむくろを拾いあつめる。それは短い圧縮された詩にしかならない。（中略）とにかく僕は今日もスケート・リンクへ行つてこよう。氷はさむざむしい生と死の境界、リンクの板張りの床の下のはるかに広がつた死の国へ、僕は、はかない刃身のたよりを書いてこよう。

（六）『未青年』刊行

一九六〇年九月一日、歌集『未青年』が刊行された。作品社発行、定価三百二十円。体裁はB6判フランス装、一ページ二首組で歌数は三百四十七首。表紙はジャン・コクトーの線描画で、上下に書名と著者名を横書きで配置したシンプルな構成である。扉の口絵写真には「著者近影」一葉が掲げられ、漆黒の闇を背景に黒いセーターを着た少年の横顔が浮かび上がる。黒ずくめの身体は半ば背後の闇に溶解し、ローアングルからとらえた頤と虚空を仰視する眦には強い意志的なものが窺える。三島由紀夫が「われわれは一人の若い定家を持ったのである」と記した「序」四ページ、「目次」二ページ、本文百九十三ページ、「あとがき」二ページ、小冊子ながら瀟洒なその装幀には読者の目を見張らせるものがあった。

九月二十四日土曜日、歌集の出版記念会が名古屋の東山会館において開催された。「短歌」の六〇年十一月号には、その折の参加者の祝辞と会場に寄せられたメッセージ、さらにはこれを受けて建が書いた「未青年」と題する一文が掲載されている。塚本邦雄「魔宴《サバト》」、原田禹雄「Vortod 以前」、堂本正樹「永劫回帰」、吉野鉦二「純潔の花」は当日のスピーチの記録、出席しなかった三島由紀夫と寺山修司のメッセージも、これらの記録の間に枠入りで収録されている。建の一文「未青年」は、記念会当日を回顧しながら出席者たちに謝意を表明したもので、これを読むと当日の会の雰囲気がよく伝わってくる。出席者九十五名のなかには、他に松田修、リカキヨシ、小瀬洋喜（司会）、荒川晃、伊藤洋児、石田武至といった人々の名があり、出席者たちが「極」「核」「旗手」「短歌」といった文学関係の友人、先輩たちだけでなく、演劇、写真、彫刻などの他ジャンルの人々にまで及んでいたことがわかる。このうち三島のメッセージは先輩作家としての情誼に溢れたもので、「処女歌集」というものの本質と宿命を的確に言い当てたものであった。

春日井君、君は今船乗りになりたいさうですが、僕も君の夢に全く同感する。僕も船乗りになりたくてたまらなかつた時代がある。しかし船に乗つてみると、船の生活ほどつまらなくて単調なものはないことがわかる。人生といふものはすべてかういふものです。獲得したと思ふと、手には粕しか残らず、やつとこの目で見たと思ふと、あとには幻しか残らない。（中略）

この「未青年」といふ本が出た途端、君にはもうこの本がイヤになつてゐると信じる。それが処女作といふもので、処女作とは、文学と人生の両方にいちばん深く足をつつこんでゐる。だから、それを書いたあとの感想は、人生的感想によく似て来るのです。

『未青年』序とはちがった意味で、ここにはこの歌集の本質と宿命が捉えられている。三島の言うとおりすでにこのとき、建は「この本がイヤになつてゐ」たにちがいないのである。いかにも三島らしい、創意と逆説に満ちた餞の言葉だが、これにつづく寺山修司のメッセージにも、三島とはちがった意味におけるこの歌集の本質的特性が言い当てられていた。寺山には同じ短歌作者としての嗅覚のようなものが備わっていて、歌集のなかにある「晩年の兆し」や死の気配を鋭敏に嗅ぎとっていた。人はみな「〈大人になつた自分〉に復讐されまいとして、すこしづつ自分の未青年のうちから大人と取り引きをはじめて堕落していく」ものである。建の『未青年』にはその取り引きがない。しかし、それだけに「だれかひとりもつともはげしく〈大人になつた自分〉に復讐されるとすれば、それはあなた（＝建）だ」ということになる。

寺山が怖れるのは「〈未青年〉が〈未青年〉のままでしづかに熟れきつてしまうこと」であり、建のなかで「〈大人になる〉こととは無関係に熟れてゆく時の果実」を建自身がどう処理するかという問題に直面することである。寺山は早くもここで「未青年」に刻印された「晩年の兆し」や死の気配を指摘しているのである。

この出版記念会では、〈未青年〉という建の創造世界を〈死〉と結び付けて発言する参加者が不思議と多かった。たとえば原田禹雄は、人が生涯に遭遇するふたつの死——①子供からおとなへと移りゆくときに死ぬ「死にさきだつ死」Vortodと②生命現象を失う「かえらざる死」——のうち、「死にさきだつ死」Vortodをとげた私たちが、それ以前の世界に再び回帰することは困難だとして、建の歌集『未青年』が「すでにひとつの死をとげた私に、その死にさきだつ世界を、ふたたびよみがえらせてくれ」たと発言している。建の作品は、「おとなの魂に〈青年〉の世界を投げこむのではなく、〈未青年〉の世界へおとなの魂をひきつける」態のものだ。だからこそ「〈未青年〉のこの世界は、いわゆる〈おとな〉の世界から独立したひとつの閉じた、そして完成した世界」なのである。原田の発言は〈未青年〉の世界を「死にさきだつ世界」としている点、寺山の発言とは趣旨を異にするが、「死にさきだつ死」Vortodを経験していない〈未青年〉の完結性を強調することによって、逆にみずからのVortodを顕在化させることに主眼が置かれていた。

もうひとり、「永劫回帰」と題する祝辞を寄せている堂本正樹も「死」について言及している。周知のように、堂本は十代で三島の知遇を得、三島由紀夫原作、主演、監督の映画「憂国」を演出した劇作家である。冒頭、堂本は「何かの折に僕と三島さんがおしやべりして居りました際、現在殺されるにふさわしい芸術家が居るだろうかという疑問に対して、春日井建が居るじゃないか、という啓示的な回答を得た」という逸話を紹介し、「死に似つかわしいという事以上、芸術家に対する尊敬の言葉はございますまい」と述べている。芸術家の祖先ともいうべきオルフェウスは、死の世界と交わった後、トラキアの女たちに殺され、これが地をうるおす贄として「永劫への回帰」を得たという、ギリシア神話を援用しながら、堂本は次のように結論する。

一個人の死が世界を支配した時代にこそ、個人は神とも王ともなり、その死は美しく重大であつたのです。現代は死が個人の手から群集の中に拡散した時代であり、ヒロシマや夜と霧の収容所を通して、生々しい肉片として散らばつた時代であります。建の持つ死と神は、こうした現実的な死臭の中に咲く象牙の華のように存ぜられます。死んでも美しいという事は、死にふさわしい、否寧ろ死ぬ為に生れて来た永遠の贄としての形而上的な完成に由来しているのではありますまいか。

「死ぬ為に生れて来た永遠の贄」という視点は、三島とともに映画「憂国」を撮った、いかにもこの人らしい評言である。堂本は近著『回想 回転扉の三島由紀夫』（二〇〇五年十一月 文春新書）の第五章「桐の函に入った小説『憂国』」中で、わざわざ「春日井建の出現」について言及し、「十代で彫像化された若さ。そこで歩みを停止させられた、浄福」とも言っている。三島と建をつなぐ一群の人々の発言のなかでも、堂本のこの発言はとりわけ印象深い。建の出現が、三島を介していかに歌壇外に受けとめられていったか、その具体例を知る上でも貴重な証言である。

このほかにも何人かの参加者が発言したようだが、「短歌」十一月号はそれ以上のことを記録していない。ただ建の一文から、国文学者の松田修が「未青年の死を拒否しようとする死にもの狂いのあがき」を試みたらしいことが、建に彼が贈った「つねにもがもな、とこうなゐにて」（常髷《とこうない》　著者・注）という言葉から知られるばかりである。建のこの一文は、当日の参加者全員に宛てた礼状ともいうべき形式で書かれており、出版記念会にありがちな自己満足や形式的言辞からは遠い、自己対象化のよく出来た好文章である。「二十一才にもなつて未青年でありつづけるわけにはゆかぬ、だから二十四日の夜、ぼくは死んだ」「新しい大人としてぼくは謙虚に再出発しよう。不心得だつた少年を見守つてくださつた人たち、ありがとう」という言葉には裏がなく、処女出版を終えたばかりの晴れがましさと未来にむけての決意のようなものが読み取れる。

出版記念会が行なわれた六〇年九月といえば、安保闘争が敗北に終わった直後のことである。熱い政治の季節はまだ冷めやらず、歌をつくる若者たちのなかには岸上大作や清原日出夫などの名があった。彼ら政治的人間の作品とちがって、建の作品にはそうした時代状況が刻印されていなかった。そのことを建自身が誰よりもよく自覚していた。だからこそ出版記念会の折に、リカキヨシが政治的季節において建の歌の持つ「畸型な甘さ」について断罪したときにも、「ぼくは時代の証言ということに対しては、自分の熱つぽい肉声だけを信用したのだが、不毛な絶対愛への希求も、崩壊への予感も、時代に見捨てられたまま乱反射したにすぎぬのか」とみずからに問いかけるほかなかったのである。

では、同じように反時代的な作風で短歌の新地平を拓きつつあった塚本邦雄は、この「若い定家」の出現をどのように見ていたのか。短歌同人誌「極」の盟友でもあった塚本邦雄は、この出版記念会においてどのような発言をしていたのか。同号は「魔宴《サバト》」と題してその折の祝辞を掲載している。半世紀近く前の証言である。再録するだけでも意味があるだろう。

今宵は安息日の前夜、即ちサバトです。悪魔会議――春日井建という純潔な小悪魔の祝宴にはまことにふさわしい夕べではありませんか。

かつて、戦争中、軍隊はもとよりぼく達も七曜から土曜と日曜を剥奪されて陰鬱な日々を生きていました。

今日、戦争が終つて十数年を経た後も、短歌の世界には、全きサバトの歌、全き安息日の歌が喪われたままの状態にあるようです。ぼくの考えるサバトの歌とは、人間のうちなるデモンをみつめ、凄じい創造力に賭けるうたであり、安息日の歌とは、言葉の美と秩序の回復を希い、真に人間のたましいの鎮めとなるうたのことです。

ぼく達の周囲は、無秩序な言葉の狂奔と衝動的な行為の記述を、想像力の解放と錯覚している似而非サバトの歌、あるいは、すべてのクリエーションにかかる意欲を喪失した虚脱状態の似而非安息日の歌、はたまた、月曜から金曜にいたる日常的事実と社会現状の報告を、詩的真実の把握と誤認している、空虚なウイーク・デイのうたに満たされているようです。（中略）

ぼくは現代を必ずしも新古今の時代に較べようとは思いません。寧ろ詩歌と人間の魂のかかわりあいでは、比較を絶した不毛の日々に直面している筈です。さもあらばあれ、定家の輝かしい悪胤が、自らの生きる現代の地獄の縁に立ち、稀なる愛の歌をうたい、魔宴のうら若い司祭として、ぼくたちの夜を鎮め、炎え上らせようとしていることに、心からの祝福を捧げたいと思います。

第二章　歌のわかれ

第一節　旅する精神

（一）他ジャンルへの越境

『未青年』の刊行後、しばらくして建は歌をつくらなくなってしまう。この間、約三年。建の内部に何が起こったのか。その過程を明らかにするのが、この章の課題ということになる。自筆年譜には、この三年のことが以下のように記されている。

昭和三十六（一九六一）年　「朝日新聞」（中部版）の「短歌時評」欄を担当。「極」の集りでしばしば京都、大阪へ行く。関山三喜夫のモダン・ダンスの台本「モナリザ」を書く。舞台への関心強まる。

昭和三十七（一九六二）年　NHKテレビドラマ「遙かな歌・遙かな里―枇杷島由来」を書く。CBCラジオ録音構成「愛の世界」で「芸術祭奨励賞」を受賞。以降放送の仕事を多く手がける。現代短歌運動の魁となった岐阜、神戸での青年歌人によるシンポジウムに参加する。

昭和三十八（一九六三）年　名古屋で開催した現代短歌シンポジウムに参加。この秋「青い鳥」を書いて歌とわかれる。

年譜は大まかな事実だけを淡々と述べているが、この間に建が手がけた仕事は数知れない。「他ジャンルへの越境」――それがこの時期の「歌人」春日井建の印象である。というより「歌人」という自己限定が、この頃の建ほど似合わない時期もなかった。年譜には記されていないが、この間、「短歌」には作品と文章を、「旗手」には戯曲、詩、小説を発表している。また、この頃新聞に書いた文章が遺稿エッセイ集『未青年の背景』にいくつか収められているが、内容は短歌よりもむしろ映画、音楽、美術といった他ジャンルに及ぶものが多かった。

当時の建がとくに愛したのは映画で、エイゼンシュテイン、ジャン・コクトー、テネシー・ウィリアムズ、マルセル・カミュに始まり、トリュフォーやゴダールといったフランスのヌーヴェル・ヴァーグの作品、フェリーニやワイダ、さらには黒澤明や大島渚といった日本人監督の作品にいたるまで、およそ映画と名のつくものには何にでも興味を示した。没後の「若い頃こんな映画を見ていた」という展示（名古屋市民ギャラリー矢田「春日井建の軌跡」二〇〇五年五月）では、「大人は判ってくれない」「長距離走者の孤独」「緑の館」「シベールの日曜日」「日曜はダメよ」といった作品の名があげられていた。映画についてはその後も長く関心を持ち続け、歌の批評会などでもよく映画のことを話題にした。

また、音楽や美術についても、東海ラジオの音楽番組「ナウ・イズ・ザ・タイム」でジャズのディスクジョッキーを始めたこと、澁澤龍彥の『サド復活』の挿絵で出会った加納光於の表現世界について新聞に一文を寄せたことを特筆しておく必要があるだろう（『未青年の背景』「わたしの部屋のジャズ」「加納光於と私」）。写真や壁画について書いた文章も残っているが、煩雑になるのでここでは触れない。いずれにせよ二十代前半の青年の仕事としては、まさに八面六臂の活躍ぶりである。ジャンルの垣根はやすやすと飛び越えられ、当時の知的で行動的な青年たちが興味を持ちそうなことなら何にでも関心を向けた。

年譜にもあるとおり、舞台への関心を強めたり、放送の仕事を手がけるようになったのもこの頃で、東海テレビの架空インタヴュー番組「啄木に聞く」では、明治の衣装に身を包んだ若き啄木役を演じている（「短歌四季」一九九一年夏号「春日井建アルバム」）。これが一九六一年九月のことで、翌六二年五月には、春日井建作、小中陽太郎演出のテレビドラマ「遙かな歌・遙かな里―枇杷島由来」（垂水吾郎、小山明子出演）が、NHKテレビで全国放映されている。

このドラマは琵琶の名手藤原師長と尾張の井戸田の遊女水葉との悲恋を描いたもので、水葉は流人師長が赦されて都へ帰るのを機に、近くを流れる三瀬川（現在の庄内川）に身を投げてしまう。枇杷島の地名は、師長とともに都へもどる琵琶を妬んだ水葉が、師長愛用の琵琶の四つの緒を断ち、川縁より投身自殺をはかったという、その場所と琵琶に由来する。『平家物語』巻三「大臣流罪の事」は尾張に流された前太政大臣藤原師長（保元の乱で自害した悪左府頼長の子）の行状を記録しているが、遊女水葉との交情については何も記していない。建はこの土地に伝わる悲恋物語を国文学者であった父瀇から、少年の頃より幾度も聞かされていたのだろう。ドラマの骨格を『平家』に借りながら、それを伝承された悲恋物語で潤色し、彼独自の若い感性でとらえ直した美しい恋愛譚に仕立てているのである。このドラマの台本は、同年十月発行の「旗手」七号に掲載された。建にとっては、同じ「旗手」六号（一九六〇年十二月）に発表した戯曲「少年指導者」に次ぐ二本目のドラマということになる。

枇杷島の悲恋物語に限らず、いったいにこの頃の建は郷土の民話や恋愛譚に多大な関心を寄せていた。とくに民話は「旗手」同人の荒川晃の影響もあってか、この頃の建がもっとも好んで書いたもののひとつだった。開局したばかりの名古屋テレビ（現在のメ～テレ）のPR誌「若い11」第五号（一九六二年八月）を見ると、「ふるさとの民話」と題して建が「鶴女房」について書いている。

これに続く「ほととぎす兄弟」「水乞鳥の前世」も、この地方に伝わる民話の翻案であろう。これは六三年七月の第十五号まで続けられ、建がフォークロアの領域にも並々ならぬ関心を寄せていたことをうかがわせる。歌をやめてからも、この領域での仕事を「失われた恋人たち」という連載（「若い11」第三十三号～第四十四号、一九六五年一月～十二月）で続けていたことを見てもそのことは首肯される。「小幡ヶ原の鬼」「東山の山火事」「熱田の芝居」といった連載の標題を見ただけでも、名古屋在住の者は、なんだか懐かしい気分になる。

ことに「小幡」とか「東山」といった土地は、一九六三年二月、曙町から移り住んだ千種区光ヶ丘の新居からは目と鼻の先にあった。建の手にかかれば、都市化し、日常化した無機質な生活圏も、古老の語る民話の奥ゆかしい世界に一変する。若者の瑞々しい想像力が、この懐かしくクラッシックな民話の世界を創造したのである。しかし残念なことに、その後ふたたび建の関心が民話に向かうことはなかった。「やりたいからやる」という建の流儀からすれば、民話との出会いと別れも、また、そうした彼の流儀の実践ということだったのかもしれない。

それではこの時期の建が短歌と疎遠になってしまっていたのか、というと決してそうではない。年譜にもある通り、「極」の集りでしばしば京都や大阪へ出かけたり、各地で開催された短歌シンポジウムに積極的に参加している。年譜に「岐阜、神戸での青年歌人によるシンポジウム」とあるのは、六二年五月の「青年歌人合同研究会・初夏岐阜の会」、同年十月の「青年歌人シンポジウム・西日本合同神戸の会」のことをいっているのだろう。冨士田元彦によれば、この短歌シンポジウムは六七年九月まで計六度にわたって開催され、「全国的なシンポジウムによる現代短歌運動の魁となる集まり」（国文社刊『冨士田元彦短歌論集』「シンポジウム運動」）であった。

これらのシンポジウムには、同人誌運動の盛んな中京地区の若手歌人をはじめ、関西青年歌人会、東京歌人集会からも多くの歌人たちが参集した。また、年譜六三年の「名古屋で開催した現代短歌シンポジウム」については、開催に先立つ十一月七日、建自身が「朝日新聞」（名古屋本社版）に書いた文章がある。「短歌の新しいこころみ」（『未青年の背景』）という紹介記事である。この一文は、「律」三号に載った塚本邦雄演出の共同制作「ハムレット」や、寺山修司の作品とコラージュ「新・病草紙」の紹介を中心に書かれたものであり、シンポジウムでは「『律』三号を中心にして話を進めようという案があるらしい」ことが予告されている。月末に行なわれたシンポジウムの内容については冨士田の前掲書に詳しいが、建が取り上げた「律」とは「深作光貞を制作者として、一九六〇年代に短歌の革新をめざして創刊された雑誌」(『岩波現代短歌辞典』)で、一号のみで終わった「極」に代わる、前衛短歌運動の拠点誌であった。建自身も作品を寄せ、創刊号に「青春泥棒」十二首を、三号には「叙事詩・雪埋村へ……」四十首を発表している。

こうした全国的なシンポジウムに積極的に参加する一方、建は短歌にかんする理論的研鑽を深めていた。角川「短歌」には、このころ彼が書いた歌論がいくつか掲載されている。「茂吉の狂気を」(六二年二月号)、「贋物追放」(同三月号)、「表現と定型」(同十二月号)といった論文がそれである。これに先立つ六一年の「短歌」にも「抒情の次元」(三月号)、「旅行詠について」(四月号)、「パピヨン断章」(六月号)、「時間と短歌」(九月号)といった文章が矢継ぎ早に発表され、歌論・歌評の領域でも、建が精力的に仕事をしていたことがわかる。

この年の「短歌」では、このほか「短歌の古さ・新しさ」と題する座談会(五月号)とリレー評論の「オルフェの発見・I」(十月号)が注目される。前者は春日井建、荒川晃、浅井愼平の三名による座談会、後者は荒川晃が「ビート族の発言」(九月号)に続いて書いた挑発的な現代文学論(若者論)といったもので、これは翌月の春日井建「オルフェの発見・II」に引き継がれる。連載は断続的に六三年五月号まで十二回続けられ、このうちの七回を荒川が、五回を建が担当している。連載の内容は、短歌よりもむしろ文学、思想、芸術の全般に及び、目につく人名を拾っただけでも、コクトー、ウィリアムズ、カミュ、リルケ、ランボオ、ピカソ、ニーチェ、土方巽、前登志夫など、実に多岐にわたる。

六〇年代に入って「短歌」誌が大きな変貌を遂げたように見えるのは、何といっても建や荒川といった若手の起用に起因する。もちろん、その背後には若い才能の成長を愛し、彼らの自由な気風によって誌面の充実をはかろうとした、主幹春日井瀇の意向がはたらいていたのだろう。

最後にこの時期の建の短歌作品についても、見ておくことにしよう。「短歌」に作品があることはすでに指摘したが、それも六一年の夏頃までで、六二年には欠詠が目立ち、九月号の「街」六首を最後に作品が載らなくなる。作品数も十七首が最高で、多くは十首以下の小品である。それより注目すべき作品は、角川「短歌」を中心に試みられたいくつかの連作であろう。「人肉供物」三十首（六一年二月号）、「交響詩『アメリカ』」四十首（六二年四月号）、「燕のため悲哀のため」三十首（六三年二月号）、「鬼」三十首（六四年二月号）、そして先にあげた「律」三号の「叙事詩・雪埋村へ……」四十首（六三年九月）などがそれにあたる。のちに歌集『行け帰ることなく』に収録される連作群の原形がここにほとんど出揃っている。当時の読者が建の作品を読んだのはこの「鬼」が最後で、それから程なく、彼は「歌のわかれ」を宣言するのである。

（二）決別、新しい旅へ

遺稿エッセイ集『未青年の背景』のなかに、「決別、新しい旅へ」という一文が収録されている。生前、建がエッセイ集のために集めていた新聞、雑誌の切抜きのなかにはなかったもので、荒川晃が保存していた新聞の切抜きをあとから付け加えたものである。切抜きには掲載紙（誌）の明らかなもの、明らかでないもの、日付のあるもの、ないものが混在しており、収録にあたっては荒川の記憶と文章に書かれている内容から、おおよその執筆時期を推定して年代順に並べた。「決別、新しい旅へ」という文章は日付がわからなかったので、書かれている内容から『行け帰ることなく』の刊行直後と推定して、一九七〇年末から七一年頃の文章として処理した。しかしこの文章は、実際には一九六五年二月三日の「朝日新聞」（名古屋本社版）に掲載されたもので、建が「歌のわかれ」を宣言するのは私たちが考えていたよりもずっと早い時期であった。連作「鬼」を発表したのが角川「短歌」の六四年二月号だから、それから一年ほどののち、建はこのマニフェストを公開したことになる。

短歌をやめたんだって？　と皆がふしぎそうにいう。よほど私が短歌にとりつかれていて、キツネつきが落ちたとでもいうみたいだ。どうして？　とたたみかけて問われて私は困ってしまう。

まあ、簡単に答えるなら、短歌の小さな形式を表現の具にする気がなくなった、というところだろうが、それだけではない。書くということはもうちょっと一すじなわではいかないものだ。むしろ私にとって短歌はもう心臓のようにドキドキ音をたてなくなった、とでもいったほうがぴったりする。私は長い小説を書こうと思う。

歌人は「歌のわかれ」を問題にする。しかし私の場合は、中野重治みたいに〝赤ままの花を歌うな〟といって抒情とのわかれを宣言するような別れ方とはまるっきりちがっている。あまい抒情はいつだって私の敵だった。私は歌を書きはじめた時から、明日が「歌のわかれ」になったってぜんぜん気にかけない精神状態でいた。やりたいからやるんだよ、という調子で、私は熱狂的で、無礼講で、つむじ曲りだったのだ。　　「決別、新しい旅へ」

このように書き出す文章を、当時の読者はいったいどのような思いで読んだことだろう。中野重治の向こうを張ったもうひとつの「歌のわかれ」と読むか、若さに通有の気取りやポーズと読むか、いずれにせよ歌人としての建の仕事しか知らない人々は、「どうして?」という思いを禁じ得なかったにちがいない。十五年後に歌に復帰することを知っている現在の読者なら、「またずいぶん威勢のいい啖呵を切ったものだ」という意地悪な読み方をするかもしれない。しかし確実に言えることは、この時期の建が何の躊躇《ためら》いもなしに歌とのわかれを決意していたことである。「私にとって短歌はもう心臓のようにドキドキ音をたてなくなった」と言っているとおり、建はこのとき「短歌への恋」を捨てたのである。

「私は青春のころ、短歌に打ちこみ、短くも激しく燃えたのち、恋を捨てた」とは、亡くなる二年ほど前に書いた文章の一節だが（「恋の思い出」「短歌研究」二〇〇二年五月号）、この「恋」の比喩ほど建の内面を的確に表現したものはなかった。人はだれも青春の一時期、身も世もないほどに打ちこみ、愛してやまない対象をもつものである。なぜそれほどに打ちこむか、理由など考える暇もないほど夢中になり、気がついてみるといつの間にかそれが身にそぐわなくなっている。そういう体験をもつものはたくさんいる。建にとってはその対象が、たまたま短歌であったというだけのことであったのかもしれない。しかし、歌人のなかにはその後も長くこの「恋」を手放さないものがいる。いや彼らの多くは青春時代に出会ったこの形式をその後も長く身に添わせ、ときにはこれを「鍛錬道」と称して生涯にわたる唯一の表現形式とするものさえいる。なぜ建がこうした道を選ばず、この「恋」を捨てたのか。ここではその理由にもう少しこだわってみたいのである。建の内面に即しながら、彼の言う「恋」にもっと分析的な言葉を与えてみるとどうなるか、そこまで突っ込んで考えてみたいのである。かつて私はこの問題について次のように書いたことがある。

水脈《みを》ひきて走る白帆や今のいまわが肉体を陽がすべりゐる　夢の法則

建の短歌はすみやかに流れ去る青春の一刻一刻を、まるでスナップ写真を撮るように五句三十一音の定型に写し取ったものだ。「今のいま」自分の肉体をすべりゆく陽光にしか作者の関心はなく、作品はその一回性に賭けられている。世に青春歌とよばれるものは数多いが、建の歌ほどこの一回性を際立たせ、またそれを自覚的に対象化しようとしたものはない。さらに言えば、青春の絶巓にある純一無垢の詩精神が、この一回性に殉じた記念碑的作品こそ、『未青年』一巻にほかならなかったのではないか。「歌のわかれ」はその意味では約束されていたのだ。

「短歌四季」一九九一年夏号

建にとって短歌表現は、数多くある自己表現のうちのひとつでしかなかった。明日が「歌のわかれ」になったってぜんぜん気にかけないという言挙げは誇張でも何でもない。「今」という一回性を掬う手段として短歌という様式が選ばれているのである。「今のいま」はそれが自覚された瞬間に「今」でなくなる。しかしそれを写真のネガに焼き付けるように作品のなかに封じ込めることは可能だ。「水脈ひきて」の一首はまさにその実践といってよい。しかしこの歌にはまた、封じ込めたはずの「今」に否定が孕まれていて、「今」とは別の時空からの視線が感じられる。みずからの肉体にそそぐ「陽」を見る作者の視線には、どこか遠くを見るようなゆったりとした時間が流れている。

つまりこの歌の「今」には、それがいつかは終わるという強い予感、別言すれば遠い未来からの否定の眼差しが孕まれている。一首の背後にある終焉の予感が今を輝かせ、同時にまた未来に向かって広がるゆったりとした時間の流れをも意識させるのである。今という一瞬を詠みながら、それが刹那的な印象を与えずに、むしろのびやかな時間的豊饒さを感じさせるのはそのためだ。歌は「今」に埋没し、陶酔するかに見えて、実はそうではない。むしろ覚醒的、観照的でさえある。

私はここでこの歌の背後にある「終焉の予感」を、建の「歌のわかれ」と関連付けて論じようとしている。実は『未青年』刊行後の早い時期に、建はこの「終焉の予感」を抱いていたのではないか、というのが私の仮説である。すみやかに流れ去る青春の日々、その一刻一刻をスナップ写真のように歌に封じ込めることが出来たとしても、その無償の営みはいつか終焉を迎えねばならない。青春の一回性を永遠の相のもとに定着させるためにはどうしたらよいか。社会や風俗を詠む、あるいは区々たる身辺日常だけをうたって、若さをもう詠まないという選択があることは言うまでもない。多くの歌人たちは、青春とか恋愛といった若さにふさわしいテーマからいつの間にか手を引き、淡い懐旧の念のなかにこれを埋没させる。しかしこの場合もテーマから身を引くということであって、作品をつくる行為そのものが放棄されているわけではない。

私は『未青年』を青春の一回性に殉じた記念碑的作品と断じたが、そもそも歌人たちはこれに殉じようなどという意志をもたない。殉ずるに値する作品をもたないからだ。建の青春歌はちがう。その早熟な出立と完成度の高さは、決して余人の追随を許すものではなかった。青春の終焉の予感は、テーマの放棄というレベルにとどまらず、作歌活動そのものの断念にまで突き進んだ。一瞬が永遠に転ずるための要件は、二度とそこに立ち戻れないというその一回性にある。したがって、建にとっては歌を捨てることが作品を完成させることだった。沈黙もまた作品であったのである。

とすればのちに彼が「行け帰ることなくとは、修辞ではなく、思想だった」と『青葦』のあとがきに書いた事情も肯ける。「未青年」という若さの絶巓を建は越えようとしていた。もう二度と振り返ることはない。「さあ、精神とは旅するものだ。そして短歌を愛したのは昨日の私なのだ」と建は先の文章を締めくくっている。建の未来には無限の表現の海がひろがっていた。歌のわかれは一大決心を要するようなものではなく、密やかに、かつやすやすと遂行されたのである。

かくして建の「新しい旅」は始まった。昨日の「私」には未練も感慨もなかった。宣言通り歌を捨てた建は、新しい表現の場で生き生きと活動することになる。「長い小説」こそ書かれなかったものの、この頃の建の活動の場はおもに新聞であった。「毎日新聞」での映画批評についてはすでに書いたが、それ以外にも「名古屋タイムズ」「朝日新聞」「中部日本新聞」（のちの「中日新聞」）などにいくつかの連載をした。このうち「名古屋タイムズ」に載ったコラム「夕閑」（一九六四年七月〜九月）は、その一部が『未青年の背景』に収録されているが、「朝日新聞」に載った「男の目」（六四年八月〜十月、荒川晃など複数の書き手との共同連載）や「団地のうた」（六五年七月〜九月）は、現在ほとんど埋もれたままになっている。前者は若い男性の目を通じて当時の若い女性たちの風俗や生き方を論じたものであり、後者は高度成長期のさなか、名古屋市やその近郊に建ち始めた団地に足を運び、そこに生きる人たちの生活や生き方を取材したものである。

こうした連載記事を読むと、建がジャーナリストとしても一級の仕事をしていたことがわかる。「団地のうた」の連載は二、三日に一回のペースで二十三回続き、原稿用紙にすれば四百字詰原稿用紙八十枚ほどの読み物だが、話題の選び方や状況の切り取り方に工夫があり、読者を飽きさせることがない。時代は一九六〇年代の半ば、安保騒動後の日本は経済発展の道をひた走りに走り続けていた。団地は当時の市民的幸福と豊かさを象徴しており、そこでの生活はようやく豊かになり始めた当時の庶民のあこがれの対象でもあった。「文化住宅」などという呼称が用いられたのもこの頃である。星が丘、西山、志賀、鳴子、小幡などという団地名を目にすると、今ではすっかり都市化したこれらの土地に、新興の住宅団地が建ち始めていたことがわかる。

ここを舞台に、話題はマイカー、カギっ子、テレビショッピング、単身赴任、核家族、エプロン亭主、ペット、サークル活動と多方面に及び、消費文化の浸透とそれにともなう問題がさまざまな視点から論じられている。注目されるのはこれらのトピックを論じる「私」の設定の仕方である。記事のなかの「私」はブルドッグを連れて団地内を歩き回り、またオートバイに夢中になっている青年ということになっている。いかにも建らしい悪戯心がこんなところにも出ている。

(三) 小説という方法

「私は長い小説を書こうと思う」と建が書いたのは、一九六五年二月のことである。しかし結論だけを言えば、この「長い小説」は生涯書かれることがなかった。それでもこの時期の建が、かなり本腰を据えて小説というジャンルに立ち向かおうとしていたことだけは確かである。

このときまでに建が書いた小説は、高校時代の同人誌「裸樹」に書いた習作期の作品を除けば、六〇年四月の「舌状花」、六三年五月の「植物」、六四年四月の「お母さんの宝石」の三作である。いずれも文芸同人誌「旗手」に掲載されたもので、このうち「お母さんの宝石」だけは、思潮社の「現代詩手帖」特集版「春日井建の世界――〈未青年〉の領分」(二〇〇四年八月)に再録されている。建が残した小説で、現在一般の読者が目にすることのできる唯一の作品である。年齢でいえば、二十一歳から二十五歳の時期にあたる。ほかにも小説作品が書かれた可能性はあるが、私の知る限りではこの三作以降、小説が書かれた形跡はない。

あまり書かれなかったこともあって、「春日井建と小説」ということがトピックにされることはこれまであまり無かった。しかし歌人と小説との間には浅からぬ因縁があった。小説家三島由紀夫の知遇を得たことがこの領域への接近を促したことは想像に難くないが、それ以前から建にはジャンルを超えた自由な読書の蓄積があった。『未青年』をはじめとする初期作品に登場する小説家だけでも、マルキ・ド・サド、トーマス・マン、アンドレ・ジイド、オスカー・ワイルド、ジャン・コクトー、アーネスト・ヘミングウェーといった作家名がたちどころに思い浮かぶ。これに詩や絵画、彫刻、音楽といったジャンルの芸術家たちを加えれば、優にこの数倍の人名があげられるだろう。欧米の作家たちに偏向しているようにも見えるが、日本の作家たちの作品もジャンルにとらわれずに広く読んでいた。三島由紀夫は言うに及ばず、三島の周辺の作家たち、たとえば川端康成や澁澤龍彥、塔晶夫（中井英夫）といった人々の作品、さらには大江健三郎や石原愼太郎といった同時代の若者たちの作品も読んでいただろう。これに歌人や詩人の名を加えれば、当時の建の文学的世界がどのような拡がりをもっていたか、おおよその見当がつく。

もとより建の小説は歌人の「余技」として始められたものではなかった。プルーストやドストエフスキーへの傾倒、のちのマルグリット・デュラスやジュリアン・グラックへの耽溺ぶりを見ても、彼の小説熱が半端なものでなかったことは容易に見て取れる。何かが彼の小説家への道を思いとどまらせた。それが何であったかは、今となっては確かめる術もないが、私が小説作品から受け取った印象では、建の資質がいわゆるストーリーテラーのそれでなかったことに求めるよりほかないように思う。月並みな結論かもしれないが、やはり建の資質は散文ではなく韻文のなかでこそ発揮されるものだったのである。

さて、この時期の建の小説には先述したように、「旗手」に発表した三作がある。このうち「舌状花」と「お母さんの宝石」はともに四百字詰原稿用紙三十枚ほどの短編であり、「植物」だけが九十枚たらずの中編である。前二作は作中の語り手が「私」で私小説風、後者は三十代のシングルマザー「きよ」を主人公とする心理小説風の作品である。興味深い点は、この三作のなかに建が短歌を通じて表現しようとしたテーマがほとんど出揃っていることである。戦争といった大きな抗いがたい時代状況、その戦争から排除された孤独な少年世界、父権的なものに対する反撥と悪への志向、アポロン的青年像の理想化、聖なる母に対する愛情と褻瀆、ケルアック的な『路上《オン・ザ・ロード》』へのあこがれなど、これらは『未青年』の読者にはどれもお馴染みのテーマといってよい。作品を読むことのできない人のために、以下少しく概説を試みてみよう。

一番早く書かれた「舌状花」は、エピグラフに「アンセリウム血の花びらアンセリウム／喉ぼとけのついたまま引っこ抜かれた土人の舌」という二行が添えられ、熱帯の原色に彩られたミクロネシアの小島、ヤップ島を舞台にしている。ヤップを地図で見ると、カロリン諸島の西部、フィリピンに隣接するパラオ諸島のすぐ北側にあり、『未青年』に登場するマリアナ諸島のテニアン島はこの島のさらに北側に位置する。

時代は「第二次世界大戦が始まつた頃」、主人公の「私」はまだ「十五歳にも満たない」日本人の静夫という少年である。少年の「父」は砂糖を売買する「南洋貿易株式会社」に勤務するかたわら、コプラ生産を目的とする椰子樹栽植事業にも手を出す実業家である。物語は、父とともに島に滞留する「私」が、現地の若者たちとの間に繰り広げる愛憎劇を中心に展開する。標題の「舌状花」アンセリウムはさといも科の熱帯植物で、長い花柄の先に鮮紅色の舌状の花（実際には苞）を生じ、その花（苞）の基部に円柱形の肉穂花序がつくところから、「喉ぼとけのついたまま引つこ抜かれた土人の舌」と表現されたのだろう。

小説には、「ローシ」という島の若い刺青師が登場する。彼の肌にまだ入墨のなかった頃、裸の肩や胸にはアンセリウムの真紅の花弁を貼りつけていたことがあったという設定になっている。ローシは「私」の好きな「ヨハニト」という逞しい美青年を奪い取ろうとしており、そのことが「私」をたまらなく不安にさせる。「私」は植民地支配者（日本人）の息子なのだが、現地の青年たちの間ではそんなことは聊《いささ》かも考慮されない。日本の「若者宿」のような閉鎖的な空間で、青年たちはお互いに愛し合い、傷つけ合う。ローシには「アメリア」という若い美貌の母親がおり、年嵩の刺青師の父が死んでからというもの、ローシは友人のヨハニトに未亡人となった母アメリアを抱くようにと執拗に勧める。現地語を解するようになっていた「私」は、ローシとヨハニトのふたりがその話をしているところをたまたま盗み聞きしてしまう。しかし物語の最後で、アメリアが祭りの日に抱かれた相手の男が自分の父親だったことを知り、少年はその事実に愕然とする。ヨハニトは「私」の父を憎み、ヨハニトの「逞しい男の胸」にあこがれる「私」はそれによって二重に傷つく。「私がヤップで生きて行くのにどんなにヨハニトが必要か告げることはもうできなくなつてしまつた」と少年は慨嘆する。

この小説は一種のファンタジーといってよい作品である。時代も場面もひどく現実離れしている。一九六〇年という政治的季節を背景に読むと、そのことはもっと明瞭になるだろう。少年は思春期の暗い性と、島を支配する植民地統治者の子という二重の重荷を負っている。大人の性や社会に対する反撥と拒絶、父権的なものに対する嫌悪と抵抗、それを十五歳に満たない「静夫」

という少年が一身に背負って、物語は性急に展開する。短編という制約もあって、この性急な展開が作中人物の造形に無理を与え、小説としての完成度を損なっている。語り手は「私」でも、これは私小説風に書かれた幻想小説である。テニアンならぬヤップの、「怒濤をかぶる岩肌に寝て」織りあげた多感な少年の白日夢、そう呼びたいような想像の世界がこの小説には繰り広げられているのである。

これに対し、三年後の六三年五月に発表された「植物」は、「舌状花」に比べれば技術的にも、また心理描写の点においても格段の成長を見せている。この作品の主人公は三十歳代半ばの女性「きよ」で、彼女には高校生の息子「幹夫」と、毒草学の権威である「父」があり、三人は父の古びた家で「感じやすい心で鬩ぎあうように」して住んでいる。夫が女の許へ去ってからというもの、きよは心の通わない父の家でひとり幹夫を育ててきた。物語は、庭の自然石に腰をおろしたきよが、彼女を捨てて「トラックの仲間」と旅立ってしまった幹夫の俤を追って呆然とする場面から始まる。

「トラックの仲間」とは、家も学校も捨てて、大型トラックの荷台で生活している一群の若者たちのことで、彼らはこれまでにも、何処とも行方の知れぬ、期限を定めない旅行を繰り返してきた。幹夫はトラックの持主で大学を中退した「林数男」という青年の生き方にあこがれている。彼は母に向かって、「あのひとには家庭がないんだ。何ももとうとしないんだ。いいなあ、林さんはいつだつてすぐ死ねるんだもの」などと口走って彼女を不安に陥れる。仕事もなく、セックスや酒に溺れ、ジャズやツイストに明け暮れる、まだ二十歳そこそこの青年たちを、きよの父は当然のことながら「新しいチンピラ」としか見ない。愛する息子がどんどん自分から離れて行き、トラックの仲間と遠い旅に出てしまうかもしれないと思うと、きよはじっとしていられなかった。

ある日、きよは意を決して林のトラックの家に出かけて行く。「幹夫を連れていかないでくれ」と頼むと、青年はあっさりと「連れて行きませんよ」と答えた。まえまえからきよに興味をもっていた林は、自分のトラックに彼女を誘い、まんまと自らの欲望を満足させる。幹夫のために苦しい官能に身をまかせたきよだが、林は母との情事を幹夫に告げ、すべてを知った幹夫は「トラックの旅」を決意して家を出て行く。

建の文学のテーマに「母」という聖なる領域があることはこれまでにも指摘してきた。幹夫は「裸樹」に書いた、母の「高潔な至純の心」にふれて育った「私」に連続している。「硝子絵の青き聖徒を妖しみて受洗の母を怖れゐたりき」という一首が『未青年』にあるが、この「怖れ」も、「聖なるものは必ず瀆される」という予感と一体のものである。、聖なる母を自身の憧憬する青年に瀆させる、こうした手の込んだ手法は、当時の建が好んで用いた劇的手法とでも言うべきものであった。小説は母と子の立場を入れ替えて、母《きよ》の側から書かれているが、この聖化と褻瀆の重層的な構造に『未青年』との大きな変化はない。「わたしは毒をもつたまま何処へも行けないで立ち枯れる植物だ」ときよが考える場面など、空虚で孤独なシングルマザーの内面がよくとらえられている。二十四歳の青年の筆になる心理描写としては、卓越したものと言わなければならないだろう。

最後の小説「お母さんの宝石」は、一口で言えば「父と子の葛藤劇」である。「植物」の母子家庭とは逆に、こちらは「古典文学をほじくりかえしている田舎学者」の父と若い作曲家の息子からなる父子家庭で、母は作曲家の「私」が生まれたその日に死んだことになっている。あらすじを追うことはもうしないが、「父と子の確執」は『未青年』以来、『青葦』にいたるまで、建が繰り返し作品化したテーマで、これもその一ヴァージョンとして読むことができる。父を古典文学にかかわる学者としているあたり、より「私小説」的色彩が濃いが、家からの出奔が希求されているからといって、これがそのまま建の実生活を模したものではない。「植物」の完成度に比べると、全体に荒削りで作中人物たちの心理描写も十分とは言えないが、これが「最後の小説」になるとは建自身も考えていなかっただろう。こののちも建は本気で「長い小説」を書くつもりでいた。しかし彼の自由で奔放な「旅する精神」が、それを許さなかったのである。

(四)「詩人」という呼称

一九六五年二月、「歌のわかれ」を宣言した春日井建は、「詩人」という呼称を用いはじめる。以後、父の死を契機に歌への復帰を果たす七九年の春まで、建は基本的にこの肩書を使いつづける。しかし建の主観においては、肩書などどうでもよかったのではあるまいか。歌をつくらなくなった以上、もはや歌人を名乗るわけにはいかない。新聞や雑誌に文章を書いた際、どんな肩書を添えるか。そうした便宜的、消極的な理由で選び取られたのが、この詩人という呼称であったのである。

ただこの時までに建が書いた詩は、習作期のものを除けば、「旗手」七号に発表された「ジャン・ジュネ」（六二年十月）、同八号の「サド侯爵」（六三年五月）、同九号の「気ちがい兄弟のランプ」（六四年四月）の三篇くらいで、決して多いとはいえなかった。三篇のうち「サド侯爵」は麻《（ママ）》井慎平との共同制作《コラボレーション》で、前衛的な紫一色の麻《（ママ）》井の写真に建の詩のフレーズをあしらった絵巻物風の作品である。サドの生涯を五期に分けたクロニクルの構成で、「壮年期」の部分には他の四期とちがう横書き表記が試みられている。

この詩に直ちに反応したのが塚本邦雄であった。手きびしい、切って捨てるような批評で、「ぼくは残念ながら見て失望した」「救いがたい失策」とまで書いている（角川「短歌」六三年八月号）。塚本によれば、サドという対象は「パロディーもパラフレーズもゆるさぬ、厳然たる存在」であり、「サドの理解はもちろん、サドのまねびすら至難のわざ」である。彼が期待したのは、サドを建一流の美意識のヴェールに閉じ込めることではなく、サドの哲学と美学への「批評」であった。美意識のヴェールでサドを覆うこと――「その苦しみと、配慮をぼくは首肯した上でやはり怯懦と呼びたい」とも言っている。

しかし、これが建の作品の全否定を意味しているかといえば必ずしもそうではない。別の箇所では、この作品が「サド侯爵」即ち春日井の変身譚であり、「サドというより残酷趣味をもつて彩られたナルシス、とでも言つた方がより適切な自画像である」として、この「ナルシス」に好感を寄せている。そうした含みをもたせた上での手きびしい批判であったことは、この一文のタイトルが「ナルシス公爵頌」であったことからもうかがわれるだろう。

塚本の「サド侯爵」評に見られるように、この時期、建の詩作品の評判は必ずしも芳しいものではなかった。ジュネやサドのような桁外れの異端的作家の「批評」を一篇の詩のなかに封じ込めることの困難、その困難にあえて挑戦した建の意気は壮とすべきだが、いくら叙事的な要素を極限化しても、詩作品でその「批評」を行なうことにははじめから無理があった。とすれば塚本の言う「批評」は、詩よりもむしろ短歌においてこそ可能であったのではないか。短歌は瞬間の詩である。塚本流に言えば「刹那を象眼する時」にこそ輝く詩形である。『未青年』一巻は、プラトンからミケランジェロまで、あるいはトーマス・マンからジャン・コクトーまで、聖別された男たちとの一瞬の交感を短歌定型のなかに封じ込めた実験場だという見方もできないわけではない。ジュネやサドをこの実験場に登場させることだってできただろう。しかし無いものねだりは禁物である。短歌との決別の意志は固く、すでに賽は投げられた後だったのである。

その後、建は「ジャン・ジュネ」や「サド侯爵」のような意欲的な作品を書くことはなくなった。「旗手」九号の「気ちがい兄弟のランプ」は百五十行に及ぶ長編だが、前二作と比べると印象がうすく、建らしさがない。「旗手」以外の詩作品では、一九七四年に刊行された『夢の法則』に「履歴書」「ジイド論」「首しめ男」の三篇があるが、これらはいずれも『未青年』と重なりつつそれに先行する詩篇と思われるので、この時期の作品に含めるわけにはいかない。それでも「詩人」の呼称を使いつづけたのには理由があった。自筆年譜には、「昭和四十三年（一九六八）、月刊誌『旅路』のグラビアページに詩を書き始める」とあり、その後長く書きつづけることになる「四季の詩《うた》」についての記述がある。「旅路」はこの年から八八年にかけて出されていた国鉄のPR誌で、八七年に国鉄がJR東海になってからも一年ほど継続して刊行された月刊誌である。友人の荒川晃がその編集にかかわり、依頼を受けた建は、二十年以上もの間、毎号、巻頭に掲載されるグラビア写真に短い詩を添えた。

雲がただよい
日が照り　曇り
遠く明りがうつっていく
獲物をうつ
猟銃の音がして
風が白いしじまを渡る
ごらん
逃げていく兎に
雪の山はふかい
谺《こだま》のかえる村は
今　炉に火をいれるころ
安息の冷気に満ちるころ

背後には暮色せまる御嶽山と、その山麓に這うようにして建つ集落が、静謐なモノトーンで写し出されている。その後も終刊までこのスタイルは踏襲され、モノクロの風景写真に詩を添えるという基本的なパターンが繰り返される。写真が先にあり、それに詩を添えるという作業だから、これらの詩を自由な独立した「作品」と呼ぶわけにはいかない。

短歌の世界には、屛風歌といって屛風絵を主題にして詠むものがあるが、これは言ってみれば詩による屛風歌の試みである。なるほど巧い詩だが、これといった特徴のない、おとなしい詩である。読者が（ということは依頼者が）、それ以上のものを求めなかったからである。作者に求められているものが、「旅への誘《いざな》い」である以上、そこから大きく逸脱した「作品」を書くわけにはいかない。先に建がこの時期までに書いた詩の数は多くないと書いたが、六八年以降となると事情はまた変わってくるのである。これらのグラビア詩は、いわば原稿料をもらって書く「仕事としての作品」である。それが「筆のすさび」であったといえば作者には酷に過ぎるが、「旗手」に書いた詩とは自ずとその性格を異にする。正確には数えていないが、二十年ほどの間に建が書いた詩は、おそらく二百五十篇を超えるだろう。連載は「旅路」の終刊をもって終わるが、実はこの種の作品は他にもあって、その数も決して少なくない。一九九三年四月から「いきいき中部」に連載された巻頭詩がそれである。

こちらは建設省の中部地方建設局が出していたPR誌で、連載は二〇〇二年三月まで百回あまりつづけられる。依頼をうけた目的も、写真に詩を添えるという形式も、「旅路」のそれとほとんど変わるところがない。こちらは写真がカラーとなり、大きさも「旅路」よりひと回り大きい

Ａ４判を用いている。「旅路」のものも加えれば、建が書いたこの種の作品は実に三百五十篇あまりということになる。後年、中咽頭の癌で入院した折、建は歌集の上梓とともに、詩集の出版を考えたことがある。計画は頓挫し、歌集のほうだけが世に出たが、このとき計画された詩集に収録しようと考えていた作品が、「いきいき中部」に連載した詩であったことはあまり知られていない。発病を機に詩作品の出版も考えた建の心情を思うと、彼がこれらの詩にも深い愛着をもっていたことがよくわかる。

以上見てきたように、「旗手」終刊（九号　一九六四年四月）後の建の詩作品には、取り立てて問題にしなければならないようなものがあまりなかった。しかし『証言――佐世保'68.1.21』に収録されている一篇だけは別である。『証言』は一九六八年に松田修によって編まれた俳句、短歌、詩の作品集で、米原子力空母エンタープライズの佐世保入港に際し、作者の立場や職業のちがいをこえて集められた作品が収められている。高橋和巳が跋文を書いているあたり、全共闘運動がピークに達するこの時代の雰囲気をよく伝えているが、この『証言』に建が一篇の詩を寄稿しているのである。

短歌作品の寄稿者のなかには、まだ三十代の岡井隆や石川不二子、早稲田の学生であった福島泰樹や三枝昂之の名も見られる。編者の松田修は『未青年』の出版記念会にも駆けつけた建とは旧知の国文学者で、六一年九月に中部短歌会に入会、このときは佐世保に近い福岡の女子大で教員をしていた。寄稿が松田からの依頼であったのか、建自身の自主的な判断によるものだったのかは不明だが、内容は政治性の強い反戦詩といったものではなく、むしろ穏やかな厭戦詩ともいうべきものであった。作品は戦地でみずから命を絶った若い兵士の母親が、戦争を指揮した「閣下」に語りかける形式をとっており、場面は先の大戦ともベトナム戦争とも、いずれとも取れる設定である。兵士の母親の口調が穏やかな分、かえって告発のモチーフが顕在化する構成になっているが、この詩から過大な政治的メッセージを読み取ろうとするのはおそらく間違いであろう。ベトナム戦争の行方に建が並々ならぬ関心を寄せていたことは、三十年ものちにつくられた『白雨』の「記念写真」の一連にその痕跡をとどめているが、学生であった福島や三枝とは、当然のことながら「情況」へのかかわりに温度差があった。当時の建の関心は政治闘争よりも、むしろラジオの仕事や芝居の演出、ドラマの執筆といった非政治的領域に傾いており、佐世保闘争や全共闘運動に主体的にかかわる状況にはなかった。『青葦』のあとがきのなかの言葉をかりれば、この時期の建は文字通り「放蕩」の限りをつくしていたのである。大学へはとっくに行かなくなっていたし、正規の職業には就く気がなかった。競馬、麻雀といったギャンブルも好きだった。『証言』の作者名には、居住地、職業、年齢が添えられており、そこには名古屋、自由業、二十九歳と記されているが、まさに当時の建は「自由業」という肩書がもっとも似合うような生活をしていた。松田との個人的な付き合いがなければ、この詩が書かれたかどうかさえ疑問に思われる。『証言』に載っている岡井や福島たちの作品を彼はどんな思いで読んでいたのだろう。おそらく少し距離をおいた地点から冷静に眺めていたことだろう。それほどこの時期の建は、政治から遠い場所にいたのである。

一方、決別を宣言した短歌とのかかわりはどうなったのだろう。つくらなくなったとはいえ、もちろん短歌との関係が切れてしまったわけではない。父が主幹をつとめる「短歌」には、折に触れて歌に関する短文を書いた。「短歌の潮流を展望する」（六七年二月号）、「反・自然」（同十一月号）、「歌と碑」（六九年一月号）といった文章がそれである。総合誌や新聞にも藤原定家や釋迢空について健筆を揮ったし、父濵の歌についても、この時期、初めて本格的に論ずる機会を得た。現代歌人文庫（国文社）の『春日井建歌集』に収録された歌論「無可有境の歌人――定家覚え書」と「春日井濵論」が、ともにこの時期のものであることも興味深い。

第二節　行け帰ることなく

（一）アメリカ放浪

一九七〇年という年は、春日井建にとって重大な転機となる年である。この年の七月、建は第二歌集『行け帰ることなく』（深夜叢書社）を上梓し、アメリカ行きを敢行する。十一月には、三島由紀夫が自衛隊の市ヶ谷駐屯地に乗り込んで割腹自殺を遂げた。この年、建三十一歳。「歌のわかれ」とともに、「青春のわかれ」をいやがうえにも決断せざるを得ない時期にさしかかっていた。その意味で『行け帰ることなく』の上梓と、アメリカ行は一体の行動として捉えられるべきものであった。わかりやすく言えば、建はこのふたつの行動を通して自らの青春を清算しようとしたのである。ここではこのふたつの行動のうち、まず、アメリカ行について論じてみたい。

それにしても、唐突とも思えるこのアメリカ行をなぜ建は決意したのだろうか。その理由を後年の文章でこう述懐している。

その後、たぶん観念的な世界からの解放を求めたかったのだろうが、私はローレンス・リプトンの「聖なる野蛮人」に導かれてヒッピー全盛の頃のアメリカへ出かけていった。思想の挫折とか転換というほどのものではない。ささやかな自分史の上に今の私が在る。

「近景と遠景」「短歌研究」一九九六年五月号

「思想の挫折とか転換というほどのものではない」と書いてはいるが、もちろん、「ささやかな自分史の上」の一些事として片付けてしまうわけにはいかない。四半世紀後の回想には、つとめて自分の若さを冷静に見ようとする意識が働いている。口に出して言わなくても、このときの決断には、やはりなみなみならぬ覚悟と思想上の転換があったとみるべきであろう。彼がこの行動を通じて、新たに切りひらこうとした境地とはどんなものだったのか。「観念的な世界からの解放」と言っているが、その「観念的な世界」とはどのような世界であったのか。

これより先、建は父濱との新聞の紙上対談（「中日新聞」一九六七年一月十七日「現代短歌の道

――中部を語る」）で、「僕が歌をやめたのは、短歌がつまらないからではない。短歌は独白、モノローグの世界でしょう。おとなになって対話の場がほしくなったからです」と発言している。「観念的な世界」とは、ここでいう「モノローグの世界」と言い換えてもいいだろう。詩や散文、舞台やラジオといった、六〇年代後半の仕事の大半は、「対話の場」が欲しくて、というこの発言に沿ってなされたものである。時代はベトナム戦争の真っ只中、アメリカではベトナム反戦運動が激化し、ヒッピーが社会問題化したり、アレン・ギンズバーグやジャック・ケルアックといったビートニクの作家たちが胎動を始めていた。建がめざした「対話の場」は、いつしか短歌的抒情の纏綿とする日本的な日常から、一足飛びにアメリカという開放的な非日常に求められることになったのである。それがこの一九七〇年という節目の年であった。

アメリカ放浪について建が書いた文章はいくつかある。そのうち『青葦』の「あとがき」に書かれているものが一番長くて詳しいが、このほかにも、「秋から冬へ」（「短歌」七一年一月号）、「わが友ヒッピー」（「名古屋タイムズ」七二年十月九日）、「アメリカン・ウーマン」（同十一月二十七日）、「天使のような恋人たち」（美術雑誌「一枚の繪」七二年十二月号）といった短文があり、これらを読むと、アメリカ滞在中の建の足跡を朧げながらたどることができる。以下、これらの文章や友人・荒川晃に宛てた私信を出した場所から、アメリカにおける建の行動を追尋してみることにしよう。

一九七〇年七月十七日、建は羽田空港よりカリフォルニアに向かった。同年九月発行の「短歌」本部通報の消息欄には「春日井建氏七月十七日渡米、サンフランシスコ、ロサンゼルスに九月いっぱい滞在の予定」とあるから、約二ヵ月半の滞在予定であったことがわかる。まず立ち寄ったのがサンフランシスコである。ここでは一ヵ月ほど暮らした。途中、カリフォルニア州中西部の小都市フリズナや、州境の町ネバダ州リーノに小旅行をした模様で、フリズナでは州立大学の哲学の先生と話をしたとか、リーノに向かう途中のバスのなかでメキシコ人の中年女性と親しくなったとか、現地での出会いや見聞を思いつくままに荒川に書き送った。公認の賭博で有名なリーノでは、賭け事の好きな建らしくみずからルーレットゲームに興じたり、儲けたあと大負けするチャイナ美人の様子を実況中継さながら荒川に報告したりしている。

サンフランシスコではまた、ホテルの近くにあった画廊に足繁く通い、売り子の娘さんと親しくなった。彼女から勧められたダリのエッチングを断り、ことさら関心のあったわけでもないヘンリー・ミラーのエッチングを購入する。ミラーの小説の初期作品中に、「ミラーが一枚の絵を仕上げるまでの、軽妙で、楽しい心を書いた」短編があることを思い出したからである。「恋人たち」と題するそのエッチングを、帰国後、建は自分の書斎に飾った。

ヘンリー・ミラーとともにアメリカで出会ったのは、エドガー・アラン・ポーとディケンズである。帰国後すぐに書いたと思われる「秋から冬へ」という一文によれば、建は博物館の同じ部屋でふたりの筆跡をいっしょに見ている。どこの博物館かは特定できないが、おそらくこれも州内のどこかだろう。ポーのものは、有名な「アナベル・リー」の直筆原稿で、ディケンズのものは十五歳の頃に女友達へ宛てて書いた手紙である。とくに「アナベル・リー」は、数あるポーの詩のうちでも建が「一等好き」と揚言するもので、「夭折した美しい少女アナベル・リーと世の常ならぬ恋をした少年のこの挽歌ほど、子供時代から何度も読んだ詩はめったにない」というものであった。博物館の一室にたまたま一緒に展示されていた米英の詩人と小説家の筆跡は、帰国後も彼の脳裏を離れなかった。

　さて、サンフランシスコのあと建が立ち寄った先は、ロサンゼルスと北西海岸のオレゴン州やワシントン州、さらには国境を越えたカナダのバンクーバーである。『青葦』の「あとがき」に出てくるヒッピー発祥の地ヴェニス（「わが友ヒッピー」ではフリスコとある）は、ロサンゼルス近くの海辺の街で、よほど印象に残ったのだろう、このときのことを、「とうとうここまで来た、と思いながら、その海水に手をひたしたときの歓喜と絶望を忘れない。私は遠くまでやってきたけれど、そこに何かがあるわけのものでないことを十分承知してもいた。そして、それでもさらに遠くへ行こうと思っていた」と書いている。昂ぶりを隠さない緊迫した文章で、建にしてはめずらしく自己没入的である。しかし帰国の二年後に書かれた「わが友ヒッピー」では、フリスコという町は、「変わりばえのしない、どちらかといえば薄汚い海辺の町」で、「ここへ来るまでの町と同じような、疲れた感じの、気弱そうなヒッピーがうろうろしているだけだった」と否定的な印象が記され、渚に行って水に手をひたした行為についても、結局、それは「結構なセンチメンタル・ジャーニーというべきか」というふうに冷静に回想している。

　私はヒッピーをもうちょっと元気な若者の群と思っていたところがあった。ユースカルチャー、若者文化と呼ぶべきものを創造する自由人。長髪とロックを武器としたエネルギーの塊だと。だが、ヒッピーのほとんどは、アメリカの巨大な社会機構から落伍した若者たち、貧しい弱者たちなのだ。それにかなりの風俗ヒッピー、最後のほんの一握りだけが、現体制に組み込まれるのを潔しとしないで、戦い自由を語っている。

建が見たヒッピーの実態とはこのようなものであった。そして、それを建はアメリカに来る前からすでに予感していた。しかし彼は「それでもさらに遠くへ行こうと思っていた」。これといった行き先があるわけではなかった。あてどなく放浪する、そのこと自体が目的の旅である。私自身のあいまいな記憶をたどると、たしか建はこのあとヒッチハイクの旅に出ているはずである。何かの折に、私は建自身からこの放浪旅行のことを聞いている。車に乗せてもらって何日か行動をともにした青年に、母政子から持たされた大粒の真珠（いざというときには、これをお金に換えろということだったのだろう）を惜しげもなく与えてしまった、という話を私はかすかに記憶している。

ヒッチハイクで建が向かった先は、北のポートランドであった。そこからさらにバンクーバーに向かい、ここではオランダ人の営む下宿にしばらく滞在した。絵心のある建は、下宿のおばさんや下宿人たちの似顔絵を描いてこれを荒川に送った。飼われている犬の絵を添えることも忘れなかった。カナダはアメリカとちがって平穏そのものである。外出時にはドアにカギも掛けない。アメリカとは大ちがいだが、のんびりしたカナダは建には退屈で、性に合わなかった。

カナダといえば、この夏、アメリカのレコードショップやブティックでは、カナダのロックバンド「ゲス・フー」のヒット曲「アメリカン・ウーマン」が繰り返しかかっていた。建が出会った「アメリカン・ウーマン」の原風景は、「肉感的で大柄で、ちょっとくたびれたキャデラックのような」女であり、素足で歩くヒッピーであり、また、「黒枠のキング牧師の写真を背中に貼りつけてオートバイに乗っていた黒人女」である。

こうしたアメリカの原風景と、退屈なカナダの田舎とではあまりに大きな落差があったのだろう。建はふたたびサンフランシスコをめざした。ここではレストランで若い詩人と未来について禅問答めいた会話を交わしている。「未来は前にあるか、後ろにあるか」という問いに対し、青年は「後ろにある」と主張した。過去は見ることができるが、未来は見ることが出来ない。見ることが出来ないものは、背中側、すなわち後ろにあるというのである。興味をおぼえた建は、この会話をすぐ荒川に書き送った。

短いアメリカの夏はあっという間に過ぎた。ハワイを経由して建が名古屋の自宅に着いたのは、おそらく秋もだいぶ深まった頃だったろう。こうして建のアメリカ放浪は終わった。

これは私の想像だが、建のアメリカ放浪はことによるともう日本には戻らない決意でなされたのではなかろうか。「それでもさらに遠くへ行こうと思っていた」というフレーズには、どこか思いつめたようなところがあって、行った先の状況次第では、二ヵ月半の滞在予定が半年に、さらにはそのままアメリカに居ついてしまってもいいとさえ考えていたふしがある。「春日井さんには、自棄になってのめり込むところがあった」とは、友人の荒川晃の言である。のめり込む一歩手前で彼は引き返した。引き返していなければ、その後の建の生涯もまったくちがったものになっていただろう。

(二) 不幸な第二歌集

第二歌集『行け帰ることなく』の上梓とそれに続くアメリカ行が一体の行動として捉えられるべきものであることは前項で指摘した。アメリカに旅立つ際、建の鞄には刷りあがったばかりの『行け帰ることなく』一冊が収められていた。一九七〇年七月一日深夜叢書社刊、装幀者加納光於。表紙にはアルミ板が貼られ、縦と横の長さが等しいB5変形判の本である。活字はすべて青インクを使用し、作品の最終文字を最下段にそろえた、書き出しに凹凸のある配列がなされている。歌数三百五十首、初版とは編成をかえて併録された『未青年』三百五十首と合わせた七百首は、歌のわかれを果たした建にとって、それまでの作品をすべて集めた実質上の全歌集という意味合いを持っていた。帰国したばかりの建には、新著の評判がやはり気になった。しかし、『未青年』のときと比べると反響はさほどでもなく、世に出た歌集評もそれほど多くなかった。総合誌が今のように新刊歌集を逐一とりあげて論ずるような風潮になかったことも一因であろう。

そんななか、建がもっとも気にかけていた三島由紀夫の歌集評が登場する。「日本読書新聞」一九七〇年十月十九日号に載った「『行け帰ることなく/未青年』書評」がそれである。十月十九日といえば、いわゆる三島事件(十一月二十五日)のひと月ほど前のことである。三島はこの批評文のなかで、併録された『未青年』にはほとんど触れず、『行け帰ることなく』の連作に多く言葉を費やしている。「鬼」「踊れ　白んぼ」「人肉供物」といった連作中の佳品は、みんな、「氏が源泉へ還らうとする果敢な意志に従つたと見えるときに生れて」おり、かかる「源泉の感情」にしたがった作品は佳く、離脱した作品は悪いと指摘している。三島が引いた「源泉の感情」のあらわれた作品とは次のようなものである。

屠場の広場いのち司どるわかものが雲の分布を見つめてをりぬ　「人肉供物」
六十余州の神をあつめて鬼うつと桜の撥《ばち》は異端にむごし　「鬼」
天然を鎮めるごとく鬼の子は雪のにほひのする尿をして　同
抱かれゐるその表情を見つつあれば悲哀はめざむ鳩尾《みぞおち》あたり　「踊れ　白んぼ」
自棄の夜はしめやかなりき硝子戸を瀑布となして雨流れ降る　同

「六十余州」の一首には「太鼓の連打の緊迫感を以て言葉が畳み込まれて」おり、「天然を」の一首には「悲しみと気負ひが重複してゐる」。「抱かれゐる」の下の句からは、「追ひつめられた感情の急迫の悲鳴」が聞こえ、「自棄の夜は」の一首には「六十余州」の歌に似た、「太鼓のすり打ちの容赦のない悲しみの急襲」がある。「源泉の感情」とは、こうした緊迫感をともなった容赦のない「悲しみ」の感情をいうのだろう。三島は、この感情へ「還らうとする果敢な意志」にしたがった作品に、建の詩人的資質の本質を求めているのである。これに続けて三島は、「今さらに、詩人の成熟の難しさを、私は考へずにはゐられない」と書いて、「詩人の成熟の難しさ」

にも言及する。

「源泉の感情」への回帰が、建の詩人的資質の本質であるならば、この詩人に求められることは源泉への永劫回帰ということになる。しかし、この「源泉の感情」は、若さという刹那性、一回性に殉じることによって得られたものである。刹那への永劫回帰とは自己矛盾である。刹那を捨て、そこから新たな一歩を踏み出すところにしか「成熟」はあり得ない。回帰のサイクルを打ち破ることを通じて、詩人は成熟していくからだ。だからこそ「成熟はほとんど自殺と同じほどのエネルギーを詩人に要求するのだ」と三島は書いたのだろう。このとき、三島はすでに自身の死を準備していた。この歌集評が、結局、建への最後の言葉となった。

十一月二十五日、三島の言葉をゆっくり反芻する遑《いとま》もなく、あの事件が勃発する。長い封印を解いて語った「三島由紀夫と私と短歌」というタイで行なった講演（「短歌研究」二〇〇四年二月号）によれば、「あなたの先生大変なことになっているよ」という新聞社からの電話が第一報であったという。文芸誌に限らず各誌は、競ってこの事件を特集した。もちろん、これらの情報に建も機敏に反応した。没後の書庫からは、「アサヒグラフ」「サンデー毎日」をはじめ、事件を特集した数多くの写真誌や週刊誌が発見されている。情報を得ようと奔走した形跡と見るのが自然だろう。求められるままに、建も三島についての一文を寄せた。事件の一週間後に書いた「青春に出会った人――三島由紀夫」（「新潮」一九七一年一月臨時増刊号）という短いエッセイがそれである。

あれから十余年たった。「文」の人であった三島氏は、いつからか「武」をも語る人となり、最近では私の心とはやや遠い位置に立っておられるようであった。しかし今、氏の訃に接して私の胸は痛い。

十九歳のときの初対面の思い出から書き起こし、死の報に接した今の悲痛な心情を、建はこのように吐露している。三島の歌集評にあった言葉をそのまま使えば、三島は成熟を拒み、自殺を選ぶことを実践して見せたのだった。「武」の人としての三島の行動には共感できぬにせよ、作品に表われた「死の親しさ」なら自分にも理解できる。初期の短編「真夏の死」など、「死がどんなに三島氏と昵懇で日常的なつきあいをしていたか」がよく偲ばれるものである。事件後、建は三島について書いたり、話したりすることはあっても、その死については長く触れることがなかった。自身も言う通り、長い封印を解いて三島の辞世について語れるようになったのは、タイでの講演のときが初めてだった。それほど三島の死は、建にとって大きな衝撃だったのである。

三島事件の衝撃によって、『行け帰ることなく』の反響もかき消されてしまった感があった。しかし、この歌集の評価に決定的な影響を与えた書物が出現する。中井英夫の『黒衣の短歌史』である。中井は一九六〇年六月にはすでに角川「短歌」の編集から退いていたが、中城ふみ子や寺山修司を見出して以来、世間からは前衛短歌のプロデューサーのように見られていた。まったく無名の春日井建の作品「未青年」五十首を、みずからの編集する角川「短歌」に掲載して、「十九歳のジャン・ジュネ」を世に送り出したのが、ほかならぬ中井であったことはすでに述べた。その中井英夫が、本のなかでこう書いているのである。

そして翌三十五年、三島由紀夫の序文に飾られて瀟洒な歌集『未青年』が刊行され、いまなお古書展《ママ》でこの一冊を追い求める人が多いのに応えて、昨年深夜叢書からその後の作品をも併せ収めた『行け帰ることなく』が、加納光於のみごとな装丁で刊行されたが、これは私からいうとまったく理解しがたい一冊なので、春日井建の短歌の輝かしさは『未青年』一巻で終わり、その余の作はまったく生気のない、惰性とも何ともつかぬ鈍い塊に変じたからである。作歌は昭和四十年ぐらいまで続けられ、その後絶えて作られていないことがまだしもと思われるほどだが、こういういい方もむろん『未青年』への頌にほかならない。　『黒衣の短歌史』

歌集出版という行為そのものまで否定するような、酷評といってよい一文である。「その余の作」と中井が言っているのは、前出の角川「短歌」や「律」に発表されたいくつかの連作を指すのだろう。「人肉供物」「アメリカ」「燕のため悲哀のため」「雪埋村へ」「鬼」といった作品群がそれにあたる。「まったく生気のない、惰性とも何ともつかぬ鈍い塊」と中井が評しているその「鈍い塊」が、具体的にどの作品をさすのかは不明である。しかし歌集『未青年』以降の作品を、中井はまったく認めなかった。これらの作品が雑誌に発表されるたびに、中井は首を横に振っていたのだろう。何が不満であったのか、中井自身はこの「鈍い塊」について詳細を語っていない。建の側からすれば、理由も明かされない問答無用の決めつけと映ったことだろう。

実はこのとき、中井は『行け帰ることなく』を手にとって見ることさえしていなかった。のちに『青葦』評を書いたときの一文「蕩児の帰宅」（「週刊読書人」一九八五年一月七日）を読むと、「この手で編んだ『未青年』のすばらしさが忘れられず、のち深夜叢書社から出た『行け帰ることなく』も、何だと思ってページをくることさえしなかった」と書いてある。内容についての酷評ならまだしも、中井が手に取りもしなかったという事実は、建にとって大きな心の傷となった。そして同時に、この中井の批評によって『行け帰ることなく』一巻の世間的評判も定まった。批評を読んだだけで、歌集を読むことを止めてしまった春日井ファンもいたのではなかろうか。それほど中井のこの評は決定的な意味をもったのである。第一歌集を飾った三島の輝かしい「馬のはなむけ」とは逆に、まことに不幸な第二歌集の出立であったと言わなければならない。

しかし、この第二歌集の出現を熱い思いで受けとめていた一群の若者たちがいた。車谷長吉の小説「刑務所の裏」（「新潮」二〇〇四年一月号）を読むと、当時二十代の青年たちのなかに、『行け帰ることなく』の出版を切望する者たちのいたことが活写されている。『未青年』刊行から十年、春日井建の名は、すでに当時の若者たちの間でさえ、伝説的な響きを帯びはじめていたのである。同世代の若者たちは、「行け帰ることなく」と言って旅立っていった建に喝采を送った。なかでも連作の創造過程をつぶさに見てきた荒川晃は、「行人は去《ゆ》いて息まず」という『行け帰ることなく』論（「短歌」一九七〇年十一月号）のなかで、「『未青年』から『行け帰ることなく』まで、春日井建氏は自分の孤独も大きく育て、その孤独に耐える強い精神をつちかう遍歴をしてきたのである」と述べて、「アメリカ」「鬼」「人肉供物」「石と火と」といった連作に懇切な評釈を加えている。

この文章や「短歌」六十周年記念号に荒川が書いた「『人肉供物』のころ」（一九八二年十一月号）を読むと、これらの連作の背景に、実際の屠畜場見学や、大島の三原山登山の体験があったことがわかる。「鬼」は奥三河の花祭に、「雪埋村へ」は友人との軽井沢旅行に、「青い鳥」は伊良湖水道での海水浴に、それぞれ実体験の土台をもっているが、荒川も指摘しているように、そうした固有名詞は作品の鑑賞にかならずしも必要ではない。海外旅行の体験などなくても、詩人の想像力は、ポーランドへも、アメリカへも、自由に飛翔することができたのである。

第三章　父の死まで

第一節　成人した風の又三郎

（一）「詩と短歌」の教室

遺稿エッセイ集『未青年の背景』のなかに「風の又三郎」という一文がある。月刊「中日文化センター」の一九七一年九月号に書かれたもので、一千字にも満たない小文である。「九月になるときまって風の又三郎を思いだす」という書き出しで始まり、「現代にあって成人した風の又三郎はどのように生きたらよいのだろうか」で終わる、文学者が「風」をどう表現したかについて論じた印象深いエッセイである。この一文で建は「風の又三郎」の登場するスケッチ風の自詩を紹介したあと、芭蕉、ヴァレリー、李白の一節を引いて、詩人と風の親密さについてこう論じている。

詩人たちが心を寄せるには、風は格好の対象なのだろう。彼らは風と思いきり遊ぶ、と同時に、ここにはただごとでない気迫がある。風のように変幻自在、自由であることを志すとは、決してやさしいことではないのにちがいない。現代にあって成人した風の又三郎はどのように生きたらよいのだろうか。

一読、読者はこの「成人した風の又三郎」を建自身に重ねてみるのではないだろうか。これが書かれた一九七一年九月という時点を考えると、どうしてもそのように思えてくるのである。短歌の実作から遠ざかってすでに七年、『行け帰ることなく』を出して歌のわかれを宣言してからでも、すでに一年以上が経過している。「歌人」の肩書きを捨て、「風のように変幻自在、自由であること」を志していた建にとって、この自由に遊ぶことはまた、「どのように生きたらよいのだろうか」という問いと常に隣り合わせであった。三十代にさしかかっていた建は、まさに身をもって「成人した風の又三郎」を生きねばならなかったのである。この時期、又三郎が力を入れたのは、中日文化センターの「詩と短歌」の教室であり、芝居やラジオドラマといった視聴覚芸術であった。確認のため「自筆年譜」からこのころの建の活動を拾い出してみよう。

一九七二年　中日文化センターで「詩と短歌」の教室を持つ。舞踊シナリオ「二上山悲唱」を書く。ラジオドラマ「赤猪子《あかいこ》」芸術祭参加作品となる。
一九七三年　演劇集団「ぐるーぷ鳥人」を組織する。ラジオ台本「ナウマン象の生きた日に」「生きていたジェームス・ディーン」など。
一九七四年　初期作品集『夢の法則』を刊行。ラジオミュージカル台本「気ちがいピアノの調律師」を書く。「ぐるーぷ鳥人」で「わが友ジミー」「お父さまの家」を上演する。

一九七五年　ＮＨＫのラジオ芸術劇場、文芸劇場で台本を幾本か書く。「白夜」（ドストエフスキー）、「薄墨の桜」（宇野千代）、「ロング・ロング・アゴー」（島尾敏雄）などの脚色。

年譜を見て気付くのは文学関係の仕事よりも、芝居やラジオ関係の仕事が圧倒的に多いことである。しかし、後者については次項で詳しく論じることにして、ここではまず文学関係の仕事から見ておくことにしよう。

最初に言っておかなければならないことは、この時期の建が、実作から離れていたとはいえ、短歌に対する関心を失っていたわけではないということである。古典や同時代の詩歌への関心はむしろこの時代にこそ深められている。理由は中日文化センターにおける講義である。年譜によれば、彼がこの仕事を始めたのは一九七二年ということになっている。しかし、受講者たちの作品を集めた「籠《かご》」という小冊子の第一集の刊行が、七二年五月の日付になっているところをみると、実際に建がこの教室を始めたのは前年の四月のことであったろう。「籠」は七七年九月まで、五年余りの間に九冊が出されている。およそ半年に一冊のペースである。建自身の作品はないものの、最終ページには毎号、講師たる「春日井建」の「後記」ないし「あとがき」が掲げられている。第一集の後記にはこんなことが書かれていた。

「籠」は中日文化センター「詩と短歌」の教室の産物である。「籠」は買物籠であり、花籠である。魚やパンをおしこんでいる人もあれば、四季の草花を挿している人もある。レコードやウィスキー瓶がのぞく籠もある。あるいはバスケット・ボールのバスケットも籠である。ボールはうまく投げ入れなくてはならない。作者たちは性別・年齢・職業・経歴などさまざまで、今後とも「籠」には何が入れられるかわからない。籠が壊れるほどの品物を期待しつつ、私は今後とも籠をいっそう強靭にしたいと思う。

今日、物質文明の繁栄の中で詩歌は一見無力である。しかし今日ほど人間の呼びかけが切実に求められている時代もあるまい。籠に盛られる魂の魚やパン・花やウィスキーを、私は心から大切に思う。いつの日にか詩歌は、ロートレアモンのいうように「万人によって作られるもの」になるべきなのである。

ここには建が教室をみずからどのように位置づけ、受講者たちに何を求めていたかが端的に表現されている。「教える」という姿勢よりは、受講者たちのなかから如何にして豊かで多様な表現を引き出すかという「助産師」としての姿勢が顕著である。建にははじめから「教える」という意識より、「共に学ぶ」という意識のほうが強かった。

講義の初日にこんなことがあった。入り口近くに席を取ったひとりの受講者が開講を待っていると、大学生くらいに見えるひとりの青年が入室してきた。「あら、あなたもこの教室で勉強なさるの?」と声をかけると、青年は「ええ」と笑みを浮かべて返答した。すぐに講義が始まり、この受講者は驚愕した。「生徒さん」だとばかり思っていた青年が、登壇して話を始めたからである。「あなたも」と聞かれて「ええ」と返答した建の言葉に嘘はなかった。詩歌は「教えるもの」ではなく、ともに学び、その果実を共有するものである。「籠」という雑誌名も、建自身が受講者たちから公募したもののなかから選んだ。「籠に盛られる魂の魚やパン・花やウィスキーを、私は心から大切に思う」という言葉には、詩歌というものに対する彼の基本的な姿勢が読み取れるだろう。

受講者たちは、この若い講師の話にすぐ引き込まれた。そして勧められるままに、創作実践の場に足を踏み入れた。第一集には二十二名の短歌作品と、二十名の詩作品が掲載され、末尾には四十四名の会員名簿が掲げられている。会員のなかからは加藤明子、岡崎千枝、大熊桂子、うちだてることといった力のある女性歌人たちが育ち、建が実作者としてだけでなく、文学的なアドバイザーやプロデューサーとしても優れた能力を発揮していたことがわかる。

講義は月四回、毎週火曜日の午後に行なわれ、詩と短歌の作品を交互に取り上げて論じ、受講者の意見も聞くというものであった。実作指導では、受講者たちの作品を見ながら、二十年間、ただの一度も添削ということをしなかった。添削はその作者の「思想の添削」だ、と考えていたからである。「教室」といっても、現在のようなカルチャーセンター全盛の時代ではない。まだ「詩歌」を対象とする講座が珍しかった頃のことである。成人した風の又三郎は、世間並みに定職に就いたり、家庭を持ったりする代わりに、詩歌を論じながら人と接する、こうした生き方にひとつの活路を見出そうとしていた。

受講生のひとりで、毎回の資料作りに当たった新畑美代子の記憶によれば、この教室で建が論じた詩人や歌人には次のような作家たちが含まれていた。

（詩人）萩原朔太郎・草野心平・西脇順三郎・窪田般彌・田村隆一・岩田宏・清岡卓行・黒田喜夫・鮎川信夫・飯島耕一・吉野弘・石垣りん・多田智満子・吉原幸子・新川和江・富岡多恵子・白石かずこ・入沢康雄・高野喜久雄・安西均・茨木のり子・大岡信・関根弘・石原吉郎・谷川俊太郎・川崎洋・三木卓・長田弘・会田綱雄・宗左近・藤富保男・諏訪優・吉行理恵 他

（歌人）塚本邦雄・岡井隆・寺山修司・中城ふみ子・五島美代子・葛原妙子・原田禹雄・浜田到・前川佐美雄・齋藤史・生方たつゑ・前田透・平井弘・村木道彦・小野茂樹・大西民子・森岡貞香・山中智恵子・馬場あき子・安永蕗子・前登志夫・石川不二子・佐佐木幸綱・尾崎左永子・河野裕子・高野公彦・永井陽子・稲葉京子・小池光・永田和宏・三枝昻之・三枝浩樹・福島泰樹・栗木京子・中山明・俵万智・加藤治郎・荻原裕幸・穂村弘 他

これらの詩人・歌人の顔ぶれをみれば、当時の建がいかに現代詩や現代短歌の最前線に重大な関心を払っていたかがよくわかる。ことに詩では、草野、清岡、吉野、多田、吉原、新川、富岡、白石、入沢、大岡、石原、谷川、川崎らの作品を繰り返し取り上げたという。多田、吉原、白石といった透明度の高い、昇華された作品を書く詩人が選ばれたのは、女性の受講者が多いことに配慮した結果だろう。短歌のほうは多すぎて、ここに名前を挙げられなかった歌人が大勢いる。いずれにせよ教室での講義が、半ば強制的に同時代の詩や短歌を俯瞰する機会を建に与えたことだけは確かである。最初は月四回、最後は月一回の教室になるが、九一年の三月まで、二十年の長きにわたって彼はこれを続けた。「読みの達人」といわれる春日井建の作品批評の確かさは、教室で培われたこの長い研鑽に裏付けられていたのである。

一九九一年四月十四日の「中日新聞」に建は「出会いと別れ」という一文を寄せた。二十年続けた中日文化センターの教室を離れるにあたって、共に学んできた受講生たちに宛てた挨拶といった内容の文章である。

もともと詩歌など本来何かを教えるというものではない。私はこの作品をこのように読む、といったことを話すくらいのことである。ちがう、私はこう読む、という人もあろう。そうした人々の思想、感受性のちがいを知ることによって、一人一人が自己を発見する。二十年かけて私はその単純な方法を話してきたのだった。

いかにも謙虚な、しかし真率さにあふれた文章である。ひと口に二十年というが、その間には実に多くの出会いと別れがあったことだろう。「一人一人が自己を発見する」の言葉通り、建の導きで「自己」を発見し、創作の面白さに出会った受講者は数知れない。二十年の間には、父の死と短歌への復帰という大きな事件があった。しかしそうした身辺の変化に影響されることなく、「教室」は営々として続けられた。「単純な方法」と言っているが、決して単純なことではない。そこには詩歌に対する並々ならぬ愛情と深い学識に裏打ちされた、建その人の教育者としての一面が隠されていたのである。

（二）ドラマトゥルギーの愉しみ

「春日井建とドラマ」というテーマは、歌人春日井建の業績しか知らない読者にとっては、いささか迂遠なテーマのように思われるかもしれない。歌人の余技、あるいはディレッタントの慰み事、といった程度のことならそれですませてもよい。しかし、一時期の建はまるで憑物がついたかのようにドラマに熱中する。とくに一九七〇年代、歌のわかれを果たし、短歌実作から遠ざかっていた時期には、自ら劇団を組織して旗揚げ公演を行なうまでになっている。建のドラマへの関心は、すでに六〇年代の初頭に始まっており、それについては第二章第一節「他ジャンルへの越境」の項において触れておいた。しかし七〇年代の建の芝居熱は「越境」というのとは少しちがっている。二度と歌を作らないと決意したこの時期の建にとって、もっとも自然に、もっとも自分らしくふるまえる表現様式がドラマであった。短歌という選択肢がなくなったあとに、おのずと浮上した表現様式がドラマであったと言い換えてもよい。今から見ると実に自然にドラマの世界に足を踏み入れ、ひとしきりそれに熱中したかと思うと、またふっとそこから遠ざかっていく、そんな印象を与えるのである。

ただ、一口にドラマといってもその内容は多様である。自ら書き下ろした戯曲、テレビドラマ、ラジオドラマ、ラジオミュージカル、舞踊シナリオ、さらには小説の脚色から芝居の演出まで、実にさまざまな形でドラマにかかわっている。なかでも建が夢中になったのが、演劇集団「ぐるーぷ鳥人」の創設であり、熱中した背景には寺山修司と、彼が主宰した劇団「天井桟敷」の影響がある。後年、建は寺山を論じた文章のなかで、その影響について次のように述べている。

「天井桟敷」の名古屋公演では私は何枚か切符を引受けた。「モダン縁日劇場」という新幹線のガード下の小屋で、出演者が「書を捨てよ、東京へ行こう！」と声を張りあげるたびに、当時まだ出来てからいく程もたっていなかった新幹線がゴオーッと東京へ向けて頭上を疾駆して行く仕掛けに、新しい演劇とはこういうものか、と目をひらかれる思いをしたものだ。私自身のちに「鳥人」という演劇集団を創り、旗上げ公演をしたりしたのも、寺山氏の影響があったからか、と思う。

「時の果実―寺山修司の作品空間」「短歌現代」一九八三年八月号

「天井桟敷上演録」によれば、一九七〇年四月、名古屋寿劇場にて「毛皮のマリー」が上演されている。演目や劇場名から判断すると、建が切符を引受けたという「名古屋公演」は、これとは別の公演であったかもしれない。しかし、彼が急速に演劇に接近していくのが、一九七〇年のこの頃からであったことは間違いない。そしてその急接近のひとつの帰結が、七三年十月の「ぐるーぷ鳥人」の旗上げ公演であった。

これはテネシー・ウィリアムズ作、春日井建演出の「しらみとり夫人」、春日井建作、荒川晃演出の「わが友ジミー」、幕間の小品「椅子」の三作からなる公演で、建が実際に役者やスタッフを集め、みずから演出まで担当した最初の芝居であった。役者の多くは建がテレビやラジオの仕事を通じて知り合った人たちで、そのなかにはのちに本格的に芝居の道に足を踏み入れた者もいる。しかし大方のスタッフは「旗手」の文学仲間や「詩と短歌」(中日文化センター)の受講生といった芝居の素人たちであった。旗上げ公演は十月四日から七日までの四日間、名古屋今池の演劇喫茶「ターキー」で行なわれたが、公演前の数週間は、「旗手」の仲間が提供してくれたデザイン事務所の二階の稽古場で、連日激しい稽古に明け暮れた。建の生涯のなかでも、最も充実した、最も幸福なひとときであった。

旗上げ公演のメインは何といっても「わが友ジミー」である。建自身が書き下ろしたラジオドラマ「生きていたジェームス・ディーン」を芝居の台本用にリライトしたもので、いたるところにト書や書き込みが加えられている。名古屋の「文化のみち二葉館」(旧川上貞奴邸)には、その折の台本「わが友ジミー」が保存されている。

このドラマは、ハリウッドのアイドルスター、ジェームス・ディーンが、一九五五年九月三十日、カリフォルニア州のハイウェーで事故死した、まさにその瞬間に端を発している。「永遠のスターが消えた暗闇にジミーの声をした中年男が生きつづけている」という設定の下、ドラマは、「理由なき反抗」を撮った映画監督ニコラス・レイのもとに、十七年後のジミーから電話がかかってきたという場面から始まる。ジミーを知る昔の仲間たち、映画に出た男優や女優、フットボールの仲間、ジミーの死を報じたゴシップライターなどが、ニコラスの滞在するホテルの一室に集まって、四十二歳になっているはずのジミーについてあれこれ談議する。渦中の人ジミーは舞台に登場せず、ニコラスが受けた電話の受話器から、ジミーの声だけが二度、三度と流される。公演の案内ビラには、「謎とからくりがいっぱいの巨大なアメリカの夜を推理する」という謳い文句が記されているが、ドラマはまさにその謎とからくりのままに、二度目のジミーの事故死によってあっけなく終結する。若い頃からのアメリカへの強い関心、実際にかの地を踏んだ三年前のアメリカ体験、そうした自身の諸々の「アメリカ」が、この作品にはふんだんに投げ込まれているのである。

「わが友ジミー」で火のついた芝居熱は、その後もしばらく冷めることがなかった。翌七四年の七月には、「ぐるーぷ鳥人」による第二回公演「お父さまの家」が、同じ演劇喫茶「ターキー」において挙行された。こちらは荒川晃作、春日井建演出の悲劇である。これも二葉館に建の書き込みのある台本が残されており、表紙には「悲劇の源をさがす」といった副題や、「タテイト心理的情念的世界、ヨコイト旧家のもつ神話的世界」とか、「キャッチフレーズ日本の悲劇」「幼年的心情から解放されていない民族」といった走り書きがある。旧家の当主高原国男とその妻花子、花子の姉で夫婦と同居する大山岩江、夫婦の息子である海彦、山彦、高原家の使用人たち、息子たちの婚約者や恋人、そうした人々が織りなす心理的葛藤と錯綜した人間関係が、妹夫婦と同居する「陰気な老嬢」という設定の岩江を中心に繰り広げられる。「高原」とか「海彦、山彦」といった登場人物の命名に、すでに神話的、様式的表現方法がみられる。

役者、スタッフが、第一回公演のときと比べると倍増しているが、これも建が自分の人脈で集めた人々が中心で、実際に演技した役者は別にしても、裏方のスタッフはいずれもアマチュアが多かった。入場料五百円という値段が、当時の物価や世相を反映して興味深い。上演場所の「演劇喫茶」というのも注目に値する。今ではあまり耳にしない演劇喫茶なるものが、当時の名古屋にはまだ存在していたのである。何百人も収容できる大劇場ではない。五十人も入ればいっぱいになる、喫茶併設の劇場である。それでも建をはじめとする関係者たちは、少しも意に介さなかった。芝居をする愉しみのほうが、それを制約する設備の貧しさや、付随するさまざまな困難をはるかに上回っていたからである。

荒川晃は、「定型詩の青春」（愛知女子短期大学「國語國文」第十六号、二〇〇一年二月）において、建と寺山修司には「いくつかの共通点がある」ことを指摘している。前衛歌人たちが集結した歌誌「極」の仲間であったことはもとより、少年期からの早熟な文学世界への傾注、自己表現の武器としての短歌や俳句の意識化、定型詩を捨てて散文や演劇の世界に飛び出していった経過、さらには現実の故郷を否定するための出生地の虚構化にいたるまで、ふたりの経歴の類似を示す例は枚挙にいとまがない。荒川はさらに、「寺山修司と春日井建は、ある意味では両面宿儺《りょうめんすくな》のように、表裏の関係にある詩の双生児である」とまで言っている。ふたりが辿った行程の懸隔を知る現在の読者からすれば、やや奇異に感じられるかもしれない。しかし、ふたたび荒川の言葉をかりれば、「違うのは彼らがそれぞれにめざした方向だけであったかもしれない」のである。

先に引いた「時の果実」の一節に続けて、建はこのように書いている。

しかし、私の場合、演劇は〝遊び〟であったから、グループの中で本格的に演劇に取り組もうとする機運が高まり、〝遊び〟が〝生活〟にとってかわろうとしたとき、私は身を引いてしまった。劇には魔がある。あのときにも私は、寺山氏の魔を御す知恵とエネルギーに改めて感じ入ったものだ。

演劇は自分にとって「遊び」だったと言っているが、それは半ば真実であり、半ば嘘ないし誇張であった。当時の建のひとつの可能性として、劇作家への道がまったく閉ざされていたわけではない。いっときではあるが、建はこの「劇の魔」に身を委ねた。その間、生活は彼の意識から後退した。しかし、名古屋という文化土壌がそれを長く許さなかった。名古屋は今でも堅実さを美徳とし、演劇のような「遊び」を「生活」にすることを容易に許さない土地柄である。さらに言えば、遊びを生活としたのでは生活していけないという現実的な事情が、建の場合には働いていたかもしれない。いずれにせよ、彼が実際に芝居に入れ込んだのはこの一年ほどで、あとはラジオを中心とした放送の仕事のほうが多くなる。「多くのジャンルを手掛けた中でも、演劇は彼を心からリラックスさせ、楽しませたものの一つであった」とは、荒川の言葉である（「定型詩の青春」）。旗上げ公演と同じ年に、愛知女子短期大学の非常勤講師の仕事を始めていたとはいえ、もとより定職を持つ勤め人のような生活ではない。自由な生き方は、父濵との心理的相克を生む要因となっていたかもしれない。しかし、六十五年の建の生涯のなかでも、芝居に熱中したこの一年はいかにも輝いて見える。

魂を占領されゐし哀しみの遙けくて今——自由な在野《フリー・ランス》

演劇に熱中していた頃の、七四年二月に刊行された『夢の法則』のなかの一首である。『未青年』に重なる時期の作で、もちろん刊行当時の心情を反映したものではないが、「自由な在野《フリー・ランス》」とはこの時期の建の心境を言い得て妙である。彼はここに歌を捨てた自分の居場所を定めようとしていた。遠い日に魂を占領されたあの「哀しみ」もすでに今はない。誰からも拘束されず、誰も拘束しない、そうしたフリーランスな生き方についに辿り着いたという印象を与えるのである。

「お父さまの家」の公演以降、建が演劇に積極的にかかわることはもうなかった。寺山修司の長歌「新・病草紙」を舞台用に構成したことはあったが、ドラマトゥルギーの愉しみは、あまりに短く、あまりに速やかに建のもとを通り過ぎていったのである。

（三）ラジオドラマについて

演劇に熱中した一九七〇年代のこの時期、もうひとつ建が力を注いだ仕事にラジオドラマがある。先に記したが自筆年譜には「赤猪子」「ナウマン象の生きた日に」「生きていたジェームズ・ディーン」「気ちがいピアノの調律師」といった書下ろしの作品とともに、小説を翻案、ドラマ化した「白夜」（ドストエフスキー）、「薄墨の桜」（宇野千代）、「ロング・ロング・アゴー」（島尾敏雄）といった脚本の名があげられている。これらの作品のうち、「白夜」以外は、すべて「文化のみち二葉館」に台本が所蔵されており、「ナウマン象の生きた日に」と「薄墨の桜」の二作は録音テープも残っていて、実際の音声を聴くことができる。これらの作品以外にも、何本かのラジオ台本が保存されており、時期的にもっとも早いものは、一九六〇年代初頭にまで遡る。

自筆年譜の六二年の項にある「CBCラジオ録音構成『愛の世界』で『芸術祭奨励賞』を受賞。以降放送の仕事を多く手がける」とあるのがそれで、具体的には「夜と夢と恋と」と題して放送されたドラマシリーズの何本かをさしている。「人肉供物」など『行け帰ることなく』に収録された作品群が書かれていた時期とちょうど重なっており、六四年七月に放送されたラジオドラマ「鬼が呼んでいる」も、その前に書かれた「鬼」三十首（角川「短歌」同年二月号）のドラマ版といった印象を与えるものである。このほかにも「遠い風景」「舞台の客」「海辺の午後」「旅行鞄の荷造りをするとき」など、台本を確認できたラジオドラマは合わせて十四本、失われてしまったものまで含めれば、建が生涯に書いたラジオドラマはかなりの数にのぼる。このうち、七一年から七九年にかけて書かれた十本は、ことに完成度が高く、エンターテイメントとしても享受できるものである。

これらの作品を読んでまず感じることは、その内容の豊富さとイメージの拡がりである。ひとつひとつの作品の印象がどれも似ていない。時代もテーマも、場面、状況、登場人物たちの年齢、職業、境遇もまちまちで、ひとつの共通したモチーフを見出すことができないのである。ここには、記紀伝承に形を借りた神話的、土俗的恋愛譚（「赤猪子」）もあれば、心象風景をスジも脈絡もなく並べたコラージュ風作品（「海辺の午後」）や、劇中劇の人物たちがいくつもの役を演ずる錯綜した転身劇《トランスフォーメーション》（「舞台の客」）や、さらには登場人物たちが夢の世界で月面にまで飛んでいくファンタジー・ミュージカル（「気ちがいピアノの調律師」）まで、実にさまざまな作品がある。

設定された場面も、学生時代を回顧するサラリーマン夫婦の朝の食卓、愛情の冷めた女優とその女優を追ってきた夫が心理の鞘当てをする地方の観光ホテル、俳優をしながら母親のいない息子を育てる父親の稽古場、美術評論家とその秘書が立ち寄った都会の画廊、両親を交通事故で失った少年が祖父とふたりで暮らす高層アパートの最上階と、これまた多彩である。テーマも手法も一様でないこれらの作品にあえて共通性を求めるとすれば、男女間の微妙な心理を扱った作品が多いことくらいだろう。すべてに言及することは不可能なので、ここではひとつの作品にしぼって紹介することにしたい。

私が真っ先に注目したのは、「旅行鞄の荷造りをするとき」という作品である。このドラマは、一九七九年四月二十七日、NHKラジオ第一放送で、二十三時五分から三十分にわたって放送された。まる二日後の深夜、つまり三十日の午前一時四十五分に父濱が永眠しているから、これは病院のベッドで濱が聴いた最後のドラマであったかもしれない。あらかじめ先回りをして言っておけば、濱の死によって建は歌に復帰することになるから、この作品が彼の書いた最後のラジオドラマということになる。十数年にわたって書いてきたドラマの集大成であり、その構想といい、手法といい、他の作品に比べて円熟味を増している。

このドラマの舞台は都会の画廊である。ひとりの美術評論家「A」が若い女性秘書「冴子」とともに、忙しい仕事の合間を縫って、とある画廊に立ち寄る。画廊では、地中海の風物を撮りつづけている「小林」という写真家の、アラブ世界を撮った作品が展示されている。砂漠の油田、遊牧民のテント村、民族衣装に身を包んだイスラムの女性たち、そうした写真のなか、Aの目は一枚の写真に釘付けになる。前景には日焼けした中年の男が、白い岩山と青い地中海の潮を背に小さく写っている。「ショー」だ。もう十年も前に北アフリカで死んだはずの学生時代の友人「庄野正春」が写っているではないか。

語学が達者で教師をしていた彼は、日本の建築企業が現地で仕事をするため大勢の日本人を送り込んだとき、通訳となってアルジェリアに渡っていたのである。独立戦争後も混乱の続くアルジェで、赤痢に罹ったという手紙を寄こしたきり、彼はその後の消息を絶ってしまう。Aの出したショー宛ての便りが、「宛名人死亡」という付箋を付けて戻ってきたのはその直後のことだった。冴子によれば、学生アルバイトとして彼女がAのもとでした最初の仕事が、ショーの死亡確認を取ることだったという。

すっかり死んだものと思っていたショーに再会したAは、写真を撮った小林に彼の消息を尋ねるが、半年ほど前に出会った現地ガイドの「モハメッド」という男であるということのほかは、日本名も知らないという。ニジェール、マリ、モーリタニアをはじめどんな砂漠の国でも、必要なら案内すると言っていた。そのショーが写真のなかから微笑みかけているのである。アフリカに旅立つとき、Aはバッハの音楽が好きだった彼とこんな会話を交わす。

ショー　タオル、歯ブラシ、ヒゲ剃り、下着、メモ帳……こんなもんかな。
Ａ　近くへ出かけるみたいだな。
ショー　同じことさ。旅行鞄の荷造りをするとき、ほんの近くへ行くときでも、このままもう帰ってこないかもしれないって考えることはないかい？
（Ｍ《ミュージック》　バッハ　ＢＧＭで）
Ａ　どうしてもいくのか。
ショー　うん。
Ａ　せっかくいい教師の口もあったところだし、何もアフリカくんだりまで……。
ショー　ぼくも思うんだよ、そうは……。
Ａ　きみは人見知りの書斎派だろ、通訳より、教師のほうがあってるのに……。
ショー　人見知りの書斎派か。

小林がアルジェで出会ったショーは、「人見知りの書斎派」からはほど遠い、荒っぽさの似合うベルベル人ふうの男だった。手頃なホテルや食事のできる市場に案内された小林は、そのときショーに教えられたコース通りに砂漠の国々をめぐり、ふたたびアルジェの街に帰って来る。お礼をしたいと申し出た小林が、ショーに連れて行かれた場所は、騒々しいアラブ音楽の流れる賑やかなダンスホールであった。そこでショーは女をめぐるいざこざに巻き込まれ、発砲された挙句、どこかへ行方をくらましてしまう。それっきり小林はショーに会っていないという。

台詞と台詞の間には、アルジェリアへ思いを運ぶ潮の音や哀切なシタールなどの音色が、効果音としてところどころに取り入れられている。北アフリカの現地音楽を使った演出がどのようなものであったか、録音が残っていない以上、想像を逞しくするよりほかはない。日本の都市の画廊と、エキゾチックなイスラム都市の街角とを、一枚の写真で結んで見せる、そのミステリー風の展開もなかなか見事である。当時の日本ではまだなじみの薄いアラブ世界が、ドラマの展開に無理を与えることなく、自家薬籠中のものとして、ふんだんに取り入れられているところもドラマに精彩を与えている。

それにしても建はいったいどこでこのようなイスラム圏の情報を手に入れたのだろう。日本にイスラム文化が詳しく紹介されるのは、東南アジアや南アジアからの留学生や技能労働者が流入した一九九〇年代以降のことである。『友の書』に登場するアフガニスタンの留学生と知り合いになるのはまだずっとあとのことだし、古くからのペルシア詩への関心や、若い頃に熱中したフランツ・ファノンの思想だけでこれを説明するのも無理だろう。建のなかにある一種ノマド的な感性といったものが、こうした異文化への興味関心を生んだと考えるほうが自然のような気がする。

ショーが生きていることを知ったAに、建はこんな独白をさせている。「私も……遠くへ……。私に忌まわしい過去があったか——何も無い。私に逃げ出したいほどの過去があったか。——何も無い。（中略）苦悩するほどの何も……だが、一枚の写真の顔が私に問いかける。私の四十五年の歳月は、時間つぶしの方法を知っていただけだと……」。ドラマのリスナーたちは、この哀切なモノローグの背後に、作者自身の喪失感と痛切な自己批判とを感じ取ったことだろう。

また別の場面では、Aの「アルジェへ行くことに不安はないかい」という問いに対し、ショーにこんなことを言わせている。以下、台詞だけをいくつか拾い出してみよう。

「そりゃあ、ある。でもね、ここにいたら不安でないともいえないよ」

「土地によって見る夢がちがうだろう」

「ひとつの職を選ぶって大変なことだと思わないかい?」

「同時にすべてのものになるのを望むなんて不可能なんだ」

こうしたショーの言葉を並べてみると、私にはこの時期の建の心情が、作中人物の口を借りて述べられているように思われてならない。アルジェリアで消息を絶ったショーの姿は、そのままアメリカを放浪し、ベトナム反戦運動やヒッピー文化の余薫に身を晒していた、青春末期の建自身の立ち姿に重なってくる。現実の建は美術評論家のAのように都会の猥雑な日常に身を委ねていた。悔悟の念に満ちたAの喪失感は、そのまま建自身のものだ。彼は日本の現実から、アルジェの街を遠望する。ここから私は、アメリカに行ったまま帰らない、もうひとりの春日井建の存在を夢想する。「旅行鞄の荷造りをするとき、ほんの近くへ行くときでも、このままもう帰ってこないかもしれないって考えることはないかい?」というショーのささやきは、そのまま建自身の内面の声でもあった。アメリカ放浪からは、すでに十年に近い歳月が流れている。北アフリカの国で消息を絶ったショーは、今もアメリカのどこかの町にとどまって、その日その日を無頼にすごす、もうひとりの春日井建の姿を投影していないか。私にはそのように思われて仕方がないのである。

（四）春日井建とアート

名古屋城の本丸西方、お堀を渡ってすぐのところに、名古屋市立城西小学校がある。その校庭に石田武至作の青年像があると聞いて見に行った。若き日の春日井建がモデルだというこのブロンズ像は、作者の石田が城西小学校の前身、花の木国民学校の卒業生であったことから、母校のこの地に建立されたものである。御影石の台座に尻をついた青年が、軽く胡坐を組むように両膝をもちあげ、前方に長く腕を伸ばしている。その腕は左のくるぶしのあたりまで伸び、その上を左右の広い手のひらが緩やかに覆っている。太い首に支えられた短髪のひきしまった頭部、かすかに右側に向けられた鋭い意志的な目、射竦めるようなその視線……。見ているうちに私は、『未青年』の歌を思い出した。

肩厚きを母に言ふべしかのユダも血の逆巻ける肉を持ちしと
ミケランジェロに暗く惹かれし少年期肉にひそまる修羅まだ知らず

こんなことを書き出したのは、小題のとおり、「春日井建とアート」について書いてみたかったからである。前項のラジオドラマ同様、アートなどと言えば、歌人春日井建の仕事と結びつけて考えることのできない読者も多いことだろう。だが、建とアートとの関係は意外に深く、その影響は彼の創作活動全般に及んでいる。少年期から青年期にかけては、自身でペンや筆を執って、人物のスケッチや水彩画などを試みることがよくあった。「井泉」（井泉短歌会）の表紙絵がその一部であることは言うまでもない。加えて、母方の親族には高村光太郎とも親交のあった毛利教武（彫刻家で母政子の義兄）、その長男武彦（画家）、次男武士郎（彫刻家）などがいた。建にとっては伯父や従弟たちにあたり、美術的環境は幼少の建にはごく親しいものであった。

もう晩年に近い頃のことだが、私自身、建が描いたスケッチや水彩画のいくつかを、「短歌」の編集の折に見せてもらったことがある。歌人にならなければ画家になっていたかもしれない、といった意味のことを聞いた記憶もある。ウォーホール、コクトー、ビュッフェ、ドーミエ、ローランサンなどの作品は、つねに身近に置いてちょっとしたコレクターのようでもあった。ここではアートを絵画や彫刻だけに限定せず、広く陶芸やガラス器、写真やポップ・アートといったものを含む、造形美術全般として見ていくことにしたい。

はじめに建とかかわりの深いアーティストたちの名前をあげてみよう。加納光於、横尾忠則、谷川晃一、横尾龍彦、建石修志、浅井愼平といった人びとの名前がたちどころに思い浮かぶ。加納光於は歌集『行け帰ることなく』の装幀者、建石修志は『青葦』に挿入された二枚の装画の作者、浅井愼平は『友の書』の装幀者である。歌集というものの制作が、作者だけでなく、その装幀者や装画作者まで含むものだとすれば、この三人は歌集の共同制作者といっていい。いずれも現代アートを代表するメジャーな名前である。このうち加納光於との交流は、この特異な銅版画家がまだ無名であった頃に遡る。

『未青年の背景』に収録された「加納光於と私」（「朝日新聞」一九六三年二月十四日）によれば、建が加納を知ったのは一九五〇年代の末、まだ『未青年』を出版する前のことであった。中井英夫から紹介され、荒川晃とともに銀座の画廊にエッチングを見に行ったのが最初の出会いであったという。年齢が近かったことも手伝って、彼らはすぐに親しくなった。荒川たちが始めていた同人誌「旗手」の表紙に加納のエッチングを使いたいと申し出ると加納は快く応じてくれた。「旗手」六号から九号の表紙に加納の銅版画やカットが使われているのはこのような経緯による。終刊号（九号）の表紙には、加納が「旗手」のためにオリジナル作品を描いてくれた。

これに対し、横尾忠則、谷川晃一のふたりは建の歌集の解説を書いている。加納たちのような美術作品による共同制作者ではないが、前者は三一書房版『現代短歌大系9』に「春日井建論」を、後者は歌集『水の蔵』に解説を寄せている。横尾の文章は、文学者の書いた「春日井建論」とはひと味もふた味もちがう達意の文章で、「春日井建論」というよりは、当時三島由紀夫邸に出入りしていた文学者や芸術家たちの目に映った「春日井建像」を紹介したものである。彼らがあまりに建のことばかり話題にするので、「春日井さんはこうした人達の奥深い魂の部分に巣食ってしまっている人」「こうした人達に憑依した悪霊」とさえ横尾は書いている。それでいながらくだんの歌人への羨望と愛情はまぎれもない。達意の文章という所以である。

谷川晃一の『水の蔵』解説「二人のKの間で」もまた異色の春日井建論である。「春日井の処女歌集『未青年』は私にとって一つの事件だった」と書く谷川は、一九六〇年代前半、日本中の若いダダイストたちとともに、反芸術という時代色の濃い記号絵画を発表していた。反芸術をさけぶ「再《ネ》び《オ》のダダの季節」から覚め、トラディショナルな美術の重要性に気付きはじめた頃、谷川は建の『未青年』に出会う。「美術における定型とは、ダダ的に反絵画的アートをつくることではなくプリミティーフに絵画を描くことだ」という結論に達した彼は、『未青年』を媒介にして「様式《スタイル》を肯定する論理」を摑んだという。谷川といい、先の横尾といい、建の短歌が他ジャンルのアーティストたちの生き方や芸術観にまで影響を与えていたことを示す証言として興味深い。

浅井愼平や横尾龍彦については、彼らの作品に建が直接論及した文章が残っている。一九七〇年七月に深夜叢書社から刊行された浅井の写真集『STREET PHOTOGRAPH』の解説、七八年六月同社から出版された画集『横尾龍彦集』の解説がそれである。浅井愼平とは「旗手」の同人仲間で、すでに十年来の付き合いがあったが、横尾龍彦の画集の解説を書くに至った経緯については不明である。ただ、この画集は当時深夜叢書社が出していた「エクリチュール叢書」の一冊で、既刊の谷川晃一集、横尾龍彦集に続き、横尾忠則、赤瀬川原平、浅井愼平、宇佐美圭司、建石修司、司修、池田満寿夫らの作品集の刊行が予定されていた。つまり、先にあげた建とかかわりの深いアーティストたちの名前がすべて網羅されているのである。

美術について論じた建の文章は数えるほどしかないが、「神秘家横尾龍彦氏の世界」と題するこの画集の解説は、作家論として書かれたほとんど唯一の美術批評といっていいものである。フランドルの幻想画家ヒエロニムス・ボッシュに傾倒し、ドイツに渡って中世美術を研究した横尾は、中世の宗教画を思わせる戦慄的な怪奇画を描く作者として知られ、幻想、夢魔の画家といわれている人である。建はこの画家をウィリアム・ブレイクの神秘思想に結びつけて論じているが、その詰屈とし、身構えた文体は、建の文章としては珍しく昂揚した印象である。解説の前半が英訳されて併載されているのも目をひく。

これより先、一九七〇年三月に書かれた『STREET PHOTOGRAPH』の解説「燕と島とアメリカと」のほうはどうか。こちらは年来の友人の作品へのオマージュといった印象の文章で、肩の力を抜いた、それでいてピリッと辛子の利いたなかなかの好文である。浅井愼平が写真集『ビートルズ東京 １００時間のロマン』を出したのは、一九六六年、ビートルズの日本公演の際、主催者により日本側カメラマンに選ばれたときのことである。当時の写真界からはまったく評価されず、ほろ苦いデビューとなったが、後年、写真集は「六〇年代を代表する本」として評価が高まった。その後、浅井の仕事はジャマイカなど海外に場所を移していくが、写真集『STREET PHOTOGRAPH』もまた海外を舞台にした一冊で、その場所はグアム島である。解説で建が書いているとおり、この四十五葉の写真からなる作品集は、「カメラ片手に気晴しに旅に出た青年が、心遊ぶままに光と風へむけてシャッターをきってきたという感じ」のもので、「並べてみても格別フォト・ストーリーがあるわけでもなく、映像を通した強い主張があるとも見えない」。

建の解説は写真に縛られることなく、作者の写真家がそうしたように、心遊ぶままに映像から映像へ、また自らの原風景や心象風景へと及んでいく。かなり長い解説で、原稿用紙に直せば四百字詰二十三、四枚といったところだろうか。太平洋戦争の記憶に始まり、原住民のチャモロ族のこと、アメリカの軍事基地のこと、ベトナム戦争のこと、アメリカ占領下の少年期に出会ったGIたちのこと、アーサー・ペン監督作品「俺たちに明日はない」のこと、そして最後には伊良湖水道で海燕を詠み、均衡と調和の「至福の時」を体験したこと等々、建の筆は海燕さながら、過去と現在を自由に行き来し、いささかも倦むことがない。かと思うと、途中、同人誌「旗手」に浅井が書いた昔のエッセイを引用して、写真家の作品に寄せる意図や情熱についても言及する。まことに行き届いた解説というべきである。

建がこの解説を書いたのは一九七〇年、これまでに書いてきたように、建の主要な関心はその後、演劇やラジオドラマに移っていく。しかしアートに対する関心は途切れることなく続き、晩年にいたるまで画廊や好きな作家の作品展にはよく足を運んだ。歌会の折など、画家や彫刻家を詠んだ作品が提出されると、歌の批評とは別に、彼らの作品や芸術についてひとしきり蘊蓄を披露することがよくあった。書斎や応接間の壁にはいつも誰かの絵が掛かり、コクトー作のガラスのマスクとか内外のガラス工芸品、十三代酒井田柿右衛門の赤絵の磁器やその手法を取り入れたドイツ・マイセンの絵皿など、私が知らないものまで含めればその数は相当なものに達していたはずである。なかでもアンディー・ウォーホールは特にお気に入りで、書斎の壁にはウォーホールと言われなければ誰も気付かない素朴な日の出の絵が掛けられていた。ポップアートにももちろん関心があったが、こうしたウォーホールの知られざる一面も愛したのである。

最後に、本項では「エクリチュール叢書」について書いたので、もうひとつ深夜叢書社がらみのことを記しておく。

一九七五年十二月三十一日、藤原月彦（藤原龍一郎）の句集『王権神授説』が深夜叢書社から刊行された。その帯に春日井建選集の広告が出ている。全六巻からなり、Ⅰ小説、Ⅱ詩、Ⅲ戯曲・TVドラマ、Ⅳ歌集、Ⅴ評論、Ⅵ未刊拾遺歌集の構成である。装幀加納光於＋谷川晃一＋横尾龍彦となっているが、もちろん刊行された形跡はない。幻の選集とでもいうべきものであろう。取りやめになった理由はわからない。もし刊行されていれば、その後の春日井建の評価もちがったものになっていたかもしれない。結局、小説、戯曲、ドラマなどの作品は、今日まで一般の読者には読むことのできないものになっている。残念なことである。

第二節　春の雪

（一）落ちなむとする命の際も

春の雪重たくふりて風に舞ふ落ちなむとする命の際も

春日井濵『吉祥悔過』

「下呂にて」と題する連作中の一首である。一九七九年四月、国立名古屋病院二五六号室の窓際の壁には、この歌の短冊が掛けられていた。このとき春日井瀇八十二歳。前年六月に発症した心筋梗塞が悪化し、いったんは退院したものの再入院を余儀なくされていたのである。短冊は瀇がここに入ってから揮毫したものであった。下呂を訪れた折の歌で、もとより病気を意識しての作ではない。しかし、「落ちなむとする命の際」は春の雪のことであると同時に、自分自身のことであることをこの病人はよく知っていた。

はっきりと発病の兆しがあったのは一九七八年六月のことである。妻政子が書いた「歌人日常」(「短歌」七九年十月　春日井瀇追悼号)によれば、そのころ診てもらっていた国立名古屋病院では「神経性筋肉痛」と診断され、書くこと、なかでも板書することを止められていたという。しかし、中日文化センターでの東歌の講義はそのまま続けていたし、選歌、校正もやめなかった。最後まで続けていた皇學館短期大学客員教授の職を辞したのが七六年三月のこと。この頃は時間的な余裕も生まれて「短歌」の編集に専念できる立場にあった。年初には『吉祥悔過《きちじやうけくわ》』とともに学生時代の作品を載録した『海石榴《つばき》』を出版していた。政子の歌集『丘の季』との同時出版である。

第一歌集『吉祥悔過』は、八十一歳になってはじめて上梓を決意したもので、六十余年に及ぶ瀇の歌業の集大成といってよい作品集である。十歳のときに、神戸市の時宗大檀林道場真光寺の塔頭修善院へ弟子入りし、得度して慈阿行善を名告《なの》った。還俗して愛知県立第五中学校、神宮皇學館本科へと進んでからも、一遍上人に対する敬愛の念は変わらず、成人して教師となったのちもずっと一遍の徒としての生き方を貫こうとした。一遍上人にならって生涯歌集を出すまいと決意していた濱が、晩年になってはじめてその禁を解き、世に問うたのがこの歌集である。まさに満を持しての出版であった。三月には『吉祥悔過』と『丘の季』の出版記念会、七月には「短歌」誌においてふたりの歌集の批評特集が組まれる。ストイックともいえる生き方を貫いてきた濱の晩年を彩る晴れがましい光景である。しかし、このとき濱の病はすでに深く進行していた。五月には夫婦で能登の旅に出かけたが、その折の濱の短歌には次のような作が含まれていた。

危崖《あず》の道戻らば戻ることを得む戻ることとかなはぬ老をいかにせむ
をちこちに漁どり舟の灯は見えて旅も終りとなりてゐにけり

政子は先の一文で、「今読み返すとはっとするが夫自身戻り得ない道を、自分の新しい病いとどれだけ結びつけ意識していたであろうか」と述べている。また、あとの歌についても「旅も終りとなりてゐにけり」が自分には哀しいと書いている。七月になると筋肉痛は堪え難いまでになり、「歌人日常」の中で政子が引いている濱の日記によれば、胸部痛のためにしばしば病院に足を運び、カルチャーセンターの講義にも支障が出始めていた。それでも痛みがさほどでもない時は、「短歌」の編集や校正をしたり、来客の応対、さらには京都で開かれた支部の歌会にまで出かけている。この間、建は自家用車での通院や出講の送り迎え、校正の手伝いなど、非常勤での短大勤めの合間を縫って、父のため献身的に働いている。

濵の病が退《の》っ引きならないところまで進んだのはそれから間もなくのことであった。十月、濵は心筋梗塞のため自宅近くの東海病院に入院した。

花季ならね紅葉あかるき香流川《かなれがは》思ひつつま近き病院にをり
あかつきのかはたれどきと見る空に茜とならず時雨ふり初む
杳かなる香流川の香流れこよ夜をこめて疼みに堪へてゐたるに

香流川は光ヶ丘の自宅の北方を流れる川。東海病院のすぐ裏手で矢田川に合流し、さらにしばらく下って庄内川に流れ込む。春には両岸に植えられた桜が咲き乱れ、秋には桜紅葉が人びとの心を和ませる。香流川を詠んだのは、濵がその光景を見慣れていたからであると同時に、「香流」という漢字の喚起するイメージからであったろう。歌は終夜の痛みに堪えている悲痛なものだが、文字遊びを試みている点やゆったりとした上句の調べには、まだ余裕のようなものが感じられる。「あかつきの」の歌のほうは、自作の本歌取である。『吉祥悔過』巻頭の「あかつきのかはたれやがて澄みゆかむ茜となりく山の端の空」が本歌になっている。昭和二十六年歌会始の預選となったこの歌の第四句を反転させているのである。秋の冷たい雨を詠んでいるが、気分はやはり上句の明るさのほうにある。本歌取という手法自体が、悲痛なものよりも明るさを想起させるとも言えるだろう。

十二月、いったんは小康を得て帰宅を許されるが、翌七九年の一月下旬、今度は名古屋城のすぐ東側、官庁街の一隅にある国立名古屋病院に再入院する。

心病《しん》みてすでに幾月城のある風景見つつ薬のみをり

モニター室に入れば心臓八十余年たゆみなく動き疲れしさま見す

「短歌」七九年三月号の掉尾に据えられた作品「城のある風景」から引いた。同じ題で角川「短歌」（同年四月号）に寄せた五首も同じ折の歌だろう。こちらのほうは、「悲しみの逆縁として逅ひしことわれに多きゆゑ心に応ふる」とか、「薬剤をいただくさまの妻の後姿《うしろ》少しかがめり長かりしかな」といった作品がみられる。自身の病が重大な段階にさしかかっていることを瀕はすでに自覚していたのだろう。作品からは不幸な前半生への悔悟の念や、長く連れ添って来た伴侶への犒いの情が読み取れる。その後、二月にはいったん自宅に帰され、そこで行なわれた十一日の月例歌会には挨拶に出たが、それも束の間、十三日にはふたたび国立名古屋病院のベッドにもどされた。角川「短歌」に掲載された五首の前には、詞書のように次の短文が添えられていた。

虚実皮膜の間に揺らぐ「うた」を求めて久しい。若いうちは虚のほうにひかれることが多かった。現在では事実の記録がそのままうたであるような大きな歌人格から生まれる作品のあることも理解できる。今度の私の歌の制作の場である病院は都心にある。目に入るその風物の何を捨て何を拾うか、実を記しながらそれがうたに飛翔することを望みたい。

最晩年の濵が「うた」というものに何を求めていたか、それを知る端的な表現がここにある。病室にあっても濵はひたすらに「うた」のこと、文学のことを思っていた。

別れの十日ほど前、建は荒川晃とともに病室の濵を訪れ、しばらく歓談した。胸を打つ、胸いたむ、胸ふたぐ、胸にこたえる、胸にしみる、胸にさわる、胸さわぎがする、胸ぐるしい――と、胸にかかわる言葉を並べあったと建が書いている（「追悼＝春日井濵――春の雪」角川「短歌」七九年九月号）のはこのときのことだろう。ニトログリセリンの舌下錠を口に含んだあとの「哀しい遊び」であったという。「落ちなむとする命の際」にありながら、病室の濵は明るく快活であった。このときも建は、長年そうしてきたように、父と作品の批評をしあったりしている。昼時になって、看護師が食事を運んできたのを機にふたりが退出しようとすると、濵が昼食を食べていくように勧めた。自分で戸棚から食器を出して机の上に並べ、病院の昼食にありあわせのものを加えて、建と荒川の三人分の食事をととのえた。

このとき、ふたりはまだ濵の死が差し迫ったものであることに気付いていなかった。「春日井濵追悼号」に荒川が寄せた文章「旅のほどろ」によると、後日、病床で濵が付けていた日録を見せてもらった荒川は愕然としたという。その日の日録には「晃、建と形ばかりの昼食を共にす」と書かれてあった。それを読んだ荒川は、「私は胸がつまって、はじめてあれが私たちの一期一会の食事であったことに気付いた。先生は最後まで優しく穏やかにわかれを告げていかれたのである」と痛恨の情を記している。

四月二十七日深更、病床の濵はNHKラジオの深夜放送に耳を傾けていた。建が書いたラジオドラマ「旅行鞄の荷造りをするとき」が放送されていたからである。三十分ほどのドラマが終わると、濵は安心したかのようにラジオのスイッチを消した。

病状が俄かにあらたまったのはその二日後である。四月三十日午前一時四十五分、心不全により濵は帰らぬ人となった。享年八十二。八十三歳の誕生日まであとひと月をあます生涯であった。七九年五月号の「短歌」には、遺詠となった作品が掲載されている。

播きしまま採ることもなき小松菜は花となりゐむわが病みをれば
旅にまた出づる日ありやわれは心妻《しん》は足病みたどきをしらず

光ヶ丘の自宅を思い、ふたたびの旅を思い、足を病む妻を思う歌である。目に入る風物の「何を捨て何を拾うか」を問題にした濵だが、最後に彼が拾った風物は、自らの愛してやまぬ身辺日常の風景であった。

翌月号の「短歌」には政子の挽歌が載っている。

夫に従きて霊安室への石廊の長かりしかな雨の音せり
癒えたらば何処へ行かむといひし君長きひとりの旅にたちます

濵の作品を念頭に、それを承けて書かれている作品である。夫婦の間に交わされたこれらの歌を読んでいると、濵が書いている「事実の記録がそのままうたであるような大きな歌人格から生まれる作品」という言葉が実にしっくりくりする。「うた」は確かに濵個人、政子個人が詠んだものだが、同時にそれはその背後にある「大きな歌人格」が詠ませたものという気がしてくる。建の選になる「『吉祥悔過』以降六十首抄」（「春日井濵追悼号」）は、まさにこの「大きな歌人格」の賜物といってよい。修善院での立志以来、七十年に垂《な》りなんとする歌歴がこの六十首に結実する。実に堂々たる短歌人生であった。

（二）ひとりの維新

歌集『青葦』の「あとがき」に次のようなくだりがある。春日井建の短歌への復帰が、どのような経過をたどって決断されたか、それを知る手がかりとして以下に引く。

昭和五十四年の四月、父が死んだ。五月、私は歌誌『短歌』の編集を引き受けた。同月、朝日新聞紙上に「桃山の屏風絵展」によせて、「光る雲」十五首を発表、その最後に次の一首を据えた。

狂れて過ぎし月日や悲天祕色ことばに遠くわが在り經しを

同年十月父の「追悼号」を出し、追悼歌一首を作る。そして五十五年から再び『短歌』誌上に毎月作品を書き始めた。同年十二月『短歌現代』誌に二十五首、題を「歸宅」と名付けた。放蕩息子の帰宅である。それには私自身のわが家への帰宅と共に、伝統定型律への帰宅の意味をふくませた。

この短い期間の心理的事件は、私にとっては不可思議かつ不条理だったが、表向きには自然にことが運んだ。かつて短歌と出会った頃の無分別な情熱にどこか似かよう情熱で、私は短歌を選びなおしていた。

父の死から短歌への復帰にいたる一年あまりの時間的経過を、建はこのように総括している。この短い期間の「心理的事件」が、なぜ「不可思議かつ不条理」であったかについて建は多くを語っていないが、ここでなされた決断が彼の後半生を方向づける決定的な意味合いを持っていたことだけは確かである。記述は淡々としていて、自身の内面に起こった迷いや葛藤については一切ふれられていない。「表向きには自然にことが運んだ」ように見えても、また「無分別な情熱」に衝き動かされて歌が選びなおされたように見えても、そこにはやはり人知れぬ苦悩や逡巡があったにちがいない。「五月、私は歌誌『短歌』の編集を引き受けた」と簡潔に書いているが、六月号の「短歌」を見ると、その後記に「主幹亡き後の運営につきましては六月三日に重だった方々に集まっていただき、善後策を協議いたしますので、何らかの結論が出て七月号には発表できると思います」という無記名の記述があり、この時点でも後継主幹が決まっていなかったことがうかがえる。主幹への就任依頼など、建にとってはまったく思い設けぬことであり、ましてや短歌への復帰など一顧だにしないことであった。

しかし、周囲の建を見る目はちがっていた。結社の内部はもとより、結社外の建をよく知る歌壇人の間にも、「事によると」という期待が高まった。著名なある歌人が、「今なら春日井建は作品を書くかもしれない」と言って、新聞社や出版社の編集者にそれとなくはたらきかけた、という噂話がまことしやかにささやかれたのもこの頃のことである。建が最終的にいつ主幹への就任を決意したか。五月と書いているので、五月中だったのだろうが、「短歌」の後記を見る限りでは、六月三日の協議の会以降のようにも思われる。いずれにせよ父の死後一ヵ月ほどの間に、彼は「短歌を選びなおす」ことを迫られたのである。

もちろん歌壇の一部には結社の主幹への就任を「凡庸な選択」として否定的に見るむきもあった。短歌結社の持つ宗匠的体質や世襲的慣行に批判的な人ほどそうであった。「行け帰ることなく」とみずからに命じた歌人が、いまさら歌に舞い戻ることなど許されぬ、という殉教者ふうの反応を示す者もあった。

「不可思議かつ不条理」という言葉には、そのあたりの事情も含意されているにちがいない。建のこころは揺れていた。「短歌」からの働きかけがいくら強くても、彼自身が肯んじなければ編集責任者は他の誰かがつとめることになるだろう。「無分別な情熱」がむくむくと頭を擡げてきた。「歌のわかれ」から十五年ほどが経過している。不惑をこえた建のこころは惑いに惑ったことだろう。最後の決断がいつどのような形でなされたのか、それは今となっては知る由もない。「無分別な情熱」の正体は、その後の建の作品から読み解くほかはないのである。

六月号の予告記事どおり、七月号の「短歌」には、「編集責任者」への就任宣言ともいうべき「表現の世界」という建の一文が巻頭に掲げられた。

　中部短歌会は大正十二年に結成され、歌誌「短歌」を発刊した。（中略）それから五十七年、「短歌」は自由な創造への熱意に支えられて着実な展開を示してきた。春日井瀇の編集もまたその軌道に乗ったもので、作者個人の表現の世界を大切にした。瀇はそれを「自分の顔をもった歌」と記している。今、新しい編集責任者という役目を引受けて、その責任の重大さを思うものの、編集方針自体にはことさら危惧を感じてはいない。これまで通り、自然な文学の対話の場として、歌びとたちの集りが、明るく自在なものであるよう願っている。

　茫々たる短歌史のうちの、ささやかな歌誌「短歌」の歴史を顧みてさえ、故《ふる》きを温《たず》ねて新しさを知ることの意義を見ることができる。それが伝統というものであろう。

衒いのない、簡潔な文章である。ことさら構えたところのない、かといって要点を外さない、まことにマニフェストにふさわしい風格をそなえた文章である。「短歌」はこれまで通り、「自然な文学の対話の場」であればそれでよい。「故きを温ね新しきを知る」、その伝統の土台さえ忘れなければ、作品はあとから従いてくるものである。これを無節操な現状追認主義とか、保守的な伝統回帰といって批判することも可能だろう。しかし建が「無分別な情熱」と呼んだその「無分別」の背後には、実はこうした「伝統」へのゆるぎない信頼が隠されていた。もう一度「伝統」というものに自分を賭けてみよう。そういう意志がこのマニフェストからはひしひしと伝わってくるのである。詩や小説、演劇やラジオドラマ、映画、美術、音楽といったものへの関心、そのどれもがそのときどきの建にとっては切実で、また昵懇な表現手段であった。父の死という外在的な理由を契機としていたとはいえ、彼がこの伝統詩型に舞い戻る決意をしたのにはそれなりの理由があったのだ。

考えてみればこの十五年、短歌こそつくらなかったが、彼が「表現」の世界から離れたことは一度もなかった。言葉は、舞台や映像、音楽などとともに、依然として彼の強い関心の内にあった。そうであるからこそ、「表向きには自然にことが運んだ」と書くこともできたのである。あらためて構えることもあるまい。結社の理念そのまま、「自由に」「自在に」自らもまた生きていけばよい。そう考えると気分が楽になった。八月には中部短歌会の大会が、十月には「春日井瀇追悼号」の発刊が決まっている。焦らず、気張らず、ひとつずつ仕事をこなしていけばよい。それが建の出した結論であった。

一九七九年十月、「短歌」の「春日井瀇追悼号」が発刊された。堂々百三十ページの大冊である。通常は六十ページ余の雑誌だから、いつもの号の二倍の厚さである。特集だけで七十五ページ、瀇の未発表作品、追悼アルバム、弔辞、回想、座談会、追悼歌など、内容はできるだけ盛りだくさんにした。結社の内外を問わず、濵を知る歌人、文学者たちが、多くの文章や歌を寄せている。本多秋五（文芸批評家）、新間進一（古典文学者）といった名が見えるのも、故人の交友の広さを想わせて興味深い。特集の最後に付された略年譜には署名がないが、これは建自身が執筆した。事実だけを簡潔に記した、ほんとうの略年譜である。追悼歌は総勢二百二十七名。建は次の一首を寄せている。

安らけく呼吸《いき》かよひます父の辺に童《わらべ》さびかの夜を明かしぬ

国立名古屋病院に濵が入院していた折の歌だろう。安らかに寝息をたてている父の枕辺で、若かった頃の父と少年の日のみずからの姿を呼び起こしているのである。母政子の追悼歌「不思議なるもののごとくに立ちどまる何ゆゑわれがかくひとりなる」とともに、とりわけ印象の深い追悼歌として記憶に残る。

追悼号を出し終わった建に、ふたたび平穏な日々がもどってきた。十一月、十二月は従来通りの編集、翌八〇年の一月号には、巻頭に「歌・八十年代へ」（春日井建）、「星宿淋漓」（塚本邦雄）というふたつの文章が掲げられ、作品の新鋭特集が組まれたりしているが、建自身の作品は先の追悼歌以来、一首も掲載されていない。毎年十首詠特集の組まれる二月号になって、ようやく「大鴉」十首が載った。

なに為すとなき忌の空はしぐるるに光のありて薄く箔張る
ひと避けて歩むにあらねひとり歩む虚《うつろ》を盈《み》たし雪は降りくる

のちに『青葦』に収録される「大鴉」一連の原形がここにある。一九六二年九月号の「短歌」に掲載された「街」六首以来、実に十八年近い歳月が流れている。以後、死の二〇〇四年五月まで、作品はただの一度も休むことなく掲載されつづけた。その数およそ千六百、その多くは歌集に収録されないままになっている。三月号以降、建は作品のほかに、「生活詠小感」「旅の歌について」「型と短歌」といった啓蒙的な小文を矢継ぎ早に発表している。主幹としての存在感を示す必要もあったのだろう。マンネリ化を防ぐため、葛原妙子、荒川晃といった結社外の執筆者に原稿を依頼することも忘れなかった。

こうして一年あまりがあっという間に過ぎた。この間、「読売新聞」（名古屋支局）の歌壇選者を引き受け、現代歌人協会会員となっている。短歌にかかわる仕事が増えはじめ、総合誌からの作歌依頼も来るようになった。冒頭に引いた『青葦』「あとがき」にいう「歸宅」二十五首が書かれたのもこのときである。「歸宅」一連の最後に、建は次の一首を据えた。

青嵐過ぎたり誰も知るなけむひとりの維新といふもあるべく

青葉の茂る頃、一陣の強い風が吹き抜けてゆく。具体的なことは何も言っていないが、この

「青嵐」が若き日の自身の「放蕩」とともに父の死を象徴していることは容易に想像できよう。同様に「ひとりの維新」が建の内面に生じた大きな変化——短歌への復帰を暗示していることも、私には自明のように思われる。作品を作者の現実に引きつけて読むべきではない、という鉄則を知らないわけではない。ただ建が「無分別な情熱」と呼んだものが、「ひとりの維新」を決断させたことだけは確かなような気がする。誰にも告げることのない、ひそやかな、それゆえ自負に満ちた決断であった。

第四章　帰宅

第一節　一九八〇年代へ

（一）蕩児の帰宅

短歌に復帰した直後の春日井建の日常がどのようなものであったか、それを知るのに恰好な資料がある。「短歌現代」一九八〇年二月号に掲載された「歌人日乗」である。「今」を大切にするエピキュリアンであった建には、過去を記録するための日記の習慣はなかったようだが、たとえ一ヵ月間にせよ、このような記録が残されていたことは、この頃の彼の仕事を考える上でも重要な示唆を与えてくれるように思う。

ほんの一年ほど前には、同誌に「遙かなる日に熱愛した『古楽器』」というように短歌のことを表現し、短歌をやめたおかげで「短歌のよい読者である」とまで書いていた建だが（一九七九年一月「古楽器」）、このときには彼自身がひとりの奏者として、ふたたび古楽器をかき鳴らす立場にいた。日記は一九七九年十二月一日から三十一日までの一ヵ月間、十八日分の記録で、ほぼ隔日といったペースである。観た映画や芝居の印象、新聞や雑誌に書いた原稿、歌集の序文執筆、新聞投稿歌の選、カルチャーセンターへの出講、勤め先の短大の授業、「短歌」の編集や校正、自宅での本部歌会、購入した書籍、友人の出版祝い、美術展鑑賞、さらには麻雀や競馬のことまで、実にさまざまな話題が書き込まれている。短歌に復帰したことによって、それに関連したさまざまな仕事がいっぺんに押し寄せたという印象である。

執筆するものも、これまでのラジオドラマや新聞のルポルタージュといったものから、歌論や歌評、歌に関わるエッセイが当然のように多くなる。短歌関係の会合も少なくない。晩年まで続くことになる超多忙な生活の始まりである。わずかに残された一ヵ月間の記録を繰るだけでも、歌人がどのようなことに興味を抱き、どのように仕事をし、どのように遊んでいたかが手に取るようにわかる。もちろん時間の経過とともに、興味関心や仕事の内容は変わっていっただろう。しかしこの日録からは、歌人が日常においてどのようなことに心を砕いていたか、その原形のようなものが透けて見えるのである。この種の日録がもっと残っていれば、春日井建研究は飛躍的に進むことだろう。

日録のなか、十二月三十日（日）の項に、次のような記載がある。

早朝、母と二人小雨のぱらつくなかを今年最後の墓参。父と別れて八ヶ月経った。絨毯を敷き、机の位置を移し、部屋の模様がえをする。斎藤すみ子さんより電話。東海地方にも現代短歌の拠点がほしいではないかと。北の会、南の会などについて話す。

父の死から八ヵ月、母との平穏な暮らしぶりが読み取れる。この時期、建はみずからの短歌への復帰を「蕩児の帰宅」に譬えていた。現代詩は短歌という正統に対して蕩児の家系であるという大岡信著『蕩児の家系』（思潮社、一九六九年）から発想されたもので、父の死によって家に戻ってきたという現実的な帰宅と、現代詩や劇などから離れて短歌という正統の家に帰ったという喩としての「蕩児の帰宅」がダブルイメージされている。「現実的な帰宅」といっても、父と離れ住んでいたわけではない。総合誌への復帰第一作といわれる「歸宅」二十五首（「短歌現代」一九八〇年十二月号）など、父を詠んだ作品の印象では、親子が別居していたように思われるが、出生以来、アメリカ放浪の短期間をのぞいて、建が両親と別居したことは一度もない。放蕩はあくまでも比喩であって、実生活において建が家を出ていたわけではないのである。日記はその父が亡くなった年の歳晩、母とふたりで出かけた静かな墓参の様子を伝えている。多忙ではあるが、建の日常にもようやく落ち着きがもどりつつあったのである。

この日の日記の後半には、はやくも「現代短歌の拠点」のことがふれられている。この拠点とは、のちに「中の会」として発足する東海地方の超結社歌人集団のことである。「中の会」は、斎藤すみ子、早﨑ふき子、松本訓男といった名古屋や岡崎在住の歌人たちが、短歌に復帰したばかりの春日井建を誘って立ち上げた超結社の研究会で、当初は先鋭な問題意識を持った歌人たちのクローズドな会としてスタートすることが構想されていたという。しかし、一九八〇年四月、実際に発足した「中の会」は、春日井建とともに岡井隆を会の推進者に加え、広く会員を外に求める開かれた集団として第一声をあげることになる。

八〇年の春、岡井は豊橋の国立病院に勤め、短歌関係の会合には行かない方針であったというが（二〇〇五年四月十四日の中日文化センターにおける岡井の講演による、以下同じ）、建をはじめとするメンバーの強い参加依頼により翻意したという。岡井によれば、はじめは「うるさいことを言ってきたな」くらいにしか思っていなかったが、十人くらいのメンバーが建とともに豊橋にやってきて、話しているうちに「やろう」と決断したという。「中の会」はその後十年続き、力のある若い歌人たちを輩出して、八〇年代短歌運動の中核的役割を果たすことになるが、このときの岡井の決断が、建の熱心な奨めによるものであったことは記憶にとどめられてよい。

もともと文学運動など、建の得意な方面のことではなかったろう。しかし結果的に見ると、七九年の「短歌」の継承と八〇年の「中の会」の発足とが時期的にちょうど一致し、それが後期春日井建の文学的業績に大きく作用したような印象をうける。岡井とともに中部地方の短歌運動を牽引して多くの才能を生み出したことはその業績のひとつである。と同時に建の側も、才能豊かな新人歌人たちから多くの刺激をうけ、それを自身のエネルギーにして創作活動を続けたことも忘れてはならない。「中の会」は四月二十七日に発会記念ティーチイン（テーマ「個と風土」）を行ない、その後何回かのシンポジウムを行なうとともに、第二十八号の「会報」を出して九一年四月二十一日の「終会集会」をもってその幕を閉じる。

ここを舞台に展開された建の活動や業績については、このあと追々詳しく紹介していくが、ここでは「会報」第一号（一九八〇年七月三十日）に掲載された「乳の実の風土」なる一文において、建が散文による「短歌復帰」を宣言していることだけを指摘しておきたい。中部短歌会と

「中の会」というふたつの拠点から、後期春日井建の文学的営為は開始される。「歌人日乗」からはその後の建の活動を知ることはできないが、残された著述や記録から八〇年代初頭の建の動向をもう少し詳しく追っていくことにしよう。

一九八〇年
二月　「短歌」に「大鴉」十首を発表（作歌に復帰）
四月二十七日　「中の会」発会記念ティーチインに参加（テーマ「個と風土」）
五月十一日　創立五十八周年記念「短歌」全国大会開催
十一月八〜九日　'80現代短歌シンポジウム〈熊本〉に参加、「〈私〉とは誰か」のパネリストをつとめる
十二月　「短歌現代」に「帰宅」二十五首を発表

一九八一年
二月十七日　朝日新聞（東海版）にコラム「東海詞華集」の連載を始める（翌年二月二十九日まで）
八月　「短歌研究」誌上で河野裕子と対談「一九六〇年代の成果と現在」
八月一〜二日　'81現代短歌シンポジウム〈名古屋〉に参加（テーマ「現代のみえる場所」）

九月　月刊「中日文化センター」に「現代短歌入門」の連載を開始（八五年三月まで）

十月十一日　創立五十九周年記念「短歌」全国大会開催

十月十七日　中日歌人会・中日新聞社共催の講演会に齋藤史、前田透を講師として招く

十月　「短歌研究」誌上で前田透と対談「短歌に対する方法意識」

一九八二年

二月　名古屋市より芸術賞奨励賞を受ける

四月十八日　「中の会」で講演（演題「形と心」）

五月　ヨーロッパに新聞の取材旅行（ヴェニスとヘルシンキを訪れる）

九月　「中の会」会報№6が春日井建を特集、岡井隆の「〈劇〉の行方――春日井建と釈迢空」を掲載

十月三十日　創立六十周年記念「短歌」全国大会開催、記念講演の講師に馬場あき子を招く

十一月十三〜十四日　'82現代短歌シンポジウム〈東京〉に参加、「ただよう家族」のパネリストをつとめる

十二月三十日　大和書房より『東海詞華集』を出版

こうして年譜を作成してみると、短歌への復帰を遂げた建がいかに八面六臂の活躍をしていたかがよくわかる。年譜には記載しなかったが、さらにこの時期に新聞や雑誌に書いた歌や文章がかなりある。文章は短歌関係のものが大半だが、宇宙や旅行、音楽といった話題から、父濵の思い出を綴ったものまで、その内容は多彩である。会合関係では、毎年開催されている中部短歌会の全国大会と、熊本、名古屋、東京といった地で行なわれた全国レベルのシンポジウムへの参加が目を引く。

中部短歌会の大会は名古屋のほか地方でも開かれ（五十九周年大会は伊勢）、歌会やパネルディスカッションのほか、結社賞（短歌賞・新人賞）の発表、表彰や懇親会を行なった。節目の六十周年記念大会の折には十一月に特集号を組み、菱川善夫、永田和宏、松田修といった外部寄稿者の原稿を掲載するとともに、みずからも十五首特詠として「呰――三島由紀夫に献ず――」を出詠した。また全国レベルのシンポジウムにも、毎年のように出かけている。これについては、作歌を再開する以前の東京（七六年）や京都（七七年）のシンポジウムにも参加しているから、八〇年代に入って急に始めたことではない。昭和五十年代に入って再び高揚するシンポジウムブームが背後にある。このほか中部短歌会の月例歌会、「中の会」の行なうシンポジウムや研究会、中日歌人会主催の講演会など、ほとんど席を暖めるひまもなく東奔西走している。そしてこうした忙しい日常の合間を縫って、短歌作品が精力的につくられた。「大鴉」「歸宅」「呰」のほか、「水圏」「紫電」「砂丘にて」「現代伊勢物語」といった、のちに歌集『青葦』に収録される作品の多くがこの時期に発刊された雑誌に掲載されている。

気力充実、不惑をこえた壮年期の建にはこれらの激務が苦にならなかった。新聞の取材旅行や個人旅行もした。とりわけ八二年五月のヨーロッパ旅行は七〇年のアメリカ放浪以来の海外旅行で、このときには水の都ヴェニスと新緑まぶしいヘルシンキに出かけていった。ヴェニスはトーマス・マンの小説『ヴェニスに死す』をルキーノ・ヴィスコンティが同題の映画に撮った、建にとっては若い頃からの眷恋の街である。「ヴェニスは私の夢そのままに存在した」(「ヴェニス行」八二年八月　葛原妙子編『をがたま』所収)と、帰国後ほどなくして建は書いた。フィンランド行についても「ヘルシンキを訪れて」なる一文が『未青年の背景』に収録されている。

一九八〇年夏、私は光ヶ丘の春日井邸を初めて訪れた。歌人は実年齢よりもずっと若く見えた。何を話したか、細部は憶えていないが、大岡信の『蕩児の家系』に歌人が言及したことだけははっきり記憶している。前述した年譜的事実を当時の私は知るべくもない。その後四半世紀、この地方の歌壇は「帰宅した蕩児」を中心に回りはじめることになるのである。

(二)　失うということ——父の影

『未青年の背景』に「失うということ」という短いエッセイが収められている。父を失って三年たった一九八二年八月一日の「中日新聞」に掲載されたものである。瀇の死後、建が書いた父についての文章は三つあるが、その三番目に当たるのがこれである。最初のものは、「追悼＝春日井瀇――春の雪」（角川「短歌」一九七九年九月号）で、瀇の死後すぐに書かれたもの。二番目のものは、「短歌現代」の特集「回想・父母と私」に寄せられた「春日井瀇」（一九八二年六月号）で、「失うということ」より少し前に書かれている。こちらは父とともに出かけた、あるいは約束をして果たせなかった、旅について綴ったものである。このほかにも父の歌について論じた「作品鑑賞」や、間接的に父について語った文章がいくつかあるが、散文としてはやはりこの三つということになるだろう。いずれも印象深い好文だが、とりわけこの文章は父を失った個人的な状況から書き起こし、さらにそれを「失うということ」一般にまで敷衍した、箴言ふうの味わいをもつものである。

失うまい、と一つのものに執着していることによって失う、おびただしいものがある。逆に、失ったつもりで得るものもある。視野を目に見えない領分にまでひろげれば、ますますその境はけじめがつかない。（中略）いずれにしろ、だれも彼も、いろんなものを失っているのだ。失うことを、わざわざ願う人はまずいない。それでも人は失っていく。何も失ったことのない人などどこにもいない。そして、失うものの大きさを知る人を、私は信じる。

春日井瀇は一遍上人に深く心酔した人だった。失うものなど何も持たぬ「捨聖《すてひじり》」。草鞋《わらんず》さえ履かず、糞掃衣《ふんぞうえ》に身をつつんで、木の根萱の根に臥しながら諸国を遊行した人である。瀇は一遍の徒としての生き方をみずからに実践し、自分の歌は詠い捨てるもの、残す必要のないものという考えを持っていた。その濱に歌集上梓を勧め、選歌をし、出版へとことを運んだのは息子の建であった。『吉祥悔過』を残したことがはたしてよかったのかどうか、それについて建は「わからない」としながらも、「ただ息子としては、歌を作りつづけて生きた父の八十歳を超した最晩年に、一冊の歌集があったことを、ほっとした気分でかえりみる」と述べている。まことに素直な、そして情愛に満ちた感懐である。ただこれが単なる肉親への情愛にとどまらないのは、「しかし、視点を移して見れば、そんなことは、どちらだって、さしてちがいはないのだろう。失うことと、得ることとは、表裏一体、時として、どちらがどうか、定かでない場合さえあるのだから」と建が続けているからである。このように書いてはじめて建は父との別れを〈内面化〉した。別言すれば、肉親であると同時に、文学上の師であり、ライバルでさえあった父を、十分に距離を置いて眺めることができるようになった。『未青年』以来、建の歌にしばしば登場する「父」は、常に威圧的、抑圧的であって、畏怖の対象であると同時に超克の対象でもあった。言ってみれば、作品上の父はいつも作者の前に立ちふさがる想像上の父であり、虚構の父だったのである。実際の父が白髪温顔の老紳士で、短歌会の主幹であると同時に教育者、「博識な人間通であり、情誼の人」であったことは、荒川晃をはじめ多くの人が指摘しているとおりである（荒川晃「春日井濱―人と作品」二〇〇二年十一月「短歌」八十周年記念特集号）。その父を失ったのだから、建の心のなかにあいた穴がどんなに大きかったかは容易に推察できよう。当然のことながら、その穴は作品創作によって埋められることになる。

この時期、建は先の三つの散文とともに、父への挽歌をいくつか書いている。のちに『青葦』

に収録される「帰宅」「紫電」「黒白」といった作品群がそれである。私は長い間、『青葦』は瀇に捧げられた挽歌集であるように思っていたが、読み直してみると父を詠んだ作品は意外に少なく、多く見積もっても歌集全体で二十首ほどである。あまりに父の歌の印象が強かったためだろう。とりわけ父との対局を詠んだ連作「黒白」は、「薄雲に入れる白月ひとり打つ碁のいつしらに亡き父と打つ」の一首どおり、亡き父との心の葛藤をテーマに据えた力作である。架空の対局という設定だが、それだけに一種凄みを感じさせ、読み応えのある連作になっている。

　それにしてもなぜ建はこれほど執拗に父との葛藤を作品にしたのだろう。「叛きしも定石なるべし搏たるるにふさひし十七歳の白暁」「とこしへに父と交へむ戦ひの亀甲碁盤に石置かむとす」といった作品を読むと、「叛き」と「戦ひ」は決定的で、父と子の関係修復は不可能のように見える。しかし一方で建は、「私ほど父と旅を一緒にした息子も少いのではないだろうか」とも書いている。現実の父子が「叛き」や「戦ひ」とは無縁な、「気の合った友人」のような関係であったという事実は、建が作品のうえでことさらに対立と反抗を強調して見せたことと何ら矛盾しない。建の「父の歌」には強い創作意識が働いており、過剰とも思える自己劇化がみられる。そしてそれは「乱れたる酒宴の父を打ちすゑし幼年の日の清きてのひら」「湯にひたる白髪の父の背はひろし女死なしめし若き日知らず」と歌った、あの『未青年』の日以来少しも変わっていない。

　現実の父のことを詠んでいながら、作品上の父はどこかよそよそしく、打ち解けぬ厳父の風貌をただよわす。現実そのままの日常の父を写そうとした作品でないのだから、ある意味それは当然のことである。リアリズムは、若き日の建の手法ではない。それを捨て、それとの格闘のなかから多くの作品が書かれたと言っても過言ではない。

濵のつくる日録風の作品を、建は「面白くもない単純明快この上ない事実の羅列によってなりたっている」と論じたことがある。全国主要結社誌の代表者を紹介した『現代結社代表歌人選集』（一九六九年）に収められた「春日井濵論」（国文社版『春日井建歌集』に再録）においてである。ここでは威厳に満ちた近寄りがたい父とは打って変わって、日常の、等身大の父がリアリスティックに描かれている。この論は死後に書かれた先の三つの文章に比べればずっと本格的な歌人論であるが、ここで建は「汝を亡くせし日の夕茜悔いしより狂言綺語になじまずなりぬ」という濵の歌を引いたあとで次のように論じている。

　これは昭和三十九年、満六十六歳の作である。「汝」とは命を自らに絶った妻であり、その日から実に三十四年の月日が経過したのである。三十四年を経たのちにも、その思いは消えず、その夕茜は劇しく燃えている。

　そして濵はその日から「狂言綺語」になじまない世界に住んできたのである。若き日の「海石榴」の歌たちは、どこかしら狂言じみ、どこかしら綺語めいて、楽しく、若やいでいる。しかし、一つの夕べの茜を見た日から、彼はそれらと無縁となった。不条理を怖れ遠ざけ、ひたすら生真面目に、ひたすら誠実に、ひたすら事実だけの、平凡な日常生活にすがってきた。思えば、これはある意味では文学を捨てたことである。文学は、歌は、どこかで狂言綺語と結び合ったものであるのに、彼はそれを遠ざけてしまったのである。

この論が書かれたのは建が三十歳のときである。濵はすでに七十三歳に達していた。ここで建はひとりのすぐれた読者として濵の作品の前に立っている。何の遠慮も口籠りもない、ひとりの独立した文学者が、もうひとりの独立した文学者の作品について論ずるという姿勢を貫いている。こういう批評は肉親がしようとしても、なかなかできるものではない。他人がする批評とはちがう、肉親の情のようなものが入り込んでしまうからである。

「春日井濵論」は、読みようによっては恐ろしい文章である。息子の建が誰よりもきびしく、反面、また誰よりも公正に父の作品を評している。息子の炯眼は、父の歌の本質を見抜いていた。「文学は、歌は、どこかで狂言綺語と結び合ったものである」という言葉には、濵が遠ざけてしまった狂言綺語のなかにこそ、歌の、ひいては文学の根源が隠されているという建の短歌観、文学観が顔をのぞかせる。狂言綺語を否定したら、歌は歌でなくなる。濵は「自分のまわりの壁を堅牢な事実で塗りかためてそのなかに安住して」、歌の根源にある狂言綺語を捨ててしまった。その生き方はまたあの一遍上人の生き方にも通じている。

若い建には濵の抱くこのような文学観そのものが反逆の対象だったのではなかろうか。そしてそのような「叛き」が「搏たるる」にふさわしい、また「とこしへに」交えねばならない、父との「戦ひ」と意識されていたのではなかろうか。父に死なれて、戦いの対象は文字通り「とこしへ」に失われた。しかし、失ったことによって得るものがあることもまた真実である。「失うことと、得ることとは表裏一体」という思想を、建は父の死を通じて獲得したにちがいない。父が死んだとき、建は歌をやめていた。「失うということ」という先の文章のなかでは明確にふれていないが、ここで建が言いたかったのは、父を失うことによって自分が得たものは「歌」であるということではなかっただろうか。もちろん箴言風の深みのある文章を、建個人の身の上にひきつけて矮小化して読む必要はない。しかし、前田透が亡くなったときに建が書いた追悼文を読むと、どうしても私にはそのように思われてくるのである。夕暮を父に持つ前田透に、建は格別の親近感を抱いていた。

夕暮を父にもつ氏は、やはり歌人の父をもつ私を、どこかで弟のように思っていて下さったところがある、と私は思う。私が中部短歌会の編集責任者となったあと、透氏とお会いしていて、「私が短歌に再びこんなに打ちこめるなんて思っていませんでした。父に知らせられないのが残念です」と語ったとき、黙ってうなずかれて、「そのことと比べれば、他のことなどなんでもないでしょう」と話されたのがふかく印象に残っている。意表をつく返答で、なぜか私は自分のことよりも、むしろ透氏の夕暮との関わりを思ったことだった。

「廻ってごらん」「詩歌」前田透追悼号　一九八四年六月

「そのことと比べれば、他のことなどなんでもないでしょう」という前田透の返答が印象深い。まことに「他のことなどなんでもない」と言いたくなるほど、このときの建の変貌は大きかったのである。父の死がなければその後の建の歌も評論活動もなかった。思いがけず復帰した短歌の世界に、建はその後四半世紀のみずからの生涯を賭けることになる。建が「失ったつもりで得るものもある」と書いた、その「得るもの」がこのとき明確な姿を現しはじめていた。「失うものの大きさを知る人」はまた、得るものの大きさも知る人であった。「父に知らせられないのが残念です」という言葉は、そのあたりの事情をよく物語っている。

(三) 短歌と劇——寺山修司の死

一九八三年五月四日、寺山修司が亡くなった。父の死にようやく気持ちの整理がつきはじめていた頃、今度は若い頃からのかけがえのない文学的盟友を失うことになったのである。建にとって寺山は、「同世代の最も信頼に足る先輩」であると同時に、最も目の離せない芸術的先達のひとりであった。その活動は短歌にとどまらず、俳句、詩、小説、エッセイ、評論、テレビ、ラジオの脚本、演劇、映画、写真、さらには歌謡曲の作詞、競馬、スポーツ評論、漫画といったサブカルチャーにまで及んでいた。歌のわかれを果たした建が、詩や小説、ラジオドラマ、演劇といった領域に関心を移していったのも、寺山というマルチタレントを意識してのことだった。享年四十七、あまりにも早い別れであった。

寺山の死の直後、建はいくつかの追悼文を書いている。発表順に、「『チエホフ祭』の世界」(「ふおうらむ」二〇六号―現代短歌入門21　八三年六月)、「帆はかがやきて過ぐ」(角川「短歌」寺山

修司追悼　八三年七月号）、「時の果実―寺山修司の作品空間」（「短歌現代」八三年八月号）の三編がそれである。翌八四年七月号の「短歌研究」の特集「歌人における『くせ』の研究」にも「寺山修司」という短文を寄せているが、こちらのほうは追悼文というより、寺山短歌の方法について論じた作品研究というのに近い。「『チエホフ祭』の世界」も短歌入門の一回分として書かれたもので、追悼文というのとはやや性格が異なるのかもしれない。このうち最も早く書かれたのは、内容から察するに、角川「短歌」に掲載された追悼文であろう。三編のうちでは一番長く、永訣から間もない高揚感のなかで書かれたことがうかがえる。

　最初に会ったのは昭和三十三年の秋、寺山修司二十二歳、私は十九歳だった。今でも私は、寺山氏の歌なら二十首や三十首たちどころに諳んじることができるけれども、当時私が一等気に入っていた一首は、

　わが撃ちし鳥は拾はで帰るなりもはや飛ばざるものは妬まぬ　「帆はかがやきて過ぐ」

私はこの歌の酷薄な少年性が好きだった。思えば氏は、その後も飛ぶ鳥を撃ちおとしては後ろを振り向かないで歩きつづけたのではないか。時代に、政治に、風俗に、そして幾つかの表現形式に向かって遊撃をつづけながら。「短歌」もまた氏の撃った鳥の一羽だったのかもしれない。

昭和三十三（一九五八）年の秋といえば、「未青年」五十首で建が鮮烈なデビューを果たした

直後のことである。当時の角川「短歌」の編集長中井英夫が、発表する前の五十首を寺山に示し、事前に彼の意見を求めたことは第一章ですでに記した。寺山は「うんといい、うんといい」とだけ繰り返したという。翌三十四（一九五九）年五月には、寺山とともに「文学と政治の谷間」という座談会に出席しているので、この頃から『未青年』の出版にいたるまでが、交流の最も頻繁であった時期と推測される。「いっしょに短歌の同人誌をやりませんか」というハガキを建がもらった（「青春の歌」「ふおうらむ」―現代短歌入門23）のは、この頃のことだろう。いずれにしても建にとっては幸運な出立だった。「寺山修司氏の初期歌篇が作られたとき、私もまた青春にあった、という偶然の幸福は測り知れないものだった」（前掲追悼文）と建は書いている。寺山の知遇を得たことが、その後の建の文学的遍歴にいかに多くの影響を与えたか、それはこれまで書いてきた一九七〇年代の建の芸術活動全般を俯瞰すれば一目瞭然であろう。

掲出した角川「短歌」の追悼文では、このあと『空には本』『血と麦』といった初期歌篇と『田園に死す』に収録された寺山の「歌作時代」後半の諸作品とを対比し、前者の「明るさ」のなかに、フランスの心理小説風の「知的で、繊細な透明感」と「早熟な少年の洗練された憂愁」を、後者の「暗さ」のなかに、寺山の生まれ育った「前近代の風土」と「土俗の闇を叙したようなフォークロア性」を読み取っている。そして、「チエホフ祭」以来、寺山が提起してきた「私」性文学である短歌の「私」の問題――作中の「われ」は生身の「われ」からどこまで離れることができるか――について再度問い直し、フランス心理小説に「われ」を仮託した心と、東北恐山の里へ「われ」を仮託した心との間には、「実はさしたる距離はなかったのだ」と書いて、寺山作品に登場する「われ」のなかに、「実」と「虚」との間の「詩的空間」をこそ読み取るべきことを指摘している。

もうひとつの追悼文、「時の果実」のほうはどうか。こちらは、「演劇にまつわる思い出」に始まり、寺山のデビュー作「チエホフ祭」に登場する「チエホフ」や「女優」の印象、初期作品に見られる「物語性」や「演技性」、それを可能にした「自由な空間の造形力」、そして寺山作品の何よりの魅力ともいえる「韻律の調和のとれた滑らかさ」といったことに言及している。短歌の「私」性の問題については、初期作品の何首かを引いたあと、「一首一首が寺山修司という生身を超えて、読み手自身の『われ』にも通じるような表情をもっている」として、歌集『空には本』の跋に寺山自身が書いた「『私』性文学の短歌にとっては無私に近づけば近づくほど多くの読者の自発性になりうる」というテーゼを、「つまり、歌から『私』が消えていくほどに読者が近づいてくるのだ」とさらに敷衍した。また、寺山短歌の滑らかな調べ、作品の口誦性についても、映画「田園に死す」のなかで実際に朗読された歌を引きながら、今もまだ耳に残る東北弁の肉声のなかに、「声によって語りかける詩の復権」を見いだそうとしている。

寺山修司の死は、建にとって、あらためて寺山作品を読み直し、それに多大な影響を受けたみずからの文学的営為を見直すきっかけとなった。短歌を捨てて寺山が向かった芝居の世界から、自分はもう何年も遠ざかっている。そうした折、「中の会」において「短歌vs.劇」というテーマでシンポジウムを行なう企画が持ち上がった。「詩的空間を広げるために」というサブタイトルをもつこのシンポジウムは、「劇」を手がかりに、歌人、俳人、詩人、演劇人などがジャンルを超えて結集し、「個の殻や意識の枠を破って新しい世界に打って出」(シンポジウム・アピール)ようとする試みであった。短歌のシンポジウムには珍しく、「日本語・劇・定型詩」というテーマの講師に詩人の大岡信を選び、パネル・ディスカッションのパネリストに、詩人の北川透、瀬尾育生、俳人の白木忠、伊吹夏生といった人々を招いた、現代短歌史に新しいページを加える一大イベントであった。

「短歌vs.劇」というテーマには、おそらく寺山追悼の意味も込められていたのだろう。講演や鼎談、シンポジウムといった企画ばかりではつまらない。二日間にわたる日程のなかに、芝居の上演を加えられないか。そう考えた建は、寺山の「新・病草紙」を翻案、脚色した劇の上演を提案した。「新・病草紙」は、歌集『田園に死す』に収録された長歌のひとつである。これは平安時代の絵巻物「病草紙」にえがかれた奇怪な疾病を素材に、寺山が彼一流のユーモアでこれをパロディー化し、原本にないものまで含めた七つの病に歌いあげたものである。名古屋の関戸家に「病草紙」の原本が所蔵されていたことから、寺山は「新・病草紙」に「名古屋関戸家のパロディー」と付していたらしい。ご当地名古屋で上演するにはうってつけの作品である。『田園に死す』にはほかに、「修羅、わが愛」「新・餓鬼草紙」といった長歌が含まれており、建はこれらを換骨奪胎して、詩劇ともいうべき新しいドラマにつくりかえたのである。

このとき上演された芝居の脚本が、シンポジウムを記録した「'84現代短歌シンポジウム名古屋全記録」(一九八五年八月十五日　雁書館発行)のなかに残されている。これをみると、演劇「新・病草紙」は一幕五場から成り、寺山修司作、春日井建構成、松本喜臣演出とはなっているものの、実際に舞台に上げるにあたっては、寺山の原作を春日井建が脚本化したというのに近い。上演に先立って建が書いた「『新・病草紙』上演ノート」（「中の会」「会報」第十二号、八四年十一月十日）には、「構成にあたっては、私はまず寺山修司の原作にしたがい、舞台という場での伝達を考慮しつつも、話し言葉は一切はさまないことにした。舞台の進行に何らかのアクセントがほしいところは、寺山自身の短歌や俳句、あるいは彼が詞を書いている流行歌などを加えることによって処理した。演出の松本喜臣氏もこのところは十分に承知で、様式性の強い舞台となるはずである」と書かれており、舞台が通常の芝居のように、対話形式によって進行しないことが予告されている。

あらためて台本を見てみると、「上演ノート」にあるとおり、台詞はすべて韻文で構成されており、物語のつなぎの部分には、寺山自身の声で短歌や俳句を読ませたり、寺山が作詞した歌謡曲の歌詞などが鏤められている。もともと劇場ではない会場のステージを舞台としたのだから、演出にあたっては何かと苦労も多かったことだろう。正面のスクリーンにスライドで寺山の顔を大写しにしたり、日吉ミミの歌謡曲「ひとの一生かくれんぼ」（寺山作詞）やカルメン・マキの「時には母のない子のように」（同）を大音響で流したり、映像や音響を総動員しての舞台である。寺山の俳句や短歌を書いた短冊が大量にステージに降り注ぎ、それを拾った俳優たちが次々に読み継いでいくという斬新な演出も注目を集めた。様式性のある舞台にするために、役者の衣装には男女とも同じものを用い、貫頭衣のようなその異様な立ち姿に、観客たちは一様に息を呑んだ。

一九八四年十一月十日午後四時過ぎ、私はシンポジウム初日のパネル・ディスカッションが終わった愛知県婦人文化会館の客席で劇の上演を待っていた。おもむろに幕が開くと、この劇の「解説」のために建がステージに立った。「これから劇団シアター・ウィークエンドによって上演します『新・病草紙』について少々解説をいたしたいと思います」と挨拶が始まると、突然、私のすぐ隣りに座った男性が、「よっ、ケンさん！」と大声を挙げた。驚いた私は、声の主を確かめるために横を向いた。僧侶のように頭を丸刈りにした壮年のいかつい男性が腕を組んで座っている。さらに男性は二言、三言、何か叫んだように思うが、野次るというのとはちがうその声に聞き覚えがあった。ステージ上の建は、声のあがった後方の客席に目を上げ、きょとんとしたような表情を見せた。声の主が福島泰樹であることがわかったのだろう。にこやかな笑顔をうかべると、何事もなかったかのように話を再開した。五分ほど解説をつづけると、「では、巫女《いたこ》によって寺山修司を呼びだしましょう。舞台はまず巫女の口寄せから始まります。だからこの劇には寺山さんも参加してくれるはずです」と締めくくった。このとき建は完全に寺山修司と一体化していた。それから約一時間、私が舞台を堪能したことは言うまでもない。

（四）青春の余熱――ロマンなき時代の家長

「'84現代短歌シンポジウム〈名古屋〉短歌vs.劇」が開催された十一月十日、時を同じくして歌集『青葦』が刊行された。父の没後から直近までの作品を再構成したもので、発行所は書肆風の薔薇、建石修志の二枚の挿画によって飾られたしろがね色の美本である。建にとっては、短歌復帰の第一歩をしるす記念の一冊であった。Ａ５変形判、中山銀士による瀟洒な装幀と目次を巻末に配した構成が目を引く。一九八〇年十二月号の「短歌現代」誌上に発表され、事実上の復帰第一作とみなされた「歸宅」二十首（雑誌発表時は二十五首）を巻頭に、八〇年代前半の総合誌や同人誌、結社誌などに発表された三百七十余首が収録されている（ただし巻末の連作「光る雲」のみは、七九年六月八日の「朝日新聞」名古屋本社版に発表）。一九七〇年七月の『行け帰ることなく』の開板からは、十四年あまりの時間が経過している。この間、七四年二月の『夢の法則』（湯川書房）、七七年六月の現代歌人文庫『春日井建歌集』（国文社）の刊行があるものの、二冊はともに旧作から拾った作品から成り、角川「短歌」一九六四年二月号に発表された連作「鬼」以降の作品は含まれていない。歌集を手にした読者にしてみれば、実に二十年ぶりの新作という印象であっただろう。巻末にはかなり長い「あとがき」が添えられ、短歌への復帰が『聖書』の放蕩息子の「帰宅」になぞらえられている。「あとがき」の中核部分は、角川「短歌」に発表されたエッセイ「選びなおした律」（八二年十月号）の再録である。

歌集刊行後、注目すべきいくつかの書評が現れた。なかでも中井英夫の『青葦』評と、詩人の北川透が新聞の時評欄に書いた文章は逸せない。前者について見れば、中井にはふたつの『青葦』評があり、ひとつは歌集刊行後ほどなく書かれた「蕩児の帰宅」（「週間読書人」一九八五年一月七日）、もうひとつは「弟の旅」（角川「短歌」八五年四月号）である。「蕩児の帰宅」については、中井が『行け帰ることなく』発刊の折、そのページをめくることさえしなかったエピソードを紹介する際にすでに言及した。第二歌集を黙殺した中井が、ほぼ四半世紀ぶりに自分の作品について批評を加えたのだから、建としても当然無関心ではいられなかった。みずからの手で編んだ『未青年』の素晴らしさが忘れられず、『行け帰ることなく』を手に取りさえしなかった中井にとって、『青葦』はほとんど期待の外の歌集だったにちがいない。しかし、中井は意外にも好意的な批評を寄せたのである。「『青葦』を丹念に読むうち、歳月というものがやはり苔とか岩とかを滲み透して、清らかな泉となって湧きあがることもあるのだと実感した」と、中井はそれを「歳月」のせいにしているが、これに続けて「歸宅」のなかの二首を引きながら、さらに次のように批評している。

こうした歌を、昔の私ならにべもなく退けて、建君もいたずらに老いたと嘆くばかりであったろう。しかしいま、身に沁みて老いと病苦と死とに日夜かかわり合っていると、春日井建の嘆きのふしぶしが新しく理解されるような気がしてくる。もともと長谷川銀作や橋本徳寿や杉浦翠子の老いの歌をひそかに賞味し、土屋文明の読売の選歌に敬服するばかりな、これは私の裏切りであろうか。

中井の言うように、それが仮に「裏切り」であったにしても、理由はあながち「歳月」と「病苦」のせいばかりではあるまい。作品にもっと深く踏み込んだ角川「短歌」の書評「弟の旅」では、建を「帰れる蕩児」を書いたアンドレ・ジイドの弟に見立て、水霊との危険な交感の旅に出た作者を、やはり同種の危険な旅に死んだパゾリーニや、映画「アラビアのロレンス」でもっとも美しいシーン、砂にのみこまれてゆく少年の姿に重ね合わせて論じている。中井が注目したのは、歌集後半の「俤」の章に置かれた連作「水圏」「水妖」のなかに詠まれた〃青の誘《いざな》い〃の主題である。このテーマは、当時の中井にとっても「いまもなお〃永遠の未青年〃というにふさわしい銀いろの鞭の一閃」「青みを帯びた短剣の光芒」と映ったのである。ただし、三島由紀夫にかかわることになるとそうはいかなかった。三島に捧げた一連「春の餞」は「思い深く」読んだものの、「当時の事情を知る者として努めて冷いいい方をすれば、三島の死への供物は、それこそ『未青年』一巻に尽き、それ以上には決してあり得ない気がする」と、その評言は一転して手きびしいものに変わる。そしてそれは手きびしさをこえて、「すでに『未青年』が〃ブリリアントな〃（三島との——筆者註）合作だったとすれば、書きたいといっている『三島由紀夫論』の形でもいい、なぜ自分が楯の会に入らず、森田必勝の代りに自衛隊へ〃乱入〃して、共に腹を切って果てなかったか、それをきっぱりと書くときこそ、壁を越えてさらなる曠野へ歩み入ることにならないだろうか」という短兵急な、読みようによっては無理無体ともいえる要求にまで行き着く。いかにも中井らしい、断定的でパセティックな物言いだが、この要求には建ならずとも、書評を読んだ多くの読者が当惑したことだろう。逆に言えば、それほどまでに中井の建に対する「三島由紀夫論」への要求は高かったのである。

　では、もうひとりの評者、北川透についてはどうであったろうか。『青葦』が刊行されて間もない十二月十五日、「朝日新聞」の文化欄に北川はこう書いている。

私の歌も青春の絶巓《ぜってん》で終わるべきだった――この痛切な断言に、春日井建の現在は暗示されているかも知れない。このほど刊行された歌集『青葦』は、彼の歌壇復帰以後の作品を集めている。「あとがき」で、かつての青春の歌との別れから、再び歌の世界に帰ってくる経緯が述べられていて興味深いが、そこで二十代における歌の別れが、何よりも意志的な選択であったことが明らかにされている。ただ、そこには時代がもはや、彼の意志にかかわらず〈青春の絶巓〉を不可能にしていたことも、考え合わせねばならぬだろう。

いまも青春の詩歌はあるが、それらは春日井のうたっている〈一歩一歩空の梯子をのぼりゆく墜ちなむ距離を拡げむとして〉というような、全身的な投企から背かれている。あるいは背かれていること自体の、空白や病の輝きがうたわれる。もはやどこにもかつてのようなロマンはない。

定型短歌という家への復帰を、彼はみずから放蕩息子の帰宅にたとえているが、しかし、その家が彼に求めているのは、ロマンなき時代の家長の役割かも知れない。ここに収められている多くの歌が、なお、青春の余熱や官能の苦しみを、魅惑的にたたえていればいるほど、わたしにはもはや放蕩息子ではありえない、この歌人の立ち姿がうかびあがってくる気がする。

「東海文芸展望」「朝日新聞」名古屋本社版　一九八四年十二月十五日夕刊

中井の『青葦』評とはかなり趣を異にしている。私情をさしはさまぬ、怜悧で公正な『青葦』

評というべきであろう。この歌集が「青春の余熱」や「官能の苦しみ」を、魅惑的にたたえているという指摘も的確であり、またそうであるがゆえに、『未青年』的な「放蕩息子」の影をそこに求めてはならないという主張にも肯ける。北川の認識とは逆に、読者が『青葦』に求めたものは、『未青年』の再現であり、青春歌のもつ「全身的な投企」そのものであった。それほどまでに『未青年』の記憶は読者に鮮烈であったともいえるが、いったいに『青葦』そのものの評判は、必ずしも芳しいものではなかったようである。ことに、処女歌集と同じものをこの歌集に求めた読者には、期待はずれの感を抱かされた者が少なからずいた。「時代がもはや、〈青春の絶巓〉を不可能にしていた」という認識が、彼らには共有されていなかったからである。

だが、北川がここで示した『青葦』の評価軸——全身的な青春短歌の不可能性とロマンの不在という時代認識は今でも十分説得力がある。「帰宅」した建を待ち受けていたものは、北川の言うとおり、まさに「ロマンなき時代の家長の役割」であった。月々の歌誌の発行はもとより、結社の定例歌会、新聞・雑誌の選歌、カルチャーセンターへの出講、各種会合での講演や啓蒙活動、そして生活の糧である大学教員としての職務、等々、知的エピキュリアンともいうべき遊び好きの建にとって、これらの仕事をひとつひとつこなしていくことにはかなりの努力を要したことだろう。もちろん、これに歌の創作や新聞の時評、さらには歌集の序文や跋文、新聞社や雑誌社からの原稿依頼が加わる。八五年夏からは、短歌研究新人賞の選考委員となり、八八年四月からは、NHK教育テレビ趣味講座「短歌入門」の講師の仕事も始めたから、建の日常はまさに多忙をきわめていた。しかし、この人には多忙を楽しみに変え、苦しみを喜びに転化させてしまう天性の能力が備わっていた。結社の主幹として、また地域の文学運動の指導者として、そして何よりもひとりの傑出した歌人として、周囲の者が彼に寄せる期待には絶大なものがあった。ときには投げ出したい衝動に駆られることもあったにちがいない。しかし、だからといってそうした「家長の役割」を放り出したわけではなかった。重圧は重圧としてそのまま受け容れればよい。そんなことに跼蹐《きよくせき》して生きるより、みずからの欲望に素直な生き方をしたほうがよい。それが彼の流儀というものであった。だからどんなに忙しいときでも遊ぶことを後回しにしなかった。多忙な日常のどこにあんな遊びの時間があるのだろう、と思うほど建は何にでも興味を持ち、それを実行に移した。

新しい生活形態になれたつもりで、これまで観ることのできなかった映画を観たり、芝居を観たりしている。少々切羽つまった気分で。「火まつり」「ネバーエンディング・ストーリー」「目撃者」、それに見逃していた「アマデウス」などの映画。ジャン・マレーの一人芝居など。今日は「コーラスライン」の切符を頼んだ。これでは本を読む時間が殆どない。まだ本当には新しい生活に慣れていないのだろう。

当時の建の日常の一端を知る手がかりとして、目についた文章を引いてみた。「短歌」一九八五年七月号の後記に書かれた一文である。結社の主幹を継承してすでに六年、ここには芝居やラジオドラマに熱中していた三十代の建が顔をのぞかせる。ほんとうは「新しい生活」と気ままに映画や芝居を観ることとは両立しないのだ。そのことに建はまだ気付いていない。というより気付こうとしないまま、このような流儀をその後も通してしまったようなところがある。知的エピキュリアンのエピキュリアンたる所以がここにある。北川の言う「青春の余熱」は、日常を何気なく叙したこんな文章のうちにも仄かに対流しているのである。

第二節　中部歌壇の指導者として

（一）壮年に兆す悲しみ

「'84現代短歌シンポジウム〈名古屋〉」を終え、歌集『青葦』の刊行を果たした建に、ふたたびもとの日常がもどろうとしていた。といってもその日常は閑雅というにはほど遠く、依然として多忙を極めるものであった。この年の春より愛知女子短期大学の勤務が常勤となり、朝決まった時間に出勤する生活が常態化した。講師時代からすでに長く勤めていたとはいえ、世の勤め人と同じような働き方をするのは初めての体験である。短歌関係の仕事もさらに荷重を増してきた。みずから主幹をつとめる「短歌」の発行は言うに及ばず、超結社集団「中の会」の活動にも積極的に参加し、今やこの地方の短歌指導者としてゆるぎない地歩を占めるまでになっていた。四十代後半、建の生涯でも最も充実した稔りの季節《とき》が始まろうとしていたのである。

とりわけ後進の育成という点において、建が岡井隆とともに果たした役割には特筆すべきものがある。多くの歌人たち、とりわけ二十代の若くて有能な歌人たちが、綺羅星のごとくふたりのもとに集まってきた。一九八〇年代の歌壇が、あたかも中部地方を震源とするかのように活発化したのは、岡井、春日井という求心力のある傑出したふたりの指導者がいたからにほかならない。それは当時歌壇にデビューした若い歌人たちの顔ぶれを見れば一目瞭然である。松平盟子、永井陽子、大塚寅彦、喜多昭夫、加藤治郎、荻原裕幸、水原紫苑、栗木京子、穂村弘、大辻隆弘、小塩卓哉、加藤孝男、西田政史など、一九八〇年代から九〇年代初頭に歌壇に登場した若手歌人たちは、そのほとんどが中部地方出身者か、「中の会」など岡井、春日井の影響下に短歌を始めた者で占められていた。まさに歌壇は「中部地方ルネッサンス」ともいうべき情況が出現したのである。

建の主宰した「短歌」関係者でいえば、八二年、大塚寅彦の短歌研究新人賞受賞がもっとも早く、以下八六年、喜多昭夫の現代短歌評論賞および短歌現代新人賞次席、九〇年、水原紫苑の歌集『びあんか』の現代歌人協会賞と続く。少し上の世代に属する古谷智子、大熊桂子、彦坂美喜子といった中堅たちも、短歌総合誌の新人賞や評論賞の候補作にしばしば名を連ね、「短歌」はこの時期一気に活況を呈した。そのほか賞とは無縁に黙々と研鑽につとめるベテラン歌人たちの存在があった。彼らの堅実な活動が「短歌」の裾野を広くし、新人を輩出させる背景となったのである。

話を建にもどせば、この時代は歌集でいうと『青葦』のあと、『水の蔵』に収録される作品を書いていた頃にあたる。「これを書いた頃、私の身もまた力が充ちていた」と建は歌集のあとがきに書いている。『水の蔵』は第五歌集だが、刊行は二〇〇〇年六月、前年の春に病を得てにわかに計画されたもので、第六歌集『友の書』、第七歌集『白雨』とは出版の順序が逆になった。病中の建には、当時の自分が「力が充ちていた」ように強く感じられたのだろう。実際、この頃の建は若い歌人たちを次々に世に送り出し、講演に、シンポジウムにと精力的に飛び回っていた。多くの若い歌人たちが、伝説的な『未青年』の歌人に会うために陸続と集結してきた。彼らは一様にこの歌人から強い印象をうける。若々しい風貌と物静かで落ち着いた挙措。悪と反逆の使徒であるはずの少年歌人と、バリトンのよくひびく眼前の温厚な紳士との落差に誰もが驚愕した。そうした歌人のひとりである水原紫苑は、初めて建に会ったときの印象を次のように記している。

こんな明るい世紀末を、誰が『未青年』の作者の上に想像しただろう。「悪霊の弟子」であり、「薄明の狼少年」であり、コクトーに愛と阿片を競わせた青年に自らを擬した反社会的な美の使徒、にである。

実は私も驚いた一人なのだ。三島由紀夫の日記を何気なく読んでいて天才少年歌人春日井建の名を見つけ、激しく興味をかき立てられて歌集を買い、感激のあまり限りなくラブレターに近いファンレターを書いて夢中で入門したものの、師が住む名古屋とは離れていて会う機会もなかった。その夏鎌倉で開かれた結社の全国大会の折り、人々の先頭にやって来る上品な黒ずくめの男性が、紹介される前から直観でそれとわかったが、予想していた頽廃の影が全くない端正な素顔に呆然としてしまった。

「もうひとつの奇蹟」「短歌四季」一九九一年夏号

水原と同じような印象を抱いた若い歌人は、ほかにも沢山いたことだろう。それは中部短歌会に入会して、直接歌の選をうけた者だけにとどまらない。他結社に所属してそこを拠点に活動していた歌人たちにも、建は分け隔てなく接した。「中の会」の会合など、結社を超えた活動が建と彼らの距離を縮めた。そして彼らのなかからも次々と「新人」が生まれる。八六年、加藤治郎の短歌研究新人賞を皮切りに、翌年には荻原裕幸が同賞を受賞する。ことに荻原の出立に際しては、選考委員のひとりとして直接建が立ち合った。八五年に始めた選考委員の仕事は、その後も八七、八八、八九、九一年と続けられていく。総合誌の新人賞や評論賞の受賞者が、「中の会」の会員によって独占されるかのようであった。

当然のことながら、建はこうした若い歌人たちに大きな期待と関心を寄せていた。指導者としてというよりも、自身もまた新しい潮流の渦中にいる当事者として歌にかかわろうとしていたのである。自由人の建は、若い歌人たちの伸び盛りの才能を無理に矯めることのないよう、彼らの好きなようにさせていた。折も折、中部短歌会では若い歌人たちを中心に、「現代短歌とはなにか」についてもっと掘り下げて意見を言いあう場がほしい、という声があがるようになった。建はこれに同意した。「短歌」誌上に毎回二ページにわたって掲載される文章欄が創設され、「回転木馬」と命名された。執筆者を固定せず、メンバーがリレー形式で自由に意見を言えるように、という意味が込められている。スタートは一九八六年三月号、第一回を大塚寅彦が「ＤＪ・イン・マイ・ライフ」というタイトルで書いている。以後、彦坂美喜子、山根木よしたけ、喜多昭夫、新畑美代子らが引き継ぎ、一巡りしたところで、メンバーたちが「回転木馬のデッド・ヒート」と題して座談会を行なっている。

翌八七年一月号からは荻原裕幸と水原紫苑を加え、短歌における「遊戯性」をテーマに活発に意見が交換された。取り上げられたテーマは、伝統、都市、他ジャンルと短歌、など多岐にわたる。「八〇年代を振り返って」とか、「歌はいま」「表現はいま」とか、連載は回を追うごとによりテーマを大きくしていくが、表現者にとって最も切実でホットな問題であることにおいて共通していた。参加者も結社内外を問わず拡大していった。荻原のほか、小澤正邦、近田順子、穂村弘、山崎郁子、小塩卓哉、加藤治郎、中山明、大辻隆弘、加藤孝男らの論客が健筆を揮った。力のある書き手がこれほど集まったのは、執筆者たちの間に「春日井建の結社だから」という共通の思いがあったからにちがいない。結社内には建の「若手重用」の編集方針に批判的な向きもあったことだろう。しかし、八〇年代後半の「短歌」誌の活況が、結社内外の若い書き手たちによって担保されていたこともまた否定できない。「回転木馬のデッド・ヒート」はその後十六年間も続き、短歌の「今」をキーワードに、現代短歌の最先端に切り込む刺激的な常設欄として、その後も多くの読者に読み継がれていった。

このころ、つまり一九八〇年代後半頃、歌壇では俵万智の『サラダ記念日』が旋風を巻き起していた。一九八七年に河出書房新社から刊行されたこの歌集は、軽いモチーフと口語を多用するその詠み口から「ライト・ヴァース」と呼ばれ、歌壇のみならず、詩壇をはじめとする当時の文芸界全般の傾向をあらわす時代の言葉となった。当然、建の周辺の歌人たちにもその影響は及んだ。若い世代だけでなく、ベテラン、大家と呼ばれるような歌人たちにまで「サラダ現象」が浸透した。

ただ、この時代に建が書いた作品を見ると、不思議にその影響が及んでいない。作品は依然として端正であり、建一流の美意識に貫かれた、「壮年のダンディズム」を歌いあげたものが多い。『水の蔵』のあとがきを読むと、「当時私の歌集作成への意欲が薄く、校正の段階で（出版を）中断してしまった」と書いてある。中断の原因は何か。作品の公表を建自身が逡巡していたからと考えるのが自然だろう。この時期の自作に何か慊《あきた》りないものを感じていたか、あるいは『青葦』を凌駕する作品を書いたという確信を持ち得なかったか、いずれにせよ自作の公表を潔しとしない何らかの心的要因が働いていたことは間違いない。それ以外に、予告まで出しておきながら歌集の出版を中断してしまった理由は見つからない。一九八四年の『青葦』以降、九九年の『白雨』『友の書』まで、建には歌集がない。十五年もの間歌集を編まなかったのは、そうした建自身の内面的な事情と、それとは別に彼の周辺に生まれていた短歌の新しい動向に彼自身が積極的にかかわろうとしていた事情があるように思われる。

自身の内面的な事情はさておき、建には短歌の新しい潮流を腑分けし、それに言葉を与えることが焦眉の急であるように思えた。それがまた短歌界の啓蒙にもつながり、新人の育成にもつながる。「短歌研究」一九八七年十一月号に書かれた「歌の見える場所」という一文を読むとそのことがよく理解できる。ここで建は、大塚、喜多、加藤（治郎）といった若手を積極的に売り込んでいる。彼らを理解することが、すなわち胎動を始めた短歌の新しい潮流に方向を与えることになる、そう信じていたからだろう。そのほかにも建はおびただしい数の歌集の序文、跋文、時評による歌集評を書いた。そこには指導者としての、あるいは啓蒙者としての建の面目が躍如している。

この頃建が詠んだ歌のなかに印象深い一首がある。「私の身もまた力が充ちていた」とのちに回想される壮年の日の代表歌といってよい。

壮年にしづかに兆す悲しみやある日の風はわが肩ゆ立つ

『水の蔵』のなかの一首である。力に充ちた壮年の充実した日常にも、ある日ふっと兆す悲しみがあった。それは父の死後、結社の主幹として、また望まぬ「家長」として、建が心の奥底に封印していた感情であった。家長としての孤独、あるいは指導者、啓蒙者としての憂愁とでも言おうか。人知れず兆す微かな悲しみにはとらえどころがなかった。この歌を歌集『刺青天使』のエピグラフに据えた大塚寅彦は、師の歌に応えて「光の丘の壮年一樹ゆ発ちきたる風とやわれの生きて負ふ風」と詠んだ。「光の丘」は建が住んだ光ヶ丘、「壮年一樹」は建その人を指す。大塚ならずとも、多くの若者がこの一樹から立つ風を負って生きたいと願った。しかし、この一樹に兆した微かな悲しみに気付いた者はさほど多くなかった。それほど静かに、微かにこの悲しみは建の心をとらえはじめていたのである。

(二)「短歌入門」講師のことなど

一九八八年四月、新しく引き受けたNHK教育テレビ趣味講座「短歌入門」の放送は毎月第四木曜日の午後七時半より三十分間、再放送は翌金曜日の午前十時半からであった。番組は講師が視聴者の投稿歌のなかから秀歌を選び、それをゲストとともにスタジオで批評するという形式で進められた。のちにひろく普及する視聴者参加型番組の走りである。投稿歌の批評以外にも毎回決まったテーマがあって、講師がそのテーマについて十分ほど講義をする時間が設けられていた。視聴者はそれを事前に購入したテキストで読むことができる。

また、投稿歌を使った実作指導のコーナーがあって、まるで茶の間で自作の添削をうけるように実践的な指導を受けることもできた。決められたテーマは講師によってちがうが、建が選んだテーマには、現代短歌を考える上での主要な問題がほとんど網羅されていた。初回のテーマは「定型について」、二回目が「身辺をうたう」、三回目が「空想の力」であった。さらに晴れと褻《ケ》、実と虚、口語と文語、言葉あそび、本歌取り、社会、時代、風俗、仕事、地名、色彩、春夏秋冬の歌といった多くのテーマが選ばれた。「入門」番組とはいえかなり高度な内容で、それを高度と感じさせない平易な語り口が建の持ち味であった。

入門書の執筆は建にとって二度目の経験である。一度目は一九八一年九月号より、月刊「中日文化センター」（のちに「ふおうらむ」と改題）に四十二回にわたって連載された「現代短歌入門」（『未青年の背景』所収）で、こちらは系統立った入門書というより、そのときそのときのトピックを使って短歌の形式や伝統、修辞や韻律といった問題について論じたもので、具体から抽象へ、各論から本論へという方法がとられていた。こちらが帰納的方法で書かれていたとするならば、テレビの「短歌入門」は、本論から各論へという演繹的方法がとられている。初回に建が選んだ「定型について」というテーマは、いかにも定型歌人らしいこの人のオーソドックスな短歌観をよくあらわしている。「型」の典型として建が取り上げた作品は次の三首である。

春は花夏ほととぎす秋は月冬雪さえて冷《すず》しかりけり　道元禅師

ちちのみの父のみこともははそばの母のみことも老いましにけり　北原白秋

あぢさゐの藍のつゆけき花ありぬぬばたまの夜あかねさす昼　佐藤佐太郎

NHK趣味講座「短歌入門」一九八八年四月〜六月

一首目の道元の歌は、川端康成がノーベル賞受賞記念の講演で「雪月花」の心を写す日本の代表的な歌としてとりあげた一首。初句から四句の冒頭に春夏秋冬の語を配し、それにそれぞれの自然の景物を並べただけの歌で、調べも五、七、五、七、七の型通りである。建はこの歌を「いわゆる月並みの代表」として挙げ、「月並みも、平凡も、ここまで徹底すると一つの真髄を伝える典型となるのでしょう」と評している。

二首目の白秋の歌はどうか。これも「お父さん、お母さんも年をとられました」というだけの無内容な歌である。音感によって父、母を呼び出す枕詞がふたつ用いられているため、意味内容を多く盛ることができなかったのである。しかし、ふたつの枕詞はただ単に音感によって父母を呼び出すだけの「呪詞」ではなく、「ちちのみの」は乳の実、つまり乳汁の出る無花果や枇杷の実を意味し、「ははそばの」は柞《ははそ》の木、つまり櫟や楢など、どんぐりの生る木々を意味するという。だから、父母が年老いたことをうたっているこの歌の背後には、雑木の生い茂った豊かな山野が、日本の美しい自然が広がっている。「父母の仲むつまじい姿といっしょに、無花果やどんぐりの木々が顕ち現れてくる」というわけである。枕詞のほかにも、短歌という伝統定型詩には、序詞、本歌取り、縁語、類語、脚韻、頭韻、体言止めをはじめ、初句切れや二句切れ、字余りや字足らず、句割れや句またがりなど、「一首に陰影を深めたり屈折を与えるために」用いられるさまざまな技法がある。そして、そうした技法が可能となったのも、「確固とした定型があったから」であり、逆に言えば「定型が技法を生んだ」結果ともいえるのである。

たとえば、三首目に引いた佐藤佐太郎の歌。この歌においても、「伝統的な技法がさりげなく、しかも十全に発揮されている」と建は言う。「ぬばたまの」「あかねさす」はそれぞれ「夜」「昼」にかかる枕詞だが、この色彩感のある言葉が、あじさいの藍色に「ぬばたま」の黒と「あかね」の赤を加えて、青と黒と赤の美しい色感を醸し出している。調べの点においても、「あぢさゐ」「藍」「あかね」とつづく初句、二句、五句の頭韻、加えて「花」がhanaで「あ」音につながり、「ありぬ」がまた「あ」なので、「三句も微妙に、繊細に頭韻の調子を整えて」いるのである。「こうして、あじさいの藍色の花が夜となく昼となく咲く季節の浄福が、美しいしらべに写されているのです」という鑑賞を読んだ読者は、何でもないような佐太郎のこの一首が、にわかに色彩を帯び、音楽的な響きをもつ歌であることに気付かされる。まことに委曲をつくした解説といわなければならない。

テキストにしたがって解説を紹介したのは、番組を始めた頃の建の定型観の基軸が奈辺にあったかを確かめておきたかったからである。こうした定型観に立って、建はこのあと話題を破格、破調の歌に移していく。そこに引用された浜田到や葛原妙子の歌の読みも見事だが、それをパラフレーズすることは、「評伝」を目的とする本書の範囲を逸脱している。「定型について」以外の他のテーマについてもここでは紹介を省く。一冊となった「短歌入門」を読みたいところだが、現段階では二十年前に発行された当時のテキストを読むほかはない。没後の二〇〇四年秋に出版の話があったが、立ち消えになってしまった。残念なことである。

講師の仕事は当初一年の予定だったようだが、NHK側の要請で二年間続けた。忙しさは倍増したが、その分得たものも多かった。仕事を通じて未知の人々との交流も生まれた。NHK短歌との関係は、「短歌入門」が「NHK歌壇」と名を変えて以降も長く続き、晩年にはBS投稿短歌の選者をつとめた。

講師の仕事を始めた頃、建の身辺にもうひとつ難問が持ち上がっていた。蔵書の整理が何とも立ち行かなくなってしまったのである。自身の蔵書もさることながら、送られてくる献呈本や雑誌の量は半端ではなかった。亡き父の蔵書もそのままになっている。書庫の拡張が必要であった。しかし、それには膨大な手間と時間がかかる。いっそのこと家の建て替えをしてはどうか、という考えが建に浮かんだ。光ヶ丘のこの地に移ってから、すでに四半世紀が経過している。自分はよいとしても、同居する母はどう思うだろう。父との思い出のつまった家には愛着もあるにちがいない。しかし、意外にも母政子の決断は早かった。江戸っ子で気持ちの切り替えの上手な彼女は、いつまでも過去の感傷にとらわれている人ではなかった。そうと決まれば話は早い。新築となると、その間の寓居が必要である。「短歌入門」のテレビ放送が始まり、八月には岐阜県の岩村町で中部短歌会の大会が予定されている。忙しさの極まるなか、あわただしく引越しの準備が始まった。

名古屋市近郊の瀬戸市原山台に仮寓を見つけ、そこに移ったのが八月半ば、いつもは名古屋で催している大会を岩村町で開いたのが八月末。山と積まれたダンボール箱を前に、建と政子は途方に暮れそうになった。それまで春日井邸で開いていた本部月例歌会も場所を移す必要がある。大会の済んだ十月からは、名古屋市中区栄の長円寺会館が選ばれた。芭蕉が名古屋の連衆と歌仙を巻いた文学の故地でもある。名古屋の中心部で交通の便もよく、歌会参加者が光ヶ丘まで来る必要もない。歌会を開くには打って付けの場所である。参加者たちの評判もよかった。以後、例会は毎月第二日曜日の午後一時よりこの長円寺会館で行なわれるようになった。

新居建設とそれにともなう歌会開催場所の問題とともに、中部短歌会ではもうひとつ懸案になっていることがあった。前主幹春日井濵の歌碑建立問題である。一九七九年四月の死去からは十年ほどの時間が経過している。一遍上人を敬愛し、「捨聖」さながら自身の歌に執着しなかった故人の生き方を思うと、歌碑などふさわしくないのではないか。息子の建は常々そう考えていた。しかし、濵の教えを受けた古い会員や友人たちの思いはそうではなかった。濵の没後、毎年命日の四月三十日に営まれていた忌歌会も、七回忌が過ぎたあと、春日井家の意志によって開かれなくなっていた。濵を慕う友人知人、指導をうけた古くからの会員、そして故人を知らぬ新しい会員たちのなかからも、歌碑建立の声があがるようになった。これも濵の人徳というべきか。周囲から自然に湧きあがった声に逆らってまで、反対する理由が建には見つからなかった。勝野正男を委員長に「春日井濵先生歌碑建立委員会」が組織され、八九年一月号の「短歌」に「春日井濵先生歌碑建立趣旨」なる一文が掲載された。建立場所は高座結《たかくらむすび》御子《みこ》神社（通称「高蔵《たかくら》神社」）境内、かつて濵が校長をつとめ、その後廃校になった中部神祇学校の跡地である。碑の歌には一九五一年の歌会始預選歌が選ばれた。歌集『吉祥悔過』の巻頭歌である。家の建て替えのときと同様、これもまたとんとん拍子に話がすすんだ。平成と元号のあらたまったこの年の八月二十六日、名古屋市熱田区高蔵町の神社境内には、歌碑の除幕式に百五十名ほどの参加者が集まっていた。

あかつきのかはたれやがてすみゆかむあかねとなりく山のはのそら

伊予から取り寄せられた紫雲石のおもてには、右の一首が刻まれ、向かって右手前には、建の染筆になる副碑がそえられていた。

春日井濵は　昭和十九年愛知国学院が改称開校された中部神祇学校初代校長として就任し昭和二十二年廃校までその職にあった
この短歌は濵が昭和二十六年歌会始の選に預ったもの此度結社内外の芳志を得て縁あるこの地を選び色紙の遺墨を拡大して紫雲石に刻み江湖に遺すこととなった
平成元年八月二十六日
中部短歌会主幹
春日井建誌併書
本会有志一同建之

実に簡潔で気持のよい解題である。余計なことは一切記すまいと決意して書いたかのように、碑の文章は短く、素っ気ない。肉親の情を極力抑えようとしていたのだろう。みずから望んで建立した歌碑ではなかったとはいえ、内心、建はほっとしていたにちがいない。父と別れて十年。そこには、すでに押しも押されもせぬ、中部歌壇の重鎮としての建の姿があった。

(三)「中の会」の十年

一九九一年四月二十一日、愛知県婦人文化会館において「中の会」の終会集会が行なわれた。八〇年四月二十七日に発会記念ティーチインを行なって以来、十年余の歳月が経過していた。「中の会」での建の活動については「'84現代短歌シンポジウム〈名古屋〉短歌vs.劇」における「新・病草紙」の上演など、一部についてはすでに紹介したが、解散について書くのを機に八〇年代の彼の足跡をもう一度ここで振り返ってみることにしよう。

歌人集団「中の会」の活動は、年三、四回の「作品研究会」の開催と「会報」の発行、それに年一回の総会と数年に一度のイベントから成っていた。「作品研究会」は三十二回、「会報」は二十八号まで出され、総会の折にはたいてい岡井隆か春日井建の講演が行なわれた。また、イベントでは全国レベルの短歌シンポジウムが名古屋で三回開催され、それぞれ「現代のみえる場所」(八一年八月)、「短歌vs.劇」(八四年十一月)、「フェスタ・イン・なごや——現代短歌'90ｓ」(九〇年十月)といったタイトルを掲げて、著名な批評家や活躍中の歌人、詩人、俳人などを招いて活発な討議を繰り広げた。それ以外にも、特定のテーマに沿っていくつかのシンポジウムが不定期に行われ、とりわけ八三年五月に名古屋で行われた「女・たんか・女」と、八七年六月に豊橋で行われた「ライト・ヴァース再考」は、現代短歌史の上からも画期的なシンポジウムであった。

前者は八〇年代前半の「女歌」の隆盛に決定的な影響を与えた女だけによるシンポジウム(パ

ネリストは河野裕子、阿木津英、道浦母都子、永井陽子の四人、ただし司会は永田和宏）、また、後者は八〇年代後半の「ライト・ヴァース」全盛の口火を切った『サラダ記念日』の著者俵万智を招いてのシンポジウムで、こちらは「中の会」と「ゆにぞん」の共催（「ゆにぞん」は岡井が豊橋「未来」の会員を中心に組織した会）であった。「女歌」や「ライト・ヴァース」は、今でこそ八〇年代短歌史の集約的表現と見なされているが、もともとは「中の会」の運営委員会で研究会のテーマや会報の特集のひとつとして考案されたものであった。このほかにもテーマは相聞、挽歌、家族、風俗、老い、口語と文語、文体、パロディなど多岐に及び、「常時現代短歌の先端的なところで問題を見つめてきた」（斎藤すみ子「解散を前にして」「会報」No.28終刊号）と自負する運営委員会やそれを指導する岡井、春日井の意向が強く反映されたものであった。ことに岡井は研究会やシンポジウムのテーマからパネリストの人選にいたるまで、会の運営に積極的に関与したという。

「中の会」が中部地方はもとより、全国的に見ても八〇年代短歌運動の中核的役割を果たしたことはすでに述べたが、その現場に春日井建という歌人が常に存在し、岡井とともにその運動を牽引していたという事実は特筆されてよい。建は前述の全国的シンポジウムには主催者のひとりとしてすべて参加しているし、歴史的意義をもつ「女・たんか・女」や「ライト・ヴァース再考」のシンポジウムにももちろん立ち会っている。今思えば、この会には不思議なくらいの熱気と多くの人材を集める吸引力があった。たくさんの若くて有能な歌人たちがこの運動の渦中に飛び込んできた。建は時間の許すかぎり若い人たちとの対話に積極的に参加し、彼らに多大な影響を与えるとともに、実作者としての彼らから多くの刺激を受けて、それを自らのエネルギーにした。

ここで、「中の会」における建の主な活動を「会報」二十八号までを使って拾い出してみることにしよう。

八〇年七月　会報№1（特集「個と風土」）に「乳の実の風土」を寄稿

八一年八月　「'81現代短歌シンポジウム〈名古屋〉現代のみえる場所」を開催（「中世と現代——新古今と梁塵秘抄」にパネリストとして参加）

八二年四月　総会において「形と心」の演題で講演（シンポジウム「春日井建研究」を同時開催、パネリストは片山智雄、荒川晃、岡井隆）

八二年九月　会報№6が春日井建を特集（講演記録「形と心」とともに、岡井隆「〈劇〉の行方——春日井建と釈迢空」、荒川晃「自然との交歓——春日井建のうた」が掲載される）

八三年五月　シンポジウム「女・たんか・女」を開催

八四年十一月　「'84現代短歌シンポジウム〈名古屋〉短歌vs.劇」を開催（寺山修司作、春日井建構成の「新・病草紙」を上演）

八五年四月　総会において「晶子とらいてうの歌」の演題で講演（講演後、「春日井建vs.女流歌人」の質疑応答）

八七年六月　「短歌フェスティバル・イン・豊橋――ライト・ヴァース再考」を「ゆにぞん」と共催

八八年四月　総会において「作品の〈読み〉について」の演題で講演（講演後、「春日井建vs.若手歌人」の質疑応答）

九〇年四月　総会において「私の位置」の演題で講演（講演後、「春日井建vs.若手歌人」の質疑応答）

九〇年十月　「フェスタ・イン・なごや――現代短歌'90ｓ」を実行副委員長として開催（パネルディスカッション「歌はいつ新しくなったか―八〇年代の検証」において岡井隆とともに発言）

九一年四月　「中の会」終会集会において岡井隆と対談

こうして活動を抜き出してみると、八〇年代の建が、いかに「中の会」と密接な関係をもっていたかがよくわかる。この十年は建の四十代とほぼ一致し、旺盛な外部への関心は彼の気力を充実させ、それが当時の短歌界をリードする牽引車の役割を果たした。短大での校務の合間を縫って、短歌関係の会合や研究会には小まめに参加した。自身の結社の運営を除けば、彼がこれほど力を注いだ活動というのはほかに見当たらない。しかし、建はそれを少しも負担に感じなかった。そうした場での未知の人々との邂逅は、むしろ喜びであった。建が若い才能の出現をまるでわがことのように喜んだのも、彼らとの接触を通じて自身が変えられ、賦活されると考えていたからだろう。「中の会」という場所は、そうした新しい世界に彼を導く端緒を提供していたのである。そのあたりの事情を知る恰好の資料がある。喜多昭夫の第一歌集『青夕焼』（一九八九年十月）の「解説」である。そのなかで建は、喜多との出会いを次のように述懐している。

滅多に驚かない私だが、本当にびっくりしたことがある。「中の会」の例会で、パネラーの一人喜多昭夫が、

オッパイはオッパイでしょ恥しくなんかないのォと僕の手をひく

という自作の一首は、与謝野晶子の歌のパロディだと発言したのである。晶子にこの原歌となるようないかなる歌があったのか、と私が知恵をめぐらす間も与えず、それが「春短し何不滅の命ぞと力ある乳を手にさぐらせぬ」ですと平然とした答えが返ってきた。一瞬唖然とし、しばしののち私は納得した。これが喜多昭夫という歌人であり、才のありようである。

「中の会」の例会で、と言っているから、八八年九月の第二十五回作品研究会（テーマは「短歌におけるパロディ」）の折だろう。新しい才能の出現に対する驚きとそれを率直に喜ぶ建のこころの動きがよく伝わってくる。こうした発見の喜びを、建は喜多以外の若い歌人たちにも感じていたにちがいない。喜多の作品が格別の意味を持っていたのは、それが建自身の作品を強く意識して書かれていたからである。先の「解説」のなかで、建はこうも記している。

「ユメコの法則」という作品がある。題名を見た瞬間、これにもいささかたじろいだ。私の初期作品を集めた一冊に、『夢の法則』がある。「夢」が「ユメ」と、漢字がカタカナとなり、「コ」が一字加わるだけで思いもよらぬものに変ってしまう。ことば遊びの領分のこと、内容の方は私のものとはまったく別物ながら、素早い、無邪気な転調である。

これも実作者としての建の驚きと戸惑いがよく表れた文章である。してやられた、という思いは悪感情とは対極のものであり、ここでは自分の影響を受けた世代の若者が、まるでライバルのような、それも気心のよく知れた友人のような親しさをもって迎え入れられている。

こうした若い世代に対する姿勢は、彼らから批判や挑戦を受ける場合にも変ることがなかった。血気盛んな若者たちのなかには、「大家」にたいする強いライバル意識と、権威を権威とも思わぬ不羈の精神が育ちつつあった。時には厳しく批判されたこともあっただろう。「会報」のNo.21を見ると、大辻隆弘が「批評不毛の時代」と題して以下のような趣旨の発言をしている。「中の会」の作品研究会で採用されている「点数制」（参加者の提出した作品を互選によって点数化し、優劣を競う方法）には、「批評不毛の時代」を感じる。歌の良し悪しの規準を、「主観に対する商業的アピール度」（その歌が歌集の帯に載っていたら買う気がおこるかどうか）に求めざるを得ないのが現代の歌の現状だが、「創造的な批評が行われるためには、その成員全員が納得し合意しうる規準が必要で」ある。「もしその規準が『古い』のだとしたら、我々はそれに代わる新たな批評規準をどこかに見いだそうとすべきではないか」。「口あたりのいい弛緩した調べの歌」が提出され、それが「緊張感がない」という点において評価され、最高点を取ってしまう。そのような場面を、大辻は「会場の後方からうすら寒い気持ちでながめていた」という。

そしてそれが終ると、混迷する事態を収拾するかのように春日井先生の御聖断が下るのだ。もちろん春日井先生の批評そのものは的を得《ママ》たものであり卓抜したものだ。問題は自らの判断規準を見いだせず、既成の権威（春日井氏がそう呼ばれることを望んでいないにせよ）に判断をゆだねてしまう我々の側にある。

このくだりを「既成の権威」と呼ばれた建は、どのような思いで読んだことだろう。「御聖断」などという刺激的な言葉には違和感をもったにちがいない。しかし、大辻の主張の正否は別として、こうした短歌状況に対する積極的な意見表明にはむしろ好感を抱いたのではなかろうか。拘束を嫌う自由人は、他者に対してもその自由を尊重した。建の周辺には恐いもの知らずの若者たちが蝟集してきたが、建は彼らを暖かく見守っていた。おそらく、そこには『未青年』の頃の、奔放で、矜持に満ちた建自身の姿が重ね合わされていたにちがいないのである。

第五章　今に今を重ねて

第一節　『友の書』の時代

（一）常なる現在

春日井建の生涯をたどり、いよいよ一九九〇年代に歩を進めてきた。この世紀末の十年は、九一年末のソビエト連邦の解体に始まり、バブルの崩壊、阪神淡路大震災や地下鉄サリン事件など、人々に「終末」を意識させる重大な出来事がいくつもあった。しかし、この十年を建の生涯に位置づけてみると、比較的平穏な、安定した時代ということができよう。中部短歌会の主幹に就任して十年あまり、この間「短歌」は一度の休刊もなく、九二年一月には通巻八百号を、十一月には創立七十周年の記念号を出した。順風満帆、歌人としても、教育者としても脂の乗りきった時代にさしかかっていた。歌集でいえば『友の書』とそれに続く『白雨』の時代にあたる。しかし、この二冊の歌集はいずれも九九年三月末の中咽頭癌発病を機に構想されたものであり、作品の制作時に対応して、その都度刊行されたものではない。誤解のないように言っておけば、建には八四年十一月の『青葦』以降、九九年九月の『白雨』まで十五年近くもの間、歌集の刊行がなかったのである。序数歌集でいえば『青葦』が第四歌集、以下『水の蔵』『友の書』『白雨』と続くが、刊行順では『白雨』『友の書』『水の蔵』であって、第七、第六、第五歌集の順で刊行されたのである。

九〇年代が『友の書』と『白雨』の時代にあたるといっても、その構想は九九年の発病後、病床においてなされたものであることに注意しなければならない。とくに『友の書』は、「友」というひとつの主題に基づいて編まれたテーマ性の強い歌集で、制作時期が一部『水の蔵』と重なるところがある。『友の書』巻末の初出一覧を見ても、一番古い作品が八七年一月、新しい作品が九六年八月となっている。平成以降の作品が圧倒的に多いから、大雑把に言って『友の書』は八〇年代末から九〇年代半ばまでの歌集ということができる。この時期、建はどのような思いで歌に対峙し、また自らの生に向き合おうとしていたのだろうか。建自身が書いたもののなかから、それを探ってみることにしよう。以下は、「短歌研究」九五年五月号が企画した「癒しがたい日々の記憶」というテーマに応えた文章からの引用である。

あえていえば、困難は「今」に在ると言えるかもしれない。常に今、その折り折りの絶えざる現在、私は困難と真向かってきた。そして今日においても目の前にあるものがいちばんの大事である。

今に今を重ねるほかの生を知らず今わが前の潮しろがね

という一首は、何年か前に作った私の歌であるが、「今」というものに対する感慨は、それを作品化した当時と変らない。本当に私は「今に今を重ねるほかの生」を知らないで今日まで過ごしてきた。私はある種の強がりから、その今を迎えている気持を、「わが前の潮しろがね」と、茫々としたしろがねの光を宿す潮に真向かっている喩に託して、幸福な気分を詠ったものとして表現してみたけれど、一種の危険な緊張感をはらんでいることには変わりはない。

「今に今を重ねて」「短歌研究」一九九五年五月号

このような考えは、『友の書』の「あとがき」にいう「この時期は私の壮年時代に相当するが、時間があらかじめ失われていたような歳月で、今に今を重ねる生き方には、常なる現在があるだけで未来も過去もないように思われた」という発言とも一致する。引かれている歌は、歌集『友の書』では、「重ねる」が「重ぬる」に、「わが前」が「わが視野」に改められ、古調を深めた分、またより視界が開けた分、一首に重厚さと空間的広がりが加わっている。「今に今を重ねる」生き方とは、忽忙《そうぼう》のうちに日々をやり過ごしてしまうことではない。それは「今日においても目の前にあるものがいちばんの大事」という言葉のとおり、今という一刻を可能な限り緊密に、自覚的に生きるということを意味している。眼前のしろがねの潮は、「今」に対峙する悠久の時間を表象する喩であり、一瞬一瞬を重ねることがこの悠久の時間につながっている。さらに言えば、「今」は悠久に対峙すると同時に、それを緊密に重ねることが悠久をも包摂する、無時間的な波の永久運動のようにして描かれる。一首中に「今」が三度も使われていながら、なおそれが無時間的な広がりを感じさせるのはそのためだ。しろがねの光を宿す潮に向かう幸福感の背後に、「一種の危険な緊張感」が孕まれているというのも、一瞬と悠久が織りなす、波の永久運動に秘められた弛緩と緊張の共存と取れば理解できる。そして何よりも、「ある種の強がり」から幸福な気分をこのように表現してみた、というところがいかにも建らしい。

先に私は『友の書』の時代を、建の生涯でも「比較的平穏な、安定した時代」と位置づけたが、この時期の彼の日常もまた、一見平穏で「幸福」と見えながら、「一種の危険な緊張感」をはらんでいたと言わなければならないのかもしれない。「常に今、その折り折りの絶えざる現在、私は困難と真向かってきた」という建の言葉に嘘はあるまい。その「困難」の内実について今は問うことをしないが、私生活上のことであれ、文学上のことであれ、たえず建はその困難に立ち向かい、それを通じて自らの表現を鍛え上げていったようなところがある。『友の書』一巻は、そうした困難に立ち向かう作者の、「病む友」の物語を中心に据えた、苦悩と安らぎのアマルガムであったといってよいのではないか。発病後の建が、この時期の数多い作品のなかから、とくに「友」をテーマに歌集を編んだ理由も、折々の困難に真向かってきた「今に今を重ねる」生き方と無関係ではないように思われるのである。

しかし、私は結論を急ぎすぎたようである。『友の書』には「友」を主題としない作品もあるし、「短歌」に発表されたこの時期の建の作品には、平穏な日常を詠んだ歌も数多くある。たとえば、全歌集には未収録であるが、次のような作はどうだろう。

つとやみて夕澄みてゐしひとときの瑠璃ののち更に雪は荒べる

マークシートに正解を記しゐたりけり入試まぢかき雪の夕ぐれ
少女らと行きし長城はるかなり蜿蜒とうねりゐし白き道
夕凍みのしじま灯りを点けぬまま窓に湧きやまぬ雪を見てをり

「短歌」一九九三年二月号

『友の書』の緊迫した歌群より、こちらのほうが建の等身大の日常を写しているだろう。冬のとある一日、おもむろに降り出した雪、その雪の乱舞を研究室の窓から眺めているのである。勤め先の愛知女子短期大学は、名古屋市東郊の丘陵地帯にあった。常勤が長くなるにつれ、仕事の重みも増してきたことだろう。ここに歌われている入試問題の作成など、建には意に染まぬ仕事であったにちがいない。大学生とはいえ、二十歳そこそこの学生たちは、建の目には「少女」としか映らなかったのだろう。その彼女らを相手に短歌や詩はもちろん、村上春樹や山田詠美、池澤夏樹といった当代の人気作家たちの作品についても論じた。

三首目の「長城」は、北京郊外の万里の長城のことである。中国へは、八八年と九〇年のゼミ旅行で二度行っている。いずれも学生たちを引率する旅で、このあと九二年の春には、カナダ西海岸のビクトリアまで出かけていった。掲出歌は中国旅行の回想で、蜿蜒とつづく長城の雪に埋まった道を思い出しているのである。最後の歌を読むと、人気《ひとけ》のない夕暮れの学園に、灯りも点けぬまま研究室の窓辺に佇んでいる歌人の姿が、「湧きやまぬ雪」の背後からボーッと浮かびあがってくる。ここでもまた建は、今に今を重ねるあの「常なる現在」を生きていたのだろうか。

この頃、建はゼミ旅行の他にもしばしば公私にわたる海外旅行に出かけた。ギリシア、グアム、ハワイといったところがそれで、それらの体験が『友の書』の作品に微妙に反映されている。例によって具体的な地名は記さず、「島」とか「水際」といった抽象化が施されているが、作品の背後に体験の核が見え隠れするのは、それまでの建の作品と同様である。とくにハワイはお気に入りの場所で、太陽と海を愛する建には、アポロン的なこの島の光明の世界がよく似合っていた。ハワイのリピーターとなった建は、ときに母の政子も伴っていった。政子の歌集『細《さざ》波《なみ》』（短歌研究社　二〇〇四年刊）にハワイ旅行の歌が収められているのはそのためである。

ここで少し私事にわたることを書かせてもらいたい。私が歌人春日井建について書くようになったひとつの転換点となる出来事だったからである。

一九九一年四月七日、私は新築後間もない光ヶ丘の春日井邸へインタヴューに出かけた。インタヴューなどというと大袈裟だが、この年の「短歌四季」夏号が「春日井建アルバム」という特集を組み、写真に添える解説文の執筆を私が仰せ付かったからである。出生後間もない初節句の写真から、一九八八年石川近代文学館の企画展に歌集や短冊などを出品したときの写真まで、モノクロ写真を含む三十数葉がその対象である。私が春日井建の家族や交友関係、私生活について知るようになったのはこのときのインタヴューが最初である。自宅が同じ光ヶ丘町内にあり、春日井邸まで歩いて五分とかからない距離に住んでいた私は、その後もこの「地の利」を生かして、校正など何かと短歌関係の仕事を手伝うようになった。インタヴューは四時間にも及び、私はこのとき初めて三島由紀夫との出会いや、デビュー作「未青年」をめぐっての中井英夫との書簡のやりとりなどについて、建自身の口から詳しく話を聞いたのだった。ラジオドラマや芝居のことについて話したのもこのときが最初だったように思う。

最後にもうひとつ、この時期の出来事について記しておく。先にも少しふれたが、「短歌」が創立七十周年を迎えたのである。一九九二年十一月二十九日、その記念大会が名古屋のヒルトンホテルにおいて盛大に催された。午前中は「作歌の現場〈新鋭歌人vs.春日井建〉」と題するシンポジウム、午後には塚本邦雄の講演が行なわれた。シンポジウムは大塚寅彦、大辻隆弘、荻原裕幸、加藤治郎、喜多昭夫、穂村弘、水原紫苑の七人の新鋭歌人たちに、春日井建がひとりずつ「作歌の現場」について質問するという形式で行なわれ、講演のほうは「みだれそめにし」という演題で、塚本がことばの乱れについて熱弁を揮った。大会のこの日に合わせて、会場には「短歌　七十周年記念特集号」が用意され、参加者全員に配布された。馬場あき子、篠弘ら外部からの寄稿、七十周年記念二十首競詠賞の発表、六十周年以後のアルバム、春日井瀇歌碑設立関係資料などの特集が組まれ、二百ページを超える、結社誌としては堂々たる大冊である。巻頭には建の「七十周年を迎えて」と題する一文が掲げられた。瀇の編纂した『短歌五十年史』に触れながら、七十周年を迎える「この現在を大切に記録しておきたい」と記している。このとき建五十四歳、主幹をつとめた二十五年のちょうど中間点にさしかかっていた。

（二）「東海地域文化研究所長」という肩書

二〇〇五年一月、「井泉」創刊号の「春日井建追悼特集」に、歌人の佐藤通雅が印象的な一文を寄せている。「手に応えて」と題するその一文は、次のように書き出されている。

一九九七年のこと、「愛知女子短期大学附属東海地域文化研究所」名で、講演の依頼状をうけとった。いやに長ったらしく、格式ばった名称にとまどって、まず拒否反応をおぼえてしまうが、さいごにしるされている差出人名に目をまるくした。「研究所長春日井建」！　建さん、いつのまにこんなものものしい肩書きをもつようになったんだ。ほどなく、駄目押しのごとく、本人から電話がくる。これではことわるわけにいかぬとひきうけた。題は「南吉を読むということ」。

「こんなものものしい肩書き」と佐藤は書いているが、確かに春日井建に「研究所長」の名は似合わない。「無頼」とか「反逆」といった形容が似つかわしい『未青年』の歌人に、格式ばった研究者の、ことに「所長」などという肩書はまるでそぐわない。イメージと現実の乖離に目をまるくしている佐藤の様子が目に浮かぶようである。そして佐藤ならずとも、建の歌の読者なら誰も、こうした「研究者」としての春日井建像を、どこかよそよそしいものに感じるにちがいない。そこで本項では「大学人としての春日井建」にスポットをあてて書いてみたい。

　建が勤めていたのは名古屋市の東郊、愛知郡日進町（現日進市）にある愛知女子短期大学（現名古屋学芸大学短期大学部）である。家政系のすみれ女子短期大学が、七七年にくだんの名に改称され、八三年には新たに人文学科が増設された。建が教授に就任したのは八五年の四月、人文学科国語国文学専攻の専任教授としてである。大学教授としての春日井建像は、研究と教育に没頭するアカデミックな教員のイメージからはかなり遠い。この時期、八〇年代後半の建の活動を重ねて見れば、どうしても「歌人」としての印象のほうが強く、「大学人」としてのイメージはうすい。彼自身も、もともと大学教員としての学究生活など望んでいなかった。組織や因習に縛られない自由人にとって、大学はかならずしも居心地のよい場所ではない。この学校の常勤となってからも、「この一年、私にとって初体験だった朝に出勤する生活が無事終った。卒業生の晴れ着を見ながら感慨無量だった」（「短歌」八六年四月号）と、まるで他人事のように書いている。

　大学教員を生涯の仕事にしようなどとは決して考えていなかったのだろう。そのことは、当時、人文学科国語国文学専攻の主任教授であった平林一について書いた一文からもうかがわれる。そのなかで建は、「私が平林先生にお目にかかったのも、昭和五十九年、私が専任の教員として職に就くことが決まるころで、それまで著述を主とした生活をしており、非常勤で教壇に立つことはあっても専任として学校へ赴くことなど考えていなかっただけに、全くの新人として先生にはいろいろお世話をかけることとなった」（愛知女子短期大学国語国文学会「國語國文」第十号「平林一先生のこと」九四年三月）と書いており、四十代半ばになっても、建に「就職」の意志が希薄であったことが読み取れる。

もともと建は学究肌の人ではない。研究室よりも路上を、学術論文よりも詩やドラマを好むタイプである。しかし専任となれば、そんなことも言っていられない。大学側の用意したカリキュラム通りに講義し、学生に課題や試験を課して、評価を与えなければならない。教授会や各種の研究会、ゼミ旅行の引率から入試問題の作成まで、さまざまな職務が彼を待ち構えていた。九二年三月刊の「國語國文」第八号を見ると、この年の建がどのような講座を担当していたかがわかる。国文講読（現代）、演劇、創作指導、国文学特講、国文学演習（近代・現代）の五講座である。国文学演習を受講した学生のゼミ論のテーマを見ると、近現代の詩人や小説家の名前にまじって、村上春樹、小川洋子、吉本ばななといった若手作家たちの名が散見される。狭い、短歌だけの世界に閉じ籠ってはいられなかったのである。そうした仕事を建はサイドワークとしてではなく、ひとりの「大学人」として、さらにいえば、一介の勤め人として立派に果たした。良識的な生活人としての彼の一面が、ここに顔をのぞかせる。もちろん背後には経済的な事情もあっただろう。

建が「東海地域文化研究所」の所長に就任したのは、そうした「大学人」としての生活にも慣れてきた九七年四月のことであった。「東海地域文化研究所」は、愛知女子短期大学内に設置された付属の研究機関である。その名の通り、「東海地域の文化について総合的または個別的に調査並びに研究を行なう」（研究所規程）ことを目的に、八八年十月に設立された。初代所長は近代日本文学研究者、平林一である。その活動は、研究調査の実施のほか、研究会の開催、研究紀要の発行、講演会の開催など多岐にわたり、九〇年三月には、機関誌「東海地域文化研究」の創刊号を出している。そして九四年三月には、創刊号から第五号までに掲載された主要論文を一本にした『東海地域文化の諸問題』（不二出版）を刊行した。建の仕事もそのなかに収録されている。とくに注目されるのは、九〇年十二月八日に行われたシンポジウム「中京文化とは何か――近世から現代へ――」での報告「中京の詩歌――近世と近代――」と、九一年十二月七日、日本社会文学会国際交流名古屋研究大会が企画した「東海の文学者たち」での報告「岡井隆について」である。

シンポジウムや研究会での報告とはいえ、残された記録を読むと、その印象はどちらかといえば講演録といったものに近い。いずれも建の既刊の著作には収録されていないものである。「中京の詩歌」は、副題にあるとおり近世から近代までの名古屋を中心とした文化、とくに短歌、俳句、詩といった韻文の歴史をたどったもので、とりあげられている作家たちは、松尾芭蕉とその門人の荷兮《かけい》、野水《やすい》、重五《じゅうご》、杜国《とこく》ら名古屋の「旦那衆」のほか、俳文集『鶉衣』の横井也有、明治期に活動した国学系の堂上歌人たち、奥島欣人をはじめとするアララギ系歌人、若山牧水を師とする歌誌「八少女《やをとめ》」の歌人たち、さらには名もなき雑俳の徒にいたるまで、その目配りの広さには驚かされる。こうした該博な知識の背後には、八一年二月から一年間、「朝日新聞」（名古屋本社版）に連載したコラム「東海詞華集」の蓄積がある。そこには実に多様な作品がとりあげられ、「和歌、俳諧、漢詩から、今日の詩歌まで、歌謡や雑俳も含めて、気軽に、自由に選択」（「あとがき」）されている。奥島欣人など、今日ではあまり顧みられなくなった歌人を再評価したのも建であった（一九八四年『奥島欣人遺稿集』の解説「奥島欣人のこと」）。

しかし、何といっても建の真骨頂は現代短歌にある。研究報告「岡井隆について」は、「『ナショナリストの生誕』を中心に」という副題をもち、岡井の歌集『土地よ、痛みを負え』のなかの連作「ナショナリストの生誕」について、「文学における地域性と国際性」という研究大会のメインテーマに沿って縦横に論じたものである。ロシア文学、とくにドストエフスキーを枕に岡井を論じ始めたのは、この研究大会が翌日に日ソ文学シンポジウムをひかえていたからだろう。話題は政治性の強い「ナショナリストの生誕」から日常生活に取材した「暦表組曲《カレンダー》」へ、さらには岡井の「九州逃亡」から歌集『鵞卵亭』による短歌復帰にまで及ぶ。建にとって岡井は、「郷土の先輩」であると同時に、「表現方法の大胆な推進者として注目する人」でもあった。この折に限らず、建が生涯に行なった数多くの講演のなかでは、圧倒的に岡井の話題が多い。ただ、まとまった岡井論ということになると、その数は意外に少なく、その意味でこの報告は貴重な記録ということができるだろう。

シンポジウムに先立つこの年の七月、建は大学の国語国文学会の総会に岡井を招き、現代短歌に関する講演を依頼している。演題は「現代の女流歌人」。その記録が「國語國文」第八号に掲載されている。『サラダ記念日』の出現をうけて登場した梅内美華子について論じたもので、角川短歌賞の作品五十首がおもな対象である。聴衆には学生も多く含まれていたのだろう。テーマの選び方と話題に配慮が感じられる。岡井のほかにも、建は何人かの歌人や詩人を招いて講演会やシンポジウムを開いた。先の佐藤通雅もそうだが、詩人の北川透に「現代詩の展望」や丸山静について語ってもらったり、歌人の小瀬洋喜に古今伝授と東常縁《とうつねより》を論じてもらったりしたのも、建の意向が強く働いていたと見るべきだろう。北川には大学祭での講演も依頼している。

このほか大学関係の刊行物としては、文集の「菫《すみれ》」がある。創刊は建が常勤となる前年の八四年三月。八七年一月刊の第三号の編集後記は建が書いている。学内の教員や学生の作品を集めた創作集といっていい内容で、学生の作品は、創作指導、国文講読といった授業のレポートから採ったものである。毎号ではないが、建の文章や短歌、詩もいくつか載っている。いずれも新聞や雑誌に発表したものの再録だが、このなかではことに第七号（九一年三月）の「思い出の背景」が印象深い。『未青年の背景』に収録されているが、「菫」のほうには四つのエッセイを統括する前書きが添えられている。前項で紹介した私の春日井邸でのインタヴューの際に、建が真っ先に手渡してくれたのがこの「菫」第七号だった。

その後、建は平林がつとめた学内の要職を継ぐようにして、人文学部の学科長から東海地域文化研究所の所長に就任する。所長をつとめたのは、佐藤に新美南吉の講演を依頼した九七年から九九年三月の発病まで、実質二年間であった。佐藤の言う「こんなものものしい肩書き」から建を解放したのは、皮肉なことに、晩年の五年間、彼を苦悩のどん底に突き落とすことになる病の発症だった。結局、建が愛知女子短期大学に常勤として在職したのは、十四年あまり、非常勤時代も加えれば二十年以上になる。この間、同人誌「旗手」の文学仲間であった荒川晃も、建のあとを追うようにして同じ大学の教授となり、最後の十年ほどは同僚としてともに学生の指導にあたった。発病の際、当面の措置として三ヵ月の休職を願い出たが、その後、治療に専念することを理由に、あっさり大学を退職してしまった。病の深刻さと残された「未来」の時間とを勘案した結果だった。その決断の早さときっぱりとした態度に周囲は驚かされた。繰り返しになるが、建はもともと学究肌の人ではない。研究とか教育といった、「大学人」に付き物の大義を脱ぎ捨てるよい機会だと考えたのだろう。

ここで再度、冒頭の佐藤の文章にもどろう。当時鞭打ち症にかかった佐藤が、病をおして名古屋に到着すると、新幹線の改札口で手をあげて合図する人がいた。「建さん」だった。「自分も手をあげて応える。そのとたん、からだがぴんしゃんとなった」と、そのときの様子を佐藤は書いている。会場に着くまでの車中、佐藤は『未青年』の歌人に幼少年期にかかわる自伝の執筆を勧めた。しかし、それは実現しなかった。「思い出の背景」の続きを読むことは、永久に叶わぬ夢となってしまったのである。

(三)「友」とは誰か(1)

『友の書』(一九九九年十一月刊)は「友」というひとつの主題に基づいて編まれたテーマ性の強い歌集である。同じ年の九月に出された『白雨』が、「作歌姿勢を常より少し実人生に近いところに置」き、身辺日常に主題を求めているのとは好対照である。発病を機にほぼ同時に編まれた二冊の歌集だが、ひとつは主題を「友」という一点にしぼり、もうひとつはそれを身辺日常にまで広げているのである。配列も『友の書』が制作年代にこだわらず、かなり自由に作品を組み替えているのに対し、『白雨』のほうはほぼ制作年代順である。『友の書』でもそれができたはずだが、あえてそうしなかった理由は、「友」という主題を際立たせ、その一点に読者の注意を向けたかったからにほかならない。「友」という主題が、建にとっていかに大きな意味をもっていたかがうかがわれる。作品がカバーしている時代は、八七年一月から九六年八月までのほぼ十年間、『青葦』刊行後、『水の蔵』の編集をほぼ終え、広告まで出しながらなかなか開板しなかった時代に相当する。

歌集を繙けばすぐわかるように、『友の書』は二十の連作から成る、極めて意識的に構成された歌集である。総歌数三百八十七首、十年間の産物としてはいかにも寡作という印象を受ける。当然のことながら、捨てられた歌も多い。病という現実に直面しなければ、刊行はもっと遅れただろうし、こういう形で編まれたかどうかも疑問である。歌集名を『友の書』とした理由について、建は「あとがき」のなかで「幾人かの友達」との出会いをあげている。アフガニスタンの友人の「アマダカ・レザイ」、中国の友人の「楊や陳」、そして名前はあげていないが、「短命を約束されたような病」と対峙している「身近な友の一人」といった具合である。歌集の装幀者で「旗手」時代の文学仲間であった浅井愼平の名をここに加えてもよい。「友」がこれほど登場する歌集というのも珍しいが、そこには建の周辺にいた実在の友と、作品上だけの架空の友が混在しているように思われる。もっとも獄中に友をもつ『未青年』の作者なら、わざわざ架空の友と断らなくてよいのかもしれない。そこにはリアリズムの手法とは一線を画す、虚実一体の「友」が詠まれているのである。

「友」とは誰か。その内実について、現時点から跡付けられるものをいくつか辿ってみることにしよう。まずは、歌集後半に置かれている「消失点《バニシング・ポイント》」という連作に登場する「行方知れずの友」である。彼は『青葦』のなかで「わが生のまらうど」と詠まれた青年と同一人物であろう。『青葦』の「あとがき」で建は歌集刊行のきっかけとなった三人の人物の死をあげている。父濱や三島由紀夫の死とともに言及されているのが、事故死したとされるこの青年で、『青葦』の「路上」「ホモ・ファベル」「表情」「美神」といった一連は、さながら青年への頌歌《オード》と鎮魂といった様相を呈している。

この一連に接続する作品が『友の書』の「消失点《バニシング・ポイント》」で、友の失踪、オートバイ、事故死といった内容の類似性だけでなく、作品自体のもつ濃厚な死の気分や官能の横溢が、おのずとそのような類推を許すのである。私がそう判断するのには理由がある。同時期に「中日新聞」（一九八九年一月十五日夕刊）に発表された「バトルゲームの死」という文章を読むと、オートバイ事故で死んだ友人「Ａ」のことが出てくる。バトルゲームというのは、「対抗してオートバイを走らせ、ぶつかるすれすれのところでかわすゲーム」のことである。「もう二十年近くになる」と断っているので、一九七〇年代の初頭ということになろう。建はこの年少の友人の伯母と名乗る人の訪問を受けた。彼女は自分がＡを追いこんだのではないかと思い込み、その苦しみから逃れるために建を訪ねてきたのである。そして彼女は建の知らないＡにかかわる「一つの話」をする。それはＡにとって秘密に属する情報で、建は話を聞きながら「他人が踏みこんではならない領分へ足を踏みこんでいく気分になった」という。

その後、ジェームズ・パーディの小説『アルマの甥』を読んでいて、突然、建はAの伯母のことを思い出す。小説との符合にハッとしたからである。この小説は、アメリカの田舎町に住む女教師アルマが、失踪した甥の行方をさがす物語である。その過程で彼女は「自分がよく知っていると思っていた甥にいろいろな秘密があることを知り、もうそれ以上追求することに恐れを感じ」るようになる。Aの伯母は、他人の踏みこんではならない領分に踏みこんだ恐れに気付いた「もう一人のアルマ」だったのである。連作「消失点《バニシング・ポイント》」が映画に取材した作品であることは建が書いた他の文章からも知れる。しかし、そこに詠まれている「アルマ」については、「バトルゲームの死」を読まないと何のことだかよくわからない。

この文章を書いた直後、建は同じ「中日新聞」に、四回にわたって「思い出の風景」を寄せた。その第三回目の文章が「柊」であり、これは事故死した少年の父親を田舎の仕事場（木工品の工房）に訪ねる話で、この時の体験が連作「ホモ・ファベル」の背景になっている。「柊」はその折に探し当てた父親の家の門に咲いていた花である。映画の一場面を見るような印象鮮やかな一文だが、筆者である建と「年少の友」との詳しい関係や、彼が死に至った経過が書かれていないため、「夢幻的」といっていいような、不思議な印象を与える文章である。「消失点《バニシング・ポイント》」のなかに、「知りゐしは人の一部に過ぎざりし」（「——当然を強き雨叩きゐる」）というフレーズがあるが、まことに人が知りうることは他人の一部にすぎないのであって、それは作中主体と「行方知れずの友」との関係にも及ぶのである。読者はふたりの間に、「他人の踏みこんではならない領分」のあることに気付かされる。そして、それが作品のわかりにくさに通じている。端的にいえば、そこにはある種の〈神秘化《ミスティフィケーション》〉がほどこされているのである。作品や文章に読者が夢幻的なものを感じるのはそのためだ。

同じことは、冒頭の「友の書」に登場する「青年」についても指摘できる。この一連は、ジュリアン・グラックの小説『陰鬱なる美青年』に登場するアランという青年を念頭に詠まれている。小説の舞台は、ジェラールというランボー研究家の逗留するブルターニュ地方の海辺のホテル。有閑階級の客たちがヴァカンスの無為と倦怠を持てあますなか、語り手のジェラールの前にアランというひとりの青年が現れる。退屈で月並みな世界は彼の出現によって、不安と戦きに満ちた驚異の世界に突如として変貌するのだが、はじめのうち彼が何者であるかは誰にもわからない。

アランとは誰か。――それは「死の喩」である。彼は小説のなかで「冷静かつ正確、何ごとにも動じない絶対的な存在として描出され」ており、建はこのアランとアランを描いたグラックを通して「死と昵懇になった」という。連作「友の書」に登場する青年（作中では「友」「汝」と表記される）は、実在の友であると同時に、イメージをアランに借りた隠喩的存在であろう。アランが死の喩であるとするなら、「友の書」の「友」もまた死の喩である。作品は撞球に熱中する青年の姿を粘着質な視線で追いかけているが、この視線はまさに死を愛するもののそれである。そして「友」はその後もさまざまなヴァリエーションをとりながら、死という本来の姿を徐々に明らかにしてゆく。しかしその問題については、後述したい。

さて、こうした隠喩的な「友」に比べれば、「アレキサンダーの鏡」や「楊柳」に登場すると符合する。残された作品や文章から、これら実在の友についても触れておくことにしよう。
この時期、建は何人かの外国人留学生と懇意になった。勤め先の大学を介した交友とも想像されるが、実際には大学を離れた私的な出会いと交遊であったようである。なかでも、「アレキサンダーの鏡」に登場するアフガニスタン出身の留学生と、「楊柳」や「児歌《アルコ》・母歌《モウコ》」に詠まれている中国の「日本語学生」たちのことは落とせない。私が最初に留学生のことを耳にしたのは、一九九〇年十一月の中部短歌会の歌会においてであった。その時の建の作品の一部を引いてみよう。

アフガンの兵たりし友ともなふに平らかに夜の潮は寄せきぬ
異国語のふいにまじれり若者のこころの激湍《げきたん》にふれし刹那に

詠まれているのは、アフガニスタン出身の青年である。『友の書』の「あとがき」にあるように、建はアマダカ・レザイというこの青年に「天高冷坐居」という漢字名を付けた。「ペルシャの高地に坐って瞑想している姿」を思ってのことという。歌会の席で建は、母国が内戦に引き裂かれた青年の過酷な境遇について熱っぽく語った。彼を知多の海に案内して、思わぬことから、その「こころの激湍」にふれる体験をした話など、今でも鮮明に思い起こすことができる。ペルシア詩の『ルバイヤート』や作者のオマル・ハイヤームについて建から話を聞いたのも、この折の歌会においてであった。二年後の「短歌」一九九二年六月号の後記に、建はこう書いている。

薔薇の季節である。す薔薇しい季節、と記してはいけないか、と聞いたアフガニスタンの友人がいた。彼は今、国際文化学科で学んでいる。季節の移り変りが激しく、晴れたり曇ったり雨がふったり、定めない天気のつづくわが国では、もちろん、すばらしいというのも、素晴しい、と天気の語をもって記さねばならない、と答えながら、文化の根っ子はこんなささいなところにもあるのだ、と思ったことだった。

留学生との交流は、発見の連続だった。文中、建は「ささいな」と言っているが、こういう些細なことに気付くことは決して些細なことではない。韻文作者としての建の面目は、こんなところにも垣間見ることができるのである。留学生との交流は、彼が日本を離れるまで続いたようだが、「アレキサンダーの鏡」（九〇年七月）以降にも、新聞や雑誌に発表した「アフガンの友」の歌があり、それは最後の歌集『朝の水』まで続いている。ペルシアやアフガニスタンといったイスラム文化圏への関心、紛争や内戦に揺れる異国の過酷な現実の直視、そういったものがこれらの作品を生む背景にはあったのだろう。

中国の友については、「歌壇」九二年六月号に発表の「楊柳」に北京再訪の歌があるが、実際の訪中であったかどうかは確認できていない。同年五月号の「短歌」にも「北京回想」五首があって、同じ日本語学生のことがうたわれているので、実際に北京の地を踏んだとも思われるが、文字通り「回想」であったかもしれない。しかし、八九年六月の天安門事件以降、このときまでにもう一度訪中したことは確かなように思われる。中国人留学生を自宅に招いたり、その留学生を北京に訪ねたりする程度の交流であったが、みずからを中国江南地方の生まれと詐称したことのある『未青年』の作者にとって、中国は想像の翼を広げることのできる、無限の創作的実験場であったのである。

(四)「友」とは誰か(2)

日々時々スパークリング・ワインあけながら祝ふは素早く過ぎゆく若さ
Somedays, sometimes, champagne's boy　行く春をおもふ　過ぎにき

『友の書』の連作「幸運」二十一首より二首引いた。初出は角川「短歌」一九九二年六月号、巻末初出一覧に「短歌研究」八九年五月号とあるのは誤りで、同号に掲載された作品「ボタン」九首は歌集未収録である。私が注目するのは、二首目の champagne's boy が、初出では champagne's Hideo となっていたという事実である。歌集に収めるにあたって、特定個人を想起させる Hideo という固有名詞が、普通名詞の boy に置き換えられたのである。なぜこうした操作が必要であったのか。それを説明するためには、ここに詠まれている champagne's boy の過酷な身の

上と、彼を友人とした春日井建という歌人の受容と決断の問題を避けて通るわけにはいかない。

仮に彼の名を建がそう呼んだように「ヒデオ」ということにしておこう。彼はＨＩＶ感染者であった。boy とあらためたのは、もちろんヒデオのプライバシーに対する配慮からである。角川「短歌」の初出から歌集収録までの間に、七年あまりの時間が経過しているが、この間、建はヒデオを詠んだ作品を数多く発表している。「幸運」は「欲望の法則」とともに、彼のことをうたったもっとも初期の作品で、当然のことながら「病」はまだ作品上に顕在化していない。二首ともに深刻さよりも、祝祭的雰囲気を漂わせているのはそのためである。しかし、病を前提にして読めば、「過ぎ行く若さ」や「行く春」にも、おのずと陰翳やスピード感が加わる。「春」は青年の命の喩でもあったのである。

それにしても建は、どうして友人の過酷な運命をみずからの生と重ねるようにして受容しなければならなかったのだろう。唐突な類推かもしれないが、私はそこに島尾敏雄の文学におけるミホ夫人の存在――いわゆる「病妻物」とよばれる一連の作品の存在を思いうかべる。建にとって「病む友」は苦悩の源泉でありながら、同時に救済と浄化をもたらす自由への回路でもあった。島尾作品に倣って、私はこれを建の「病友物」と呼びたい誘惑に駆られる。もちろん作品は、私小説のように事実と体験を克明に記したものではないし、そうした世俗的興味から読まれるべきものでもない。またこの評伝の目的も、建の私生活を暴いたり、友人との交流を覗き見したりすることにはない。繰り返しになるが、私の目的はただひとつ、なぜ建はこの年少の友の運命をみずからの宿命のようにして引き受けようとしたのか、ということである。

長い間、建の読者にとって、とりわけ私たちのように結社の内部で彼の作歌活動を見続けてきたものたちにとって、作品に登場する「病の友」は強い関心の的であると同時に、謎に満ちた存在であった。最初、彼は連作「欲望の法則」二十一首（「短歌往来」九一年八月号）のなかで、イグアナと一体化した「汝」として登場していたのだが、イグアナという特異な対象と作品のもつ神秘的、官能的気分のために、まったくのフィクションとして受けとめられたように思う。

しかし、それが「幸運」において、イグアナを飼う「友」「汝」として再登場するや、にわかにその実在感が増し、そのモデルについてあれこれ憶測されるようになった。作品をその後の「病友物」から遡及的に読めば、一連中にイギリスのロックバンドQueenのリードヴォーカル、フレディ・マーキュリーの死を詠んだ歌があり、それがのちのち明らかになる友の病の伏線となっていたことがわかる。フレディは一九九一年十一月二十四日、HIV感染合併症によるニューモシスチス肺炎（旧名カリニ肺炎）のため四十五歳で死去、死の前日にカミングアウトしたことから、ゲイカルチャーのアイドル的存在に祭り上げられた人物である。

もちろん当時私たちは、ヒデオのことも彼の病気のことも知らずにいたが、その後、建を通じて彼を知り、病気のことを知るに及んで、作品をフィクションとして読むことが難しくなった。総合誌に作品が発表されるたび、ヒデオの病を知る私たち少数の短歌関係者は、ハラハラしながらこれを読んでいたのである。どこまで作品化することが許されるのか、作品と個人のプライバシーの問題をどう考えるべきなのか。作者である建自身の判断も、おそらく揺れに揺れていたことだろう。しかし、言うまでもなく一義的な判断は、作者自身が負うべき性格のものである。連作「幸運」ではHideoがboyとあらためられているものの、それ以降の作品ではこうした判断が徐々に後退し、表現者としての内的必然のほうが重視されるようになっていった。「病友物」は次の『白雨』においても、「母」という主題とともに歌集の二大テーマのひとつであったし、そのあとの『井泉』『朝の水』でも作品数こそ少なくなるが、ずっとうたい継がれていったのである。

『白雨』、『友の書』を刊行して間もなく、建は友の病について決定的な発言をしている。二〇〇〇年一月、「短歌往来」の編集長インタヴュー「短歌的叙情の復権」（四月号掲載）がそれである。編集長及川隆彦の「好きなタイプは？」という問いに対して、「死を知っている人が好きですね」という発言に続けて、建はこう答えている。

　これも特に隠さなくてはならないことだとも何も《ママ》ないんですけれど、僕の友人の一人がエイズが相当進んできていまして、『友の書』の後半から『白雨』の「友達」のなかに登場しています。僕の友情みたいなものがそう言わせるんだと思いますが、作品の中では充分書き切ってるんです。僕は明確なことの方が好きなんで、作品の上では充分それを言ってるんですけれども。

この発言は、おそらく建の作品の「読み」を変えたことだろう。友の「病」が、はっきりとエイズであると宣言されているからである。それまでも読者はうすうす、あるいはかなり確信的に、この病を疑っていたことだろう。発言はそうした疑問や曖昧さを一掃した。これまでのモヤモヤした作品の印象が、くっきりと像を結ぶようになったのである。しかし、前項（三）で述べたように、『友の書』に登場する「友」はヒデオだけではない。発言のなかで、建は『友の書』の後半から『白雨』のなかに登場する「友達」というふうに限定している。とすれば、具体的にその作品は、「夜景」「on the edge」「彫刻」「汀線」といった九〇年代半ばに作られた作品ということになる。歌集後半ではあっても、前述した「消失点《バニシング・ポイント》」や、それに連続する「水際にて」は、バトルゲームの歌を含むことなどから、やはり除かれるべきだろう。このあたりの作品の配列にも、建の配慮が働いていたと見るべきである。「友」とは誰とも特定できない、複数の友人の集合体であり、虚実織り混ぜての作品上の構築物であったのである。しかし、その「友」は徐々にひとりの青年――病を得、苦しみを負って生きる、ヒデオというひとりの友人に収斂していく。

倒れたる友をいだけるわが膝の重さ紺青の春夜なりけり
半身を支へる右手　太股に置ける左手　もはや立ち得ず
幾年月おなじ姿態を持続して瀕死のゴール人は耐へゐる
苦しみを美《は》しく形とせしものの非情を愛しきたりぬわれは
青春は一刻にして永遠《とは》と思ふ大理石の皮膚老ゆるを知らず

「短歌研究」九五年五月号に発表された作品「彫刻」七首より五首引いた。「幸運」の祝祭的な気分とは打って変わって、ここには緊張をはらんだ重苦しさと一刻を永遠に変える、あるいは永遠を一刻に凝集する、時間の逆説的構造が詠まれている。べつに具体的な体験を想定しなくても作品はそれだけで自立し、完結したものとして鑑賞することができるが、一連の背後に友人の自傷行為という具体を置いて読むとさらに理解が容易になる。それを作者は周到に回避しているが、建の場合、どんなに虚構の先行する作品であっても、そこには必ずといってよいほど〈体験の核〉が顔をのぞかせる。病に打ちひしがれた青年は、その苦しみから逃れるため、みずから命を絶とうとする。「病」の実態は、まぎれもなくＨＩＶ感染だったのである。

黒瀬珂瀾は、二〇〇九年一月の［ｓａｉ］vol.２に発表した「全円が影となるとき――春日井建におけるＨＩＶのイメージ――（Ｉ）」という文章のなかで、「この病をＨＩＶと解読することは妨げられない」としながら、あくまでもこれを「象徴化された病」と見て、『友の書』「彫刻」一連八首の読解を試みている。黒瀬によれば、この一連には、友の病苦がヘレニズム期彫刻のローマ期模刻作品「瀕死のガリア人 Dying Gaul」に仮託して表現されているという。そして、この「Dying Gaul」が「キャンプ的（ゲイ的）彫刻として鑑賞されうる点を意識せねばならない」として、この彫刻の図像が「数多くのゲイアート・アンソロジーに採択されている」事実を指摘している。

重要な指摘である。この前提に立てば、建が「瀕死のゴール人」にこめた真意もおのずと明らかになろう。また、それでこそ「作品の中では充分書き切ってるんです」という先の発言にも真実味が加わる。まったく慙愧に耐えないが、これを書いている私自身、『友の書』刊行の九九年十一月段階で、「彫刻」という作品が読み解けていなかったのである。その後も建はこのテーマで作品を書き続ける。「彫刻」以降の作品では、「汀線」（「歌壇」九六年七月号）がそれにあたり、『白雨』のなかの「リド島即事」（「現代短歌　雁」四十号　九七年十二月）においてひとつの頂点をなし、最後の歌集『朝の水』の「シャツ」「帰郷」の〈離別〉によって完結する。しかし、それについては、また別に論じたい。

先の引用歌のなかに「苦しみを美《は》しく形とせしもの」というフレーズがある。彫刻に表現された「瀕死のゴール人」のことも、「わが膝」に無防備に体重をあずける昏倒した友のこととも読むことができる。瀕死のゴール人に仮託された若者は、ここでは「苦しみを美しく形とせしもの」として理想化され、彼の負う「非情」な現実こそが、「われ」の愛の対象であると宣言されているのである。美は苦しみのうちに宿り、愛情は非情さと隣り合わせであるという思想の表明である。青年の過酷な現実がこうした思想を胚胎させたのか、逆にこうした思想の表明（作品）のために青年の現実が動員されているのか、私には判然としないところがある。おそらく、その両方だったのだろう。建は、「僕の友情みたいなもの」と言っているが、その友情に忠実であるためにも、生半可な作品化は拒否され、友の現実を書き切ることが要請されたのではなかったのか。私にはそのように思われてならないのである。

第二節　『白雨』の時代

(一)　わが日々をいつより統べて

歌集『白雨』は一九九九年九月九日に刊行された建の第七歌集である。同年十一月に上梓された『友の書』とは姉妹編をなす歌集で、この年の春の癌の発病とそれに続く入院を契機に構想された点で、両者は軌を一にしている。『青葦』刊行から実に十五年、建の読者にとっては待望久しい歌集であった。「短歌研究」に連載した作品を中心に、角川「短歌」「現代短歌　雁」「歌壇」などの総合誌に発表された作品三百六十七首が収められている。制作時期は一部の作品を除いて、一九九七年の年初から九九年三月の発病まで、ほぼ二年間に集中している。

歌集『白雨』は、それまでの建のどの歌集よりもある種の親しさを抱かせる。歌が詠まれ、それが歌集となるまでの過程をつぶさに見てきた、という思いが私にあるからである。一九九七年三月、連載の第一回作品「朝寒」三十首が掲載されたまさにその月、私は新畑美代子とともに「短歌」の編集部スタッフに加えられた。爾来、亡くなるまでの七年間、編集日と月例歌会には必ず顔を合わせるという、私と建との関係が始まった。それまでにも校正など、編集の補助的作業に携わっていたが、月に二度、必ず会うようになったのはこのときが初めてである。

それを機会に私は、建と短歌に関するメモを取りはじめるようになった。「随聞」と命名したそのメモは、途中、何度も放棄されそうになりながら、その後、二〇〇三年の十一月まで断続的に書き継がれる。もとより、私の備忘のためだけに書かれたものだが、今になってこのような形で活用することになろうとは、当時考えてもみなかった。初回は四月十三日の本部月例歌会。以後、編集日に建から聞いた話や短歌関係の言行が日付入りで記録されている。したがってこの評伝の記述も、九七年春以降、「行状記」としての精度が格段に増すことになる。

たとえば九七年八月四日の記載を読むと、「短歌研究」の連載が長期に及ぶ予定であることが記されている。三十首八回の計二百四十首、建の仕事としては久しぶりのまとまった大作である。当然、これをもとに歌集を編む構想を持っていたことだろう。この日は第三回目の三十首をつくり終わったところで、そのことを建は電話で新畑美代子に報告している。三回目の三十首とは、「朝寒」「バース行」に続いて九月号に掲載された「白雨」のことである。その折、建は連載全体のモチーフを新畑に語り、それを聞いた私が内容を「随聞」に書き留めているのである。

それを読むと、建がこの連載にかけていた意気込みと、それまでの二回の連載では必ずしも明らかではなかった作品の意図がおのずと明らかになる。若い頃からの演劇仲間であった新畑には、何でも安心して話すことができたのだろう。建が語ったそのモチーフとは、「病んでいる若さのもつ暗さ」と「すこやかな老いのもつ明るさ」の対比ということであった。前者が『友の書』に詠まれたＨＩＶ感染の青年ヒデオを、後者がこの年卒寿をむかえた母政子を念頭に置いていることはいうまでもない。それかあらぬか、以後の連載にはこのテーマを端的にうたった作品が何首か登場する。

別れにも慣れにし老は安らけく危ふきはむしろ若き身熱　白雨
わが日々をいつより統べて長命を得しもの短命を約されし者　祝意
患《や》む患まざる差異くきやかに青年は暗し老いたる母は明るし　同

「わが日々をいつより統べて」のフレーズには実感がある。いつの日からか、病の青年と老いたる母の存在は、建の生活と文学を統べる一大関心事となっていた。老いの明るさと若者の暗さというイロニーの対比には、二元論的思考のわかりやすさと際立った対照性の妙味が感じられるが、連載の初期から彼がこのテーマで作品を書こうと意図していたことは興味深い。というより、現実の母や友を素材に、これほど直截に身辺日常を作品化したことが、連載をリアルタイムに読んでいた私などには驚きだったのである。

これほどあらわに「私性」を詠んだことが、それまでの建の作品にあっただろうか。素材は母や友にとどまらない。親族だけを見ても、父、祖父、妹、義弟というように、実人生に即した対象が多く詠まれている。『未青年』以来、建の作品に登場する親族たちは、実在する父、母、妹でありながら、実人生そのままの父、母、妹ではなかった。「水母季」（『未青年』所収）のなかの「戦死した兄」が、夭死した異母兄から着想された虚構の兄であったように、また「兄妹」（同）

のスケートをする妹が、実際には一度もスケート靴など履いたことのない妹の仮構であったように、建の作品に登場する親族たちは、極論すれば、作品のなかだけに存在する親族であった。それが『白雨』では、作者の日常にひったりと寄り添う、生身の母や妹に変わっている。病む友も『友の書』の青年に比べれば、はるかに実人生上の「ヒデオ」に近接している。

そのあたりの事情は、「です」「ます」調で書かれた歌集の「あとがき」を読むとよく理解できる。そのなかで建は、「三十首ずつ八回という条件を考慮して、作歌姿勢を常より少し実人生に近いところに置くことにしました」と書いている。「身近にある主題」が、これほどナマな形で作品に取り込まれたことは、建のそれまでの作品にはなかったことである。これまでの彼なら、あらわな私性はむしろ避けられるべき対象と考えたことだろう。しかし、ここではそれが肩肘を張らず、自然に、また穏やかに受容されているのである。

気がついてみれば、いつからということもなく、母や友の存在が「わが日々」を統べる大きな関心事になっていた。そうした現実を建は静かに受容し、それを「実人生に近いところ」から詠もうとしたのである。このような姿勢は『白雨』につづく発病後の作品にも継承され、晩年の『井泉』『朝の水』という二歌集に具現化する。『白雨』は、その意味で歌人が実人生に主題を移す転機となる歌集だったのである。

あらためて『白雨』の歌を見てみよう。冒頭は母、友、妹の登場する「朝寒」三十首である。「一日一日齢《よはひ》丁寧にかさねゐる母の未来の日数さはなれ」の歌のとおり、母との平穏な日々を願う、五十代後半の歌人の日常がさりげなくうたわれている。「鴨のゐる春の水際へ風にさへつまづく母をともなひて行く」のやさしい眼差しが印象的だ。しかしその日常に義弟の訃報がとどく。寡婦となった妹の悲しみを詠み、逆縁に立ちつくす母の諦念の深さをうたう。そうしたすでに十分「物語的」な日常に、もうひとつの日常が加わる。

「死を宿し病むとも若さ大雪の朝の光を友は告げくる」と詠まれた、「友の病」というもうひとつの日常である。「私はグラックを通して随分と死と昵懇になった」と『友の書』のあとがきに書いた、その「死」が「友」の存在によって恒常化したのである。のちに『友の書』にまとめられる「on the edge」「彫刻」「汀線」といったそれまでの作品との連続性は明らかだが、発表された雑誌も時期もまちまちであった作品を統一的に読むことは、よほど注意深い読者でない限り容易なことではなかった。それが「朝寒」ではひとりの若き友――死を宿しながらも「大雪の朝の光」を告げくる友としてはっきり形象化される。『友の書』の「友」が、「誰とも特定できない、複数の友人の集合体であり、虚実織り混ぜての作品上の構築物」であったのに対し、「朝寒」の友は、「免疫の病」に苦しむひとりの若者となって、いまや作品中に揺るぎない姿を現しはじめる。「免疫の病」と婉曲に表現しているが、他の作品と併せ読めば、病の実態はあきらかにそれと知れる。おそらくこの段階で、建はひとりの表現者として立つことを余儀なくされていた。

青年のことを書くなら、中途半端な書き方はしたくない。しかし、そうした作品上のやむにやまれぬ真実が、世俗上、人に告げてはならないとされる約束事に抵触するものであるとしたら、それはやはり秘されるべき事柄なのではないか。作品と現実のこうした矛盾を、いまだ十分に整理できないまま、建は「朝寒」の歌をつくりはじめていた。そしてそれは、その後の「バース行」に続き、さらに「リド島即事」の「全円に近き幸福」となってひとつのクライマックスを迎えるが、この間に書かれた「白雨」「高原抄」によって、翌年、建は第三十四回短歌研究賞を受賞する。建にしてはおとなしい端正な作品が多い、とそのときの私は感じていた。受賞作に「病む友」の作品がほとんど含まれていなかったからである。授賞式が一九九八年九月三十日、霞ヶ関ビルの東京会館において開催された。そのときの模様を私は「随聞」にこう記している。

お昼過ぎから休暇をとって東京に向かう。四時前の「ひかり」に乗り、会場の東京会館に到着したのが六時過ぎであった。エレベーターに乗ろうとしたら春日井先生と妹の森久仁子さんに声をかけられた。（中略）

短歌研究賞の選評に立った近藤芳美氏は、もう四十年も前に、編集者の中井英夫が、まだ二十歳の頃の「春日井少年」を連れてきたことに触れ、その頃と変わらぬ昨今の先生の歌の叙情質について、受賞対象作「高原抄」を例にとって話をされた。途中、「春日井くん、幾つになったかね」と直接たずねられ、「五十九歳になります」と先生が答えられるほほえましい場面があった。八十五歳の近藤氏にとって、五十九歳の先生はまだ「少年」のままなのだろう。

（中略）

授賞式に続いて挨拶に立った春日井先生は、受賞対象作品「白雨」を含む「短歌研究」連載の自作に触れながら、近年の自分の作歌姿勢について話をされた。あの連載では、「来るものは拒まず、何でも自然に受け容れる」といった作歌姿勢を貫いた。それは短歌のoccasional poemとしての美点を、できるだけ活かそうとしたものであり、それを意識的に駆使したものである。自分の身辺には高齢の母がおり、また短命を定められた若い友がいる。高齢にもかかわらず未来に対して限りなく楽天的な母と、健康でさえあれば長い余命を持つはずの薄幸の友と。遠くない将来の死をふたりは同じように共有しながら、この明暗にはずいぶん懸隔がある。老いの明るさと若者であるがゆえの暗さと。それをテーマに自分はうたって来たし、またこれからもうたっていこうと思う。……ザッとこんな内容の話であった。

このとき私は、内心ドギマギしていた。どこまで「薄幸の友」について話すのだろうか、と気が気ではなかったからである。しかし、あらためて「随聞」の記述を読むと、ここでも建は前年八月に新畑に語ったことを繰り返している。友への言及も、率直過ぎるほど率直という印象を与える。まさに「来るものは拒まず」といった姿勢で作歌に向かおうとしていたのである。このとき建は四年後の母の死も、それに続く友との別れもまだ知らない。「何でも自然に受け容れる」の言葉通り、遠くない未来に彼はふたりを見送ることになる。そこでもoccasional poemは生まれた。しかしそれはまだ先の話だ。みずからの病のことも含めて未来は誰にも予見できない。それは側にいた、私たちにとっても同じことであった。

（二）「パッソンピエール回想の書」について

歌集『白雨』が一九九七年三月号から始まる「短歌研究」の作品連載を中心にまとめられた歌集であることはすでに述べた。この連載は第一回の「朝寒」から、九九年二月号の第八回「新月」まで、およそ二年間にわたって続けられた。咽の異状で入院するのが九九年三月末だから、『白雨』は発病直前までの作品を集めた歌集ということになる。連載は三十首ずつ八回、計二百四十首の予定であったが、連載途中の九八年九月に短歌研究賞を受賞したため、受賞後第一作「記念写真」五十首が加えられた。これだけで三百首近い大作である。これに制作時期の重なる角川「短歌」の「高原抄」（九七年八月号）と「忘れ潮」（九八年八月号）、さらには「現代短歌雁」の「リド島即事」などを加えて一巻が構成された。

これらの作品中とくに注目すべきは、やはり「リド島即事」二十五首であろう。九七年九月十一日から十八日までの八日間、建はヒデオとともにイギリス、イタリアの旅に出かけている。同年三月号の「短歌」後記を見ると、「イギリスのバースで日本語を学ぶ学生と交流会をしたのち、イタリアを巡って帰ってきたところ」とあるから、建は短期間のうちに二度、イギリスとイタリアを訪問したことになる。二月末の第一回目の訪問の成果が、「短歌研究」の第二回連載作品「バース行」（九七年六月号）である。「病む者を癒やす秘蹟を伝へこしバースの水を買ひてさびしゑ」の歌どおり、建は「スーベニールの一壜の水」を病む友のために買いもとめた。九月の旅は、その友と行く観光のみを目的とした気楽な旅である。病のことを別にすれば、気分はおのずと明るく開放的になったことだろう。この旅には偶然の出来事がふたつ重なった。ひとつは、ダイアナ元皇太子妃の事故死、もうひとつはのちに触れるイタリア・リド島での皆既月蝕との遭遇である。

　周知のように、ダイアナ妃は夫チャールズの不倫を理由に九二年に別居、九六年には正式に離婚した。パリでの自動車事故は、建とヒデオの旅の直前、九七年八月三十一日のことであった。当時の恋人であった大富豪とともにいるところをパパラッチに追跡され、パリのトンネル内で交通事故を起こして死んだのである。享年三十六。訃報が知れわたった翌九月一日には、ダイアナの居住していたケンジントン宮殿の門前にたくさんの人々が訪れ、献花や死を悼むカードが捧げられたという。対人地雷廃止運動やエイズ啓発活動などにもかかわっていたことは、世界的によく知られている。そのダイアナが亡くなった直後のロンドンにふたりは降り立ったのである。葬儀からもう十日以上たっているのに、ケンジントン宮殿の門前や周囲には、彼女の死を悼む花束が身の丈ほどの高さまで積みあげられていた。ヒデオはダイアナをうたった一首を、日本から持参した短冊に書いて花のかわりに手向けた。短冊を捧げたのは彼自身のアイデアである。その様子を建は背後からじっと見守っていたことだろう。

　もうひとつの出来事、皆既月蝕に出会ったことも、この旅を忘れられないものにした。場所はイタリア・ヴェニスのリド島。ルキノ・ヴィスコンティ監督の映画「ベニスに死す」の舞台となったところである。アドリア海からヴェネチア本島を隔てるように、南西から北東方向へ十二キロにわたってのびた長い砂州の島、それがリド島である。九月の半ば、昼下がりのラグーンは、秋の陽光をうけてキラキラと輝いていた。若い頃からトーマス・マンの著作に親炙していた建にとっては眷恋の地といってよい。ふたりがホテル・デ・バンに到着したのは九月十五日の午後、観光客の少なくなった砂浜には映画のロケーションそのままの風景が残されていた。デ・バンには「ヴィスコンティの大広間」が保存されていて、置かれている家具や数十枚の大きな鏡、ヴェネチアンシャンデリアの美しさは譬えようもなかった。

いづこへか汝はいでゆき帰らざり窓にラグーンの光は充《み》つる
大広間の椅子にて待てり俤《おもかげ》が象《かたち》となりて戻りくるまで
死などなにほどのこともなし新秋の正装をして夕餐につく
天変のしづけき次第見とどけむ潮にまむかふホテルの椅子に
欠けてゆく月ありしばし眼をとぢて肩に汝が頭《づ》を感じゐたりし
日逝き月逝きこの蝕の夜にわれら会ふかぎりなく全円に近き幸福

この一連の主題は、作品中の言葉を使っていえば、「汝が頭《づ》」をみずからの肩に感じている「全円に近き幸福」感であろう。全体を通じて理知による抑制が周到に施されているが、それでもそうした抑制の堰をうち破って迸り出る官能の悦びは紛れもない。このときすでに私は、ホテル・デ・バンやそこで出会った皆既月蝕について建から話を聞かされていた。帰国後十月初旬の

「短歌」の編集日は、イギリス、イタリア旅行の話で持ち切りだったからである。十月の定例歌会の折にも、帰宅途中の車中で、建と「友の病」の作品についてかなり踏み込んだ話をした。しかし、十二月に届いた「現代短歌　雁」の「リド島即事」を実際に見て私は驚愕した。「よくもここまで」という思いを禁ずることができなかったからである。うたわれているのは「全円に近き幸福」だが、この幸福感の背後には、それに数倍する懊悩や苦悶が付随している。私の驚きや不安をよそに、作品はすでに独り歩きを始めていた。

年末十二月二十五日の「短歌」の編集日、私は思い切ってこの作品についての疑問と感想を建にぶつけてみた。以下は、その折の「随聞」の記述である。

帰りの車中で「リド島即事」のティナ・ラッツの歌「肖像を並べるならば廊の壁クリフト、マーキュリー、ティナ・ラッツなど」について質問すると、意外にもこのティナは日本人女性であるという（初出の「雁」にはないが、歌集にはティナ・ラッツに「モデル、宝飾デザイナー、アクアマリンのティナと呼ばれた日本人女性」との補注が付け加えられた）。クリフトはアメリカの映画俳優モンゴメリー・クリフト、マーキュリーはフレディ・マーキュリーのことで、ＡＩＤＳで亡くなった音楽関係のイギリス人らしい。ティナもまたＡＩＤＳに没し、晩年はデザイナーのようなことをしてアクアマリンの深い色を熱愛した、というような話を聞いてやっとこれまでの疑問が解けた。「肩に汝が頭を感じゐたりし」というあの歌はちょっと危ない歌ですね、と私が感想を言うと、予期に反して次のような答えが返ってきた。

「短歌研究」三月号に書いた疫病《えや》みの人の屍を焼く歌で核心的なことはもう歌い尽くしてしまった。「危ない」といっても、それは読者サイドの問題であって、作者の側からすれば、ホフマンスタールの「パッソンピエール回想の書」に寄せて書いたあの一連にすべて思いをぶつけたつもりである。それに比べれば今度の一連は……。

と、まあこんな内容の話だったと思うのだが、細部については先生の言葉を正確にここに再現できないのが残念である。いずれにせよ、家に帰るとさっそく「短歌研究」三月号を引っぱり出してきて、この一連「朝寒」三十首を再読してみた。

長ければ辱《はぢ》多しとぞ寒の日の徒然ながら読む賢者の書
黒皮の机上に置ける書のひとつ四十にたらぬ死をよしとする
薪くべて疫病《えや》みの人のかばね燃すパッソンピエール回想の書
天井を照らす炎に影立ちて暗し中世の恋の終りは
欲望に放ちし火とも這ひまはる疫病みのひとの天井の影

最初の二首は吉田兼好に寄せて書いたもの。疫病みの人の屍を焼く歌は確かにこの一連のなかにあるが、ホフマンスタールについても「パッソンピエール回想の書」についても、まったく知識の持ちあわせのない今の私に、これらの歌の正しい読みができるはずがない。後日、原作を手にとってからの宿題ということにして、解釈は先のばしすることにした。

当時の私の理解がどの程度のものであったかを、この記述は如実に物語っている。映画や音楽、ファッション関係の事情に疎い私には、当時、この程度の知識の持ち合わせもなかったのである。しかし歌から受けた衝撃は決定的だった。「リド島即事」に驚愕した私は、今でも『友の書』以降の建の「病友物」のうち、この二十五首がひとつの頂点をなしていると考えている。しかし作者の建にとってはそうでなかった。疫病みの人の屍を焼く歌こそが、「核心的なこと」に触れた作品だというのである。

後日の宿題を果たすべく、建の没後、私は「パッソンピエール回想の書」を読んでみた。何種類かの翻訳があるが、私が読んだのは、講談社文芸文庫版の「パッソンピエール元帥の体験」（川村二郎訳『チャンドス卿の手紙／アンドレアス』所収）である。ホフマンスタール二十六歳のときの作。これは純然たる創作ではなく、十七世紀フランスに実在したパッソンピエール元帥という人物の回想記をもとにしており、その一節の挿話をゲーテが『ドイツ亡命者の談話』のなかに取り込んだものを、さらにホフマンスタールが翻案、潤色した小説であるという（同文庫版、川村解説）。もとの回想記もゲーテの改作も、ともに「好色な男の女性遍歴の一挿話」（同）にすぎないが、ホフマンスタールの物語では、「一種の異界訪問の体験」（同）を綴った幻想小説風の味わいが加わっている。それが澁澤龍彦によって『パッソンピエール元帥綺譚』とも訳される所以である。

物語は男にとって理想的なタイプの貞淑な人妻、小間物店の若い女主人が遊び人である元帥に懸想し、貞淑なイメージのまま情事の一夜を過ごすというものである。本来ならばありえない矛盾した状況が、人妻と将軍との関係においてのみは許されるという甘美な物語の設定が、この小説を現実とも幻ともつかぬ一種の幻想綺譚に仕立てあげている。翌々日の夜、人妻が再度の逢瀬に指定した彼女の叔母の家に将軍が行ってみると、がらんとした部屋のまんなかに数人の男たちがいて、ベッドの藁を焼いていた。巷間に猛威をふるっていたペスト対策として、死人の部屋では藁を燃やして毒気を絶滅させなければならないと信じられていたからである。ふたつの裸の死体が、人妻とも、誰とも明示されないまま物語はあっけなく幕切れとなる。

建は疫病みの人の屍を焼く歌でどんな「核心的なこと」を言おうとしていたのか、今もって私には不明である。宿題は宿題のまま、永久に解かれることのない疑問となって私のなかに残されたのである。

（三）またの日といふはあらずも

またの日といふはあらずもきさらぎは塩ふるほどの光を撒きて

歌集『白雨』の一首である。後年、揮毫を求められると、建はよくこの歌を色紙に書いた。如月の凜とした雰囲気と柔らかさを増しはじめた春の光線との微妙な調和が、律呂正しき、古典的ともいえる調べにのせてうたわれている。一首独立の、いかにも色紙向きといった佳什である。初出は「短歌研究」の九八年四月号で、作品連載第五回「祝意」のなかにある。三十首連作の一首で、卒寿を迎えた母への祝意と免疫の病に苦しむ青年の「痛苦」を主題とする一連のなかに置かれている。生の一回性というテーマが、凛冽たる寒気と散乱する陽光の調和的な世界のなかで、明るく、切なく詠み留められている。

うたい出しの箴言風フレーズは建一流の修辞ともいえるが、一首を連作中に置いて読むと、このときの建がかかえていた苦悩と焦燥に由来する「実感」であったことがわかる。青年の病は、この頃一進一退を繰り返しながらも、かなり重篤な状態にあった。入院を必要とするほどではなかったが、定期的な受診と服薬を怠れば、ただちに命にかかわる状況にあったことは間違いない。「またの日といふはあらずも」は修辞ではなく、建と青年の置かれた日常そのものであったのである。また、そうでなければ「リド島即事」で、「かぎりなく全円に近き幸福」とまでうたった理由を理解することもできない。

この頃、つまり九八年の年初から年央頃、私は総合誌などに「リド島即事」や「短歌研究」の作品連載への反応が出ていないか、それとなく気にとめるようになっていた。しかし反響といえるような反響はどこにも出ていなかった。私にはそれが不思議、不満であると同時に、作品中の「友の病」について歌壇がほとんど沈黙していることに胸をなでおろしていた。不満と安心の混在するアンビヴァレントな感情に支配されていたからである。しかし、その感情に決着をつける日がほどなくやって来た。九八年七月号の「短歌研究」が、「作品季評」という形で建の作品を取り上げたのである。それを読んだときの感想を私は「随聞」のなかにこう書き記している。

一九九八年六月二十八日（日）

七月号の「短歌研究」に先生の作品連載「風位」とともに、四月号に載った「祝意」の批評が載っている。「作品季評」という形で、小池光をコーディネーターに、大島史洋、久我田鶴子による鼎談である。小池はこのなかで、春日井先生を「いきなりその出発点においてピークを示したような歌人」と呼び、『未青年』によって「あまりに強烈なデビュー」を遂げたこの歌人を「例外的な存在」だと言っている。そして「昔からちっとも変わらない、いかにも春日井建という歌」をあげ、斎藤茂吉などが、最初の頃の自分を否定する方向に行ったのとは対照的に、春日井建は「それ（最初の自分）を純化する、推し進める方向に絶えず向かって」いると指摘している。なかなか的確な批評である。大島が「おとなしくなった」と言い、久我が「自分自身の老い」を意識していると言って、それなりの常識的な読みを披露しているのに対し、小池の読みの的確さはやはり傑出している。彼の発言を少し抜き出してみる。

「設定としては自分に同性の友人というか恋人がいるわけでしょう、その人がエイズになったのですよ」

「やはり特殊な愛のかたちだから、あらわに言わないようにいろいろ操作してあると思うんだけども」

「（イヴァン・ゴルという詩人のことを）知らなくても、そこにあるなにか同性との思慕関係というのは漂うから、作品としてそれを知らなくたって、ある程度は読めます」

「……美女の老い方は永遠のテーマとしてあるけれど、美青年の老い方って、やっぱりすごい難しいでしょう。それはきっと大変なことで、そこを春日井さんにぼくは期待して、期待っていうのは変だけど、見せていただきたいと、切に思ってる」

「(タイトルの祝意については)もちろん、選ばれてエイズという宿命を帯びた者に対する祝意みたいなものもあるんだね。非常に屈折している祝意なわけだけど」

こうして小池の発言だけを取り出してみると、彼がいかに春日井作品を的確に読んでいるかがよくわかる。ただ美青年の老い方を見せてもらいたいとか、選ばれてエイズという宿命を帯びた者に対する祝意という発言には、やはり抵抗を感ぜずにはおられない。私が当事者たちの私生活を知りうる距離にいるという事実が、どうしても生々しさを先立たせてしまうからである。ただ春日井建という歌人の私生活を離れて、純粋に作品だけを読もうとする立場からすれば、小池の言うこともよく理解できる。今後、どのようにこの「美青年」が老いるのか、また屈折した祝意をどのように展開させていくのか、私が「見せてもらいたい」といえば不遜になるが、今後も固唾を呑むように見守ってゆくよりほかはない。

この日、六月二十八日は、「短歌」八月号の編集日であった。編集作業の合間に、私が小池のこの発言を話題にすると、「ああ、あれね」といった感じで、「ほかのふたりはともかく、コーディネーターの小池さんだけには挨拶状を出しておいた」という返事が返ってきた。おそらく建自身も、自分の作品に対する正確な読みを、小池の発言のなかに見ていたのだろう。建がこの座談会の記録を熱心に読んだことは、雑誌への初出作品と歌集の作品に異同があることからもよくわかる。議論のなかで評判の悪かった歌をほかの歌に差し替え、読み方に疑問のあった箇所にはルビを付して韻律を整える作業をしている。

　さて、この座談会のなかで評者たちがそろって疑問を呈している一首がある。「その母への告知を強ひしは吾にしてサンタ・マリーア汝が歌ひゐる」という歌で、「その母」が作者の母なのか、「汝」は青年なのかあるいは妹のような他の誰かなのかといった疑問で、確かにこの一首からだけでは状況がつかみにくい。しかしここでも小池は、先の「その人がエイズになったのですよ」という発言に続けて、「で、そのエイズになったということをその母親に言えと言ってる歌じゃないの?」と述べて、正確な読みを披露している。病気が病気なだけに、青年は遠隔地に住む両親への告知を躊躇っていた。青年の将来のためにも、また彼を援助する建自身にとっても、両親への告知は不可欠であると建は考えていた。「いまだ為し得ざるひとつは汝が親への告知この秋の大事と思ふ」と建がうたうのは、このあと、作品連載第七回「秋の水」(「短歌研究」九八年十月号)においてであるが、「秋の大事」という表現が何よりもそのあたりの事情を物語っている。

　青年は、というよりヒデオは、神への信仰をもつキリスト者であった。そのことがわかれば、「サンタ・マリーア」を歌っている「汝」が誰であるかは明瞭であろう。作品連載第八回「新月」(同九九年二月号)では、「くるしみを祈りに変へるすべ知りし友に発症の日は至るべし」とうたって、ヒデオがキリスト者であることを暗示するとともに、発症があたかも既定の事実であるかのように受容されている。しかし、それが建にとっていかに受け容れがたいものであったかは、次のような作品を読めばすぐに納得がゆく。

哀訴する声は形となりもせず受話器のなかの夜のすすり泣き　「忘れ潮」
ハルシオン飲みて眠れと言ひやりて一人出で来ぬ夜の潮見に　同
患《や》む友を思ひをりしかば白暁にファントムペインわれに兆しつ　同
ウイルスのなき寒冷地に住まはせたき友ありせんせんと早や秋の水　「秋の水」
汝の発熱思ひつつテレビ見てをりぬ遺伝子組替野菜、そのほか　同
興ずるに似て死ののちを言ひ出づる友あり霙ふる朝まだき　「新月」
泣かむとし笑ひ合ひたる一夜経て濃かりし寒の霧は移らふ　同
雨の街みさけてゐたりわれと汝と息あはせつつ狂ひもあへず　同

歌集では「ファントムペイン」に註として、「実在しない痛みを感じること」と書き添えられているが、この痛覚は「ファントム」（まぼろしの）というより、文字通り身を切るような痛みをもって受けとめられていたのである。「ハルシオン」は睡眠薬の名で、ギリシャ神話に登場する風波を静めるという伝説の鳥 Halcyon に由来するという。当時の建とヒデオとの苦しい状況が、これらの作品には生々しく、かつ痛切に詠み込まれている。「ウイルスの」の歌や「遺伝子

組替野菜」の歌には、こうした苦しい日常のなかで、ふっと薄倖の友のことを思う建のやさしい心情がよく写されている。死はいつもそこにあり、その死がふたりを繋ぎとめていた。

「ヴェニスに死すと十指つめたく展きをり水煙りする雨の夜明けは」（『未青年』）と詠んだ少年は、今、この薄倖の青年と息をあわせつつ雨に煙る街を遠望している。「狂ひもあへず」というフレーズが、ふたりの苦境と惑溺をゆるさぬ現実の厳しさを象徴しているかのようだ。「泣かむとし」つつも「笑ひ合ひたる」ほかなき一夜を経て、雨に煙る早朝の遠街をふたりは見ている。「雨の街」の歌に時刻は明示されていないが、『未青年』の歌を知る読者にとっては、どうしても「雨の夜明け」でなければならぬ。そんな勝手な読みをゆるすほど、歌は緊迫し、「寒の霧」のように濃密な時空を顕ちあがらせる。

『白雨』は、ある意味、『友の書』以上に「友」のことをうたった歌集である。ヒデオの病をいかにうたうか、それを主たるモチーフに歌集が出来上がっているといっても過言ではない。「母」もまた大切な主題ではあったが、そのピークは『白雨』よりもむしろ次の『井泉』を待たなければならなかった。母の歌は『白雨』では二十首ほどで、友の歌の五十余首にはるかに及ばない。そしてその友の歌も、歌集後半には目立って数が少なくなる。次の『井泉』になると、ヒデオの歌はほとんど見当たらない。最終歌集『朝の水』の「シャツ」の章には少しあるが、そこではヒデオとの交友が「見る前に醒めし夢」と表現され、回想されているにすぎない。「夜も日も明けず」という感のあった「友」というテーマが、ある一点を境にふっと姿を消す。その一点とはいつか。

一九九九年の春、前年から持ち越した「この秋の大事」（親への告知）を果たしたのも束の間、建は自身に思いもかけぬ運命の宣告をうける。中咽頭癌という病の宣告である。友との関係を繋ぎとめていたものが病であるとするなら、その関係を終わらせたのもまた病であった。この病気は建の置かれている状況を一変させた。小池が見せてもらいたいと言った「美青年の老い方」は、実に意外な形でその姿を現しはじめたのである。

第六章　発病

第一節　夜見の臥床に

（一）四月は残酷な月

一九九九年、「歌壇」三月号は、巻頭に「歌の生まれる風景」と題して、春日井建のグラビア写真を掲げた。場所は名古屋市昭和区の鶴舞公園。この公園は戦後まもなく春日井一家が移り住んだ曙町の旧宅に程近く、写真に添えられたショートエッセイには、布袋町から引っ越して来たばかりの春日井少年の思い出が綴られている。撮影の日は大雪で、グラビア写真の一枚には、その大雪を被いた噴水塔をバックに、傘をさしサングラスをかけた建の横顔がとらえられている。前年の十二月には六十歳になっていたはずだが、風貌や外見からはとても還暦を迎えた人のようには見えなかった。

この年のはじめ、名古屋では珍しい大雪が降った。写真の脇にはいつの作かはわからないが、「青き水噴き上げてゐつ解き放たねばならぬあまたを持ちてゐし日に」の一首が添えられ、若き日に抱いた茫漠たる解放への希求が、迸る噴水のしぶきに託して瑞々しく詠み込まれている。

「解き放たねばならぬあまた」の内実が何だったのか、歌はそれについて何も触れていない。しかし、遠い昔を回想しながら、この歌にはどこか「現在」を感じさせるところがある。写真を撮られていたこのときも、建はやはり何らかの「解放」を希求していたのではないか。そう思わせるほど、彼の周囲には公私にわたる「束縛」が待ち受けていたのである。

このときの大雪を、建は「春の雪」という連作二十一首（角川「短歌」九九年三月号）にまとめている。のちに歌集『井泉』の巻頭を飾る一連であるが、そのなかに「扁桃《アーモンド》ふくらむのどかさしあたり襟巻をして春雪を浴ぶ」の一首が含まれていた。思えばこれが前兆であり、その後の苦しみの源泉であった。「病みそめは梅ひらくころ咳をして扁桃のあたり撫でてをりしか」（『井泉』）と歌われたとおり、梅の咲く頃にはすでに咽喉の痛みが始まっていたのである。子どもの頃、よく扁桃腺を腫らしたことのある建は、当初あまり気にもとめていなかった。しかし、痛みがなかなか治まらないため、「短歌」同人で耳鼻科医の永田実医師に診てもらい、さらにその永田の紹介で、手術もしてもらえる愛知医科大学付属病院の耳鼻咽喉科を受診した。子どものときのように、ちょっと膿を出してもらえばすぐに治るくらいに考えていたのである。建が診察を受けたのは三月二十九日。前日は「短歌」の編集日で、受診のことは編集部の私たちにも知らされていた。しかし翌日に受けた連絡は思いも掛けぬ内容で、二、三ヵ月の入院、加療を要するというものであった。驚いた私は、編集部の新畑美代子とともに、翌三十日の午後、何はともあれ病院に急行することにした。

病室に入ると、建は「短歌」四月号の再校をしていた。毎月第二日曜日に行なわれる月例歌会に間に合わせるためには、どうしても月末までに校了にしておかなければならなかったからである。「病院に入ってまで校正か……」と咄嗟に私は思ったが、校了直前の最終稿にはこれまでも主幹の建が必ず一通り目を通していた。校正など後回しにして、とにかくこれまでの経過をということになり、私たちを椅子に座らせた建は、自分もベッドに腰を下ろして話しはじめた。以下はその折の「随聞」の記述（九九年三月三十日）で、建が語ったことをそのまま私はこう記録している。

　ここのところずっと忙しく疲れも溜まっていたが、忙しいのはいつものことだから、無理をして昨日まで通してきた。重い腰を上げて病院に来る気になったのは、その疲れがさすがにいつもの疲れではないということを認めざるを得なかったからである。咽喉の不調はそうした尋常ならざる疲れのひとつの兆候だったのだろう。診察した若い医師は咽喉を診てすぐ、「長期になりそうなので休職の手続きをしたほうがよいだろう」と言った。若い医師のあとに診てくれた年輩の主治医も、触診しながら「なぜこんなになるまで放っておいたのだ」と詰問するように言った。診察中の医師同士の会話には cancer という語も混じっていたので癌ということかもしれない。いずれにせよ最悪の場合は、声を失って器具を取りつけて話すというようなことになるかもしれない。

これだけのことを建が話し終えるのにも随分時間を要した。途中、何度も検査のために呼び出されたからである。一週間ほどすれば検査の結果が出る。それを待って、また、家族の意見も十分に聞いた上で、今後の処置については進めていこうと主治医は言った。私たちの驚きと落胆はいうまでもない。ほとんど途方に暮れながらも、とにかく「短歌」の発行だけは続けていかなければならないということになり、当面の四月号の手当てと今後の事務作業の確認だけして病室を辞することにした。

この日の帰り道、私は新畑美代子からこんなことを聞いた。昨夜、建から直接電話があり、アイザック・ニュートンとエドマンド・ハレーの生没年を調べてくれと言われた、というのである。これを聞いたとき、私は胸を衝かれた。入院を宣告されたその日に、ニュートンやハレーについて何か書かねばならないことでもあったのだろうか。それが作品なのか、それとも散文なのか、そのときの私たちには知る由もなかったが、こういう折でも短歌や文学のことを忘れない、あるいはこういうときだからこそ短歌や文学に没入しようとする、そのあたりがいかにも春日井建という歌人らしい。

物書きの業《カルマ》というか、歌人魂が骨まで沁み込んでいるというか、いずれにせよ常人には真似のできないことである。しばらくして私は、建にエドマンド・ハレーを詠んだ歌のあることを思い出した。

四月二日、私は「短歌」同人の竹村紀年子とともに、ふたたび病室を訪ねた。竹村は古くからの編集部員で、建がもっとも信頼を寄せていた結社の重鎮である。私が持参した「短歌」四月号の校了ゲラに目を通すと、「うまく納まりましたね」と言って建は笑顔を見せた。問題は今後の編集作業の進め方である。私たちは選歌、配列、月集や青環集、紅玉集（同人、準同人、会員の欄の特集）の候補者選定、割付、校正、発送など、細々としたことまですべて確認しようとしたが、基本的には従来通りのやり方でよいというのが建の考えである。「とにかく僕がいなくても竹村さんを中心に、決められることは何でもそちらで決めてください」というのがこの時の結論であった。

しかし、この日を境に私たち編集部員は、「短歌」の編集、発行体制を見直さざるを得なくなった。月々送られてくる歌稿の整理、管理から、選歌、添削、校正といった作業まで、編集部のすべき事務作業は膨大な量にのぼる。編集部内である程度の分業はできているとはいえ、すでに九十歳をこえている政子と、会のこと以外にも多くの仕事をかかえる建に、これらの作業を一手に統括してもらうことにはもともと無理があった。そこに今回の入院騒ぎである。建には悪いが、そのとき私は「中部短歌会には危機管理の体制が出来ていない」と強く感じた。入院の翌日に結社の主幹が、病床で校正をしていることの不自然さに、私をはじめとする編集部のメンバーは初めて気付かされたのである。「随聞」にはこの日のことが、こう記されている。

> 竹村さんと別れたあと、先生に見ていただいた校了ゲラを持って堀之内印刷所へ行く。あとは私が追加した二校の部分にだけ手を加えてもらえばよい。いろいろ苦労しただけにこの四月号には思い入れもある。そういえば先生はこの号にこんな作品を寄せておられた。

市民ケーンのばらのつぼみのごときもの吾にもあると思ひてゐたる
雪柳のつぼみに降れる風花の季は確かにすすみつつある
風邪熱は出でざれどこの身疲れにただ読み耽るデュラスの狂気
時かけて母が毛布を掛けくるるを知りつつ椅子に眼を閉ぢてゐつ

同じ四月号の後記にはこうある。

☆「四月は残酷な月」と詩人エリオットは「荒地」の冒頭を書き起こしている。物の芽が出る時、出立の時は、見方を変えれば確かに残酷な月である。そして時に詩歌はその残酷さの認識から生まれてくることがある。
☆近ごろ、長い同人の方の作品が見られないことがある。歌に年齢は関係ない。心のこもった老いの歌を歌ってください。

先生はこの歌や後記をいつ書かれたのだろう。「四月は残酷な月」とはエリオットの言葉であると同時に、病気を告知され、入院を目前にした先生自身の内心の声ではなかったか。「詩歌はその残酷さの認識から生まれてくることがある」といったくだりは、ニュートンやハレーの生没年を新畑さんに問い合わせて何か書こうとしていた先生自身の姿とも重なる。またことに「四月は残酷な月」である。「雪柳のつぼみに降れる風花の季」は、病気を告知された三月末のことだろう。表現は病気を悟られないように微妙に抑制されているが、読む者が読めば明らかにこれは先生自身の身に起こった異変を反映していると気付くだろう。病室ではさりげなく「母が毛布を掛けくるる」話もしておられた。別れ際に竹村さんが繰り返し口にしていた言葉が、私自身の言葉となって蘇ってくる。「えらいことになった。えらいことになった」

私もまたこの言葉を繰り返すよりほかなさそうである。

くだんの四月号は、四月七日に刷り上がった。作品にも後記にも病気のことは触れられていないから、これを受け取った会員や外部の贈呈者らに建の入院を知られることはない。注目度の高い人であるだけに、また病気というプライバシーにかかわることであるだけに、私たち編集部の者もいろいろと気をつかった。

これは後になって知ったことだが、入院当夜、建が知りたがったニュートンとハレーの生没年は、「短歌研究」に書く原稿のためであった。五月号の特集「意外な関係――伝記からぬけ落ちたもの」に建は短文を寄せ、「そうした方面（天文や科学）に知識のない私には、あのニュートンとハリーが友人だったのだ、という思いは実に豊かな気持ちをもたらしてくれる」と書いている。重篤な病と入院を宣告された直後に、このような「豊かな気持ち」について書く春日井建という歌人の心のありように、私はあらためて思いを致さざるを得なかった。

歌集『井泉』の「あとがき」によれば、この夜、建は次の一首を作った。

エロス――その弟的なる肉感のいつまでも地上にわれをとどめよ
「私はプラトン風にわがエロスにむかって『いつまでも地上にわれをとどめよ』と懇願した」と、その「あとがき」にはある。おそらくこれが実感であったのだろう。辛く長い一夜が過ぎようとしていた。

(二) 天与の休暇

入院後一週間ほどして、建の診断名がついた。「悪性の扁桃肉腫」ということで、どうやら咽頭部の癌ということらしい。癌にはちがいないが、喉頭や食道には広がっておらず、ごく初期なので放射線治療や抗癌剤の使用で済みそうだということであった。私たちが一様に胸をなでおろしたことは言うまでもない。しかし、伝聞に基づく話をしているうち、私たちは病に対する「希望的観測」という過ちを犯してしまったのであろう。翌日、私が建から直接聞いた結果はこれとはずいぶんちがっていた。四月七日、刷り上がったばかりの「短歌」四月号を持って、私は病院の建を訪ねた。その日の「随聞」を以下に引く。

夕刻、帰宅すると四月号がポストに入っていた。刷り上がったら二冊ほどポストに入れておいてくれ、と印刷屋さんに頼んでおいたのである。さっそくそのうちの一冊を病院に届ける。

ドアをノックして入ると見覚えのある若い男性がひとりお見舞いに来ていた。先生がアンディ・ウォーホールの絵を買われたときにその世話をした画廊の青年である。私が入るとその青年は「ちょっとタバコを喫ってきます」と言って席をはずしてくれた。新畑さんから聞いた情報に基づいて「手術をしなくてもよくなったようですね」と私が切り出すと、「それがそんなに喜んでばかりいられないんだ」といった反応で、先生が医者から説明を受けたという内容を私にも話してくださった。その場には、お姉さん（雀部佐紀子さん）と弟さん（春日井郁さん）も一緒だったらしい。X線、CT、MRIといった検査の結果を前にしながら、中咽頭の癌が周辺にも転移しているので、手術は当面見合わせたほうがいいと医師は言ったそうである。私が「でも、放射線治療で済むということは、癌がまだ初期の初期であったということではないのですか」と、事前に得ていた情報に基づいてたずねると、「いや、放射線治療と一口に言ってもそれにはいろいろ段階があり、癌が進みすぎて放射線治療しか施しようがない場合だってあるのだ」と言われる。医者が自分と家族の前で、転移があるから当面は抗癌剤と放射線治療という二本柱で治療を進めていくとはっきり言った以上、自分はそれに従うよりほかない。誰の病気でもない。ほかならぬ自分の病である。できるだけ冷静かつ客観的に事態を見つめることにつとめたい。医学的な細かい専門的な状況把握はできなくても、大筋において自分の病が今どういう段階にあるのか、そのことだけ間違わなければよいのだ。

先生の話を総合すると、要するにそういうことであった。「総合すると」というのは、この間に弟の郁さんが訪ねてこられて、先生の職場のことについていろいろ打ち合わせていかれたからである。ふたりの話はその場にいる私の耳に自然に入ってくる。取りあえず休職三ヵ月、前期の講義はすべて休講、というのがこのときの結論である。二、三ヵ月の入院という最初の話は、いつの間にか三ヵ月のほうに決まってしまった。前期休講ということは、早くても職場復帰が秋以降になるということを意味している。事態はすっかり長期戦の様相を呈してきた。

その後、愛知医科大学付属病院の担当教授より永田実医師のもとに届いた手紙によれば、正式な病名は「扁桃原発癌」、扁桃腺を原発とする扁平上皮癌であった。扁桃腺の周囲にも少し広がっているらしく、左リンパ腺には転移があるとのこと。ともかく抗癌剤とコバルト照射による交互の治療を三ヵ月繰り返し、患部が小さくなったところで手術もありうるということであった。

四月十七日、私は竹村紀年子とともにふたたび病院の建を訪ねた。結社内外への病気の公表と六月号の編集の方法について詰めておくためである。とくに後者については、建の病状が当初予想したほど深刻でなかったため月集や十首詠の選をこれまで通りしてもらうこと、私が歌稿を病院まで持参しそれを編集日に間に合うように引き渡してもらうことなどを決めてきた。

四月二十一日、かねて決めておいた通り、私は六月号の歌稿を病院に持参した。事務的な連絡をすべて終え、病室を退出しようとすると建がこんなことを切り出した。「昔、国鉄が出していた『旅』という雑誌に、毎月詩を書いていたことがある。最近、ある雑誌に書いた詩が『歌壇』の編集者の目に留まり、その詩が面白いと言ってくれた。そこからさらに話が発展して、春日井建の詩集を編んではどうかということになったのだが、そのとき思い出したのが『旅』に書いた詩のことである。あれは自分としてはその場限りのもの、書き捨てたものと思っていたが、こうして病院に入って時間が出来てみると、あらためて愛着の湧いてくる作品がいくつかある。『旅』は荒川晃さんが文章を、自分が詩をというようにふたりで一緒に仕事をしてきたものなので、荒川さんのところにならバックナンバーが揃っているかもしれない。荒川さんにも電話をしてみるので、もし可能ならあれを整理することが可能なように取りはからってくれないか」

実は、このような希図を聞くのはこのときが二度目であった。入院を契機に、建の心境に大きな変化が起こりはじめていたのである。一度目の話は、詩ではなく短歌であった。歌集の出版を思い立ったのである。『青葦』の出版からは、すでに十五年の歳月が経過している。このとき建は、初めて「死」を明確に意識したのではなかろうか。歌集出版の意志は、自分に残された時間をいかに有効に使うか、という問いと同時に生まれたものだろう。「収穫期」という言葉をこのころ建はよく口にしたが、それは死の自覚と不可分のものであった。『青葦』以降、はじめの五年は「中の会」の若手を育てて世に送り出した成育期、その後の十年は中部歌壇の指導者として短歌の隆盛につとめた成熟期、そして今、その成果が大きな実を結ぼうとしている「収穫期」というわけである。歌人は病に打ちひしがれてはいなかった。歌集だけでなく詩集の出版まで言い出すあたり、いかにもこの人らしいと私は思った。気力充実、やる気満々、とても大病に苦しむ人とは思われない。見舞う立場の私は、逆に病人から勇気をもらって帰ってきたのであった。

四月二十四日、「短歌」編集部は主幹不在のまま六月号の編集作業に入った。この日の私の仕事は、歌の選をするよりも五月号の残務処理のほうが中心になってしまった。あとは建の編集後記を待つのみというところまで来たとき、待望の「後記」が届けられた。

☆体調をくずして検査入院したのだが長びいて、現在病院に軟禁状態である。学校の方も前期は休講ということになった。私個人としても天与の休暇と思って身体を休めるつもり。ご心配なく、御放念ください。

☆病室へハワイの画家ジム・ウォーレンの海の波しぶきから白馬が生まれ出て疾駆する絵を持ち込んでいる。昨夏、ハワイへ出かけた折り、画を売る店頭でこれを見つけて、何だか懐かしいものに出会った気分で眺めていたら、何年も前、そっくり同じ状景を詠った私自身の歌があることに気づいた。「白波が奔馬のごとく駈けくるをわれに御すべき力与えよ」である。

十七日に私と竹村のふたりで病室を訪ねた際、私たちは「後記」には病気について書かないことを取り決めていた。一時は建も、「僕は隠しごとが嫌だから、病名についてもすべて公表してもらっていい」と言っていた。しかし、病気だということで病院名を公表すれば、見舞客の応対だけで毎日が過ぎてしまうだろう。若い頃から脚光を浴びてきた著名な歌人であるだけに、周囲の関心も一通りではない。重篤な、明日をもしれぬ病でないことが明らかになって、心に少し余裕が生まれたのだろう、書かないと決めていた病気のことを書いてきたのである。この「後記」を最初に読んだとき、私の目は「白波」の歌に釘付けになった。その日の「随聞」に私はこう記している。

先日、竹村さんと訪ねた際には、「後記に病気のことは書かない」と言われていた先生がこのように書いている。編集部一同が「後記」を回し読みして「白波」の歌を話題にしていると、そこに先生から電話が入った。「後記はあれでよかっただろうか」というおたずねの電話である。「あの程度の書き方なら問題ないのではないかと、今もここで話題にしていたところです」と私が答えると、先生も安心されたようであった。「白波の歌ですが、あれは一部表現がちがっているのではないですか。私がいただいた色紙には、『しらなみの奔馬のごとく駈けくるをわれに御すべき力生まれよ』とありましたが、あれはあれでいいのですか」と私が言うと、「ああ、そうだったかなあ」というご返事である。しばらく考えたのち、「与えよより、生まれよのほうがいいから、もとの歌のように直しておいてくれ」と言われる。そこで先生の歌に朱を入れることにした。弟子が先生の歌に朱を入れている、と思うと何だか愉快になってくる。新畑さんが、「生まれよ」ではなく「与えよ」になってしまったのは、先生が弱気になっておられる証拠で、自力本願が他力本願になってしまったのだ、と言っていた。面白い解釈である。

「後記」に「天与の休暇と思って身体を休めるつもり」と書いたのは建の本心だっただろう。しかし心のほうは歌集や詩集のことでいっぱいになった。「短歌研究」の作品連載もこの年の二月号をもって完結していたし、これまで総合誌や結社誌に発表した歌も相当の数にのぼる。入院中に自分の歌集出版について目途をつけたい、と建が思ったのも自然のなりゆきであった。

四月三十日、私は自分の作った「春日井建短歌作品」のフロッピーディスクとそれをプリントアウトした歌稿を持って病院の門をくぐった。少しでも歌集出版の手助けができればと思ったからである。しかし連休で一時帰宅を許された建の病室は閑散としていた。結果的に無駄足ということになったが、私はそれを無駄足と思わなかった。自宅には息子の「癌」をまだ知らされていない母政子が、首を長くして建の帰りを待っているはずであった。

病める息子の声をききたり夜を起きて院内の廊の電話口なる
先づはよき声なり安堵《ど》して聞くべかり四月雨の夜　政子

「短歌」五月号に発表された政子の作品である。誰もがみな建のことを案じていた。しかし、誰がいちばん案じていたかといえば、やはりそれは母政子であった。二首目は第三句五音がすっかり脱落した歌だが、そうした韻律上の瑕瑾も、二年前に卒寿を迎えた政子の年齢を勘案して読むべきであろう。歌には病む子を思う母親の気持ちがよく出ている。九十歳をこえても、母親はやはり母親なのであった。

(三) もう一方の手もわれは知る

入院後一ヵ月ほどして、一時帰宅を許されたのは、連休後の本格的な治療に備えるためである。手術をせずに治療に入ったため、母には癌であることをはっきり告げていない。一時帰宅には、とりあえずその母に自分の「元気」な姿を見せるという意味合いもあったのだろう。ひとりになった政子の世話は姉の雀部佐紀子と東京から来た妹の森久仁子がしてくれている。一週間足らずの短い期間とはいえ、親族に囲まれた建はやっと一息ついたことだろう。

連休明けの五月六日、病院にもどった建は二度目の抗癌剤治療に入った。初回には出なかった副作用が、顔のむくみや不快感という形で現れた。しかし、それもすぐ治まったので、十七日からは併用することになっていた放射線による治療に移った。2グレイという量の放射線を三十回、計60グレイ照射するということで、二十一日に私が事務連絡のため病室を訪れた際には、すでに治療は四日目に入っていた。首には放射線をあてるための目印として、喉仏の左右あたりにふたつの×印が描かれている。ちょっとユーモラスな感じがして、「ほら、これ」といって建から見せられたときには、思わず笑ってしまった。

一番気がかりなことは、治療によって声が失われるのではないかということであった。建の説明によれば、声帯は外れそうなので声を失うようなことはないだろうが、少しかすれることはあるかもしれないという。それよりも放射線のせいで味覚がおかしくなり、何を食べても麩のような味しかしないことのほうが問題であった。しかし、いろいろ案じてみてもなるようにしかならない。未来について悲観するよりも、よいと言われることは何でも試して、前向きにこの病気に対峙しよう。それがこのときの建の病気に立ち向かう姿勢であった。飲み水をすべて天然水に替えたり、アガリクス（ブラジル原産のキノコ）やスピルリナ（熱帯性の藻類）といった抗癌作用のある天然由来のサプリメントを試したり、評判のいい気功師に診てもらったりしたのもこの頃であった。

五月二十九日、「短歌」編集部は主幹不在のまま二度目の編集作業に入った。このときの編集部のメンバーは、春日井政子、加古樟花、竹村紀年子、天草百合子、久志歌代、大塚寅彦、新畑美代子、岡嶋憲治、それに主幹の春日井建を加えた九人。全員揃うことはなかなか困難であったが、主要同人の選歌作業は病床の建が済ませてくれているので、夕方までには順調にこの日の作業を終えることができた。月末の編集が終われば、あとは翌月の歌会を待つばかりである。

その六月定例歌会が開かれたのは十三日の午後、主幹入院という状況のなかでも、歌会はいつもと変わらぬ手順と方法で整然と執り行われた。散会後、新畑美代子、彦坂美喜子、私の三人は、昼間の歌会の報告を兼ねて病院の建を見舞った。時刻はすでに午後七時を回っていたように思う。三度目の抗癌剤治療が始まった直後のことで、このときも副作用の心配があったが、浮腫や悪心といった兆候はあまり見られず、思いのほか、建は元気そうにしていた。それよりも声がかすれてしまっていることと咽喉が低温火傷のような状態になっていることのほうが深刻だった。

このときの模様を、私は「井泉」創刊号の「入院中の夢」という一文に書いている。詳しくはそれに譲るが、建の語った話の内容は大きくふたつ、つまり新歌集出版の準備に取り掛かったということと、なにやら不吉な、しかし笑える「夢」を見たということであった。とくに後者の内容は、記念写真を撮るために着ようと思った礼服が、自分自身の葬式に着ていったために病室のクローゼットのなかに見当たらないというもので、これを私は「春日井建のブラックユーモア」として紹介したのだった。しかし、建の死去後、「旗手」の同人仲間であった荒川晃にこの話をしたところ、これと同じような話をしていた同人がいることを教えられた。となるとこの夢は、ブラックユーモアというより、建一流のサービス精神の現れであったということになる。いちばん治療の苦しかったはずの時期に、他者を笑わせるこうした配慮ができる、春日井建という歌人の真骨頂は、こんなところにも垣間見ることができるのである。

もうひとつの話題、新歌集のほうはその後、『白雨』というタイトルが与えられ、九月九日には出版の運びとなるが、それ以前の作品についても、建は出版の意志を持っていた。『友の書』と『水の蔵』の二冊がそれである。『友の書』という書名を私が最初に聞いたのは、六月二十一日、「短歌」八月号の準備のため春日井邸での事務作業を終えたあと、竹村紀年子とともに病院の建を見舞った折のことであった。これより一ヵ月ほど前には、ジュリアン・グラックについて書いた「短歌」掲載作品の拾い出しを私は依頼されている。それらの作品がついに『友の書』という書名で世に送り出されることになったのである。しかも、広告まで出しながら文字通り「お蔵入り」となっていた『水の蔵』まで出すことに決めたという。歌集出版を長く躊躇ってきた建にしては、まことに大きな変身ぶりである。

そして、四日後の六月二十五日、編集事務のために再度病院に立ち寄った私は、さらに建のこんな言葉に驚かされた。三冊の歌集に加えもう二冊、本の出版を考えているというのである。一冊は、国文社版の現代歌人文庫『続・春日井建歌集』、もう一冊は、砂子屋書房が出している現代短歌文庫『春日井建歌集』である。国文社版には『白雨』を、砂子屋書房版には『友の書』を中心に収め、とくに前者には自分の書いた歌論や歌人論に加え、歌人たちの書いた「春日井建論」も収めるつもりだという。まさに「堰を切ったように」という形容がぴったりするような変化が建の心中に起ころうとしていた。

さて、ここで少し建の創作活動についても、一瞥しておくことにしよう。入院当夜の「エロス」の歌以降、しばらくは建に病気のことを直接にうたった作品はない。連休中に一時帰宅を許されたものの、その後すぐに抗癌剤と放射線による治療を始めたのだから無理もない。しかし治療がひとつの山場を越え、入院生活にも慣れてくると、ふたたび旺盛な創作意欲がもどってきた。病気の歌としては、おそらく「短歌」七月号の次のような作品が最初だろう。

閉ぢこめゐし花のにほひを解き放つ八階の院の小窓をあけて
灯の数にまさる夜の闇見はるかす院庭につづく丘の鎮もり
片方は天使が引くとファウストは言へりもう一方の手もわれは知る

あとの二首は、「短歌新聞」一九九九年九月号に発表した「牀上」十八首のなかにも採られている。病室は名古屋市東郊の丘陵地帯に建つ大学付属病院の八階、晴れた日には東に猿投《さなげ》山と三国山が、西には名古屋の中心部が一望できる。敏感になった病人の嗅覚には、室内を飾る花の匂いさえ重苦しく感じられたのだろう。小窓から解き放たれるのは花の匂いだが、そこには閉塞的な空間から作者自身の心を解放するといったニュアンスも籠められていたにちがいない。その窓には人が生活を営む「灯」が瞬き、ひとりの病室は深更とともにしだいに静寂と闇を増していく。うつせみの闇は、いやが上にも建に死を自覚させずにはおかなかっただろう。歌人は、ファウストのもう一方の手が、メフィストフェレスとその手下の悪魔によって引かれていることをよく承知していたのである。

このようにうたう歌人を、当時の私はどのように見ていたのだろう。「四月は残酷な月」とエリオットをかりて建が書いたあの日以来、私のなかにもある種の変化が起きはじめていた。発病が歌人との関係を考え直すきっかけとなったのである。七月下浣の「随聞」に私はこう記している。

三月二十九日の入院以来、この手記の分量が格段に増えた。「随聞」とはもともと佐藤佐太郎の『童馬山房随聞』を真似たものだが、昨日、必要があって斎藤茂吉のことを調べていたら、岡井隆のこんな文章に出くわした。前に一度読んだことがあるはずなのに、すっかり記憶から消えてしまっている。茂吉と佐太郎の師弟関係について触れた部分を次に引く。

わたしは、現代の歌人、文人のなかで、このような師弟関係は、消滅してしまっているのではないかという疑問にとらえられ考えこんでしまった。随聞記を書きとめたくなるような魅力のある歌人が居ないという意味ではない。現代人の私生活は、たとえ忠実な門弟といえども、佐藤氏の茂吉に対してとりえたほどふかく内側までは、他人を容れさせないのではないかとおもったのである。その意味でもこの本は、簡潔な文体によってのべられた時代的人間的ドキュメントといえる。（以下略）

「現代人の私生活は、……思ったのである」というくだりに、私の関心が向いたことは言うまでもない。私生活に「他人を容れさせない」のは、現代人にとっては常識である。私とて、春日井建というひとりの傑出した歌人の私生活を、根掘り葉掘り書くこと自体を目的としている訳ではない。その人だけしか知らぬ私生活上の些事があるのは当然だし、一般的に言っても、文学者の作品は、彼（彼女）の私生活とは相対的に独立したものとして扱われるべきである。私の手記は、先生の私生活の「内側まで」「ふかく」入ることを目的にしているわけではない。歌人の生み出す作品の「内的必然」を少しでも明らかにすることができれば、と思っているだけである。先生を知ってから、かれこれ二十年近くになる。とりわけ、欠かさず歌会に出るようになったここ十年余りは、片時も先生の存在を忘れることがなかった。結社の他の歌人たちの多くがそうであるように、私もまた春日井建という恒星のまわりをめぐる惑星のひとつに過ぎなかったのである。いつまでこの手記を続けるのか。それは私にもわからない。ただ今回の先生の病気で、私たちの関係がこれからも永久に続くわけではない、ということだけは明らかになった。考えてみれば、私が大事に思っている結社の他の仲間たちとの関係だって、いつまでも続くわけではない。「諸行無常」は今に始まったことではないが、それは私のように四十代半ばに達して初めて実感できるようになる人生の真実なのかもしれない。

ことのほか引用が長くなった。しかし、この記述からだけでも、発病を機に「随聞」の内容が質的に転換したことが理解できるだろう。大袈裟に言えば、まるで闘病記を記すように、私は歌人とともに「随聞」によってこの大病に対処していた。無闇に心が高ぶったり、途方に暮れたりすることも一再ではなかった。ちょっとした病状の変化に、歌人とともに一喜一憂した。季節は桜の咲きはじめたあの入院の日から、青嵐が吹く時節へ、さらには夏至へ、半夏生へ、そして小暑から大暑へと推移しようとしていた。

(四) 日程を立てずに過ごすやすらかさ

一九九九年八月六日、四ヵ月あまりの入院生活を終え、やっと建は退院した。前月の十九日、病院の廊下で倒れて一時は面会謝絶となったが、その後は順調に回復してこの日の退院を迎えたのである。退院といっても完治したわけではないので、いずれまた病院にもどることを前提にした帰宅である。周囲は退院と聞いて喜んだが、当の本人は長期戦に及ぶひとつの通過点であることをよく承知していた。退院の一週間ほど前、私が九月号の編集事務のため病室を訪ねて転院の可能性について訊ねた折にも、建は次のように答えていた。以下は七月三十日の「随聞」からの引用である。

幸か不幸か、自分の場合、手術という手段をとらなかったので、今後の治療もおのずからその方法が限定されてくる。放射線治療も一回限りのものであるらしく、仮に手術が可能であったとしても、患部が頸動脈に近いだけに、よほど技量のある医師でなければそれも困難であろう。残された道は必然的に抗癌剤治療ということになり、それならば現在治療を行なっているこの病院でも、他の病院でもそれほど変わらないのではないか。退院後に受診することを考えていた愛知県癌センターは、九〇パーセントまでが手術を前提とした患者を受けいれているらしく、自分のように手術が困難な者にはあまりメリットがない。それより何より、癌センターにかかれば、自分の病が癌であることを、いやが上にも母に知らしめることになる。母には癌だということをはっきり告知していない。母が今のところ平穏にしていてくれるのも、自分が比較的元気で、手術をしなくても済んでいることが大きいと思う。いずれにせよ今は、退院後もずっと入退院を繰り返さなければならないなどとは周りには言わないで、しばらくしたらまた短期で入院するとだけ告げておこうと思う。学校のほうも、後期は休講にするが、来春には正式に辞表を出すつもりだ。これからは短歌に専念し、短歌だけを支えに生きていこうと思う。

これを語るときの建の口調はあくまで冷静で、少しも激したところがなかった。しかし、その言葉には深い嘆きのあとの諦観のようなひびきがあり、それを聞いていた私にも何かぐっと込み上げてくるものがあった。俗事からの解放は、還暦を迎えた建の偽らざる心情であっただろう。しかし、こういう形でその希望が叶えられるとは、当の建自身も予期していなかったにちがいない。短歌に専念したいという彼の願いは、実に皮肉な形で実現されることになったのである。

とはいえ、待ちに待った退院のときが訪れたのである。四ヵ月ぶりの自宅には母政子が首を長くして建を待っているはずであった。暑い時期でもあり、少し落ちついたらどこか涼しいところへ避暑にでも行こう、と退院前から建は決めていた。幸いなことに、ウォーホールの絵を買ったときの画廊の青年T君が、運転手をつとめてくれるという。建はT君を「書生」と親しみをこめて呼び、あれこれ身の回りの世話をさせていた。避暑の場所は信州諏訪、期間は十日ほどと決まった。

退院後ほどなくして、私は春日井邸を訪問した。「短歌」同人の喜多昭夫を案内するためである。喜多は当時の建の秘蔵っ子ともいうべき存在で、彼の書く文章はほとんど毎号のように「短歌」誌上を賑わしていた。このときは結婚後まだ間もないころで、夫人同伴で金沢から見舞いに来たのである。この席では三島由紀夫や中井英夫が話題になった。文学論というよりはゴシップに近い話だったが、中井の意外な一面を語ったあと、「こんなことはドキュメンタリーとしてもまだ書く気がしない」と建は言っていた。

月末の八月二十八日には、建が「短歌」の編集にもどってきた。信州旅行を早めに切り上げて、数日前から自宅で療養していたのだが、声のほうは相変わらずかすれたままで、とくに午前中がよくないということであった。食べ物もまだ粥のようなものでなければ咽喉を通らない。すべてが入院前と同じというわけにはいかないが、それでも病院にいたときのことを思えば天と地ほどの懸隔がある。久しぶりの編集も少しも負担には感じなかった。作業はたんたんと進み、秋の「短歌」全国大会の日程確認などをして、いつもより早めに編集を終えることができた。これが済めばまたすぐに歌会である。「短歌」九月号の「後記」に、「九月からは私も参加する」と建がはっきり書いていたためだろう。十二日に行なわれた九月の本部定例歌会にはちょっとした異変が見られた。出席者が四十名近くにも及んだのである。この日の歌会は、会場が長円寺会館に移されて以来の大入りとなった。いつもの席では座りきれず、隣室より何脚も椅子が運び込まれた。会員たちがいかに主幹の病状を気にかけていたかは、この参加者数からも容易に察しがつく。いつもはどんなに参加者が多くても、三十名を大幅に超えることなどなかったからである。

こうして「短歌」の体制は、まったくといってよいほど発病前の状態に復した。翌十月の本部歌会には刷り上がったばかりの『白雨』が持ち込まれ、用意された分はあっという間に捌けて、一部の参加者には行きわたらないほどであった。前日、書店で入手できなかった私もそのひとりだったが、散会後、会場近くのホテルで親しい会員たちと食事をしていると、思いもかけずそこへ『白雨』が届けられた。いったん帰宅した建が、T君を通じて私たちのもとへ届けてくれたのである。その日の「随聞」に私は、「いただいた『白雨』は帰宅してまたゆっくり拝見すればよい。いずれまた正面から向き合わねばならないときがやってくるだろう。急ぐ必要はない。今後、おそらく何度もページを開くことになるだろう。その予感だけ、今は胸におさめておけばよいのだ」と書いている。予感は的中し、今にいたるまで幾度となく私は『白雨』を手にとることになる。

十月二十八日、『白雨』に続く二冊目の歌集を私は手にした。待望の『友の書』が出来上がってきたのである。『白雨』とちがって、『友の書』には私の未見の作品が多く含まれている。この日の夕方、「短歌」十一月号の第二校を春日井邸に持参した私は、体調をくずして寝込んでいた建本人からこの歌集を貰い受けた。奥付には十一月十一日発行とあるから、発行日より二週間ほど早く手に入れたことになる。『白雨』のときとちがって、すぐに私はすべてに目を通した。ヒデオのことがどのように扱われているかが気になったからである。ヒデオは『友の書』の刊行に否定的であった。とりわけ病にかかわる歌は、読む人が読めば、直接、彼のプライバシーを暴くことになる。建がそのあたりの事情を歌集編纂にあたってどのように処理しているか。私の関心はいやが上にもそこに向かわざるを得なかった。一読、私はその大胆さに驚愕した。予期していたよりもずっと赤裸々にヒデオのことが詠まれていたからである。しかし、私はその驚きを自分ひとりの胸のなかに封印した。結果的にヒデオの意思が蔑ろにされたことになるが、それもある程度は合意の上のことだろう。大胆さは『友の書』という歌集の文学的価値を高めこそすれ、決して貶めるものではない。そう納得するほかに、この歌集と対峙する方法は見つかりそうになかった。

十一月十四日、創立七十七周年「短歌」全国大会が、名古屋の中日パレスで行なわれた。午前中はシンポジウム、午後は詠草批評による歌会で、ここ数年ずっとこのパターンが踏襲されてきた。だが、この年の大会はこれにもうひとつイベントが加わった。主幹春日井建の退院と二冊の歌集出版を祝うセレモニーである。

　進行役をつとめた私は、セレモニーの始まる直前に思いもかけぬ情報を耳にした。建の詩集が刊行されるというのである。そのことなら入院中に原稿集めを打診されたのですでに承知していたが、その原稿集めも済んで今ではあらかた詩集のかたちにまとめられているというのである。タイトルは『日と時の谺』。いかにも建らしいスタイリッシュな命名である。刊行は半年後の二〇〇〇年五月の予定、出版社もほぼ決まっているらしい。であるならば、この場で披露しようということになり、私は今後刊行予定の『水の蔵』や二冊の春日井建歌集（砂子屋書房「現代短歌文庫」、国文社「現代歌人文庫」）とともにこの詩集についても紹介した。

　次々と明かされる歌集や詩集の刊行予定に、百名以上の参加者を集めた会場は色めき立った。退院後の主幹の復活振りが強く印象されたからである。しかし、こと詩集に限っていえば、これは翌年になっても日の目を見ることがなかった。原稿を建が紛失したためである。もしこの詩集が生前に刊行されていたとしたら、「歌人」春日井建のイメージがかなり修正されたかもしれない（没後十年を経て詩集『風景』が二〇一四年五月、人間社から刊行された）。

　なお、大会当日に提出した建の詠草は、「日程を立てずに過ごすやすらかさモロッコ革の書物をひらく」の一首。退院後のやすらかな日常が、良質なモロッコ革の書物をひらく喜びとともにゆったりと歌われていた。

　七十七周年記念全国大会が済んで、ふたたび静かな日常がもどろうとしていた。病状は日によってよいとき、悪いときがあったが、本部定例歌会に出ることをはじめ、講演のために地方に赴いたり、ＮＨＫテレビや短歌総合誌の仕事で東京に出たりするくらいのことはそれほど無理をしなくても可能だった。新聞の選歌欄や短歌時評の仕事、中日歌人会関係の仕事、その他総合誌などからの原稿依頼もある。短歌研究文庫版の『佐佐木幸綱歌集』のために短い書評を書いたり、「短歌研究」二〇〇〇年一月号の特集〈短歌「創作語辞典」〉に「寺山修司の創作語」と題して作品評を書いたりしたのもこの頃であった。

八月の退院以来、建は十一月十四日の「短歌」全国大会をひとつの区切りにしようと考えていた。抗癌剤治療のために再入院しなければならないことは既定の事実であり、その時期を建は大会後においていたのである。体調はさほど悪くなかった。そのため月末には九州に講演に行ったり、東京のＮＨＫ短歌大会で選者をつとめたりした。短歌大会の翌日には、水原紫苑作の新作能も観に行った。九州、東京と遠出して無理を重ねたせいか、十二月に入って咽喉の腫れと高熱に悩まされる日が続いた。結局、再入院は体力を回復してからということで、年明けに先送りされた。

このとき、私たちはもちろん建の癌の再発を思ってもみなかった。ことに二〇〇〇年に入ると、結社外での仕事も精力的にこなすようになり、誰の目にもその回復振りは明らかであった。四月には『白雨』『友の書』で迢空賞を受賞し、「短歌」周辺は祝賀ムード一色になる。五年におよぶ闘病生活のなかで、受賞前後のこの一時期だけが、明るく輝いたものに見える。秋の再発までの短く、晴れがましい一年が幕を開けようとしていた。

（五）迢空賞受賞前後

発病を機に生活上、文学上の大きな転機を迫られた一九九九年がようやく終った。千年紀《ニューミレニアム》を迎えて建が願ったことは、やはり自らの健康と母との平穏な生活であっただろう。新年号の角川「短歌」に寄せたエッセイ「カレンダー」によれば、建は早くからアンディ・ウォーホールの大型のカレンダーを購って新年の用意をしていたらしい。半年近くも入院していたことで、「新しいものを求める気分が強く働いていた」からである。このエッセイで建は、五十年ほど前、母政子がつくったという歌を何首か紹介している。そのなかの一首に「世紀の革る代に遭はむ我ら」というフレーズあり、これを承けて「母がこれを作ったとき、自分もまた二〇〇〇年を迎えることになる一人だとは意識していなかったに相違ない」と建は記している。そして、「母は現在九十二歳、二〇〇〇年の一月半ば、満九十三歳となる。母の上にも幼かった私たちとまったく同じようにあれから半世紀の歳月が過ぎていったのである」と続けている。病を通過したことで、母とともにすごしてきた過去への思いがひときわ深いものになっていたのだろう。

この年から、「短歌」は新しい企画を始めた。一月号からスタートしたリレー・エッセイ「新世紀パラダイム」と、三月号から六月号まで四回にわたって連載された「『白雨』、『友の書』の一首」である。前者には、一月号に大塚寅彦が「『友の書』の時間」を、二月号に水原紫苑が「『白雨』を読む」を寄稿し、後者には、六名から十二名の評者が、両歌集から一首ずつ選んで四百字足らずの短文を寄せている。みずからの主宰する雑誌に、自分の作品評を載せることに慎重であった建にしては珍しいことである。ここにもおそらく病という要因が作用していたにちがいない。

体調はさほど悪くはなかった。声もだいぶもどっていたし、気力も充実していた。四月定例歌会では、滅多にすることのない自歌自註さえ行なった。いつもは批評会の最後に自作を披講するだけなのに、この日は司会者に求められるまま、いつになく饒舌に自作を語った。「懐旧の情しきり」「こらえ性がなくなる」といった言葉が歌人の口を衝いて出た。入院からちょうど一年、病気からの回復が過去への思いを深くしていたのだろう。

そんな折、建のもとに嬉しい報せが届けられた。二冊の歌集が、第二十七回日本歌人クラブ賞と第三十四回迢空賞を受賞したのである。編集部では、早々に祝賀の会が話題になり、四月二十二日には、その準備のために春日井邸に参集して打ち合わせを行なった。開催日は六月十八日の日曜日、会場は名古屋市中区の名古屋東急ホテルに決まった。招待者の選考、案内状の作成、当日の進行や座席の配置等々、編集部員には発起人としてしなければならない仕事がたくさんある。誰もがみずからのことのように率先してそれを引き受けた。私には当日の記録係が割り振られた。

この頃の建の日常を知るのに恰好の資料がある。「短歌現代」二〇〇〇年八月号に掲載された「歌人日乗」である。六月の日記が十日分ほど不定期に記載されている。これによると建の日常が木曜日ごとの通院を中心に、「二〇〇〇年あいち短歌大会」（日本歌人クラブ東海ブロックと中日歌人会との共催）の準備や迢空賞贈呈式、みずからの結社の歌会や受賞祝賀会の準備、さらには新聞歌壇の選歌や雑誌への執筆などで多忙を極めていたことがわかる。試みに祝賀会当日の六月十八日の分を抜き出してみよう。

雨があがって薄日がさす。祝賀会。ホテルはベルサイユの間。「日本歌人クラブ賞」選考委員藤岡武雄氏、「迢空賞」の先輩山中智恵子氏をはじめ、多くの祝辞や励ましの言葉を頂戴する。版元の雁書館冨士田元彦、短歌研究社押田晶子両氏、装幀、装画の浅井愼平、毛利武彦両氏各々出席下さり、私の忘られない記念日となる。そして覚悟の日とも。「旗手」のメンバーと話して帰宅、先に帰っていた母は花束に囲まれてまだ起きていた。

「私の忘られない記念日となる」というのは理解できる。しかし「覚悟の日とも」と言っているのには多少の注釈を要する。幸い私の許には、会を閉じるにあたって建が述べた言葉が記録として残されている。「短歌」二〇〇〇年七月号に掲載されたその「謝辞」を以下に引く。

迢空賞と日本歌人クラブ賞という栄えある賞を受けた二つの歌集は、この上なく幸せな歌集だと思います。その上にこのように祝っていただき、晴れがましくも、また面映くもあります。四十年前の『未青年』出版祝賀会の折、今は亡き寺山修司が、「本を出して祝うことはお目出度いことではない」と言ったことを思い出します。本を出すということ、ものを書くということは、決して楽しいことではなく、何をこれから書いていくかは、本を出した本人にもわからない。祝ってもらうのはこの日限りでいい、うれしいことは今日限りでいい。寺山の言葉をそう受けとめて、その後、自分のための会はずっと断ってきました。賞を受けた今でも、四十年前のそのときの目が自分に届いていることを忘れたわけではありません。しかし大きな病気をして「でもまあいいや」と思うようになりました。「お前はあの病院で、あの治療に耐えたんだから、もう一度祝ってもらってもいい」と、そう思えるようになったのです。今はただ一日でも長く生きて書き続けていきたい。四十年前のあの席で感じたことが、今この場においても甦ってきます。これから先、何を書くかしれない、見え渡っているようで見えない、そういう感じが今もしています。

建が「覚悟の日」と言っているのは、この四十年前の決意、「何をこれから書いていくか」という未来への決意と直結したものだった。「今はただ一日でも長く生きて書き続けていきたい」という言葉には、「自分に残された時間はさほど長くない」という自覚が含意されていたのだろう。「でもまあいいや」と思うようになれたのも、こうした自覚、自己対象化が作用していたにちがいないのである。謝辞の間、祝賀会場は水を打ったように静まり返り、参加者のなかには感に堪えないといった表情を見せる者もあった。出席者の誰もが、歌人の健康回復と豊かな未来への出立を願わずにはいられない一瞬であった。この日の参加者は、総勢二百六名。全員に上梓されたばかりの第五歌集『水の蔵』が配られ、「平成十二年六月十八日発行」の奥付をもつ著者署名本に、参加者の多くが驚きの声をあげた。

祝賀会後一週間ほどして、建はふたたび愛知医科大学付属病院に入院した。のびのびになっていた抗癌剤治療を行なうためである。祝賀会前からの既定の行動で、編集部員には六月のはじめに既に知らされていた。三週間はかかるだろうということなので、会の歌稿は最初の入院のときのように私が病室に持参し、そこで建に選をしてもらったり、原稿の最終チェックを受けることになっていた。六月二十七日、私は病院の建を訪ねた。以下は、その折の「随聞」からの引用である。

夕方、祝賀会記録の原稿と七月号の再校を持って病院へ。抗癌剤治療がまだ始まっていないのでいたって元気である。さっそく私の書いた記録に目を通してもらう。これまで原稿の書き直しを命ぜられたことは一度もないのでよほどいいとは思ったが、それでも読み終わった先生が何と言われるか、緊張の一瞬である。原稿から目を上げた先生は、「うん、これでいいんじゃないの」と一言。あっけなく原稿は合格となった。よほど祝賀会のことが気になっておられたのか、読み終わると一緒に掲載する写真のこと、出席者名の掲載順のことなど、細々としたことをあれこれ指示される。七月号の再校も持っていったのだが、そちらのほうはほとんど目も通されず、あとはお前に任せたといった風情である。これほどの歌人でも自分のことがどのように書かれるか、よほど気になるのだろう。私の書いたもののなかで一番熱心に読んでくださった原稿と言えば僻みになるだろうか。それくらい熱心に読んでくださったのである。

迢空賞の選考委員は、塚本邦雄、前登志夫、島田修二、岡野弘彦の四人。選評のなかで島田修二が興味深い発言をしている。「春日井は、いくつかの候補を押えて受賞する、というような状況に置くのにふさわしくないように思えてならない。春日井建の短歌は比較相対的というような存在ではなくて、より個別的絶対的なところに特色がある」（角川「短歌」二〇〇〇年六月号）というのである。また、「私にとっては、春日井の存在そのものが奇蹟であるように思えるし、このたびの二冊は、その存在を証した書というほかはない」とも続けている。考えてみれば、『未青年』も賞とは無縁であった。というより賞など相応しくない、それを超越した歌集であった。島田が「奇蹟」と言うのも由なしとしない。建ほど賞の似合わない歌人はいない。不遜にも私は、当時そう考えていたのである。

迢空賞受賞を契機に、建は病を主題とした作品を準備していた。それまでにも病の歌はあるが、いずれも小品といった印象の作で、病を真正面から取り上げたものではなかった。角川「短歌」からの迢空賞作家への作品依頼は、そんな建に病を正面に据えてうたう機会を与えた。のちに歌集『井泉』に収録され、「雪とラヂウム」とともに歌集の中核を占める「夜見」三十二首（角川「短歌」二〇〇〇年七月号）がそれである。

井泉に堕ちしは昨夜《よべ》か覚めしのち生肌すこし濡れてゐたりき
呑みこめぬ香菓《かぐ》の木の実がのどもとに膨らみそめぬ癒しがたなく

時じくの香菓の実われの咽に生《あ》れき黄泉戸喫《よもつへぐひ》に齧《かじ》り捨つべき

三首のみ引いた。自らの咽に生じた病巣を「香菓《かぐ》の木の実」に見立てている。逃れられぬ苦悩とその苦悩を超克しようとする願望が、記紀の神話的世界を借りて、勁く、かつ冷徹にうたわれている。『井泉』の「あとがき」には、「九泉とは、九重の地の底のことであり、そこでも泉は涌水しているらしい。私は得がたい『夜見』の体験を経て、よみがえることができたのだった」と綴られている。「夜見」とは黄泉、九泉のことであり、地の底の闇をくぐって生還したみずからの創作空間の謂であった。

若ければ思ふとぞわれは俤を夜見の臥床にひたぶるに追ふ

夜見の臥床に建がひたぶるに追っていた俤とは、いったい誰の俤だったのだろう。神話的ともいうべき作品の印象は、まさに「得難い『夜見』の体験」の賜物だったのである。

第二節　雪とラヂウム

（一）再発

沼空賞の祝賀の会が終ってほっとしたのも束の間、六月末からの再度の抗癌剤治療に耐えて帰った建を待ち受けていたものは、やはり短歌関係の会合や講演、執筆といった仕事であり、歌人の日常は依然として多事多端であった。九月には福井で開催された「北陸短歌大会」に出席、その後も十月二十九日の「二〇〇〇年あいち短歌大会」、十一月四日の中部短歌会全国大会と日程が目白押しであった。九月十三日の胃カメラによる検査では異状がなかったが、喉の癌というのは他の癌に比べると転移の可能性が格段に高いということで、九月のこの胃カメラも転移の有無を調べるためのものだった。十月からは、半年ほど前より始まっていたNHK名古屋のテレビ番組「おしゃべりランチ」が月一回の定例番組となり、そのキャスターとしても出演することが決まっていた。こうした状況を見て、私を含めた周りの者たちは、建の予後が思いのほか順調で、全快したかのような思いちがいをしていた。大学関係の仕事から解放されたとはいえ、無理をすればいつ何時、前年末のような深刻な事態に陥らないとも限らないことに思いを致すことができなかったのである。

　十月八日夜、私は思いもかけぬ連絡を編集部の新畑美代子から受けた。建の癌が以前の中咽頭から上咽頭に転移したというのである。前々日の六日の昼頃、病院の建から新畑宅に電話があった。転移の事実は、午前中の受診時に医師から告げられたようで、今後の治療についての相談の電話である。主治医からは、これまでの抗癌剤治療に、まだ治療法としては歴史の浅い免疫治療を加えて、それでしばらく様子を見てみようと言われたらしい。建にとっては未知の治療法である免疫治療がはたして効果のあるものなのかどうか、新畑の意見を聞かせてもらいたいというのである。新畑にというよりは、「医師をしているふたりの息子さんに聞いてもらいたい」ということであったのかもしれない。いずれにせよかなり興奮した様子で、会話の途中、しばしば怒り出すことがあったという。どういう経緯かはわからないが、治療にかかわる話のなかで医師から「余命一年」と言われたらしい。医師が患者にそのようなことを告げるとは考えにくいので、おそらく建が強く希望して「余命」について医師から引き出したのだろう。「あと一年」と告げられた直後であっただけに、いつもは冷静な建がかなり取り乱していたという。

　その日の夜、新畑は春日井邸に電話を入れた。息子たちの意見を参考に彼女はこう建に伝えた。免疫治療というのは今の段階では「やらないよりやったほうがいい」といった程度のもので、目に見えて効果のある治療法ではない。したがって当面は抗癌剤治療を続けて、まだそれほど大きくないという上咽頭の癌が消えるのを待ったほうがいい。仮に上咽頭の癌が消えなければ手術することになるだろうが、その場合でも手術という方法は人相を変えてしまうので、できるだけ避けたほうがいい。

これを聞いた建の反応は、思いのほか激しいものであった。「何を言っているんだ。僕の癌が手術できないものだってことは、最初の入院からわかっていたことじゃないか。それを僕が奇蹟を起こして治したんだ。今さら手術なんて、できるはずがないじゃないか」といって激昂したのである。そして最後には「僕はもう覚悟している」と自分に言い聞かせるように言って、それ以上は会話にならなかったという。新畑としても黙るよりほかなかったことだろう。

翌十月九日、「短歌」の本部定例歌会が開かれた。歌会の開始に先立ち、「今日は喉の調子が良くないので、いつもより声の出し惜しみをする」と建は発言した。こんなところにも病状の悪化が微妙に影を落としていた。歌会はたんたんと進み、結局いつものように建もよく意見を述べた。散会後、十一月四日の大会の打ち合わせをしていると、建のほうから私や新畑に「余命宣告」を再度言い出してきた。「いずれにせよ、自分は医師の言をそのまま、額面通りに受けとめるつもりはない。最初、病を宣告されたときだって、『相当ひどい』と言われながら、自分は病気と闘って一年後には再起した。今度だってそうするつもりだ。今後のことをもっと時間をかけて話したいが、今日は疲れているから、日をあらためてまたゆっくり話そう」。これだけのことを言うと、早々に建は帰っていった。この日、私は「随聞」にこう記している。

それにしても先生のあの落ち着き払った態度はいったい何だったのだろう。聞いている私たちに、暗に「心を落ち着けて聞け」と言っているようなあの目の色を、この先、私は長く忘れないだろう。あの目の色には「自分にはもう残された時間が限られている」というカウントダウンの意味合いが含まれていた。妙に理性的で落ち着き払った態度にも強い印象を受けた。そこには、重い事実を伝えられたあとの苦悩と混乱を鎮め得た者だけが持つ、一種諦観めいたものが漂っていた。これを書いている今も、刻一刻と時間が経過していると思うと、何かいたたまれない感情が湧いてくる。焦ってみたところでどうしようもないが、だからといって先生のように落ち着き払っているわけにもいかない。（中略）この先、事実を知った人たちが、つぎつぎ同じように気を揉むことだろう。だがもう先のことは考えないようにしよう。それより先生がやっておきたいと言われることに少しでも協力できることを考えよう。私にできることなど高が知れているが、それでも近くにいる分、他の人よりは力になれる機会も多いだろう。「自分は医師の余命宣告など信じてはいない」という先生の自信に満ちた決意の声を今は信じることにしよう。あの声には悲壮感も漂っていたが、病気に対する宣戦布告のようなニュアンスも含まれていた。死を宣告されながら、何年も闘病生活を続けている人の例を私たちはたくさん知っている。悲嘆に暮れている場合ではないのだ。

一ヵ月後の十一月七日、十日遅れの「短歌」編集作業が春日井邸で行なわれた。いつもは月末に行なう編集を、この月は四日の大会を待って行なったからである。最終作業の割付を済ませて一区切りついた頃には、戸外はすっかり暗くなっていた。帰宅の準備をしていると、建のほうから相談にのってもらいたいことがあると切り出してきた。今後の治療、療養について、新畑と私の意見を聞かせてもらいたいというのである。ふたたび、以下「随聞」から引く。

秋田県の山奥に玉川温泉というラジウム湯の出る温泉があり、知合いの医師から一度療養に行ってはどうかと以前より勧められている。最寄りの駅からタクシーで一時間、さらに雪上車に乗って行かなければならないような山奥らしいが、自分にとっては魅力的な話なので、健康状態の比較的良い今が出かけるチャンスだと思う。十月はじめからすでに五回免疫治療をやってもらっているのだが、自分としてはそれを中断してでも行ってみる価値があるように思っている。先に治療ということになれば、免疫治療に加えて抗癌剤治療や放射線治療も併用することになる。今度の抗癌剤治療は、上咽頭への転移が明らかになったのだから、かなり強い薬を使うと医者から言われている。当然、副作用もその分きつくなるので、自分としては気力も体力もある今のうちにラジウム湯に浸かって病気の進行を少しでも止められたらと思っている。患部はまだ大きさが五ミリくらいで、最初に癌の見つかった中咽頭の三センチほど上だが、今度も放射線治療ということになれば、以前と同じように相当苦しいことになるだろう。味覚も多少もどり、治療前ほどではないにしてもかなり食べられるようになった現在、もう一度あの苦しみを味わうことはどうしても受け容れることができない。治療後に仮に温泉に行くことができたにしても、気分も悪く何も食べられないような状態では何のための療養なのかわからない。温泉か、治療か、どちらのコースを選ぶにせよ、医者からは僕の決意次第だと言われている。

このような話を聞いて、あらためて「再発」が目の前の逃れられない「現実」であることを私たちは思い知らされた。治療を優先したほうがよいことは素人でもわかる。しかし、医師の言うとおり本当にあと一年の命であるならば、少しでも気力体力のあるうちに温泉にでもどこにでも行って、気持ちの整理を付けておいたほうがいい、という思いが私にないわけではない。建がそこまで決意しているのなら、主治医の言うように自分自身で決めるほかないだろう。行きつ戻りつしながら、結局、話し合いはそういうところに落ちついた。長く辛い会話であった。

事態は深刻を極めていた。端的に言って、建の病気は末期的段階にある、とそのときの私たちは判断せざるをえなかった。温泉に行っても病気が完治することなどありえないから、苦しいだろうがやはりここは治療を先にしたほうがいい、と強く勧めることもできた。しかし、そう言わせない何かが、建の表情の奥にあるような気がした。今後は上咽頭にあらわれた癌が急速に進行していくことだろう。医者が判断を患者に任せるということは、病気がそういう重大な局面を迎えていることを意味している。確かに今、建は元気そうに見えるが、この状況なら余命一年ということも十分考えられる。普通、医者は「余命」など患者に言わないが、それが告げられたということは、やはりもう終末医療の段階に差し掛かっていると見るのが妥当だろう。放射線治療という手段も残っているが、転移した部位が以前照射した中咽頭に近いので、よくあてられても20グレイ程度だという。八方塞がりのような状況になって、私たちは途方に暮れていた。

結局、建が選んだ結論は、温泉行きであった。翌二〇〇一年の一月十四日、建は秋田県の山奥にある雪深い湯治場へと出かけて行く。「僕はこういうことの決断は早い」と建は言っていたが、ほんとうに決断は早かった。このとき私たちは、雪深いこの温泉町で、第八歌集『井泉』（二〇〇二年十一月刊）のなかの大作、「雪とラヂウム」が生まれることをまだ知らない。今にして思えば、治療か温泉かというこのときの問いは、すでに建のなかで結論が得られていたように思えてならない。治療を後回しにしてでも、誰かにこの温泉行きを後押ししてもらいたい、そう建は考えていたにちがいないのである。なお言えば、自分が病と闘う姿勢と残された生への執着を、何とか作品として残しておきたい、という気持ちがあったのではないか。

そこまで歌人の内面に踏み込んで推測することは、すでに評伝としての本稿の本分を逸脱しているのかもしれない。しかし、そう確信させる何かが、「雪とラヂウム」のなかにはある。くだんの大作が編集部宛にファックスで送信されてくるのは、大寒も過ぎたこの年の一月下旬のことであった。

（二）生きざらめやも

建の玉川温泉行きについては、「井泉」創刊号に寄せられた雀部佐紀子の「玉川温泉」という一文がある。一歳《ひとつ》ちがいの姉が書いた、弟を思う真情にあふれた文章である。「私は建が再発の宣告に大きな衝撃を受けたことを感じていたので、どうしても彼を送って行かなければと思った」と書いている。長い湯治となることが予想されるその最初だけでも、弟の滞在する現場を自分の目で確かめておきたい、という肉親の情愛が強く働いたのだろう。仕事の段取りをつけての慌しい出発を、佐紀子は次のように記している。

二〇〇一年一月十四日、NHKテレビの全国短歌大会の仕事を終えた翌日、私たちは東京駅前のホテルで落ち合って東北新幹線に乗り、その日は田沢湖で一泊した。翌朝バスに乗り、途中で雪上車に乗り換えた。期待していた雪上車はタイヤのない鉄の車輪だけの車で、ゴットンゴットンと雪道を登って行き、決して乗りごこちのよいものではなかったが、木々につもった雪が朝日を受けてきらきらと光っていた。背丈ほどもある雪の中にホテルはあり、窓からの景色は水墨画のように美しかった。午後私たちは初めて温泉に入った。湯は強酸性で肌がピリピリと痛んだが、湯治に来ている人々は皆我慢をして入っていた。
その夜、私たちはダウンのコートを着て、毛糸の帽子、手袋、マフラーと完全武装し、雪靴を履いて散歩に出かけた。屋根には一メートル以上の雪が積り、庇からは太いツララが下っていたが、外は思ったより暖かで、外燈の明りに細かい雪が舞っているのが見えた。あちこちの建物から明りがもれていて、私たちは「昔ばなしの世界」の子どもたちのように雪道を歩いていた。湿った空気は建の咽を治してくれるからと、谷から吹き上げてくる湯けむりを思いきり吸い込んだ。

これだけの引用でも、冬の玉川温泉がどういうところかは容易に察しがつくだろう。一年のおよそ半分は通行止めという豪雪地帯である。終末期の重患をかかえた湯治客も多く利用するという。この地に足を踏み込めば、その人の人生観さえ変わるといわれている場所である。

滞在の第一の目的はもちろん湯治にあるが、建にはもうひとつある思惑があった。歌をつくることである。病気の再発を機に深まりはじめた気鬱は、それまでいっこうに晴れるきざしがなかったが、異郷への旅と異空間の出現がその気鬱を一気に吹き払ったのである。歌は熱く迸る温泉水さながら、後から後から湧いてきた。出来上がった作品は、名古屋に帰った姉にファックスで送ったり、「短歌」同人の竹村紀年子に直接電話して感想を求めたりした。電話口で自作を読み上げ、それについて批評を求めてくる建の熱い声を、竹村はどんな思いで聞いたことだろう。もどってきた創作意欲に誰よりも興奮していたのは、ほかならぬ建自身であった。このときの作品は、のちに歌集『井泉』に収められる「雪とラヂウム」（角川「短歌」四月号）として結実するが、実況中継さながらに送られてきたこれらの作品を私たちが実際に目にしたのは、それより少しあと、一月末に行なわれた編集の日のことであった。

二〇〇一年一月二十八日、「短歌」三月号の編集作業が光ヶ丘の春日井邸で行なわれた。主幹不在の編集日は、私が編集部に加わった四年足らずの間ではこの日が初めてのことである。先代の濱の時代からの編集部員たちに聞いても、建が編集日に不在であったことは、彼が結社を継承して以来このかた、ただの一度もなかったとのこと、あらためて建の精力的な仕事ぶりが思い遣られた。まったくの実務体制で臨んだこの日の編集作業は、主幹不在の緊張感のためかいつもよりむしろ早く進行し、そろそろ作業を終えようかという時刻になった頃、待ち受けていたかのように編集室の電話が鳴った。建からである。受話器から聞こえてくる建の声には艶があり、思っていた以上に元気そうであった。代わる代わる編集部のメンバーと声を交わしたあと、くだんのファックスが春日井邸に送られてきた。初めてそれを目にした私は、いつになく心の動くのをおぼえた。ほとんど興奮といってよい状態であった。

天然は放射能《ラヂウム》の岩を用意せり吹雪けども治療を乞ふもののため
にんにくを林檎を地熱に焼きて食む人らをつつみ山はふかしも
難民テントのごときテントに岩盤浴の一人となりてわれも臥すなり
枇杷の葉をそれぞれ患《や》める個所にあて岩に伏しをり遊びのごとし
岩盤に永く臥しをり行乞のわが身ならむか命を乞へる
失ひて何程の身ぞさは思へいのちの乞食《こつじき》は岩盤に伏す
放射能《ラヂウム》にいのちあづけて伏しをれば黒雨のふりし街が顕ちくる
ダイ・インに似たらずや熱の岩盤に伏す仰むける生きざらめやも

歌稿とともに送られてきた建のメモ書きによれば、これが「岩盤篇」といういわば第一弾、「温浴篇」という第二弾がまだあと五十首あるとのことであった。電話口でいろいろ喋るより、作品のほうが早いと建は判断したのだろう。いずれにせよ私たち編集部員が最初の読者であることは間違いなく、歌稿を回し読みしながら「今度の作品には力が入っていますねえ」などと述べあった。

「難民テント」のようなテントに、ひとり岩盤浴をしている建の姿を想像すると、いささか涙ぐましくなってくる。「行乞のわが身」とか「いのちの乞食」などという比喩は、いかにも建らしい刺激的な物言いである。「失ひて何程の身ぞ」というフレーズには建一流のポーズさえ感じられるが、それでもこの歌人の置かれている状況を考えると、これを『未青年』以来のポーズと言ってしまうのには多少の抵抗があった。「力が入っている」と私たちが感じたのは、こうした刺激的な物言いに起因しているにちがいないのだが、このうえ「温浴篇」五十首がまだあるというのだから、やはり建のこれまでの作品のなかでも大作といっていい。私は内心、「今度の旅で先生はきっと大作をものされるにちがいない」という予感を持っていた。斎藤茂吉の『白き山』のような作品上のピークが、建の場合にももう一度必ずあるにちがいない、と以前より漠然と考えていたのである。

送られてきた歌稿をあらためて読んでみると、作品の背後にハンセン病や原爆のイメージが援用されていることに気付く。「いのちの乞食」はただちに『聖書』のなかの癩病を想起させるし、「黒雨のふりし街」は黒い雨の降った原爆投下直後の広島の街以外の何ものでもなかろう。最後に引いた「ダイ・イン」の歌など、原爆に素材を借りながら、ある種の余裕というか、冷静な自己対象化さえ感じさせる。雪の降りかかる岩盤にひとり臥しながら、みずからの内面を冷徹に見据えて歌った「生きざらめやも」という結句が印象的だ。

建がこの湯治の旅から帰ってきたのはおよそ一ヵ月後、立春も過ぎた二月上旬のことであった。「短歌」三月号の後記には、玉川温泉行きのことにふれてこんな内容の報告がなされている。

☆一ヶ月近く家を離れた生活をした。東京でNHKのTV出演のあと田沢湖へ。そのあと玉川温泉で湯治、帰途、乳頭温泉で湯と雪とを楽しんだ。小岩井農場では雪祭りを見た。盛岡では、わんこそばに挑んだ。

☆玉川温泉の湯治を題材にして角川短歌「雪とラヂウム」(二十六首)、「歌壇」「井泉」(五十首)を書いた。私には興味ふかい体験だった。本部のほうへ心配をして御便り頂いた方もある。感謝申し上げる。

久しぶりの休暇と静養に満足した幸福感のようなものが感じられる。その後、三年にわたって苦しみ抜く闘病生活を思うと、この旅がいかに祝福されたものであったかが容易に理解される。このときにはまだ、わんこそばが食べられるような状況だったのである。「私には興味ふかい体験だった」と建は書いているが、二月末の編集日、その体験の一端を私たちは「興味深く」聞いた。歌にもあるとおり、湯治客のほとんどは癌など重篤な病をかかえた人たちであり、「治療を乞ふもの」たちの多くは、病によいと称して枇杷の葉をそれぞれの患部にあてていた。その個所もひとりひとりがまちまちで、黙々と岩に臥しているその光景はどこか現実離れしていて、少しも深刻なところがなかったという。それを建はまるで子どもたちのする「遊び」のようだった、と表現するのである。そんな「いのちの乞食」たちのなかに、ひとりのスキンヘッドの少年がいた。薬剤の副作用のせいであろうか、頭髪はことごとく抜け落ち、他の湯治客とはいっさい交わらずに、黙々と岩盤の上に衣服を脱いでいたというのである。少年の面影は、「十七歳の日のわれの悲歌『天然につかへる奴婢』と書きにけらずや」という一首となって、『未青年』時代のみずからの姿に重ね合わされた。

また、こんな面白い光景にも出くわした。湯治客たちが、銘銘に持ち寄った野菜を地熱で焼いて食べているのである。にんにくとサツマイモの人が圧倒的に多いが、よく見るとほかにも多様な「食材」がある。歌にするとき、ほんとうは「にんにくを芋を地熱に焼きて食む」だったのを、推敲する際に「芋」を「林檎」に改めたのだ、と建は作歌の工房を垣間見せるようなことを言った。「林檎を焼いていた人は実はひとりもいなかった。芋では春日井建のイメージにそぐわないからねぇ」と付け加えることも忘れなかった。

ふたたび姉の佐紀子が書いた先の「玉川温泉」から引用する。

発病以来、建はいつも明るくふる舞っており、それは私たち看病する者にとってはとてもありがたいことであったし、また、建は病にあっても明るい歌を詠みたいと常々言っていたので、玉川温泉のことは私の心の中にしまっておこう思っていた。しかし、これらの歌を読み返すたびに、苛酷な試練、凄絶な生死の闘いの中から、こうした厳しいが美しい歌が生まれたことを、私はやはり書いておきたいと思う。

まことに情意を尽くした文章と言わなければならない。「雪とラヂウム」を今読めば、ひとはこれを悲歌の系譜に加えることだろう。しかし、佐紀子が言うように、これらの作品の背後には、「明るい歌を詠みたい」と常々言っていた建の強靭な意志があることを忘れるべきではない。ファックスを見た私たちを興奮させたのも、この強靭な意志から生まれたきびしさであり、美しさであったにちがいないのである。

（三）小康

玉川温泉での湯治を終えて建が名古屋の自宅に帰ったのは、立春も過ぎた二〇〇一年二月の明るい日の午後であった。ラジウム湯の効果が目に見えて現れたというわけではないが、それでも二十日余りに及ぶこの療養は、建に生きる活力と創作への意欲を取りもどさせた。この年は、医師の余命宣告どおりに事態が進めば、時間の経過とともに病気の悪化が心配される年であった。しかし、春から夏にかけて、むしろ病状は快方に向かうように見えた。意外なことに、この年、建は一度も定例の歌会を休んでいない。新年歌会は玉川温泉に向かう前に済ませていたし、帰着直後の二月の歌会にも元気な姿を見せていた。主幹の病状を知ろうとして集まった三十名をこえる会員たちは、それを見て一様に胸を撫で下ろした。一口に言えば、私たちの心配をよそに、当面の危機は回避されたかのような様相を呈したのである。

前年秋の余命宣告に、断崖から突き落とされたように感じていた私の気持は複雑であった。いつまでこのような小康状態が続くのか、見通しというものがまったく立たなかったからである。それとともに、これまで続けていた「随聞」の記述を私はしばしば怠るようになっていた。それまでは月に二回、歌会と編集の折には必ず記録するようにしていたのだが、その記述はしだいに間遠となり、ついには書けなくなってしまった。医師の言葉を信ずるなら、年末までに建と別れなければならない。そんななかで記述を続けることがひどく悠長で、まどろっこしいことのように感じられたのである。脱力感と徒労感にとらわれたまま、私はすっかり記述を続ける気力を失ってしまった。病を慮ってできるだけ世俗的な関係を控えようとしたことも、書けなくなった要因として作用していたかもしれない。このとき気力をふりしぼって記述を続けていれば、もう少し詳しい評伝の資料が残せたかもしれない。しかし、今となってはいかんともしがたい。

小康を得た建の日常は平穏に推移していた。春にはナゴヤドームで開かれた蘭の展示会を見に行ったり、父母の結婚記念樹で、毎年真っ先に庭を賑わす山茱萸の花を愛でたりした。桜の時節には、名城公園など名古屋の花の名所をいくつもめぐり、それが済むと中津川の栗本温泉にまで足をのばして、ラジウム湯の窓辺に迫る桜を満喫した。「最後の春」という意識が頭のどこかにあったのかもしれない。また、月末の四月三十日には、家族で父濵の二十三回忌の法要を営んだ。五月号の「短歌」後記にはそのことにふれて、「時の速さに驚くと共に、『短歌』の編集発行を引き受けてきた歳月の長さにも驚く。そして二十三年前とかわらず母が健やかであることが有難い」と記している。さらっと書いているが、「二十三年」という数字には格別の思いが込められていたのだろう。

五月二十一日、建はふたたび愛知医科大学付属病院に入院した。「病室に親しさを覚えるのも困ったものだが、と思いながら再度の検査入院である」と六月号の後記には記されている。転移検査を受けるための検査入院であったことは事実だが、延び延びになっていた抗癌剤治療を受けるのがおもな目的である。治療のことを書かなかったのは、おそらく外部への配慮がはたらいていたからだろう。上咽頭に転移した癌も、医師の言とは裏腹に思いのほか進行が遅く、うまくいけば今度の抗癌剤治療で消えるかもしれない、という希望が持てるまでになっていた。一ヵ月余りの入院生活なので、その間の活動は大きな制約を受けることになる。六月十日の定例歌会も主幹不在ということで始められたが、途中、病院から抜け出した建が議論に加わった。歌会の雰囲気が一変し、にわかに活気づいたことは言うまでもない。

この入院は一ヵ月余り続き、六月末に予定通り退院した。以前は夏になるとハワイ旅行など、国内外の旅行を毎年建は計画したが、発病後はそんなわけにはいかない。「帆、塔、うまい空気などと書くと、それだけで半分程は旅に出た気分になる」（七月号「後記」）と建は書いているが、毎年のことであっただけに、夏の旅行の道が閉ざされたことにはストレスを感じたことだろう。せめて気分だけでも解放して、それを健康法のひとつにしようとしたのである。七月号の後記にはこうある。

駅、時計と書くと父の旅になる。父は時刻表を見るのが好きだった。ここでこう乗り継いで宿へ着くのは何時、と何日も前からプランを練って研究した。行先の大方は神社仏閣だった。

私の場合は、気楽にその日の気分で決める。父からすれば、私の旅の仕方では楽しさは半減するだろう。

親子でもこれほど旅の仕方にちがいがある。好きな旅行に出かけられない心の憂さを、かつて父と旅した思い出によって解放しようとしたのである。

気楽な旅ではないが、この夏、建はふたたび玉川温泉の湯治に出かけている。八月五日からお盆過ぎまで二週間足らずの旅だが、きびしい冬の玉川温泉とはまたちがう、夏の湯治場での避暑と保養を兼ねた旅行である。八月は歌会も毎年休会にしているので、そちらも心配はない。心身ともに解放されたことで、「病」という意識がずいぶん後退した。

玉川温泉からの帰着後、九月一日の十月号編集日にこんなことが話題になった。一九二三（大正十二）年創刊の「短歌」が来年には八十周年を迎える。六十周年、七十周年と行事を組んできたこれまでの経緯からして、八十周年についても何か企画を組んでそれを特集号として出したい。外部から講師を招いて講演会を行なったり、七十周年のときのように合同歌集を出したり、通常の作品とは別に二十首なり三十首なりの作品を募集して結社賞を出してもよい。ほかにもまだよいアイデアがあるかもしれない。

このときまでに建がすでに決めていたのは、「短歌」の物故歌人たちの顕彰である。父濵をはじめ、三田澪人、青木穠子、浅野保、棚橋古刀雄、江口季雄、浅野良一といったかつての主要同人たちの仕事が今や忘れられようとしている。すでに故人となって久しいこの人たちの優れた業績を今のうちに顕彰しておかないと、故人を知る人々さえ鬼籍に入りかねない。彼らを知らない若い同人が、残された歌集をもとに独立した歌人論を書いてもいい。顕彰しようとする歌人たちは、自分が少年だった頃、父の友人としてわが家に出入りしていた人たちでもある。自分以外にこの企画のできる者はいない。そう建は考えたにちがいない。この企画が実際に実を結ぶのは、翌二〇〇二年十一月の「短歌　八十周年記念特集」においてである。十六人の「歌人論」を並べた、堂々六十ページに及ぶ大特集である。こうした企画の背後にも、建の病が見え隠れする。時間との競争が意識されていたのである。

九月一日の編集でもうひとつ話題になったことがある。「回転木馬」欄の扱いである。これまで十五年、この欄から結社内外の多くの若い書き手たちが育った。とりわけ八〇年代後半から九〇年代初頭にかけては、「中の会」の活動とも相俟って、優れた若い書き手たちが競うように時流に乗ったテーマで健筆を揮った。しかし、女歌とかライト・ヴァース、ニューウェーブといった積極的なテーマが失われるとともに、「回転木馬」もその役割を終えようとしていた。建からコーディネーター役を任されていた新畑美代子も継続には消極的であった。建だけが最後まで存続にこだわったが、新しい常設欄を設けることを条件に、これまでの連載に一応の区切りをつけることにした。十五年の集大成ということで、掲載された文章をコピーし、八十周年に合わせた論文集として出版することも計画されたが、準備だけに終って日の目を見ることがなかった。

秋に入り医師の余命宣告の日がだんだん近づきつつあった。しかし、建の病状は良くも悪くもなく、例年のごとく秋の文化祭に合わせた講演会や公開対談、シンポジウムや原稿執筆などで忙しい毎日が続いた。九月十一日にはアメリカでの同時多発テロがあり、「アフガンの友」に思いを寄せる建も、当然のことながらこのニュースに強い関心を示した。アメリカによるアフガン攻撃の開始後、建は十一月号の後記にこう記している。

先日、ＮＨＫBSの「短歌スペシャル」に出演し、私の採った一首は「天よりの攻撃のあとパンは降りほこりまみれでパンひろう人」だった。このパンが撒かれたのが飛行機からとか、支援物資だったとかは一言も書かれていない。文字通り天よりパンが降ったと読める。多くを削り、多くを省いて簡浄な聖画のような場面が現出した。しかし実態はどうか。それを思うとき、パンを拾い得た人の歓びは痛ましさに通底していることが理解できる。すでに霜月、アフガンの高地の冷たさはどのようなものだろう。

短い批評だが、建の短歌観がよくでている一節と思い引用した。アフガンの高地の冷たさに思いが及んだのは、もちろん『友の書』に登場する「アフガンの友人」のことが頭にあったからである。天高冷坐居《アマダカ・レザイ》という漢字名を建が贈ったことはすでに記したが、当時この友人はアメリカに住んでいた。「新聞を読みテレビの前にいる時間も増えた」と建は、十月号の後記に記していた。よほど心配だったのだろう。

そうこうするうちに、一年前に余命宣告をうけた十月六日がめぐってきて、何事もなく一日が過ぎていった。年内の大きなイベントとしては、あとは結社の全国大会を残すのみである。十二月九日がその当日であった。十二月は例年、通常の歌会も休会にしているのだが、この年は例外的に慌しいこの時期に開催したのだった。建はもちろんのこと、母政子も親族に車椅子を押されて元気な姿を会場に見せた。足が弱ったとはいえ、頭はしっかりしていた。歌会後の懇親会では、まず建が立って来年の八十周年記念大会の日程が十一月二十三日に決定したことを報告した。政子は閉会の辞を述べ、九十四という自分の年齢にもふれながら、翌年の記念大会での再会を約した。ユーモアとあたたかさに満ちた楽しいスピーチであった。

このとき、会場の誰ひとりとして、二週間後の政子の身の上に起きる異変について考える者はなかった。ほとんどが政子の長寿と健康を願って会場をあとにしたのである。十二月二十三日、その政子の身に異変が起きる。急性心不全のため、自宅で急逝したのである。前兆らしい前兆はなかった。三日前の十二月二十日には、建の六十三回目の誕生日をふたりで祝ったばかりである。平穏のうちに暮れようとしていた二〇〇一年が、歳晩になってにわかにその様相を一変した。五月号後記に、「二十三年前とかわらず母が健やかであることが有難い」と書いてから、まだ半年あまりしか経っていない。政子の死は、紛れもなく建の晩年に起こった最大の事件である。そして、逆縁をもっとも怖れていた建自身に残されていた命も、母の死から二年半に満たないものだったのである。

第七章　黒峠

第一節　母の死

（一）初心の人

母の椅子の先に置きある大鏡ふと入りゆきて戻らぬごとし

二〇〇二年二月号「短歌」の巻頭に置かれた建の歌である。母政子を失った直後、歳が明けてすぐの頃の作品であろう。「挨拶」と題された挽歌十首中の一首で、忽焉として逝った母を、まるで愛用の大鏡のなかに入って行ってしまったようだ、とうたっている。母がいつも座っていた椅子。その先に置かれた姿見には、椅子のみが映って母の姿がない。呼びもどせばすぐにでももどってきそうな、そんな幻夢の境地を、結句の「戻らぬごとし」が的確に把捉している。深い喪失感と哀切な調べが読む者の心を打つ。

二〇〇一年の歳晩、十二月二十三日に母政子が急逝した。建が選考委員をつとめる駿河梅花文学賞の銓衡の日、沼津市の北方愛鷹山の裾野に位置する大中寺に出かけていた間の出来事であった。その折の経緯を、同じ二月号の後記に建はこう記している。

突然の別れだった。十二月二十三日、沼津で、ある文学賞の銓衡会があり、私は選者の一人として朝早くに家を出た。気をつけて、と母が言い、私も気をつけてと言った。寒い日で霜を踏むとざくりと音がした。

二十日が私の誕生日だった。頂いた薔薇の二本がうなだれていたらしい。母はそれを水切りしてコップに挿した。寒い寒いとばかりは言っておられない、自分もしゃきっとしようとしたのだろう。その一首、

うなだれてゐたるうばらが水上げて勢づいたりしやきつとしたり

8時30分と歌の下に記されている。おそらくこれが母の最後の歌だろう。「白鳥の歌」といった趣のものではない。普通の日常の時間のなかの作歌であり、素顔を写す一首である。

母は初心の人だった。文学少女だった十代のころのペンネームはナナ。読売新聞社の目にとまり、詩の集会に招かれ自作を朗読した。林芙美子がいた。詩人たちは皆おそろしげで、母はついていけないと思ったらしい。あちら側にはいけない。こちら側でいい。

しかし、書き続けることは「ナナ」を成長させたと思う。人生上の体験も加わった。意識のうちでは素人でも、あちら側もこちら側もない領分で母はずっと書いてきた。

政子が亡くなるまでの経緯と、少女時代からの文学とのかかわりについて、ほとんど事実だけが、淡々と、過不足なく述べられている。母を論じながら肉親の情に溺れず、しかも突き放すことなくその文学的生涯を活写する。ことに「母は初心の人だった」以下は、的確で公正な政子評というべきであろう。「あちら側もこちら側もない領分」という言葉には、文学というものを殊更のものとせず、生活即短歌と言おうか、「普通の日常の時間」のなかに作歌の足場を定めた政子の立ち位置がよく写されている。

政子は東京浅草の生まれ。濵との再婚や建の出生前後の事情については、巻頭近くにすでに記した。名古屋市曙町への帰還や光ヶ丘への転居後の生活についても、これまでの記述でそのおよそは把握可能であろう。最初の夫との死別という不幸はあったものの、晩年に出来した建の発病という一点を除けば、その生涯はおおむね平穏で満ち足りたものであったように見える。歌歴は実に七十年以上におよんだ。歌集は四冊。濵の歌集『吉祥悔過』の上梓に合わせて出した『丘の季』（一九七八年）、八十代の半ばで二冊同時に開版した『山茱萸』と『蒼明』（一九九四年）、そして没後、建によって編まれた遺歌集『細波《さざなみ》』（二〇〇四年）の四冊である。

政子の葬儀は、十二月二十六日、光ヶ丘の自宅から程近い名東区の瑞光寺でしめやかに執り行われた。前夜の通夜式には参列者が屋内の式場に入り切れず、大型の扇風機のような室外暖房機が持ち込まれて大きな燃焼音をたてていた。年末のひときわ寒さのきびしい夕刻であった。通夜の読経が済んだあと挨拶に立った建は、参列者への謝辞とともに、母の思い出や歌人としてのその生涯について語った。哀しさのなかに懐かしさのこもる、滋味あふれる挨拶であった。告別式当日の弔辞は、会と編集部を代表して竹村紀年子が読んだ。戒名は紫政院釈尼貞静、九十四歳と十一ヵ月の生涯であった。

葬儀の翌日、私は春日井邸に呼ばれた。「短歌」の新年号が刷り上がり、その発送作業があったからである。年末の慌しい折、本部の春日井邸に近い編集部員だけが集められ、建の親族の手も借りて作業にあたった。作業自体は二時間あまりで済んだが、その間、建はほとんど喋りづめであった。告別式も済ませ、十分に睡眠もとって、多少心のゆとりができたのだろう。「皆さんに隠していたというわけではないんですが……」と前置きしてから、建は次のような話をした。

母が亡くなったのは実は風呂場だった。あの日は朝から非常に寒く、冷え性の母は「過激に」温まろうとしてひとりでお風呂に入ることにした。それが結局命取りになって、午後の二時頃、弟が訪ねてきたときにはすでに息がなかった。風呂場で亡くなったことが皆さんに知れれば、おしゃれな母が恥ずかしがるだろうと思って、何となく皆さんには言いそびれてしまった。が、母はまた嘘の嫌いな人でもあったから、ありのままの事実をお話ししたほうがよいのではないか、そう思い直して今は事実を話すことにした。今回のことは「事故」とも考えられなくはないが、事故だとすればそれを防ぐ手立てを日頃から講じておかなかった自分にも責任がある。悔いが残らないでもないが、今となっては如何ともしがたい。おしゃれな母は旅立つ前に、残ったものに世話をかけないように、自分で湯灌まで済ませたのだ。「母が恥ずかしがるから」といって、いつまでも皆さんに内緒にしておくのはかえって母の意に添わないのではないか。第一発見者の弟は、救急車を呼んだり、警察から事情説明を求められたりで大変だっただろうが、発見者が孫たちの誰かではなく、弟だったことも母にはよかったのではないか。

こんな内容のことを、休む間もなくあとからあとから建は話しつづけた。一通り発送作業が済んだので、「お焼香させてください」と私が申し出ると、これまで政子が起居していた奥の仏間に通された。真新しい位牌とともに、告別式の折の遺影が飾られている。部屋にはベッドがひとつぽつんと残されていて、それがまた切なさをさそった。「母は目を覚ますと、この窓から毎日外を見てその日のお天気を確かめていた」といった意味のことを言ったあと、建は前年暮れの大会の折の政子の歌を話題にした。作業中にひきつづき、二度目であった。

朝さめてまづは窓あけ大空を仰ぐならはし晴れゐても降りゐても

大会の詠草としてはおとなしく、目立たない歌である。結句の字あまりに工夫があるものの、正直なところ、私はこの歌を政子の歌とは思わず、他の歌とともに読み過ごしてしまっていた。しかし、あらためて今その「窓」を目にすると、「これは紛れもなく政子先生の歌だ」と思われてくる。「ああ、窓というのはこの窓だったのか」と思うと、まだこの場に政子が起居しているような気さえしてくる。亡くなる前日、政子から歌を習いはじめた孫（建にとっては甥に当たる）が、夫婦そろってやってきた。歌の添削のためだが、その折、政子はこの窓をあけて自説の歌論を展開したという。その内容がまた立派なものであった。

窓の外の樹木が揺れている、ということを歌にするにも、観察ということが大切だ。風が吹いて揺れているのか、鳥が来て揺らしたのか、あるいは人がそこを通って枝にふれたのか。よく観察してはじめて、その揺れが何によるものかを理解することができる。じっと心を集中して対象を観察すること、それこそが作歌の基本だ。

建からの伝聞で細部は多少異なっているかもしれない。が、ざっとこのような意味のことを政子は言ったという。

「最晩年の弟子」（建の言葉）である孫たちに、九十四歳の現役女流歌人がこのような話をしたと聞いて、私は少なからず驚かされた。障子をあけて透明な窓ガラスから外を眺めると、とっぷりと暮れた名古屋市北部の住宅街やマンション群が見渡せる。ここからの眺めは以前はどうだったとか、ここに家を建てたときはまだ周りはすべて山だったとか、訊ねもしないのに後からあとから建は言葉を継いだ。窓を閉めて話が仏壇のことに移ると、こんどはその仏壇について延々と話が続く。外はもうすっかり暗くなっていて、建の話はいつまでたっても終わりそうになかった。「テンションがあがっているのだ」と、私は話に夢中になっている建の顔を見ながら思っていた。「落ち込むのも困りものだが、ここまで饒舌になられるのもなあ……」と私は不謹慎なことを考えていた。結局、家に帰りついた時には午後八時を大分まわっていた。

わが窓の下を時折り影が過ぐみな仕合せの人通れかし
留守にして何処にゆきし夫なるや早や幾年か過ぎてゐにけり
お天気の見本のやうな日とおもふわれは椅子に坐す媼となりぬ

「短歌」二月号に載った政子の最後の作品である。これもまた、「白鳥の歌」といった趣のものからは遠い。遺作というよりも、突然中断された歌作の過程で、無造作に放り出された作品といった印象が強い。濱が亡くなったのは一九七九年四月のこと、すでに四半世紀近くの時間が経過している。政子にはその時間の長さも、夫が少し「留守」をしているくらいの長さに感じられたのだろう。気付いてみれば「早や幾年」が過ぎてしまったと嘆いているが、ここには詠嘆というよりも、もっと澄んだ、もっと恬淡とした静寂な境地がある。九十四という年齢と七十年を越える歌歴が、このような境地への到達を可能にした。「お天気の見本のやうな日」とか、「椅子に坐す媼」といった対象の捉え方には、少しのぶれも感じさせない。対象をしっかりと観察し、しっかりと捉えるという、自身の歌論そのままに詠まれた歌のように見える。

建の没後数日して、建が『細波』のために書きかけた「あとがき」が発見された。もう鉛筆を持つ力もなかったのか、走り書き風のメモで判読が不能であった。もしも、もう数日、猶予が与えられていたら、建はどのような「あとがき」を書いたことだろう。「初心の人」の素顔は、もう少し克明に描かれていたかもしれない。

（二）冬のわらべ

泣き疲れし冬のわらべと白《まう》すべく母を失くせし通夜の座にゐる

歌集『井泉』の末尾に置かれた連作「朱唇」のなかから引いた。「朱唇」は母政子を詠んだ挽歌のなかでもひときわ印象の深い作品で、建自身、強い思い入れをいだいていた一連である。この一首を引いたのには理由がある。それは父濵が亡くなったときの建の追悼歌が、「安らけく呼《い》吸《き》かよひます父の辺に童《わらべ》さびかの夜を明かしぬ」の一首だったからである。父母の死に際し、いずれも「童子帰り」と言っていいような情況を詠んでいることに注目したい。この符合は単なる偶然ではあるまい。政子の死に際して建が示した反応は、父濵のときのそれにあまりにもよく似ているのである。

それに気付いたのは、建が編んだ「春日井濵追悼号」（「短歌」一九七九年十月号）と「春日井政子追悼号」（同二〇〇二年五月号）の二冊を見比べていたときのことである。特集の構成がほとんど瓜ふたつ、費やしたページ数もほぼ同じで、政子の追悼号を出すときに建の念頭に濵のことがあったことは、ほぼ疑いない。巻頭に「追悼アルバム」の写真を掲げているのをはじめ、弔辞、追悼と回想、作品六十首抄、座談会、略年譜、追悼歌などを並べている構成を見ると、政子の追悼号がまるで濵のそれをなぞっているように見えるのである。濵の追悼号を出したとき、建は後記に謝辞とともに少し長めの文章を書いた。政子のときにもやはり次のような簡潔だがいつもより長めの後記が掲げられている。

☆母春日井政子の追悼号を編集した。文章及び追悼の歌をお寄せいただいた方々に感謝申し上げる。

☆この号のため『山茱萸』以降の歌を抄出しようと考えていたが果たせなかった。母はもう一冊歌集を作るつもりで、時に自分の部屋で、時にキッチンの机で原稿用紙をひらいていた。歌は相当数ある。今、私は九十歳前後の歌を収める歌集として改めて一本にまとめようと思っている。

☆母のアルバムの写真を選んで、随分多くなってしまった。父のときのアルバムより多いかもしれない、と私が言うと、妹が、それだけお母さんは長生きしたのだから、と言った。

「文章および追悼の歌」というのは、結社内外から寄せられた追悼文や会員たちが送ってきた一首ずつの挽歌を指している。寄稿は濵のときにも増してその数が多かった。外部からの追悼文が五編、内部のものが五十一編もあり、建とともに整理にあたった私は、一挙掲載を諦めて二度に分けることさえ考えた。追悼歌も濵の時より九十首ほど多く集まった。政子は濵の時代から長く編集の実務を手がけてきたので、ことに会員たちからの原稿が多かったのである。歌数は全部で三百首以上あった。それを建はこの号に一挙掲載した。後記のなかで「『山茱萸』以降の歌」と言っているのは、濱の追悼号には『吉祥悔過』以降の歌から六十首が抄出されていたからである。「改めて一本にまとめようと思っている」という建の意図は、のちに『細波』の出版という形で実現するが、その「あとがき」を建が書こうとして果たせなかったことは前項に記した。

濱の場合との符合をもうひとつ記しておこう。荒川晃が追悼文を寄稿していることである。濱のときと同様、これもまた建が執筆を依頼したものであろう。荒川は「『未青年』の母」という一文を寄せ、濱の追悼文「旅のほどろ」と同じように、建を仲立ちとした政子との交流を印象深く書き記している。ことに濱亡きあと、息子との二人暮らしになって以降の政子が、「ハイカラなものを愛する本来の文学少女にもどった」という指摘には注目すべきであろう。建はいつも政子のことを母であると同時にひとりの自立した歌人として遇しようとしていた。追悼号が息子による母の顕彰という臭味を感じさせないのは、肉親の情愛と歌人としての評価を建が峻別していたからにほかならない。荒川は先の一文に続けて、「無論、それは母の資質をよく知る息子の配慮によるものだったであろう」と書き加えているが、こうした「配慮」は建の一貫した態度で、それは母が亡くなるまでいささかの変化もなかった。

追悼号にかかわってもうひとつ触れておきたいことがある。座談会「春日井政子を語る」についてである。「丘の日々」と題されたこの座談会は、二〇〇二年の早春、政子の七七忌の明けた二月中旬に、光ヶ丘の春日井邸において行なわれた。出席者は主幹の建と当時の編集部員六名で、建が進行役をつとめている。「内向き」といえばこれほど内向きの会もないが、この座談会でも建は極力母をひとりの文学者として遇しようとしていた。政子の三冊の歌集について参加者が思い思いにその印象を語るという形で会は進められた。話題は政子の人柄や行動にも及び、編集部員同士という気安さも手伝って、座談は終始笑いに満ちた和やかな雰囲気に包まれたものであった。私も出席者のひとりとして加わっていたのだが、この座談会で建はいくつかの興味深い発言をした。出席者のひとりの新畑美代子が、「政子先生には建先生のご病気の歌がありませんが、病名はご存知だったんでしょうか」という質問に対して建はこう答えている。

春日井　入院当初は言ってなかったんですけれども、察している部分もあったかも知れないですね。「病める息子の声をききたり夜を起きて院内の廊の電話口なる」。帰ってきてからもはじめのうちは言わないでいたんですけれども、手紙もいろいろいただきますし、歌人の方で尋ねていらした方に僕のことを心配してくださる方もあるから、病名その他、人を通して聞く方が気の毒に思いましたので話しました。その後は病気そのものについての歌は無かった。ラジウム温泉での歌を秋田からこちらへ送ったりしたのも母は全部読んでいましたから、心配していたと思うんですけれど。さっきあげた「黄ばみたる姉の文いできぬ今日はもう読まずにおかう涙あふれむ」の一首のように、息子の病気のことはもう考えないことにしようとしたのでしょう。くよくよしたって仕方がないと。

息子の病名を聞いたこの母は、病気のことをみずからの心の奥深くに封印してしまった。その日から政子は建の病気については、家族にさえ一度も口にしなかったという。『細波』の「あとがき」を兄に代わって書いた妹の森久仁子によれば、建の入院時の三首以外、政子に建の病の歌は一首もないという。「それは母の真の靭さであり、深い悲しみであったからに他ならない」と久仁子は記しているが、私もまったく同感である。

もうひとつ建の発言を紹介しておこう。政子の人柄を知る恰好のエピソードと思われるからである。

春日井　僕が母で思い出すのはハワイへ行った時のこと。正月前で思い通りのホテルがとれなくって、自分達のホテルのほかにもあちこちのホテルのレストランやテラスへ母を連れだして過ごしたんですが、もうじき帰るという日、ワイキキの浜辺に母を一人で放って置いて、たっぷり泳いで帰ってきたら、母が砂の上に僕が出かけたときのままの姿でちょこんと坐って沖を見ていた。「どうだった」と訊くと、「いいわね」と言うので、「ホテル暮しと今日とどちらがいい」と訊くと、「そりゃ比べものになりませんよ」。（笑）いろいろご馳走を食べたりして散財をするより、このひとは砂浜に放っておけば一番よかったんだって、最後にわかった。（笑）

九〇年代の半ば、ハワイにしばしば政子を同伴したときの話である。その折の政子の歌が遺歌集『細波』のなかにある。

砂浜に足なげてゐて沖を見つ暑からねば浜の蒼に染まらむ
子は遠く泳ぎゆきたり透明度いよいよ透りゐる域ならむ
身の影は冷たき砂ぞ暑からぬ汀辺にゐて半ときは経つ
蒼明に身も蒼明になりゆくと渚の水の深きいろ見つ

砂浜に放っておかれた政子には、放っておかれたという意識がまったくなかった。このとき彼女は、荒川の言う本来の文学少女にもどっていた。まさに、「ひとりの人の内に老女と童女が共に棲んでいるという感じ」（荒川）だったのである。私はふたたび政子の通夜の席で童子帰りをしている建の姿を思い浮かべる。すると、ワイキキの浜で日がな一日、茫々と霞む海に向かっているという「童女」の姿と二重写しになってくる。「泣き疲れし冬のわらべ」が通夜の座で思い描いていた母の姿とはいったいどんなものだったのだろう。私には砂浜に足を投げ出して沖を見ている政子の姿がどうしても思い浮かぶ。

今生の終《つひ》の素顔に臥す母が素描されゐるかたはらに坐す
少年に朱唇はありて薄やみを走りてゐたり呼ばはりゐたり

ふたたび「朱唇」から引いた。政子が亡くなった日の翌日、弔問に訪れた親族のなかに建にとっては従兄弟にあたる毛利武彦画伯の姿があった。画伯は叔母の枕元に座って素描を始めた。その様子を傍らに座す建がじっと見つめていた。静謐な空気があたりを支配した。歌はその束の間の時間を詠んでいるのである。二首目も印象鮮やかな一首である。連作の題とされた「朱唇」はこの一首に由来する。ここに登場する少年は建の自画像であろう。この「朱唇」という言葉は、母の挽歌の一連中にあるので、何となく政子の朱唇と結びつけて読んでしまいそうである。しかし、これは紛れもなく少年の朱唇である。薄やみをあてどなく彷徨い、失った母の名を呼びつづける、寄辺ない少年の不安が歌われている。薄やみに向かって叫ぶ少年の朱い唇が印象的だ。

ここには『未青年』に詠まれたあの鮮烈な母のイメージ——「胎壁に胎児のわれは唇《くち》をつけ母の血吸ひしと渇きて思ふ」「弟に奪はれまいと母の乳房をふたつ持ちしとき自我は生れき」——はどこにもない。「冬のわらべ」となった少年がやみくもに母をよぶ悲痛な叫びだけが聞こえる。と同時に、建はこの一連を書き上げることによって人生上の転機に立ったともいえるのではなかろうか。

高齢の母を置いては死ねぬという思いがずっと建にはあった。発病以来、強迫観念のように悩まされてきた「逆縁」という最悪の事態からだけはやっと解放されたのである。『井泉』は「夜見」や「雪とラヂウム」の章を中心に編まれた、病気からのよみがえりを主題にした歌集だが、同時にそれは政子に捧げられた「母の歌集」という、もうひとつの側面をもっていたのである。

第二節　「短歌」八十周年に向けて

（一）白文鳥

二〇〇二年、「短歌」は常より厚い二冊の特集号を出している。一冊は五月に出された「春日井政子追悼号」、もう一冊は十一月の「短歌　八十周年記念特集号」である。母政子を失った悲しみに浸る間もなく、建の日常にはふたたび多くの「為すべきこと」がもどってきた。「八十周年記念特集号」は母の急死以前から計画されていたこととはいえ、特集内容の検討、原稿依頼の人選、記念大会の開催、合同歌集の出版といったさまざまな課題が山積している。健康問題も決して改善されたわけではない。あとどれくらい続けられるか。口外することはなくても、時間とのたたかいがすでに始まっていた。

それにしても、この時期の建の仕事ぶりには目を見張るものがある。四月からは「ＮＨＫ歌壇」の講師として、一九八八年についで二度目のテレビ出演を始めていた。第一回のゲストには写真家の浅井慎平を招き、「旗手」同人時代の浅井の短歌作品を取り上げて本人や視聴者を驚かせた。八八年のＮＨＫ教育テレビ「短歌入門」の講師は、月二回二年間、気力も充実して何の不安もなかったが、今回は月一回とはいえ、いつ悪化するともしれぬ重篤な病をかかえての出演である。テキストの執筆や録画取りなど、ふたたび多忙な日々が始まっていた。このほかにも「短歌研究」の作品季評（七・八月号）、短歌研究新人賞選考座談会（九月号）、地元のテレビ番組「おしゃべりランチ」への出演、そして秋に予定されている各地での文学祭の講演や対談の準備。これに各種の原稿執筆があり、病院での定期的受診が加わる。こうした一切をこなしながらの八十周年記念特集号と記念大会の準備である。周りの者たちはハラハラしながらも、こうした建の仕事ぶりを黙って見守るほかなかった。

仕事だけではない。遊ぶことにかけても建は真剣（!?）であった。この年、日韓共同開催のワールドカップサッカーが日本と韓国の各都市で行なわれていた。日本代表チームは予選リーグを勝ち進み、ベスト16に残る健闘ぶりを見せた。六月十八日の午後、決勝トーナメントのトルコ対日本戦が、折からの激しい雨を衝いて宮城スタジアムで行なわれた。建は妹の久仁子とともにチケットを工面し、仙台まで出かけていった。その折の作品が「短歌研究」二〇〇二年九月号の「宮城スタジアム即事」二十首である。月末の編集日にはその話題でもちきりになった。建は熱狂的なサポーターのひとりになりきっていた。深刻な病をかかえた歌人が、このときばかりは「ニッポン」を連呼する大観衆のなかで時間を忘れた。頬や腕に描かれた日の丸にも抵抗感はなかった。終了後にどうやってその日の丸を剝がしたか。ガムテープを使ったその取り除き方を建は飽きることなく幾度も話した。あまりの興奮ぶりに微かな違和感を覚えた私は、しかしすぐに思い直した。病の深刻さは重々承知の上でのことであろう。いや、病が侮れぬ段階にきているからこそ、「今のうちに」という強い意識が働いていたのだろう。遊びにも真剣味が感じられたのは、そのためであったにちがいないのである。

現に医師からは抗癌剤治療のための入院を言い渡されていた。発病以来、夏は毎年入院して加療を繰り返している。八月初旬に出た「短歌」の後記には、「今年の私の休暇は、病院で過ごすことになりそうだ」と書き、それを会員たちが読んだ頃、建は三たび、愛知医科大学付属病院の夏の病室にいた。背景には急速な免疫力低下という事実があったが、私たちがそれを知らされたのは、退院後の八月末になってからであった。そのときのことを私は長く休んでいた「随聞」のなかにこう書き記している。この日の記録が残ったのは、やはり建の病状が深刻さを増してきていたからだろう。

二〇〇二年八月二十九日（木）

十月号編集日。春日井先生は月はじめからの入院生活をやっと解かれ、おととい（二十七日）から帰宅されている。二十六日の「おしゃべりランチ」（ＮＨＫ名古屋放送局の生番組）には、帽子を被って出演された。たまたま番組を見ていた私は、毛髪に異変のあることを直感したが、案の定、編集日の今日も頭にはバンダナが巻かれている。途中、いつのまにか番組のときと同じニット帽に交換されたが、やはり脱毛ゆえの帽子ということであった。のどにはサロンパスのような大きな湿布薬が貼り付けてあり、見るからに痛々しい。声もひどくかすれていて、右目の下には薬の副作用のせいか、赤い痣のようなものが浮んでいる。昨夜は三十八度五分も熱があったそうで、とてもいつものような調子で編集作業のできる状態ではない。「今日は二階で休んでいたい」と言われるので、一も二も無くそうしてもらうことにする。それでも先生の性格上、あれこれ気をつかわれ、結局休んでおられたのは一時間あまりにすぎなかった。

いつも編集作業をする応接間兼ダイニングの大広間には、卓上に鳥籠が持ち込まれており、なかには真っ白な手乗り文鳥が入れられている。入院中に八階の病室の窓の外から、まるで「入れてくれ」と言わんばかりに先生を呼んだのだそうである。冷房のために締め切ってあった窓をあけてやると、鳥のほうから先生の手に乗ってきて、そのまま病室に居ついてしまったということである。籠の窓から先生が手を入れると、すかさず指に乗ってきてあちこち噛むような仕草をする。愛くるしいその動作が、一同の笑いを誘う。小動物の明るく健康的な姿と、満身創痍といった風情の先生の痛々しい姿と、そのコントラストにひどく胸をうたれた。しばらくすると、「ちょっと見せようか」と言って頭の帽子を脱がれた。想像していたこととはいえ、その無残な外形に強い衝撃をうける。すっかり抜け落ちてしまっているわけではないが、頭皮の肌色が露わになり、これまで見慣れてきたあの黒々とした毛髪は見る影もない。テレビの仕事がなければまだしもと思うのだが、これではやはりわれわれの前でも帽子を被らざるをえないだろう。しかしご本人はいたって冷静。「自然体が一番」と悟り澄ましたようなことを言われる。どうも本当にそう思っておられるようである。

「休む」と宣言されたはずなのに、一時間もすると先生は私たちに食事を勧め、いつの間にかまた編集作業に加わっておられる。結局、午後はいつもと同じように選をされることになったが、一通り作業が済んだころ、先生の顔色が目に見えて悪くなってきた。午前中は右目の下がわずかに赤い程度であったが、今ではそれが顔全体に及び、赤からさらに赤銅色に変わっている。明らかに薬の副作用のせいである。熱も三十八度を超えているとのこと。あらためて考えてみると、これまでの治療で髪が抜けなかったことのほうが不思議である。外見上は、今まで見てきた症状のなかで、最悪と言ってよい。わかっていたつもりだが、こうして病状を目の当たりにすると、あらためてこの病気の恐ろしさを思わずにはいられない。早早に休んでもらわなくてはならないのだが、大会や八十周年記念号のこと、合同歌集のこと等々、結局、七時近くまで先生を引き止めることになってしまった。

このころの歌人の日常がどういうものであったか、これだけの記述でもある程度は想像できるのではないかと思う。「病膏肓に入る」という認識を当時の私はまだ持たなかったが、あらためてこれを読み直してみると、病気が重篤な段階にさしかかっていたことがわかる。それだけに文鳥の飛来は、本人はもとより私たちにとってもひとつの救いであった。白い手乗り文鳥を飼うにいたった経緯はここに書いたとおりだが、これについては、建自身が九月号の後記にこう書き記している。

☆入院をして、八階のわが個室からぼんやり空を眺めていたら、白い鳥がバタバタと飛んできて、ガラス窓に当たった。白文鳥である。ガラス越しながら声をかけてやると再び窓辺にくる。大窓は開けられないので小窓から精一杯腕をだしたら指にとまった。そして二日程同じ病室にいた。（これはよくないことなのだが、先生にお願いをして許可をもらった）
☆こんなに慣れているのだから、飼い主はさぞ失望しているだろうと警察へも届け出たが誰も名乗りをあげない、ということでその美しい鳥（羽は純白、というよりは雪白、くちばしは春の木々の芽出しのように桃色である）はわが家にくることになった。ホワイティ・ピンキーと名付けたが、皆は見かけそのままじゃないか、と言う。
☆飛んできた日、見舞いに来てくれていたT君が早速ホームセンターへ行って鳥籠を買ってきてくれた。それを待つ間、ピンキーは疲れていたのだろう。私の指にとまったまま三十分程目を閉じていた。もの静かで優しい鳥と思っていたが、近ごろ朝は早くから啼いて私を起こそうとする。

小動物に寄せる優しい気持ちのよく出た文章である。雪白の文鳥は建の晩年を明るくする一服の清涼剤である。その後飼い主の亡くなるまでの二年足らずの間を、このホワイティ・ピンキーは毎朝朗らかに啼いて主人を起こしつづけた。入院中の歌が最終歌集『朝の水』のなかに収められている。「天蓋花」（二十首）がそれである。

逆縁にならざりし幸思ひをり初盆の朝を院に迎へて
スキンヘッドに泣き笑ひする母が見ゆ笑へ常若《とこわか》の子の遊びゆゑ

白文鳥翔びきて指にとまりたり思はねど反魂の盆のまひるま
すみやかに一茎のびて一花咲く今年はひとり見る天蓋花

母が生きていたら、このスキンヘッドをどう見るだろう。泣かれるよりも笑ってくれたほうがまだしも気が楽だ。歌人はそう思ったのだろう。「常若の子の遊び」という自己戯画が切なくひびく。いつごろからか春日井邸の庭には通常の赤に混じって白い曼殊沙華が咲くようになっていた。それを見て建は、「未来とはどれほどの時咲き闌けて一茎一花白まんじゅしやげ」と歌った。未来の時間がそれほど長いわけでないことを、歌人は重々承知していた。歌には直接詠まれていないが、建がこの白曼殊沙華に格別の思いを抱いていたのには理由があった。父の時代からの編集同人であった加古樟花が、この年の二月に亡くなっていたからである。白曼殊沙華は加古が春日井家に持ち込んだものだった。

訃報に接した建は、七月号に加古樟花追悼を特集し、同人たちの追悼文とともに、歌集のない加古のそれまでの作品を渉猟して、「加古樟花短歌六十三首抄」をみずから選出した。父の時代から編集の実務にあたり、建が引き継いでからも一貫して会のために尽力し、大会の折などには絶えずその豪放磊落な司会ぶりで会場を和ませた、加古へのせめてもの供養にと建は考えたのだろう。加古には壮年の息子がふたりあったが、いずれもすでに病死していた。ひとりは「短歌」同人で歌集も二冊あった。息子の死に際して加古は沈黙を通した。そうした加古の剛直さに対して、建は深い理解と共感を抱いていたのである。

(二) 白頭のリップ・ヴァン・ウィンクル

二〇〇二年十一月、「短歌」は創立八十周年記念の特集号を出した。建が編集を手がけるようになって、六十周年、七十周年につぐ三度目の周年記念号である。前二冊にも増して厚い特集号が出来上がった。堂々、二百三十六ページの大冊である。構成は前二回と同じく、冒頭に建の「巻頭言」を掲げ、外部からの寄稿文、創立八十周年アルバム、「短歌八十年史」(地区のあゆみ、随筆論文目録)などから成っている。外部の寄稿者には岡井隆、篠弘をはじめ、七十周年記念大会の折、結社外からパネリストとして招かれた加藤治郎、大辻隆弘、穂村弘、荻原裕幸らの名が含まれていた。これほどの大冊となったのは、亡くなった主要同人十八名の特集を組んだからである。父のときに出された『短歌五十年史』にも、初期同人たちの動向が記録されていたが、個別の歌人論としてはこれが初めての試みである。春日井瀇、浅野保、青木穠子、三田澪人に始まり、岡崎千枝、春日井政子といった亡くなってまだ間もない歌人たちまで、「短歌」八十年間のあゆみが主要同人の業績を通じて辿れるようになっている。

建は「一徹一刻の閑人」と題して浅野保論を担当した。父が「短歌」の編集を受け継ぐ前の編集発行人である。一九五五(昭和三十)年秋に亡くなり、すでに高校生になっていた建には「当時の状況の断片が克明に浮ぶ」ほど身近に感じられる歌人であった。没年の十二月に編んだ「短歌」の追悼号「哀誄録」には、佐佐木信綱、川田順、木村捨録、前川佐美雄、青木穠子、尾崎久弥といった人々が文章を寄せ、歌人としての保の交流の広さをうかがわせる。敗戦間近の名古屋空襲で片足を失い、建の知る保は「いつも和服を着て、外出時にはステッキをつく、寡黙で物静かな隻脚の歌人」であった。「老いらくの恋」で世間から騒がれた川田順とも親交があり、くだんの事件の際にはふたりの逃避行を手助けして、芸者置屋を営んでいた中村町の自宅に一泊させたことでも知られる。以下、省略を加えながら、建の文章を少し引用してみよう。

浅野保は明治二十年岐阜町《ママ》羽島郡江吉良町の生まれ。三田澪人より七年早く、春日井瀇より九年早い誕生で、当時の中部歌壇の推進者の一人だった。

明治四十一年、名古屋市中区鉄砲町岡谷商店の番頭時代、竹柏会に入門し、二州会（著者注・濃尾二国の竹柏会同人が結成した会）同人となる。二十一歳の頃である。この年信綱を迎えて桑名の船津屋に宿った。

大正十二年、保は「短歌」創刊と共に同人に加盟した。三十七歳のことである。この年妻の母が亡くなったが、この人が経営していた芸妓置屋「ひさごや」を継いで入居、のちに「ひさごや」は廃業し、別に「大の屋」を営み、はじめは名古屋市中区本重町、やがて中村区中村町に移った置屋に住んだ。

昭和三年、保は「短歌」編集兼発行人となる。それは昭和三十年、春日井瀇へバトンタッチするまで続けられ、途中に終戦をはさむ時代だけに、瀇が「労苦功績」という言葉を使っている意が理解される。保はある一徹さ、一刻さ、そして誠実さをもってその困難な時代を乗り切った。

生涯に歌集は二冊ある。最初の出版は昭和七年刊行の『閑日』。これは心の花叢書として出版され、序文佐佐木信綱、川田順。発行所は東京本郷の竹柏会、発売所名古屋市中区禰宜町の名古屋短歌会となっている。四十六歳のことである。第二歌集は昭和二十五年六十四歳のことで、こちらは短歌叢書第十三篇として上梓された。小松均の装幀である。著書は他に昭和十七年刊行の『評釈前線秀歌』がある。


「短歌」の物故歌人十八名のなかでも、浅野保は建がとくに論じてみたい歌人のひとりだった。保、濵、建と受け継いできた「短歌」編集発行人のルーツを探るという意識ももちろんあっただろう。しかし、それ以上にこの人の「ある一徹さ、一刻さ、そして誠実さ」に興味をもったからだろう。戦時中の「短歌」は、多くの他の結社誌がそうであったように、ファナティックなナショナリズムの波に翻弄された。この一文では詳しく述べられていないが、日米開戦前夜の「短歌」は軍国主義一色、偏狭なナショナリズムにとらわれた誌面構成がなされていた。敗戦後は、同人の山内清平が書いた激越な一文がアメリカ占領軍の逆鱗にふれ、発行名義人の浅野保がGHQに召喚されたこともある。昭和五年より二十四年までの作品を収めた保の第二歌集『三光』からは、戦時中の過激な作品が削除されているし、著書のひとつに挙げられている『評釈前線秀歌』も表題からその内容がおおよそ想像できる。

つまり、浅野保は「短歌」がもっとも時代に翻弄され、もっとも苦難を極めた時代の編集発行人だったのである。建が強い関心を寄せたのも、そのことと無関係ではない。「改めてもっと読み込みたい歌人である」と歌人論は締めくくられているが、その希望を実現することなく建が逝ったため、「ある一徹さ、一刻さ」の内実は十分に闡明《せんめい》される機会を失ってしまった。しかし、保を顕彰したいという建の強い意志は、この短い文章からだけでもひしひしと伝わってくる。保は建にとって一度は論じておかねばならぬ、身近で重要な歌人であったのである。

十一月二十三日、名古屋市中区伏見の名古屋観光ホテルにおいて、「短歌」の八十周年記念大会が盛大に開催された。開会の挨拶に立った建は、司会者の「待ちに待った」という言葉をそのまま承け、「こんなに待った会というのは、僕には珍しいんじゃないか」という感想を述べた。体調の思わしくないなか、また前年暮れの母との突然の別れという出来事のなか、準備に準備を重ねてきた大会である。もちろんそのことだけに専念できたわけではない。九月半ばには、岐阜県郡上市大和町の古今伝授の里フィールドミュージアムで開催された短歌大会で穂村弘と対談、十月には鳥取県で催された国民文化祭「夢フェスタとっとり」で講演、そのほか遠方での仕事もいくつか重なった。抗癌剤治療後の、本来ならゆっくり静養すべき時期である。だが、「とにかく八十周年までは」という強い思いが建を休ませなかった。大会の二日前には、地元「中日新聞」の夕刊文化欄に「『短歌』80周年を迎えて」と題する一文を寄稿した。そこに建は会の歴史から記念号の内容、記念大会の予告などを簡潔に記した。紙面には雑誌の写真とともに病後の建の表情を伝える写真一葉も掲載されていた。

開会の挨拶を終えるにあたって、建はこんなことを言い添えた。「申し上げるかどうか、恥ずかしくてちょっと迷ったのですが」と前置きしてから、秋さんごをポケットに忍ばせてきたと告げたのである。秋さんごは山茱萸の果実、晩秋に紅色楕円形の実をつける。春のハルコガネバナに対する、秋のこの樹木の愛称である。山茱萸が父母の結婚記念樹であることは既に述べた。昔から験を担ぐような性格ではなかった建だが、この日ばかりは父母の眼差しを意識したのだろう。紅く実ったその一粒をポケットに忍ばせてきたのである。紹介にあたって含羞をにじませたところもいかにもこの人らしい。

大会はこのあと、予定されていた鼎談に入った。建を司会者に、加藤治郎、水原紫苑の三人が、「短歌の現在」と題して自由に語る趣向である。会場には三人の選んだ「現代の短歌」各十首、計三十首がレジュメとして配られていた。話題は百年前の短歌というところから、さらに百年後の短歌、定型が呼びよせる思惟、口語短歌の現在、言葉の力学、社会詠と定型の悦楽といった問題にまで及び、百五十名をこえる会場の参加者たちは、熱心にその議論に耳を傾けた。建の司会ぶりも自然かつ適切で、誰もがそのときの建の内面の「不安」を忖度することなどなかった。

しかし、歌人の内面は波立っていた。実は大会の直前、建は編集部の新畑美代子に鼎談の成否に対する不安と苛立ちをもらしていたのである。ふたりが選んだ歌、ことに加藤の選んだ歌に十分理解が届かないというのである。建にしては珍しいことで、歌の読みには定評のある目利きの批評家が、苛立ちを露わにすることなどかつてなかったことである。しかし、そんな内実をおくびにも出さず、当日の建の質問と歌評は当を得たものであった。建ほどの歌人でも、こうした公開の場では、内心大きな不安と動揺をかかえていたことに、私たちはあらためて気付かされたのである。あるいは病気の進行が、歌人の不安や気弱さの原因であった、と見るべきなのかもしれない。いずれにせよ鼎談は成功裏に終った。最後に加藤が、「今日は話しながらいろいろな発見があった。定型が呼びよせる思惟とか言葉の力学といういい言葉に出あえてとてもうれしく思う。良い時間を過ごすことができた」と発言したことが印象的であった。

その後も午後の歌会、夜の懇親会と進み、大会は例年のごとく滞りなく終了した。懇親会に出席した『天昏』の歌人村木道彦は、そのスピーチのなかで建の歌に一貫する高い精神性を指摘し、それを「絶対零度の歌」という比喩によって的確に表現した。また、遅れて懇親会に駆けつけた篠弘からは、結社への力強い励ましの言葉をもらった。翌月号の後記に、建は篠の「思いがけない登場」が嬉しかったとわざわざ記している。大会までにはと準備した第八歌集『井泉』も、会の合同歌集『里程』と共に当日の会場に持ち込まれた。「幸運なことだと思っている」と先の「中日新聞」に書いた建の言葉に嘘はなかったのである。

大会を終えた頃の建の歌にこういう作がある。

白頭といへ若やげば街に出て芯芽《ペコー》を使ひし茶などを喫まむ
白頭となりしリップ・ヴァン・ウィンクルを冬日をつつむ風が撫でゆく
薬剤がばさりと落とせし髪なれど変身はすこし愉しかりにき
これはこれとして諾ふに白頭となりしばかりに似合はぬシャツら

最後の歌集『朝の水』のなかにある連作「シャツ」から四首を引いた。白頭は父のトレードマークであった。濵を知る人は誰もその見事な銀髪を口にする。実年齢よりもかなり若く見られた建が、父のような白髪になったのである。ここにはスキンヘッドになったことをむしろ愉しみ、その後の白頭を喜んでいるような明るい建の自画像がある。別のところでは、「母の知らぬわれの白頭父に似て中国服など着るにふさふを」とも歌っている。白頭が父母を思い起こす縁《よすが》となっているのである。二首目のリップ・ヴァン・ウィンクルは、ワシントン・アーヴィングの『スケッチ・ブック』に登場する小説の主人公。「時代遅れの人」の代名詞のように思われているアメリカ版の浦島太郎である。

実は先の「中日新聞」に載った大会直前の建の写真に私は目を見張った。というより大きな衝撃をうけていた。白髪という事実を知らなかったわけではない。しかし、そこに見る建の風貌にかつての「未青年」の面影はどこにもなかった。このとき私はそう遠くない将来に歌人との別れがやってくることを予感した。辛く切ない予感であった。

第三節　暁の寺へ

（一）帰燕

黒幹のつづく並木路帰りきぬ昨年の服喪の日々忘れ得ぬ
早春の花枝のみをうたひしか母の秋さんごかく日に照るに
点々と地にある血紅いくたびの秋に母が見てうたはざりし実

二〇〇二年の暮れから翌年の年頭にかけての歌を「短歌」から拾った。秋さんごは父母の結婚記念樹である山茱萸の実、年の瀬の春日井家の坪庭を点々と染めていたのであろう。その紅い実を母は歌わなかった、と回想しているのである。迅速な時の推移に建はこれまで以上に敏感になっていた。年頭に「中日新聞」からインタヴューの申し入れがあったが、そこでも建は、「時間を歌に封じ込めたい。ときを書いていきたい。病気になったためかもしれないが、これまでも〈とき〉を歌ってきたのだとあらためて思っている」（〇三年一月十八日付夕刊）と答えている。

「短歌」二月号の後記には、「私には過去は明白に見えるが未来は茫々として見え難い」と書き、やはり「時間」のことにふれている。

二〇〇三年は死の前年である。病状は決して芳しくなかった。年末から年始にかけて「中耳炎」に罹り、その手術を受けた。入院をともなうようなものではなかったが、二月一日に三月号の編集をした折には、痛み止めが手放せなくなっていた。耳は咽喉とつながっているだけに本人の不安は相当なもので、傍らで見ていても痛々しいほどであった。午前中はとくに調子が悪く、ガラガラ声がお昼頃まで続き、食事も嚥下が儘ならぬため、食べられるものが限られるようになっていた。咽頭癌との関連は明らかであった。「中耳炎」が原因なら、それほど長引くことはない。しかし、その後の編集や歌会の折にも、無意識のうちに左手で耳を撫でていることが多くなった。痛みは長く執拗であった。それでも、この年の本部定例歌会に、建はできるだけ出席しようとしていた。八月と十二月はもともと休会なので、残る十回のうち一月と十月を除く八回に建は顔を出した。その日の具合で中座することもあったが、出席者の側も、主幹の懸命の批評を聞こうと、毎回三十名をこえる人が集まった。

四月の本部定例歌会には、新入会員の都築直子が東京から参加した。都築は最晩年の建の門人のひとりで、その歯に衣着せぬ物言いと竹を割ったような性格が、病気で暗くなりがちな建の愁眉を開いた。「短歌」五月号に掲載された「春日井ワールドの啖呵」は、読みようによっては無遠慮、無作法とも取れなくはないが、主幹の建はむしろこうした言挙げを喜ぶような節さえあった。都築のほかにも、晩年の建が心に懸けていた門人のひとりに黒瀬珂瀾がいた。第一歌集『黒耀宮』（〇二年十二月刊　ながらみ書房）の序文は建が書いた。名古屋で行われたその出版記念会や、東京でのながらみ書房出版賞の授賞式にも喜んで足を運んだ。

しかし、春から夏にかけて病状は悪くなる一方であった。当然のことながら、短歌関係の仕事も大きな制約を受けるようになった。前年四月から一年間にわたって続けていた「ＮＨＫ歌壇」の仕事が、三月十六日のテレビ放送をもって終了した。月一回の放送とはいえ、テキストの執筆、投稿歌の選、番組収録のための放送局通いなど、病をかかえる建にとっては相当の負担であったにちがいない。仕事の量を減らさざるを得なくなっていた。だが建にはやりたいこと、やらねばならないことがたくさん残っていた。そうした状況のなかで、建の心の支えとなっていたのが十一月のタイ行きの話であった。日本歌人クラブの第四回国際交流「日・タイ短歌大会」での記念講演を依頼されていたのである。依頼を受けたのは前年の秋、日本歌人クラブ会長の藤岡武雄からであった。八十周年記念大会前の、まだ気力が充実していた頃のことで、建は即答で承諾した。しかし、その後の病状がタイ行きを微妙な情勢にしていた。私も含めて、周囲には慎重に決断すべきだと考えるものが多かった。九月号の編集作業をした八月一日の日記に、当時の状況を私はこう記している。すでに私には「日記」のほかに「随聞」を書くことは難しくなっていた。

九月号の編集日のため、朝から春日井邸へ。先生の耳の具合は相変わらずよくない。耳垂れに少し血が混じるとのこと。管を入れて水を抜こうとすると意識を失うので左耳を下にして、自然に流れ出るのを待つのだそうだ。痛みも従前通りで鎮痛剤が手放せない。十一月にはタイ行きが予定されているが、これまでは制約ばかり言ってきた主治医が、今度は無理をしないことを条件に行ってもいいようなことを言い出したという。病気が快方に向かっているからというより、「今のうちにやりたいことはやらせてやろう」という医師の配慮によるものではないか、と先生は疑っていた。要するに病がすでにそういう段階にまで来ているということを意味するのだろう。「行ってもいい」と聞いた瞬間、思わず涙が出たと先生は言っておられた。タイと聞いて、先生はまず三島由紀夫の「暁の寺」を思い浮かべたらしい。おそらく最後の海外旅行になるだろうという予感もはたらいて、三島にかかわる歌をつくり、それを後世に残したいという願望が湧いてきたのだろう。その話をされたときの先生の目にうすく涙がうかんでいたのを私は見逃さなかった。そして、その瞬間、八月号の「短歌」に載る先生の作品が、次のようなものであることを思い出した。

ふたたびは泳がずあらむ恙《や》みふかみ血のつく水の出づる耳なれば
最後に吾《あ》が泳ぎたる夜のジムにしてプールサイドに飲む天然水

死を覚悟した歌とも読める作品である。元気なうちにあれもこれもしておきたいという意識がどうしてもはたらくのだろう。中部短歌会の大会も例年は十一月なので、タイへ行くとなると、これも何とかしなくてはならない。今年は大会の日程を遅らせることも考えておられるようである。

タイ旅行のことがあるので、この夏、建は自宅でゆっくり静養した。前年の八月は玉川温泉に湯治に行っていたので、そうした遠出をいっさい差し控えての「静養」だったのである。大会については十一月は見合わせ、十二月以降、建の日程と会場の押さえいかんでは、一月、二月になりそうな情勢となった。ここに引いたプールの歌には、何か覚悟のようなものが感じられる。だいぶ気が弱くなっているというか、「秒読み段階に入っている」というか、いずれにせよ建の内部に何か「決意」のようなものが生まれていることだけは確かであった。思い過ごしであってくれることを、私たちはひたすら願った。しかし、客観的に見てすでに「そういう段階」に達していると言わざるを得ないような状況を私たちは幾度も目にしてきた。医者から「モルヒネの処方を考えては」と言われたとか、「タイに行って三島由紀夫の『暁の寺』の舞台を自分の目で確かめておきたい」とか、この頃の建の発言には、周りの者たちを穏やかにさせない、ある種の険のようなものが含まれていた。

三島によって世に出た作家が、三島のことを最後に書いておきたいと願うのは、ある意味、当然のことのようにも思われた。編集部でも、いく度もそのことが話題にされた。最後に、編集委員のひとりである新畑美代子がこう言った。「妹の久仁子さん、姉の佐紀子さんも同行されるのなら、そして本当に先生がそれを望まれるなら、むしろタイ行きを勧めたほうがいいのではないか」。私は、内心、深く同意した。割り切れない気持ちが残るものの、建の気持ちを推し量ると、どうしても旅行を見合わせるようにとは言えなかったのである。

　懸命の静養にもかかわらず、建の病状は一進一退を繰り返しながらも、総じて快方には向かわなかった。九月の本部定例歌会の日はまずまず、同月末の十一月号編集日にはかなり不調といった具合で、日によっていくらかの好不調があった。月末の編集日に調子が悪かったのは、タイ行きに備えての抗癌剤治療を開始していたからで、それも以前のような入院、点滴治療ではなく、自宅での経口剤による治療であったらしい。薬の副作用のためか、痛みも耳垂れもひどくなっているようであった。このような状況では、タイ行きも大旅行を敢行するに等しい。出発は一ヵ月半後の十一月十五日と決まっている。建の姉や妹はもとより、周りの誰もがこの「最後の海外旅行」に気を揉んだ。十月十二日の本部定例歌会は耳の痛みがひどいため欠席。出発直前の九日、十一月歌会にはほんの一時間だけ顔を見せた。その一週間ほど前の十二月号編集日には、座薬を使用しなければ痛みが鎮められないほどになっていた。

　十月十二日の例会後、私と新畑美代子は光ヶ丘の春日井邸に建を訪ねた。前日、私の自宅に電話があり、「明日は体調がもどれば少しだけでも顔を出したい」と言っていたのだが、当日の三時過ぎに会場に電話があり、「今日はやはり無理だ」と連絡してきたのである。当日の例会の報告と病気見舞いが、私たちふたりの訪問の目的である。

　痛みは予想以上に強いものであった。相変わらず耳垂れがひどく、話をしている間もタオルが手放せない。「短歌」十月号に「『井泉』を読む」と題して都築直子が書いていた通り、本当に痛くて痛くてならないのである。まるで晩年の正岡子規のようであった。見るに忍びない、気の毒で見ていられない。そう思っても、その麻酔作用を嫌いモルヒネの処方だけは頑として拒否しているので、痛みとの闘いは避けようがないのである。

　私たちの当惑をよそに、この日の建は、単刀直入に「自分にもしものことがあったら……」と切り出した。これまでも婉曲にそういったことが話題になったことがあったが、この日は完全に「死後」のことが前提されていたのである。あまりの真率さに、私と新畑は言葉を失った。考えてみれば、建が「短歌」のその後について何の思案もしていないことなどあり得るはずがなかった。自分が結社を引き受けた経緯、その後の四半世紀に及ぶ雑誌の発行と組織の運営、そして心ならずもこの雑誌と組織に別れを告げなければならなくなった今の状況、そうしたこと一切を勘案すれば、たとえ主幹とはいえこれをすんなり廃刊、解散といった方向にもっていくことなど容易ではない。現状のままというのが無理なら、いくつかの小雑誌、小組織にわかれてでもよい、「短歌」の伝統と志を継いでほしい。その夜の話を綜合すると、どうもそういうことになりそうであった。

　タイへ飛ぶ日が一ヵ月後に迫っていた。とにかく今はその日のために英気を養っておこう。そう建は決意していた。机上には、講演の準備のためだろう、『豊饒の海』四部作のうち、『暁の寺』の分厚い一冊が置かれていた。

錠剤の粒を並べて卓に置く旅の仕度をはじめむとして　「短歌」十一月号

高ぞらの群にまじりて燕一羽不調を告げず翔び立たむとす　同

どんな旅になるのだろう。期待はおのずから膨らんだ。帰燕のシーズンにはやや遅いが、建は自分を南へ帰る群のなかの一羽のように考えていた。「不調を告げず」、今まさに大空に飛び立とうとしていた。

（二）豊饒の時

振動に揺れゐる機内浮きたつは常のこと講演の旅行といへど　『朝の水』

眼下には光る汀がつづきをりわれに親しきこの浮遊感　同

二〇〇三年十一月十五日、建を乗せた飛行機はタイ・バンコクの上空で着陸態勢に入ろうとしていた。眼下には熱帯の光る海岸線が広がっている。病をおしてやって来た建の心に、浮きたつような気分が兆していた。海外に出かけるときは常のこと、しかしいつもとは少しちがっているように思えた。姿を現しはじめたバンコクの町並みを俯瞰しながら、機上の建はある種のなつかしさを伴う浮遊感のなかに身をゆだねていた。

このたびの旅行は講演のためである。日本歌人クラブが企画した第四回「国際交流　日・タイ短歌大会」で、三島由紀夫について話すことになっている。同行したのは日本歌人クラブ会長で建に講演を依頼した藤岡武雄、同クラブ会員で当日の司会進行を務める小塩卓哉、看護師役で付き添った建の姉と妹、そして日本全国から集まった参加者たち百三十余名である。参加者のなかに小塩卓哉のいることが建には心強かった。ブラジルの短歌事情に詳しく、海外文化交流にも知見を持つ小塩は、中日歌人会の副委員長としても春日井委員長を援け、結社外では建がもっとも信頼を寄せる歌人のひとりであった。日本からの参加組に、アメリカ、ブラジルなどの海外組、タイ日本人会、現地のタイ学生などの参加者を加えると、総勢五百名を超える大きな大会である。講師の建への期待は、いやが上にも高まらざるをえなかった。

涅槃寺《ワット・ポー》・黄金仏寺《ワット・トライミット》さんさんと光とこしへに差して誘《いざな》ふ　『友の書』

翌十六日、タイ・バンコクでの講演を、建は自作のこの一首の紹介から始めた。初出は「現代短歌　雁」一九八九年春季号、日付のある作品「リアルタイム」三十一首の一首で、十月三十一日の日付とともに「北の風晴時々曇。バンコク—名古屋間直行便就航開始」の詞書をもつ。涅槃寺《ワット・ポー》と黄金仏寺《ワット・トライミット》は、バンコクの中心部を流れるチャオプラヤ川の左岸、エメラルド寺院の名で知られるワット・プラケオとともにタイを代表する仏教寺院である。

バンコクは建にとって眷恋の地であった。理由は、ワット・ポーの対岸に建つ暁の寺《ワット・アルン》が、三島由紀夫の小説『豊饒の海』四部作の第三部『暁の寺』のなかに取り上げられていたからである。「三島は私の文学の師でした。だから私にはワット・ポーやワット・トライミットとはちがった格別の寺院と考えられたのです」と講演のなかで建は述べている。十五年前、たまたま作品にしていた自作が、まるで三島との運命の糸をたどるように思い起こされたのだろう。建は三島の名を口にするとき、いつも「ミシマ」と「ミ」にアクセントを置いて発音した。ミシマと強弱をつけずに発音していた私は、「ミシマ」の話題になると、いつも「ああ、春日井建のミシマが始まるのだな」と思って話を聞くのであった。

暁の寺に格別の関心を抱いたのは、実際にこの地に取材した三島が、小説のなかでその美しさを賞揚する、細密画のごとき描写を残していたからである。ワット・アルンは、暁を背にした美しさにも増して、夕焼けの折の美しさが素晴らしいという。小説では「芸術といふのは巨大な夕焼です。一時代のすべての佳いものの燔祭です」と作中人物が語るオクターブの高い科白がある。建がワット・アルンだけを特別扱いする理由はそこにあった。講演という形ではあるが、三島が「佳いものの燔祭」と呼んだその夕映えの地に、今、建は立ったのである。

演題は「三島由紀夫と私と短歌」であった。内容は、十九歳の折の歌舞伎座での最初の出会いに始まり、上京のたびごとに交わした好きな映画のこと、執筆に取り組む姿勢、伝統文芸や芸能についての考え方、さらには三島の少年時代の短歌作品や自決時の辞世にまで、話題は多方面におよんだ。このうちとくに三島の残した短歌については、かなり入念な批評を試みている。辞世を二首残した三島に、「辞世は一つが型ではないのだろうか」と疑問を呈しつつ、そこに「ますらをぶり」と「たをやめぶり」という、三島のなかの二面性を指摘しているあたり、建の創見といえるだろう。

講演のあとのほうで、建は最後に三島と会った日のことに言及している。一九七〇（昭和四十五）年の春のことで、建自身、このあと夏にはアメリカへ旅立っている。知人の出版記念会の後の二次会で、三島が楯の会の若者たちと撮った写真を「欲しい人は持っていきなさい」とすすめたこと、その場の話題がやたらと「死」に集中したこと、別れるにあたって三島がついに「さようなら」を言わなかったこと等、建の記憶はきわめて詳細で、ある種の生々しささえ感じさせるものであった。

いくたびか三島について聞かされたことのある、私たち「短歌」周辺の者にとっても、それは初めて耳にする内容であった。三島とは何者か。もとより建の三島に対する態度は一貫していた。「私には文の人三島は大切な師でした。しかし武の人三島はあまり好きではありませんでした」という言葉がそれを端的に物語っている。春日井建は、一口に言えば「非政治的な人間」である。それゆえ、武人としての三島とはついに交わることがなかった。好悪の問題というより、生に対する姿勢そのものが異なっていたのである。

講演時間はおよそ四十分、建の健康状態に配慮して比較的短い時間で終了した。講演を終えるにあたって、「こういう風に三島の話をしたのは、今日が初めてです。短歌にしたことはありますが、話はしなかった。どこかで三島のことは封印しておきたい気があって、これまで話ができなかった」と建は述べている。異国という場がその封印を解いたのだろう。話ができて、「何かしらほっとしております」という発言には、異国という場に加えて、病の篤くならないうちに話すことができたという安堵感も作用していたにちがいない。

このあと、建は自作の短歌を朗読した。三島を主題として書いた作品のうち、ギリシアへ行った折の歌を中心に六首選んだ。いつもそうするように、あまり抑揚をつけずにゆっくり読んだ。咽の病のせいであろう。あの立て板に水を流すような、澄んだバリトンのひびきからはほど遠かった。残された録音テープを聞くと、そのことにいやおうなく気付かされる。

この日の大会記録は、のちに「日・タイ短歌大会記念講演」（再録）として「短歌研究」の〇四年二月号に発表された。基本的に当日の内容に沿ってまとめられているが、再録にはいくつかの書き替えや書き加えがある。三島は『豊饒の海』の主役たちに輪廻転生を果たさせたあと、この物語の話者「本多」にも老残をさらして無に帰一する道を選ばせる。そのことに触れたあと、建はこのように言葉を足している。

では三島由紀夫は死のむこうに何を見ていたのでしょう。三島もまた輪廻転生を書きながらその観念を生きたけれど、そのむこうには何も見なかったのではないでしょうか。

私は子供のころ父とよく旅をしました。行先はいつも神社仏閣でした。父濵も歌を作るひとでしたが子供時代に得度をしているひとでもありました。しかし、私には輪廻転生は言うに及ばず、仏教的な思想は育っていません。でも昨夜、バンコクの空港へ着いて心の浮きたつ気分がしました。少し躰をかがめて、両手を合わせて日常の挨拶をするタイの人の優しく處しい風習を垣間見たからです。いい旅となる予感がしました。それだけのことですが私の旅への誘いは報われた。私にも此岸しかない。慰藉は現在にしかない。

最後のふたつのフレーズが、この講演で建が言いたかったことの結論である。「いい旅となる予感」は的中したのである。旅への誘いは報われた。そう断言できる大きな慰藉を建は手にしていた。静かな、しかし湧き起こるような慰藉であった。

講演の翌日、建と妹の森久仁子は、バンコクに住む親戚の案内で、涅槃寺、エメラルド寺院、そして暁の寺を訪ねた。とりわけ暁の寺ではゆっくりと時間を過ごした。建の体力に配慮してのことだろう。階段を登ることができなかったので下から見上げて幾枚かの写真を撮った。「いつかきっと暁の寺は作品になる——兄の横顔を見ながら私はそんなことを考えていた」と妹の久仁子はのちに述懐している（角川「短歌」〇四年九月号「兄の遺言」）。その日の夜には、宿泊したホテルの最上階にある日本食レストランで食事をした。久仁子は書いている。

「タイで『鯛のかぶと煮』を食べよう」などと歌人らしからぬダジャレを言った。病気を気にしながらの海外講演が終った安堵感と、闘病中に失った味覚が戻ってきた喜びも加わっての楽しい食事だった。

「秋は松茸、やっぱり土瓶蒸し。久仁子は天婦羅も食べるかな、ぼくはお茶漬けも……」などと言っているうちにテーブルいっぱいに料理が並んだ。

「この料理、いったいなん人で食べるの」

と、ふたりでお腹をかかえて笑った。
「大丈夫。ぼくががんばるから」
そう言うと大きな鯛のかぶと煮に挑戦、格闘していた。バンコクの夜景を見ながらのゆったりとした時間が流れた。（中略）
それにしてもバンコクの夜の兄は、快活で饒舌で限りなく穏やかな目をしていた。本当は病人を前にして私は、はらはらしながらの食事だったはずなのに、今思い浮かぶ兄はなんと元気な姿をしているのだろう。――あの、かけがえのない豊饒の時を私は忘れない。

「豊饒の時」「井泉」創刊号　二〇〇五年一月

講演を終え、深い慰藉のなかで至福のときを過ごしている歌人の素顔が活写されている。「限りなく穏やかな目」が印象的だ。タイ旅行は建の晩年を照らす一筋の光明である。確かに、重患をかかえてのこの旅行が、結局は病勢を早めたというふうに考えられなくもない。「いつかきっと暁の寺は作品になる」という久仁子の予見も、帰国後の辛くきびしい闘病生活のなかで、ついに実を結ぶことがなかった。しかし、この旅行から建が得たものはかけがえがなかった。それを久仁子は「豊饒の時」と表現したのである。
「純潔の時はみじかく過ぎ去らむわれに透過光するどき汀」（『夢の法則』）という一首は建の若いころの作品だが、この歌人はいつも〈時〉というものに対する鋭敏な感覚を歌にしてきた。「純潔の時」が短かかったように、「豊饒の時」もまた速やかに走り去った。一瞬を永遠に変える術はないのか。歌は私たちにそう問いかけているようにも読める。

第四節　最後の冬

（一）雪の誕生日

タイでの講演旅行を終えて建が帰国したのは十一月十九日、三島由紀夫の憂国忌を間近にひかえた、朝から大雨の降る荒天の一日であった。雨はその後の運命の予兆のように激しく降った。宿願のタイ行きを何とか果たしたとはいえ、この年の暮れから翌年の春にかけて、病状は総じて悪化の一途をたどっていった。ただ、そうした状況でも、建には「次」の目標があった。タイ講演のため翌年に延期した中部短歌会の第八十一回「全国大会」である。開催日は一月二十五日と決まっている。厳冬期の大会は近年に例がないが、年一回の大会を楽しみにしている会員も多くいる。これが最後の大会になることは、誰よりも建自身が一番よく知っていた。会員たちと最後の別れをしなければならないときが来ていたのである。

体力の衰えは誰の目にも明らかであった。十二月一日の一月号編集日の作業には、ほとんど加わることができなかった。前月末の「ＮＨＫ列島縦断短歌スペシャルin唐津」に出演した疲れが一気に出たのだろう。午前の定期検診から帰ったあとも、しばらくは作業に加わらずに横になっていた。午後四時ごろになってやっと作業に加わった建の口から、「タイにも行ったし、ＢＳ放送の仕事も区切りがついたし、あとは……」という暗示のような言葉が聞かれた。頬骨が露わになり、声はますます出にくくなっている。耳の痛みも止むことなく続いていた。「覚悟」のような感情が建のなかに生まれはじめていたとしても不思議ではない。

「やり残したこと」が前面にせり出して来て、あとのことは意識から後退していくように見えた。一例を挙げれば、車谷長吉の小説「刑務所の裏」（「新潮」〇四年一月号）のことがある。この小説は、車谷自身と思われる「私」が、春日井建の第二歌集『行け帰ることなく』を深夜叢書社から出す一件にかかわったいきさつを書いた私小説である。一九五九年、季刊文芸誌「聲」第三号に載った三島由紀夫の「春日井建氏の歌」を読んだ「私」が、資金難のために出せなくなっている『行け帰ることなく』を出版社に代わって出そうとする話で、「私」はただ「影の人」として出版費用だけを出そうとする設定になっている。おカネをめぐる出版社側との醜い争いや悶着が実名入りで描かれているため、読者には多分に後味の悪い印象を与える作品である。しかし、車谷の世代の若者たちが、当時、春日井建の第二歌集の出版をどれほど切望していたか、その時代の雰囲気だけはよく伝わってくる小説である。いち早く情報を入手した編集部の新畑美代子が掲載の事実を伝えると、案に相違して、建の反応は冷淡なものであった。「みずからの与り知らぬ出版の経緯を今さらあれこれ書かれても……」、という意識が強かったのだろう。病気の進行が、小説への関心を薄くさせていた。むしろ嫌悪に近い感情を抱いていたかもしれない。

そんなことよりも建には元気なうちにしておきたいことがあった。エッセイ集をまとめることである。これまでに新聞、雑誌などに書いた文章が相当数にのぼっている。短歌関係だけでなく、映画やアート、あるいは社会や風俗にかかわるジャーナリスティックな文章もかなりあるはずだ。求められるままに気軽に書いたものだから、ごく一部を除いてスクラップなどしていない。もともと一本にまとめる意志などなかったものである。微かな記憶をたよりに、友人の荒川晃にも依頼してエッセイ集のための資料集めを始めた。荒川も年来の親友の建の求めに快く応じた。生前には日の目を見なかったが、のちに出版されることになる遺稿エッセイ集『未青年の背景』の原形が、こうして出来上がったのである。

十二月二十日、建は六十五歳の誕生日を迎えた。最後の誕生日となったこの日のことを建はこう記している。


十二月二十日、私の誕生日に母の三回忌を営んだ。早朝、ベッドの中で寒い日だなあ、と思っていたら、案の定雪が積もっていた。三日間、母の日を早めたおかげで、雪の誕生日と忌の日が重なったわけで、私には思いの深い日となった。このところ少々強い痛み止めの薬をのみはじめた。創作空間と生活上の事実とは別空間ながら、事実の種子をどう歌空間の中で芽を吹かすか、状況が状況だけに、それに引きずられて報告的な歌とならないよう心しなくてはならないと思っている。それにしてもあの年の冬は雪が多かった。

「短歌」〇四年一月号後記

建が「あの年の冬」と言っているのは、政子の亡くなった〇一年十二月から、翌年の春までのことをさしている。小雪の舞う厳寒の通夜式で、政子について憑かれたように語った日のことなどが思い出されたのだろう。この日の作品としては、「三たび目の忌日迎へて告げむこと在りとせば麻薬をはじめたること」(「短歌」〇三年二月号)の一首がある。「お母さん、モルヒネを始めたんだ」と報告しているのである。後記のなかでは、会員たちを慮って「強い痛み止めの薬」と表現しているが、この頃にはすでにモルヒネが手放せなくなっていた。そんな状況のなかでも「報告的な歌」とならないよう自分を戒めているところがいかにもこの人らしい。

年末の十二月二十五日、全国大会の準備を兼ねた二月号の編集作業が、いつものように光ヶ丘の春日井邸で行なわれた。建の容態はいちだんと悪化していた。十時前に到着して、「いかがですか」と加減をたずねようとした私は言葉を失った。「いかがですか」も何も、顔色を見れば一目瞭然、そんな悠長なことを言っていられるような状態ではなかったのである。編集作業に先立って、「今からモルヒネの入った痛み止めを飲む」と建は私たちに告げた。それを聞いてすぐ、私は新年号の「短歌」にモルヒネのことが歌われていたことを思い出した。「処方されてゐるとはいへど口にする麻薬ぞ朦朧とする日の来るな」という一首を、校正の際にすでに読んでいたのである。あれほどモルヒネだけは避けたいと言っていた建が、ついにその助けをかりなければならないところにまで追い詰められたのである。

午前中の作業が終わって、昼食の時間になった。年末の編集日には、例年、編集部員への慰労を兼ねた夕食会が催されてきた。しかし、この年は建の病状を考慮して昼食会にあらためられたのである。こうして一席を設けたのは、建が「今後のこと」を編集部員に伝えておきたかったからにほかならない。昼食会といっても、このときの建には目の前の一品、二品をほんの少し食べるのがやっとであった。口が満足に開けられなくなって、既に半年が経過していた。「一度でいいから口をいっぱいに開けて、大声で笑ったり、歯ブラシを入れて歯の裏側を磨いたりしてみたい」と言われたときには、あまりの切実さに一同が言葉を失くした。

「以前から、一度は皆さんの前で今後のことを話しておかなければならないと思っていました」と、いつもとはちがうあらたまった調子で建は話しはじめた。といっても具体的な後継の話にはふれず、ただ今後の「短歌」をどのようにすればよいか、どうすれば継続できるか、といった漠然とした問いを私たちに投げかけるものであった。重苦しい空気がその場を支配した。問いかけられた編集部員たちにしても妙案があるわけではない。「解散やむなし」と考えていた私などには、むしろ妙案のあることが建の人格に対する冒瀆であるような気さえした。話は核心を避けるように、あちらへ飛び、こちらへ飛びして、なかなか焦点が定まらなかった。とつおいつ思案するほどに、一同、気付かされることがあった。建でなければできない仕事や役割があまりに多いという厳然たる事実である。誰も建のいない中部短歌会など考えることができなかったのである。

二時間ほどそんな話をしていたであろうか。編集作業が中断したままであったので、昼食を切り上げて午後の仕事にとりかかった。選歌が終る段になって、やっと建は少し横になった。なにぶん食が進まないので夕方近くになると気力がなくなってしまうのである。編集作業をすべて済ますと、建も加わって一月の大会のことが話題になった。前月の編集の際に、午前中に行なうシンポジウムの内容を「春日井建の短歌」とすることを決めている。もう少しテーマをしぼる必要があった。「春日井建のエロス」という題を新畑美代子が提案したが、建の同意が得られなかった。青春と成熟、一回性と永遠性といった案も出されたが、硬い漢語の響きがテーマとしては相応しくないように思われた。結局、題の決定は先延ばしにされた。

シンポジウムの企画は私たち編集部の者にほとんど一任されていたが、これまでの建なら、自分のことを結社内部の人たちに語らせたり、書かせたりすることを回避したにちがいない。「わが師尊し」式の内輪誉めになることを潔しとしなかったからである。しかし病気が建のそういう潔癖さを凌いだ。「病気で気分が性急になった」と自分では言っていたが、気分が性急になったというより、むしろ「今生の別れ」に身近な人たちの春日井建論を聞いておきたい、という気持ちのほうが強かったのだろう。周囲の人々に自分の歌がどのように受けとめられていたのか、そしてそれがどのような反響を人々のこころに惹き起こしたのか。春日井建ならずとも、歌人なら誰しもそうしたことに関心を持つにちがいない。これまでは主幹という立場上、会員たちに安易に自分のことを語らせることなどできなかった。しかし今はちがうのだ。自分にはもう後がない。そう建が考えたとしても何の不思議もなかった。元気なときなら、自分のほうから春日井建を語れなどとは決して言わなかっただろう。

だが、建の様子を見て、私はその考えを修正せざるを得なくなった。今度の大会は、多くの会員たちにとって、おそらく「元気」な春日井建の姿を見られる最後の機会になるだろう、と私は考えていた。最後にシンポジウムのパネリストの人選が行なわれた。若手を中心にという観点から、菊池裕、佐藤晶、黒瀬珂瀾、喜多昭夫の名前が挙がった。すぐに依頼の手筈にとりかかった。「死に水を取れと言われているようなシンポジウムには……」、と言って尻込みする喜多昭夫には、私が手紙を書いて翻意を促した。あとは大会当日を待つばかりとなった。

この日には、二月号の新しい企画の原稿も届きはじめていた。「春日井建歌集研究」の原稿がそれである。これまでにも前年の五月号と十月号に掲載された都築直子のふたつの春日井建論をはじめ、いくつかの歌集評や作品鑑賞が「短歌」誌上に掲載されてきた。新年号には菊池裕の『井泉』評が載り、事実上、この企画はすでに始まっていたが、二月号からは毎号複数の評者が論文を掲載することになっていたのである。二月号には黒瀬珂瀾、杉森多佳子、大塚寅彦の三人が、三月号には杉本容子、水原紫苑が、四月号には喜多昭夫、佐藤晶が寄稿した（建の死去した五月以降にもいくつかの歌集評が掲載された）。会を挙げての主幹への励ましという様相を呈していた。誰もが建の回復を願い、励ましの言葉を贈ろうとした。寒さのひときわきびしい新年が始まろうとしていた。

（二）タンタロス

第八十一回中部短歌会全国大会の前日、北陸地方に記録的な大雪が降った。大会当日の一月二十五日には、遠隔の会員たちも多く参加することになっている。天候次第では公共交通機関がストップしかねないような状況であった。午前中には、「春日井建の歌の特徴」というテーマでシンポジウムが予定されている。パネリストのひとり喜多昭夫は金沢からの参加であったが、太平洋側は晴れていたので何とか到着し定刻どおり開会に漕ぎつけることができた。開会冒頭、挨拶に立った建は、まずその天候についてふれた。遠隔の会員たちも、そのほとんどが開会までには到着していたのでほっとしたのだろう。前回八十周年のときのような緊張感や使命感はなく、「今年は本当にゆったりした気分で今日を迎えている。充実したよい会になることを心より願っている」とその心境を述べた。だが、力強いその言葉とは裏腹に、建の衰弱ぶりは誰の目にも明らかであった。遠隔の会員たちほど、とくにその感を強くしたことだろう。言葉に出してこそ言わないが、建のほうにも「これが最後の大会になる」という意識がはたらいていたにちがいない。和やかな雰囲気のなかにも、何かピンと張りつめたものが会場を支配していた。

午前中のシンポジウムは彦坂美喜子を司会に、菊池裕、喜多昭夫、黒瀬珂瀾、佐藤晶の四人が、八冊の既刊歌集より五首ずつ選び、建の歌の魅力と特徴について縦横に論ずる形で進められた。四人のパネリストが、「春日井建」を、それぞれの視点と関心から論ずる、密度の濃い、高水準の作家論、作品論が展開された。

午後からは、例年のごとく詠草批評を中心とする歌会である。自衛隊のイラク派遣をうたった時事詠が提出されるような時代状況であった。歌会の最後には、毎年、主幹から話題作、問題作について総評がなされることになっている。壇上に立った建は、このときも例年のように詠草番号順に批評を始めた。しかし、批評の途中で思わぬことが起こった。いつもの大会なら決して言及することのない自作について長々と話しはじめたのである。私はあわててメモ帳を取り出した。そのときの建の詠草は次の一首であった。

　ヘリコプターはけふは何処へ出かけゐむ院庭の芝生光あまねし

この歌が春日井建の作品であることの痕跡は「院庭」の一語以外どこにもない。建の作品としては、大人しい、むしろ平凡と言いたくなるような一首である。私もこれが建の歌だとは思わず、何気なく読み過ごしていた。上句でうたわれているのは病院に配備されている緊急出動用のヘリコプターである。通院生活の長い歌人にとっては、見慣れた光景だったのだろう。嘱目のどうということもない一首である。この歌について建は、以下のような自歌自註を展開した。

　二句目から三句目にかけては、「けふは何処《どこ》へ出かけゐむ」くらいにしたかった。初句が七音と重いので、ここは「どこへ」としたいところだが、そうすると二句が六音で字足らずになる。「いづこ」とするなら「いでてゐむ」として、i音で「化粧」をほどこすことも可能だが、そういう装飾を今の自分は好ましいものと思わない。結句の「光あまねし」も「あまねき」とすれば歌は緊まるが、そうした緊迫感のあるものに仕立て上げたくなかった。

この自歌自註を聞いて、一瞬、私は自分の耳を疑った。作家の工房の内は無闇に見せるものではない。そのようにはっきり聞いたことはなかったが、月々の歌会で常々建はそういった意味のことを言っていたからである。もの静かな、みずからにささやいているような口調であった。「それにしてもこの澄明なと形容したくなるような平らかな境地はどこから生まれてきたのだろう」と私は建の自歌自註を聞きながら考えていた。病気が建にこう言わしめていることは間違いないにしても、正直、「いづこ」を「どこ」にかえても、「出かけゐむ」を「出でてゐむ」、「あまねし」を「あまねき」にかえても、それほどこの歌の価値が左右されるとは思われなかった。平凡な歌という私の印象は、区々たる「音」の変化によって覆されることはなかったのである。不遜な言い方をすれば、春日井建ともあろう歌人が、こんな「自己弁明」をするのは無惨だ、というのがそのときの私の第一印象であった。

　しかし建の達観したような口調に接しているうちに、次第にさきほどの「澄明な」という印象に変わってきた。あくまでも穏やかに、あくまでも分析的に、と心がけているような話しぶりである。もちろん建にはこれが大会での最後の詠草批評になる、という強い予感があったのだろう。自分の歌に対して会員たちに批評を求めることなどほとんどなかった、ましてや自歌自註をすることなど絶えてなかった建が、今日くらいは自己弁明めいたことを言ってもいいだろう、と判断したとしても少しの不思議もなかった。むしろ自己抑制とか自己弁明といった世俗の判断を超えた、もっと澄明な境地から自分の歌について語っているように思われた。私にはそれが、みずからの境遇をすべて受容した平らかな境地のように感じられたのである。そして、ふっと次の歌が心に浮んだ。

わがいへの犬はいづこにゆきぬらむこよひもおもひいでてねむれる

『島木赤彦臨終記』のなかで、斎藤茂吉が記録している赤彦の最終吟である。詠草を提出する際に、建が赤彦の辞世を意識していたかといえば、もちろん意識などしていなかっただろう。病状もまだ赤彦ほど進んではいなかった。ヘリコプターの不在と犬の不在はたまたま一致しただけだが、病人特有の外界の変化にたいする鋭敏な反応という点では一致している。赤彦の外界への関心は、結局、就寝という自らの日常行為に帰着するが、建の歌では、これが陽光のふりそそぐ明るい院庭の芝生へと拡大されている。歌が湿っぽくなることを警戒したためだろう。それどころか、この歌には作者の病を連想させる痕跡は「院庭」の一語以外に何もない。しかも作者が病気である必要はないように作られている。建の作品と特定できなかった理由はそのあたりにありそうであった。

詠草批評がひととおり終わると、建はまた私たちを驚かせるような発言をした。「今後はNHKの仕事も断って自分のやるべきことに専念したい」と前置きしたあと、「これまでに預かっている歌集原稿については、近いうちに序文を書いて積年の務めを果したいと思う」と宣言したのである。そして、加藤明子をはじめ七、八名の同人の名前を挙げて、必ず務めは果たすと約束したのである。

「いかにも先生らしい責任感、というか義理堅さだなあ」とそのときの私は思った。残された時間で「寺山修司論」でも書いたらいいのにとも思った。しかし、どうやらそれは許されないことのようだった。「病膏肓に入る」といった段階に及んでも、なお「弟子」たちへの思い遣りを忘れない、その心のありようがいかにもこの人らしかった。そして、それがまた歌人の「カリスマ性」を支えるひとつの理由でもあった。私はあらためて結社の「主宰」というものの意味を考えざるを得なかった。この発言に続いて、建はまた、例会への出席を求める次のような発言をした。

月々の歌会に、皆さん是非出席してください。本部定例歌会はいつでも、誰にでも開かれたものです。このように申し上げるのは、僕のなかにある「ある種の人懐っこさと寂寥感」に基づいているのかもしれません。（後略）

このあとまだ発言は続いたのだが、私の耳は「ある種の人懐っこさと寂寥感」という言葉に敏感に反応した。「ああ、確かに先生にはそうした一面がある」と私は思った。『未青年』以来、この人は歌壇の寵児というか、いつも注目の的というか、ひたすら陽の当たる道を歩んで来た人である。俗人であれば、そこに驕りや傲慢さが顔を出しても不思議はないのだが、何故かこの人には生まれながらの謙虚さのようなものが備わっていて、人に対して決して強圧的、権力的に振舞うことがないのである。ある種の人懐っこさと、一見それとは裏腹な寂寥感と、その微妙な緊張と均衡の上にこの歌人の人格が成り立っている。日頃、そんなことは考えたことがなかったのだが、こういう場で聴衆に語りかけるように「告白」する建の真率な姿勢に、私は強くうたれたのであった。

この日、結局建は予定されていたすべての行事に参加した。懇親会が終了したのが午後八時過ぎなので、ほとんど終日、会の運営の中心にいたことになる。早々に帰宅して休んでもらうことにしたが、残った会員たちと話をしているとき、私は角川「短歌」（〇四年二月号）に発表されている建の作品「タンタロス」二十六首のことを知った。雑誌のページを開いた瞬間、異変、のみど、飲食《おんじき》、麻薬、苦痛といった単語ばかりが目について、ほとんど正視に堪えなかった。タンタロスはギリシア神話に登場する人物のひとりで、神の食物を盗んで人間に与えたため、神々の怒りを買って地獄タルタロスに送られ、永遠に止むことのない飢えと渇きに苛まれ続ける人物である。自らの境遇をタンタロスのそれに重ねた、まさに身を切るような大作である。しかし、そのときの私には、傷ましいという感情のほうが先に立って、冷静に「鑑賞」することなど到底不可能であった。投げ捨てるようにして雑誌のページを閉じたことを憶えている。しかしあらためて読んでみると、

春はつくし秋はぎんなん旬の味をともにたのしみしひとは帰らぬ
水の浮く宇宙へとびし日高の子名前何なりしや食すすみしや

春子と夏夫宙にて作り生みし子のすゑが泳ぎてゐむ水惑星

といった平安な境地を詠んだ歌もあって、ほっとさせられるところのある一連である。一首目は亡くなった母を、二、三首目は宇宙目高を詠んだもので、テーマは食といのちである。折柄、日本人飛行士による宇宙空間での動物実験が注目を集めていた。読者はこの歌が「麻薬や苦痛」という退っ引きならぬ現実に直面している人の作であることをよく知っている。それだけにこうした小動物に寄せる作者の思いが切実にひびくのである。つくられたのは、おそらくタイからの帰着直後だろう。タンタロスの飢えと渇きの苦しみはまだ始まったばかりだった。タルタロスに送られた歌人の苦悩と絶望はその後も長く続くことになる。ヘリコプターの歌の平らかな境地は、タンタロスの絶望と隣り合わせの関係にあったのである。

(三) 孤独な文学者

大会の終った週の最後の土曜日、三月号の編集作業が行なわれた。一月三十一日のことである。この日、建は中日歌人会の会合に午前中から出かけていた。自分が委員長をつとめるこの会の役員たちに、それとなく別れを告げに行ったのだろう。副委員長の小塩卓哉によれば、憔悴した建の表情を見た参加者のなかから、軽い驚きの声があがったという。それもそのはずで、お昼前に帰宅した建の表情には、いつにない深い疲労の色があらわれていた。

左耳下の首のあたりに貼られた大きな白い布は従前通りだが、今度はその首が少し左に曲がったまま動かなくなっていた。首を傾げたままもどらなくなったような印象である。左のこめかみ上部には、以前には目立たなかった静脈が青々と浮き出している。頬の痩け方も尋常ではなかったが、これまでは咽と耳の炎症で頬が腫れていたのでそのことに気付かなかったのである。体重も四十キロを切ったと聞いて編集部の者たちは皆言葉を失った。「太って体重計に乗るのが怖いのは喜劇だが、痩せて怖いのは悲劇だ」と冗談めかした口調で建は一同を笑わせた。そこには微塵の悲壮感もなく、見た目の深刻さと温和で剽軽なその口ぶりとの落差が際立っていた。

この日、建は結局最後まで編集作業を続けて、夕方ほっと一息ついたころには疲労がピークに達したのか、じっと目を瞑って黙り込んでしまった。深い沈黙と、痛みに耐えているようなその表情とが印象的であった。こうしているうちにもいつかは別れねばならない日が来るのだと思うと、もう目を向けていることができない。あわてて視線をそらすと、何だか遣りきれない気分になってくる。翌月の編集日を決めて私たちは早々に引きあげることにした。あと何ヵ月こうして作業をすることができるのだろう。禁じても禁ずることのできない問いが湧き上がってきた。

容態は日を追って悪化していった。前年の暮れにモルヒネを使うようになってから、五月下旬に亡くなるまでの半年間、闘病生活のなかでももっとも苦しい時期にさしかかっていた。外出も病院以外はできるだけ差し控えるようになった。私たち編集部の者も、不急の用件で主幹の手を煩わすことを避け、できるだけ静養につとめてもらうよう心がけた。それでも二月十五日の定例歌会には姿を見せ、五時間に及ぶ意見交換に最後まで耳を傾けた。後半に入ってさすがにうとうとするような場面も見られたが、主幹の存在が参加者の緊張感を高め、会の雰囲気を大きく左右するのは従前と変わりがない。この日の歌会参加者は三十七名。いつもに比べてかなり多かった。会員たちがいかに建の身を案じているかがよく窺われた。

二月二十八日、私は四月号の編集のために春日井邸を訪ねた。この日も建は気分がすぐれないからと言って午前中は二階で休んでいた。お昼近くになって昼食のために降りてきた建の表情を見て、私は暗い気持ちになった。以前にも増して衰弱が進んでいたからである。風邪をひいたような鼻声はこれまで通りだが、今ではそれが鼻から抜けるような感じで発音が不明瞭になっていた。話し方もスローペースで、以前のような淀みなくひびくバリトンは望むべくもなかった。「喧嘩をした幼児の泣き出しそうな声」と言ったのではあまりに気の毒だが、それでも前日には、今日の編集のために病院で点滴をしてもらってきたとのことであった。

お昼の休憩中、建は唐突に「今度、僕本を出すことにしました」と切り出した。一同が「えっ」と驚くと、すかさず計画中の自著について話し出した。予定冊数は三冊。歌集とエッセイ集と詩集である。詩集は国鉄のPR誌「旅」に連載した膨大な詩篇のうちから、とくに愛着のあるものを選んで編んだもので、すでに書いたように以前に一度、一九九九年『白雨』『友の書』刊行の折に計画されたものである。もう出すばかりになっていた原稿を紛失して、立消えになっていたのである。原稿は依然として不明のままだが、何とかしたいという気持ちをずっと持ち続けていたのである。

歌集のほうは、『井泉』以降、総合誌に発表したものを中心に、「短歌」に発表したものなどを加えて一冊にする予定とのこと。「シャツ」「M・D（マルグリット・デュラス）」「オートバイ」「タンタロス」など、数の上ではゆうに一冊をこえる分量がある。集名は『朝の水』と決めた。平易ではあっても広がりがあり、読者に純な感じを与えるというのが命名の理由である。

最後のエッセイ集は、これも題が決まっており、『未青年の背景』としたいとのことであった。こちらも、前に記したように友人の荒川晃の協力をえて新聞や雑誌に発表した短い文章を集めたもので、『未青年』を出した直後の、六〇年代前半から七〇年代初頭のものが中心に据えられている。二月号の後記に、「古本や古新聞を整理していると、思いもかけず以前に私自身の書いたエッセイ等に出会って、こうした文章で一本にしたいという願いがつのってきた。これも、ゆっくりと、されど迅速にまとめてみたい」と建は書いていた。それがこの『未青年の背景』として一本に実を結ぼうとしていた。「ゆっくりと、されど迅速に」というところに、当時の建の置かれていた状況、理想と現実とのギャップが見てとれる。

いずれにせよ興味津々の内容で、どのようなものになるか、著者はもちろん私たち編集部の者にもその完成が待たれた。肉体的な衰えを何とか気力で克服したい。そうした建の強い意志が、このような行動に駆り立てていたのである。

計画を話し終わると、建は「自分のことばかり熱心に話して皆さんに申し訳ない」と言い出した。この話を切り出す前、建のところに「先生がお元気なうちに歌集を出したい」と言ってくる人が少なからずいるという話をしていた。こうした人のなかには無神経なことを言ってくる人もいるらしく、「ちょっとした言葉遣いにひどく傷つくことがある」と建は話していた。自分の歌集を出すことにのみ熱心で、他人の気持ちになって考えていないことを非難したばかりだったので、「皆さんに申し訳ない」という先の発言があったのである。申し訳ないも何も、本を出すことによって建が元気を出してくれるのなら、そんな喜ばしいことはない。今の建には「次」が必要であった。しかし、その「次」がいつまで続くのか。誰にも予測がつかなかった。

お昼の休憩中、もうひとつ「短歌」に連載中の特集「春日井建歌集研究」のことが話題になった。外部に原稿を依頼する際の執筆者の人選の件である。このことについて、建は三人の歌人の名前をあげた。小池光、村木道彦、加藤治郎の三人である。とりわけ小池光について、「彼の春日井建論には洞察力がある」と建は言っていた。建の脳裡には「現代短歌 雁」の創刊号（一九八七年一月）に掲載された小池の春日井建論のことがあったにちがいない。「絶対童貞の夢」というその論考には比類なき正確さと洞察力があった。小池が近年の春日井建の歌業をどのように捌くか、建ならずとも多くの読者が深い関心を懐くにちがいない。掲載は八月号の予定だが、その時、建がどのような状態でいられるか。心配は心配だが、原稿の依頼状だけは送っておかなければならない。私たちとしては、建が元気でいてくれることを願うほかなかった。

建にとって最後の冬が終ろうとしていた。この年、名古屋では例年になく春の訪れが早く、三月の半ば頃にはすでにぽかぽかするような陽気だった。そんななか、建は本部定例歌会だけには律儀に姿を見せた。三月十四日の私の日記にはこう記されている。

三月例会。名古屋シティーマラソンにバスが巻き込まれて一時間ほど遅刻。会場は立錐の余地もないほどの盛況。みんな先生の容態が気になるのだ。これまでのように先生が最後に講評を述べられることもない。たまに口を挟まれる程度である。声を聞いてその理由がわかった。まるで前歯の間に舌を挟んだままのような話しぶりである。これほどまでとは思っていなかったので強いショックをうけた。

この日の出席者は最終的に三十九名。私の知る限りでは、一九八八年に長円寺会館で本部定例歌会を始めて以来、最高の記録となった。今後の中部短歌会がどうなるかにかかわる問題なので、みんな無関心ではいられないのである。

二日後の三月十六日火曜日、私は新畑美代子、彦坂美喜子とともに春日井邸を訪問した。近くの平和公園では、もう桜がほころびはじめていた。前の週に建より新畑宅に電話があり、三月例会後の早い時期に四人で話がしたいとのことであった。本部歌会のあとでは疲れがたまってゆっくり話ができないからである。この日の建は顔色もよく、声の調子も随分よくなっていた。毎週火曜日の午前中は病院へ行く日で、いつもは長く待たされるのだが、この日は行って戻るまでに二時間ほどで済んだと快活に話した。もちろん妹の久仁子が付き添うのである。以前は夜間、ひとりだけのこともあったが、このごろは姉の佐紀子の手も借りながら久仁子が必ず泊まっているようだった。

いつも編集を行なう階下の大広間ではなく、この日は二階の応接室に通された。最初に建が話題にしたのは『友の書』に詠まれた、病気のため九州の郷里に帰ったヒデオのことだった。われわれの共通の友人で、ＨＩＶ感染症に苦しむこの不幸な青年に、私たちは葉書に寄せ書きをして送った。体調が思わしくなく、近日中に喉の手術をすると言ってきたからである。ひとしきり彼のことを話題にしたあと、おもむろに建は「短歌」の未来にかかわる問題について話しはじめた。前年の秋に同じ顔ぶれで話したことの蒸し返しだが、何度話しても結論は見出せそうになかった。

この日、ほかにも建はいろいろなことを話題にした。三冊の本の出版とは別に、さらにもう二冊文庫を出したいとのこと。文庫といっても国文社と砂子屋書房から出されているシリーズの一冊としてである。国文社版はすでに出ているので、今度のものはその新編ということになる。砂子屋版のものには『友の書』を中心に浅井愼平や小池光の文章を、また国文社のものには『白雨』を中心に自分のエッセイや雨宮雅子、佐佐木幸綱、永田和宏といった人たちの春日井建論を収録の予定だという。また同時に母政子の遺歌集も準備中で、毛利武彦画伯の「鴨」の作品をあしらったその表紙サンプルもいくつか見せてもらった。自分の『朝の水』のほうは、ポンペイの壁画を配した洒落た装幀である。本の話をしているときの建の目は輝いて見えた。耳や咽がひどく痛むときでも、近い将来に出版される自分や母の本の表紙を眺めていると心が安らぐ、とも言っていた。

午後三時に訪問して、帰途についたのは結局午後七時頃だった。それでも建は話し足りないといった様子で、またあらためて時間をつくるので是非来てくれ、と言って私たちを送り出した。もちろん、私たちもそれを強く願った。功成り名を遂げた歌人であっても、ひとりの文学者としてはやはり孤独なのだろう。誰からともなくそんな感想が述べられた。それを聞いて私たちはお互いに深く頷き合った。建は話すことによって平安な気持ちになったようだが、それと同じように、私たちもまた深く慰められていたのである。

第五節　終焉

（一）燕忌のことなど

発病から五年目の春を迎えようとしていた。三月二十七日は五月号の編集日、この日のことを建は四月号の後記に、「今日は編集部の皆さんの集中力と親和力で思いがけなく早く編集を終えることができた。東京から菊池裕さん来訪、たのしい一日だった」と記している。しかし、体調は思わしくなく、午後になって少し歌の選をしただけで、あとは二階から降りてくることがなかった。首が二十度ほど左に傾いたまま動かすことができない。言葉も相変わらず不明瞭で、以前のように冗談を言ったり、文学談を披露したりすることもない。ふっと私は、一年前の五月号の編集日のことを思い出した。

この日も建は、「今日はいつになくいい」と言っていたが、よく見ると目が腫れていて、私にはとてもいい状態には見えなかった。建はこんな冗談を言った。自分の戒名には「品」の一文字を入れたい。親族たちはそれを聞いて一様に眉を曇らせたが、友人の荒川晃だけは「品は口が三つだが、器には大きな口が四つある」と言って建を笑わせたという。戒名の話など縁起でもないともいえるが、そこを逆手にとって、「戒名にも品があるものと品のないものがある」と言って私たちを笑わせたのである。

庭には山茱萸の古木が、一年前のその日と同じように黄の花をさかんに降りこぼしていた。編集の手を休めて庭の空気を吸いに出た私に、二階のベランダから建が声をかけてきた。庭にはさまざまな草木が花をつけていた。「山茱萸ももうお終いですね」と私が言うと、建はそれには答えず、その根元にある桜の苗木についてこんなことを言った。苗木はヒデオが郷里の九州に帰るにあたって植えていったものだった。花はほとんど付いていなかったが、もともと花を観賞するためのものではなく、桜桃をとるためのものだという。ほんの苗木だったものが、人の胸の高さほどまでに成長していたのである。建はそれ以上のことを言わなかった。胸の内を察して、私も何も言葉を返さなかった。

三日後の三月三十日、「中日新聞」の朝刊に「春日井建さんに聞く――『中部の文芸』短歌担当を終えて」というインタヴュー記事が掲載された。二十年にわたって連載を続けてきた新聞の短歌時評を「体調不良」を理由に辞することにしたからである。内容は中部短歌界の変遷や歌への思い、三島由紀夫との親交などに及んだが、質問者の「今、言葉が変わったと言われますが……」という質問に対し、建は次のように答えている。

長年言葉にかかわっているから余計に言葉は生きていると強く思います。もし僕が若かったら、上の世代には分からない言語で短歌を作ってみたいと、遊び心も込めて思う。生きているからこそ、若者言葉を良くないといって切り捨てることはできないと思う。詩歌は特に時代を敏感に感じていないといけない。詩歌は一番前衛じゃないかしら。短歌というと古い人のやることというイメージがあるでしょ。でも僕の場合、前衛的な作家たちを好み、時代の空気を感じたいと思っていたし、作品を読んでもらえば、それはあると思う。形式が古いと思われるかもしれませんが、同じ年代の人よりは若く生きてきたと思う。

「同じ年代の人よりは若く生きてきたと思う」という言葉に嘘はないだろう。若い作家たちの作品にいつも注目し、絶えずその理解と普及につとめてきた建ならではの感懐ともいえる。インタヴューの最後に「今後は?」と聞かれて、「私も個人的には取り入れ期。もう少し物を育てて作ってと思いますが、病気などをして早めに対処したいと、歌や文章をまとめたり、今一生懸命取り入れを急いでいます」と答えているが、これも実感であっただろう。「取り入れ期」すなわち収穫期という言葉に込めた思いが哀切に響く。すでに時間との闘いであったのである。

死はまぎれもなくそこまで来ていた。この頃、いやもう少し早い時期であったかもしれない、建が確かに死期を自覚したことがあった。鶯の初音の頃である。妹の久仁子がそれを「兄の遺言」という追悼文のなかで書いている。

今、思えばあれは兄の遺言だったという言葉があります。まだ筆談を始めていない時でしたから春の始まりの頃でしょうか。その日は、「今朝は幼い鶯の声がしたね」という会話で始まった朝でした。不意に「ボクの命日、燕忌はどうかなあ」という声がしました。小さな声でしたけれど、はっきりとした言葉でした。私は洗い物の手を休めて兄の方を見ましたがきき返すことができません。兄の視線は大きな窓の外にあり、燕が翔んでいるのが見えました。再び「燕忌がいい」と自分に言いきかせるように兄は言ったのです。（中略）

『未青年』以来、燕は兄の作品のなかによく歌われていますが、兄は燕の翔ぶのを見て、自分が逝く日のことを思っていたのでしょうか。あの日、兄の目には今年生まれた雛が翔び交う光景が映っていたのかもしれません。

角川「短歌」二〇〇四年九月号

久仁子が燕の作品といっているのは、『行け帰ることなく』の掉尾を飾る連作「青い鳥」二十首を念頭に置いてのことだろう。発病後の作品にも燕は散見される。「燕忌がいい」と自分に言い聞かせるように建が言うこの場面は、久仁子が書いたいくつかの追悼文のなかでも特に美しいもののひとつである。予見どおり、燕の飛び交う五月下浣に建は逝き、残された者たちは誰からともなく、その日を燕忌と呼ぶようになった。

最後の四月がめぐってきた。エリオットを借りて「残酷な月」と建が呼んだのは、発病の年の四月号後記においてであった。「物の芽が出る時、出立の時は、見方を変えれば確かに残酷な月である。そして時に詩歌はその残酷さの認識から生まれてくることがある」と書いたのが五年前である。そして今、建はその残酷さの認識から歌を紡ぎだそうとしていた。

われの背を撫づるやさしさ天使ならむ羽毛の感触に慰やされてゐる

われが病み君はつばさを荷《にな》ひしと告ぐれば瞬《まばた》きそれより笑ふ

ガーゼのやうに羽毛のやうに風が吹く君は介護士にして守護天使

「短歌」四月号に載った建の作品である（歌集『朝の水』では「慰やされてゐる」は「癒やされてゐる」、「われが病み」は「われは病み」に改稿されている）。通常なら四月の本部定例歌会の最後に建自身が読み上げて会を締めくくるはずであった。しかし、歌会当日の十一日、開会後に短い挨拶だけ済ますと建は直ちに会場をあとにした。批評会は四時間から五時間に及ぶ。病状がそれをゆるさなかったのである。

閉会にあたって、司会の竹村紀年子がこれらの作品を代読した。そして、「君」とは妹のことだろうと付け加えた。私ははっとした。私が最初に思い浮かべた「君」は、入院中もずっと建の起き伏しを手助けしていたT青年だったからである。「天使」とか「守護天使」といった表現が、実の妹を形容するのにふさわしくないように感じられたからだろう。二首目の「笑ふ」や三首目の「羽毛」も、肉親に寄せる愛から生まれた表現というよりも、むしろ性愛を念頭に置いたような詠みぶりである。迂闊なことに、私は「妹さん」という言葉を耳にするまで、この「君」が妹であることの可能性に気付かなかったのである。

甲斐甲斐しく兄の身の回りの世話をする「妹」のイメージから、私の連想はおのずと晩年の子規の病床に及んだ。子規にもまたわがままの言える妹がいたのであった。痛みを大声で訴え、美食の限りを尽くして病気に耐えようとした子規の身の回りの世話が、いかに困難を極めたものであったかは容易に察しのつくことである。建のわがままは子規に比べればずっと節度のあるものだったが、それでも余人には測り知れない苦労が介護人にはあったにちがいない。それをおくびにも出さず、妹の久仁子は姉の佐紀子とともに献身的に建の介護をした。建にとってもまた久仁子は自由にわがままの言える気の置けない肉親であった。配偶者との死別という思わぬ不幸が、結果的に兄である建との距離を縮めたという側面もある。建にとって久仁子は、「守護天使」というより、なくてはならない配偶者のような存在になっていた。晩年の建の身近にこの人のいることがいかに重い意味をもつか、そのことを一番理解しているのもほかならぬ建自身であった。

歌会のあった日の二日後、私は建に呼ばれて春日井邸を訪問した。三月十六日に呼ばれたときと同じく、新畑美代子、彦坂美喜子のふたりも一緒である。一ヵ月前の訪問の際、建はまだ話し足りないといった様子で、帰り際に「また来てほしい」と言った。時間がたっぷり取れるようにと思い、この日、私たちは前回より一時間ほど早く出かけていった。しかし、私たちが春日井邸を後にしたのは一ヵ月前の訪問の時より二時間も早い午後五時過ぎのことであった。建の状態があまり芳しくなかったからである。

それでも三時間ほどの間、建はよく話した。私たちに見せたいものがいくつかあり、それを建は「僕のお宝」と呼んでいた。まず見せられたのが、オスカー・ワイルドの『サロメ』の原典（英語版・第二版）。例のビアズレーの挿絵入りのもので、毒々しいまでに官能的なその世紀末風挿絵は、私たちが岩波文庫版の『サロメ』で見知ったものであった。建のワイルド好きやコクトー好きは今に始まったことではないので、これにはさほど驚かなかったが、そのあとに見せられたものには少なからず驚かされた。十九世紀のフランスの画家ドーミエの風刺画、マリー・ローランサンの「男」の肖像画（女の肖像は有名だが男の肖像はほとんどない）、十三代酒井田柿右衛門の赤絵の磁器とその手法を取り入れたドイツ・マイセンの絵皿などなど。自分でも「見るものについては年季が入っている」と言うだけのことはあって、絵や工芸品のコレクションにかけては、ちょっとした画廊を思わせるほどあれこれ所蔵していた。

政子以外の同居家族を持たず、子どもの養育に煩わされることのなかった建には、このような形でのモノへの執着が可能だったのである。ウォーホールやビュッフェの絵は寝室や居間を飾って、これまでにも私たちに親しいものであった。しかし、ドーミエやローランサンの絵は初めて見るものであった。ドーミエには他に駅の風景を描いた作品があり、島田修二の歌にそのドーミエの汽車を読み込んだ作品がある、というような話も聞かされた。

ひと通り「お宝」について説明を加えると、建は疲れた表情を見せた。この日、私たちは建のあまりにも窶《やつ》れた様子を見て通院による点滴（カロリー補給）を奨めたのだが、建も家族もそれには消極的であった。結果的にそれが病気の進行を早めるからではないかと私は想像した。医療といっても、建の場合、要は終末医療にほかならなかったのである。

(二) 白明の朝

四月十三日の春日井邸訪問について補足する。「やり残した仕事」についてである。この日、建は私たちの帰り際にこんなことを口にした。

いろんな人から原稿を託されて序文や解説の依頼を受けている。頼まれた仕事はやるつもりだ。約束は守る。僕は義理と任俠の世界に生きている。からだには硬派の血が流れているのだ。

一月末の大会の折、建は会員たちから預かっている歌集原稿に触れ、頼まれている序文や解説は必ず書くと公言していた。いくつかの序文や跋文は書いたが、それでもまだ書き終えていないものがあった。頼まれた仕事とはそれをさしているのである。「義理と任俠」「硬派の血」という言葉はいかにも建には不似合いだが、体調の悪いなか、三時間ほども話したあとの、意識が朦朧とし出したころの発言であった。私には自棄になってモノを言っているように見えた。半ば冗談めかしていたので、自分の状況を客観的に見る理性的な判断はまだ残っていたのだろう。しかし、話をする間、建は終始目をつぶったままで、左の顔面をタオルで覆いつづけていた。左の眼球に異状があることは、最初に顔を合わせたときにすでに気付いていたが、耳といい目といい、やはり顔の左半分が良くないようであった。

　　年譜よりこぼるるものに意味あるを一日を終へて一日を迎ふ

「短歌」の五月号に掲載された建の作品である。一日一日が峠を越えてゆく旅人のそれのように、ゆっくりと、しかし着実に過ぎ去っていった。「年譜よりこぼるるもの」とうたっているのは、過去に書いた自らの文章のことを言っているのであろう。編集に取りかかっていたエッセイ集は、まだ形あるものになっていなかった。原稿を探し出し、新聞や雑誌からコピーを抜き出すだけでも膨大な作業量である。あれもこれもと思っているうちに、エッセイ集のほうは年譜の空隙を埋められないままに建の手の届かないものになっていく。「収穫」を急ぐ建には、文章よりも歌を優先させなければならないという事情もあった。新しい歌集『朝の水』がそろそろ出来上がってくるはずであった。その歌集には入れなかったが、気に留めていた一首について、五月号の後記に建はこう記した。

　このところ、朝の早いことがある。私のベッドのある部屋はテラスに通じ、名古屋の北西部が見降ろせる。先日は実に見事なプロセスを経て朝を迎えた。闇がつづき、やがて物の輪郭が見えてきた。そして一時、薄明だった景色から目をそらしていたら、次にいきなり光沢のある白明となっていた。

薄明が白明となる過程つぶさに見つつ空港に待つ

何年か前の私の作品。空港の朝のスケッチ。今、新歌集をまとめていて本には入れなかった一首である。

入れなかった理由は、「白明」という一語が造語と見られはしないかという危惧にあった。ある歌会である作者の使った「白明」という言葉が、辞書にない造語として退けられたことがあった。そのときの体験が収録をためらわせたのだろう。建の歌はこの歌会以前のものであったが、「何となく未完成の気分があとをひきずっていた」ので収録しなかったという。後記はこのあと、「しかし私は今、素晴らしい朝を体験して、白明という言葉があってもいい、と感じている」という一文で結ばれている。「一日を終へて一日を迎ふ」という感慨には、まさにこうした体験と発見が含意されていたのだろう。ここには、空の美貌を怖れて泣いた、幼児期さながらの建が佇んでいる。天象の変化に機敏に反応する歌人の感受性は、まだ失われてはいなかった。薄明から白明へ。素晴らしい朝がくれた天の恵みを、建はそう表現したかったのである。

五月一日、建の編集に成る「短歌」の最後の編集作業が春日井邸で行なわれた。すでに二、三ヵ月前から、編集の実務はほとんど六人の編集部員に委ねられていたが、この日も建は二階で休んでいて、午前中は一度も階下に顔を見せることがなかった。昼近くになって、パジャマ姿のままの建が降りてきた。家人の介助がなければ降りられないほど足元がおぼつかなくなっている。

その脚を見て私は衝撃を受けた。パジャマの下に隠された脚は、太ももとかふくらはぎと呼ぶにはあまりにも痩せ細ったものに変わってしまっていたからである。それがパジャマの上からでもはっきり見て取れる。難民キャンプの難民さながらと形容したのでは建に気の毒であろうか、とそのときの私は思った。食事のために降りてきたはずなのに、昼食は浅蜊の味噌汁に少し口をつけただけだった。これまでなら午後の編集時に巻頭の月集と十首詠にだけはざっと目を通すはずだが、この日はその作業さえせず、すぐまた二階へ上がっていってしまった。

東京から「短歌」同人の古谷智子が見舞いに訪れたが、起きているのがやっとといった状況で、その後はついに夕方まで姿を見せることがなかった。二日前に開催された蒲郡の短歌大会にも出ることができなかった。すでに人前で挨拶のできるような状態ではなかったのである。言葉は不明瞭で聞き取りにくく、話すペースもおそろしくゆっくりとしている。立て板に水を流すような、かつてのバリトンがもどってくることはもう望めそうもなかった。頬が痩け眼だけがギョロギョロする形相からも、栄養失調状態であることは容易に見て取れる。私たちは深い無力感にとらわれた。

五月三日、「中日新聞」は第五十七回中日文化賞の受賞者を発表した。この賞は中日新聞社が各分野で文化の向上に寄与した者に贈る賞で、このときの受賞者はチンパンジーの認識の研究で有名な京都大学霊長類研究所教授の松沢哲郎をはじめ、各界から選ばれた六名でそのなかに建の名もあった。建の受賞の理由は「短歌創作と歌誌の発行による短歌界への貢献」であった。文化部野村由美子の署名で、五百字あまりの紹介文「強烈な前衛性は年を経ても健在」が顔写真とともに掲載されている。「作歌に子弟はありません。あくまで勉強しあう関係です」「命と死、それに通ずるエロスは今後も大きなテーマ」という建自身の言葉が紹介されている。贈呈式は五月二十八日。この日までは何としても、という思いが建に生きる希望を与えた。一日一日が時間との闘いであった。

しかし、五月九日の本部定例歌会には出席することができず、自宅での静養を余儀なくされた。外出は控えざるを得なかったが、かわりに水原紫苑の訪問をうけた。この日の建は思いのほか元気にしていたと、水原の案内役をつとめた新畑美代子がのちに教えてくれた。しかし、依然として目の離せない状況であることに変わりなかった。

五月十四日の夜、私の自宅に建の姉の雀部佐紀子から電話があった。校正を頼みたいので原稿を取りに来てほしいとのことである。九時前に春日井邸を訪問すると、玄関口では話ができないからといって、いつも編集作業をしている一階の居間に案内された。建もこの日はまだ起きていて、すぐ私に何か話しかけてきたのだが、発音が不明瞭で何を言っているのか聞き取ることができなかった。それを察知してか、建がこんなメモを私に渡した。

お呼びたてしました。ありがとう。このところ筆談しています。相手は普通に肉声で。でも岡嶋さんの場合、歯切れのわるい声を判じてもらえるかもしれないね。よろしく。歌（の校正）を大塚さんに（頼みました）。明日とりに来てくれます。文章を岡嶋さんに頼みました。

実はこのメモを読んだあとも私はその場の状況を充分に呑み込めないでいた。メモの内容より、建の表情を見た瞬間、「あっ」と心のなかで叫んでいたからである。頬はいちだんと痩け、言葉はほとんど聞きわけることができない。すっかり動転した私は、筆談を要するまでに悪化した病状を受け容れられずにいた。その意味で「岡嶋さんの場合、歯切れのわるい声を判じてもらえるかもしれないね」という建の希望的観測は裏切られていたのである。

状況を察した建の姉がすぐ間に入り、私たちの「仲介」をしてくれた。それでもしばらく話しているうちにだんだんと聞き取れるようになり、依頼内容のおおよそは理解できるようになった。自分の声が自分でももどかしいのか、建はときどき怒ったような、拗ねたような表情を見せた。内心私は、「これではもう二十八日の贈呈式は無理だろうな」と考えていた。それほど建の容態はきびしい段階に入りつつあった。頼まれた校正原稿というのは、国文社版「現代歌人文庫」の新版に収録されるはずの文章で、建自身の歌人論に加え、小池光や高野公彦らの春日井建論を集めたものであった。A４判の用紙で四十枚ほどもあったであろうか。短時間に仕上げなければならない作業であったが、喜んで引き受けた。くだんの作品集が『続・春日井建歌集』として出版されたのは年末の十二月三十日、亡くなってから半年以上も経ってからのことであった。

姉の佐紀子から電話のあったとき、正直、私はドキッとした。入院の知らせではないかと思ったからである。中日文化賞のときに新聞に出た写真は、左耳の下にガーゼのような白いものが見えるとはいえ、まだ表情に張りがあった。気力といってよいのかもしれない。しかし、この日の建はちがっていた。「幽鬼」といったおぞましい言葉が脳裏を掠めた。それほど建の容態は深刻であった。日によってずいぶん差があることだけが救いであった。

帰り際に、私は思いがけない贈り物を手にした。待望の『朝の水』が出来上がってきたのである。誰よりも早く手に取った自分が誇らしく、建とともに子どものようにその完成を喜んだ。じきに書店にも並ぶことになるが、建は帯の色が気に入らないと言って、もう一度刷り直しさせるつもりらしかった。私には帯の色などさほど問題ではないように思われた。作品だけが問題であった。帰宅後、そのことを新畑美代子に電話すると、「あの先生、本作りには強いこだわりがあるのよ」と言っていた。帯にこだわるのは、それだけの気力がまだ残っているというように考えることもできる。何か欲望をもつことが、生きていく上には不可欠なのであった。

二日後の五月十六日、「朝日新聞」コラム、大岡信の「折々のうた」が『井泉』の一首をとりあげた。


得がたくて失ひやすき時の間《ま》の微笑のやうなわかものに会ふ

評には、「ある人物のおもかげを言葉によってかたどろうとするときは、対象をどのように比喩で一気にとらえてしまうかに、成否がかかっている。その好例のような歌」とある。「対象の人物を直接描写するのでなく、彼を全体として包んでいるものの感触をぴたっと捉える」と続く。生前の建が読むことのできた自作への最後の批評であった。死がそこまで来ていた。

（三）黒峠

第九歌集『朝の水』の発行日は二〇〇四年五月十五日である。この頃の歌人の内面を知る文章に、「短歌」六月号の後記がある。建が書いた最後の散文で、会員たちは、編集部の私も含めて、これを六月初旬に遺稿として読んだ。いつもなら月末に書く後記を、二週間も早いこの時期に仕上げていたのは、やはり未来に対する漠然とした不安があったからだろう。

☆朝早く起きて、ベッドのある部屋の黄の革椅子に掛けて鉛筆をとった。この角度から見ると、隣の部屋というより一つの部屋といってもいいが、ウォーホールの黄色の太陽の額が斜め正面に見える。仕事机の黒革机が見え、そこに置いてある真紅の水さしが明けてくる朝の光のなかで、その色をくきやかにしている。観葉植物の緑、蘭の白、鮮烈な色調である。まして悩みのかけらさえない色感である。ここに掛けると幸福である。
☆窓をあけて朝風を入れた。風がある。長目に風を入れた。

痛みをあまり感じないと意識している。この意識がなければ幸福は完全なものになる。たとえ痛み止めをしていようと痛みの意識を忘れてはいない。以前はそれが当たり前だったのだ。あさって歌集『朝の水』が出来上がる。朝のいのち、完全な幸福に近い朝である。

そういえば歌集『朝の水』のなかにも「痛みを消せば明るすぎる街」というフレーズのある

歌を収めていた。
☆歌集の上梓は五月十五日。お読み頂けたら有難い。「短歌八十周年」を迎え、又母との永訣後の作品である。加療の日を歌った題材として「短歌」誌上に載せた作品の幾首かも収めてある。

「痛みを消せば明るすぎる街」というフレーズの歌の上句は、「こともなげに処方されたる薬あり」である。すぐ前の歌に、「断じて口にするなと思ふ薬あり季は小雪を過ぎて大雪」とあるから、モルヒネを使うかどうか、強い葛藤をかかえていたころの作である。それが最早、痛みをあまり感じないと意識している意識、その意識がなければ「幸福は完全なものになる」という。すでに薬が手放せないものになっていた。ここで建が「完全な幸福に近い朝」と書いているのはいつのことだろう。十四日の夜に私が呼ばれたときには歌集が出来上がっていた。「あさって歌集『朝の水』が出来上がる」とあるから、逆算すれば五月十二日か、一日あとの十三日の朝のことであろう。

それにしても、「完全な幸福に近い」とまで表現している朝の平安を、この時期の建が感じていたことに私は驚きを禁じ得ない。十四日夜の惨憺たる状況についてはすでに記した。最晩年の歌人の日常に、いっときといえどもこのような「完全な幸福に近い朝」の訪れがあったことの僥倖と恩寵を思わずにはいられない。痛みの意識さえ薄れ、すでに会話も儘ならなくなっていた、そんな状態で「完全な幸福」と書く歌人の内面の不思議さを思うのである。

ジャンセンの仮面行列《マスカレード》の人物に似てさびしきは痩面痩顔
ジャンセンの繊き描線ときとしてピアノ線となりて靭く打ちくる
耳のあたりもう一つ鼓動あるからに仮面のひととワルツを踊れ
ヴェネッチア、仮面行列《マスカレード》が行く埠頭金の灯白金の灯は列なりて
わが居間のジャンセンは書生のアトリエか貧しき机《き》を置けり椅子の傍に

同じ六月号に載った建の作品である。やはり五月中頃の作、いやこの頃の作歌ペースからすれば、もう少し早い時期の作品であったかもしれない。ジャンセンはジャン・ジャンセン（一九二〇―二〇一三）、アルメニアに生まれ、フランスで活躍した画家である。定期的にイタリアを訪れ、宗教行列や市場を題材にした風景画や人物画を残した。卓越したデッサン力を持ち、神経症的な描線を駆使した技法で現代の不安と苦悩を描いた。日本では一九九三年、安曇野に世界で初めての彼の美術館「安曇野ジャンセン美術館」が開館した。

ヴェネチアは建の眷恋の地、なかでも仮面行列《マスカレード》は彼のもっとも愛した風物のひとつで、自宅には現地で入手したマスクを並べるほどの執心ぶりであった。そのヴェネチアも、今では遥かに遠い追憶の都市でしかない。ジャンセンの繊き描線が、ときとして強靭なピアノ線のようになって作者の痩身を打ちつける。「痩面痩顔」と「もう一つ鼓動」といったあたりに病気が暗示されているが、その描写はきわめて抑制的である。「病気は現在の私の一つの属性に過ぎない」と書い

たのは、『朝の水』の「あとがき」においてであった。強がりのようにも読めるが、これもまた歌人の内面の真実、苦悩や不安を抱きながらも冷徹に自己や対象を詠もうとする姿勢にゆるぎはない。この一連五首が「短歌」に載った建の最後の作品となった。翌七月号に新畑美代子の周到な鑑賞（前月歌評Ⅱ）が載った。

五月十八日、私たちのながく怖れていた事態が出来した。建が入院したのである。定例の診察日に当たっていたこの日の朝、病院に行くため自家用車に乗り込もうとして倒れたのである。姉の佐紀子ひとりでは手にあまり、運転をあきらめて救急車で愛知医科大学付属病院に向かった。転んだときのケガはたいしたことがなかったが、即入院ということになってそのまま帰宅がかなわなかった。翌日の午後、前日にいち早く連絡をくれた編集部の新畑美代子とともに、私は病院の建を見舞った。病室に入った途端、私たちは息を呑んだ。あまりの痛ましさに言葉を失ったのである。建の口にはこれまで一度も目にしたことのない酸素吸入器が取り付けられていた。口をふさがれているので、会話は必然的に筆談ということになる。吸入器は四六時中付けていなければならないわけではなく、外して会話をしたり、食事をしたりすることも可能だが、外していてももう普通の会話が可能な状態ではなかった。スケッチ帳が用意されていた。鉛筆をもつ建の手が、得意の絵も交えてすらすらと動いた。「ボクは上手に転んだ」「体力がもうない。気力だけ」といった意味のことを繰り返し書いた。カラダをもう少し起こしてくれと言われたので、背中に手をやって支えたとき、その感触にふたたび絶句した。ゴツゴツした骨の感触から、もう気力だけで生きているということがよくわかる。ただ、このとき私たちは、建の命があと数日のうちに失われるとは思ってもみなかった。気力がまだ勝っていると感じられたからである。しばらくすると建はスケッチ帳に次の一首を記しはじめた。

黒峠とふ峠越えにき夜の峠椅子に腰かけ目をつむりつつ

このときの様子は、新畑美代子の「悲しみもまた非在なる——春日井建の最後の歌と絵」（「井泉」創刊号「春日井建追悼」）に詳しい。新畑はこう書いている。

「黒峠とふ峠」と書かれたので「あっ、葛原妙子ですね」と申し上げると、頷いてそのまま続けて書かれたのが、冒頭にあげた歌（掲出歌）です。

葛原妙子には『原牛』のなかに次の歌があります。特に先生がお好きな歌の一つで、カルチャーセンターの教室でもよく取りあげられた歌でした。

黒峠とふ峠ありにし　あるひは日本の地圖にはあらぬ　　葛原妙子

妙子の「黒峠」を下敷きにして書かれた先生の歌は、眠れない一夜をお過ごしになった時の様子を表現されたのでしょう。周囲が熟睡する、暗黒の帳に包まれて孤絶する真夜を「黒峠」に見たてて、椅子に腰かけ目をつむりながら、ある畏れを感じつつ、白み来る朝をむかえられたのだと思います。この時の先生にとっての「黒峠」とは、闇の中から自分にだけ迫って来ているような、表裏一体の生と死の象徴ではなかったでしょうか。

三句欠落の歌とか、「あるひは」の誤用（正しくは「あるいは」）の歌の例として挙げられることのある作だが、葛原妙子のこの「黒峠」をどう読むかについては、これまでさまざまな論者が、さまざまな解釈を試みてきた。地図には存在しない、しかし、作者の、あるいはこの歌の読者の心のなかにだけ存在する場所、そうした想像上の場所が黒峠であるといってよい。深夜の病室の闇のなかで、建は黒峠をたしかに越えたと実感したのだろう。生と死が表裏一体となった自分だけの黒峠、闇のなかのさらなる闇に眼を凝らす歌人の孤絶が痛々しい。新畑の筆は、歌人のその孤独感をあますところなく活写している。カルチャーセンターで建の助手をつとめ、葛原を含む多くの資料を作成した新畑ならではの感懐であろう。走り書きのようにして示されたこの歌が結局、建の最後の作品となった。「しかし、この時の私は、この歌が先生の最後の歌になるとは思いもしなかったのです」と新畑は書いているが、それは私も同様、意識ははっきりしているし、作歌に意欲を示すこと自体、生への執着がまだ死を寄せ付けていないことの証左のように思えた。当日の私の日記には、この歌を示されたときのことがこう記されている。

こんな状態になっても先生は、自分の状況を説明するのに葛原妙子の歌を挙げていた。この歌を私は記憶していなかったが、黒峠とは死と生の境界を表すメタファーなのだろう。こんな折にも歌を思っている先生を見て、最初の入院のときのことを思い出した。あのときも先生は死に直面して歌を思い、文学を思っていたのだった。エドマンド・ハレーの生没年を調べてくれ、と新畑さんに依頼したのも創作のためだった。歌人魂に徹している、というか何というか、これはもう物書きの業《カルマ》としか呼びようがない。今日は気が張っているせいか、倒れたときのことを何とか私たちに説明しようと一生懸命になっておられた。そうこうするうちに、佐紀子さんと先生、私たちふたりのいるところへ、東京から久仁子さんが駆けつけてきた。姉と妹のふたりの女性に囲まれて、先生も心強いことだろう。この姉妹の先生に寄せる情愛も並の家族愛ではない。「何か短歌のことでお手伝いのできることがあれば何時でも申し付けてくださ い」と言って病室を辞してきた。その後、下の喫茶室で新畑さんとしばらく話す。「もう退院できないのでしょうか」と私が訊くと、しばらく考えたあと、「おそらくダメなのじゃないかしら」という返事が返ってきた。思いつめたようなその声の低さに沈黙するほかなかった。

最初の入院が一九九九年の春、三月二十九日だった。それから五年あまりの歳月が流れている。あっという間に過ぎた五年間ともいえるし、長く苦しい五年間であったともいえる。「収穫」はまだ終わっていない。いや、終わっていないのではなく、生きることそのものが何かを生み出すことだったのである。

未定稿「日記」より

二〇〇四年五月二十二日（土）

先生が亡くなられた。十七時五十八分。

夕方五時前に竹村さんから電話があり、今朝意識を失くされたと聞き、しばらく迷った末、病院に行くことにした。ご親族が見守られるなか、私が到着した後三十分くらいで息を引き取られた。直前に荒川晃さんが来られ、「建さん、いいエッセイ集を出そうね」と耳元で言われたが、もう反応がなかった。荒川さんの声が届いたのか、その後十分もたたぬうちに、静かに息を引き取られた。六十五歳と五ヵ月の生涯だった。最後まで入院を拒まれたことが多少命を縮めることになったのではないかと思う。それでも姉妹の手厚い看護を得られたことも特筆してよい。死期を悟っておられたのか、入院前にすでに六月号の後記が出来上がっていたとのことであった。

長いような短いような五年間であった。癌が見つかって即日入院されたのは九九年の三月末であった。あの時と同じ病室で先生は亡くなられた。この間、ご本人はもとより、何度私たちは一喜一憂し、また苦悩してきただろう。思い切ろうとしても思い切れない命への執着。それは先生を囲む私たちの執着でもあった。いつかこの日が来ることを恐れつつ、そのいつかが今ではないことに安住していた愚かな日々。その日々はすみやかに過ぎ、気が付いてみると、先生はこの世の人ではなくなっていた。政子先生を悲しませずに逝かれたことがせめてもの慰めである。

春日井先生、安らかに眠って下さい。先生は亡くなられても、先生の歌は私たちのなかで生きています。たとえ私たちが死んでもその歌は後世の人々に受け継がれ、いつまでも人々の心のなかで生きつづけます。歌とは、文芸とはそういうものです。先生からいただいたものをこれからも心の糧として生きていこうと思います。

生涯の宿題です。この小詩型が、私たちの生をかくも力づけ、豊かにするものであることを、先生は身をもって私たちに伝えたのです。安らかに眠って下さい。荒川さんや□□□くんといった先生にとって最も大切な人々も最期を見守って下さったではないですか。さようなら、さようなら、さようなら。

五月二十五日（火）　葬儀の日の走り書きメモ
ふいに柩が運び出される方向に人波が動いた。
僕よりひと回り以上も若い女性会員が、いよいよの訣れにあとじさりしだした僕の腕をとり、「先生を送ってさしあげましょうよ」と言って僕を歩ませようとしたとき、こらえていたものがいっぺんに吹き出して身も世もあらぬ態に僕はおいおい泣き出したのでした。
先生、（以下空白）

あとがきに代えて

『評伝　春日井建』は、二〇〇五年一月に創立された井泉短歌会の会誌「井泉」二〇〇五年三月号（第2号）から二〇一四年三月号（第56号）までの九年間、五十四回にわたって憲治が連載したものである。春日井建の出生前後から時代を追って、死の直前まで筆が進む。「先生の死について書くのは、やはり辛い」というつぶやきを何回、口にしただろう。

二〇一四年は、五月に春日井建の没後十年となる燕忌を迎える年だった。憲治は二〇一四年五月号（第57号）の第五十五回を以て一応の区切りとし、連載開始後収集できた資料なども参考にしながら加筆して、一冊の本として世に出そうという気持ちを固めていった。第五十四回の入稿直後、二〇一四年二月二十七日、憲治は通勤途上の交通事故にて急逝する。

連載されてきた「評伝」をどうするか、不帰となった人に問うまでもないことだった。生きてあれば、そうしたであろうことをひとつひとつ実現していく。それが憲治であっても私であっても、答えは同じだと思った。こうして「評伝」の出版に向けて動き出したのである。

本書の出版に当たり、装幀に春日井建氏の写真の使用をご快諾くださいました森久仁子様、文化のみち二葉館の皆様、春日井建年譜の使用をご快諾くださいました喜多昭夫様、装幀の間村俊一様、短歌研究社の堀山和子様にひとかたならぬお世話をおかけしました。井泉短歌会の竹村紀年子様、彦坂美喜子様にも多大なお力添えをいただきました。厚くお礼申し上げます。

二〇一六年　五月　二十二日

故　岡嶋　憲治
妻　正恵

春日井建年譜

一九三八年（昭和十三）
十二月二十日、父春日井瀇《こう》、母政子《まさこ》の長男（姉・佐紀子《さきこ》、弟・郁《いく》、妹・久仁子《くにこ》）として愛知県丹羽郡（現江南市）布袋町大字小折《こおり》三九五六番地の一に生まれた。瀇は一八九六（明治二十九）年、名古屋市東区に生まれ、愛知五中から神宮皇學館本科に進み、皇學館在学中に「潮音」創刊に参加、太田水穂に師事した。一九二二（大正十一）年、創立された名古屋短歌会（のちに中部短歌会と改称）発行の「短歌」（一九二三年創刊）に第三号から出稿。政子は一九〇七（明治四十）年、東京浅草に生まれ、上野高等女学校卒業後作歌をはじめ、「青垣」に入会、大熊長次郎に師事した。一九三三年「短歌」同人となり、一九三六年春日井瀇と結婚。ともに最初の配偶者とは死別している。

一九四五年（昭和二十）　七歳
四月、愛知県布袋町立布袋国民学校に入学。前年三月に中部神祇学校校長となっていた瀇が、春に輜重兵少尉として三河足助《あすけ》の部隊に召集され、秋に帰還した。

一九四六年（昭和二十一）　八歳
十二月、瀇が「戦時中神職を養成したる廉」により教職追放となる。

一九四七年（昭和二十二）　九歳
三月、中部神祇学校が廃校となる。瀇は翌月から明治時計名古屋工場総務課課長として、五年間勤める。

一九五〇年（昭和二十五）　十二歳
三月、名古屋市千種区（現昭和区）曙町一の一八に転居。四月、名古屋市立吹上小学校六年に転入。

一九五一年（昭和二十六）　十三歳
一月、瀇が新年御歌会始預選となる。四月、名古屋市立北山中学校に入学。秋、父瀇のパージが解除される。

一九五四年（昭和二十九）　十六歳
四月、名古屋市立向陽高等学校に入学。
一九五五年（昭和三十）　十七歳
八月、濱が浅野保から「短歌」の編集発行人を引き継ぎ、主幹となる。毎月歌会が春日井家で開かれるようになる。翌月「短歌」九月号に六首、続いて十月号に七首、短歌が掲載される。
一九五六年（昭和三十一）　十八歳
六月、向陽高校の文芸同好会機関紙「裸樹」が創刊され、短歌、小説、詩を発表する。十月、「短歌」十月号に「堕天使」四十四首が掲載される。この年、石田武至（現日展評議員）の彫刻「若者」のモデルとなる。
一九五七年（昭和三十二）　十九歳
二月、「短歌」二月号に合同歌集『海中石』の批評「花咲く肉体」が掲載される。四月、南山大学英文科に入学。十月、「短歌」十月号に「金の糸」三十七首が掲載される。
一九五八年（昭和三十三）　二十歳
一月、日比野義弘らの「核ぐるーぷ」が創刊した短歌同人誌「核」に参加する。五月、「核」第三号に「氷跡」十首を発表する。八月、角川「短歌」八月号に編集長中井英夫の推輓により、「未青年」五十首が掲載され、注目を集める。十月、角川「短歌」十月号に「海の死」四十八首が掲載される。十一月、角川「短歌」十一月号に「生誕」百首が掲載される。月末、東京歌舞伎座「娘《むすめ》好《このみ》帯《おび》取池《とりのいけ》」（三島由紀夫作）上演の際、三島と初めて会う。十二月、塚本邦雄『日本人靈歌』の出版記念会で、塚本、寺山修司、山中智恵子と初めて会う。
一九五九年（昭和三十四）　二十一歳
一月、角川「短歌」一月号に「弟子」三十首が掲載される。四月、角川「短歌」四月号に「火蛇」五十首が掲載される。季刊文芸誌「聲」四月号（第三号）（丸善）に三島由紀夫「春日井建氏の歌」が掲載される。夏、荒川晃、浅井慎平らが創刊した「旗手」に参加し、四号（十一月）から短歌、詩、小説、戯曲を発表する。十月、角川「短歌」十月号に「血忌」三十首が掲載される。
一九六〇年（昭和三十五）　二十二歳
一月、「律」創刊号に「青春泥棒」十二首を発表する。四月、「旗手」五号に小説「舌状花」を発表する。六月、塚本邦雄、岡井隆らと「極」を創刊する。九月、第一歌集『未青年』（作品社）が刊行される。十七歳から二十歳までの三百四十七首を集めたもので、三島由紀夫が「現代はいろんな点で新古今集の時代に似てをり、われわれは一人の若い定家を持ったのである」と序文に記した。十二月、「旗手」六号に戯曲「少年指導者」を発表する。

一九六一年（昭和三十六）　二十三歳

この年、「朝日新聞」（名古屋本社版）の「短歌時評」を担当する。二月、角川「短歌」二月号に「人肉供物」三十首が掲載される。五月、「短歌」五月号に座談会「短歌の古さ・新しさ」が掲載される。九月、架空インタヴュー番組「啄木に聞く」（東海テレビ）で石川啄木役を演じる。十二月、角川「短歌」十二月号に「オルフェの罪」六十首が掲載される。

一九六二年（昭和三十七）　二十四歳

四月、角川「短歌」四月号に「交響詩『アメリカ』」四十首が掲載される。五月、ドラマ台本「遙かな歌・遙かな里——枇杷島由来」を書き、NHKテレビで全国放映される。「青年歌人合同研究会・初夏岐阜の会」に参加する。八月、「若い11」第五号（名古屋テレビ・現メ～テレのPR誌）に「ふるさとの民話」が掲載され、一九六三年七月の第十五号まで連載される。九月、「短歌」九月号に「街」六首が掲載される。このあと欠詠が続く。十月、「旗手」七号に詩「ジャン・ジュネ」が掲載される。「青年歌人シンポジウム・西日本合同神戸の会」に参加する。

一九六三年（昭和三十八）　二十五歳

二月、曙町から名古屋市千種区光ヶ丘に転居。角川「短歌」二月号に「燕のため悲哀のため」三十首が掲載される。五月、「旗手」八号に小説「植物」、詩「サド侯爵」を発表する。九月、「律」三号に「叙事詩・雪埋村へ……」四十首を発表する。十月、ディスクジョッキーとして「ナウ・イズ・ザ・タイム」（東海ラジオ）を受け持つ。秋、「青い鳥」二十首を書き、作歌活動に区切りをつける。十二月十四日、「朝日新聞」にエッセイ「加納光於と私」が掲載される。

一九六四年（昭和三十九）　二十六歳

二月、角川「短歌」二月号に「鬼」三十首が掲載される。四月、「旗手」九号に小説「お母さんの宝石」、詩「気ちがい兄弟のランプ」を発表する。七月、「名古屋タイムズ」にコラム「夕閑」が九月まで連載される。NHKラジオ小劇場「鬼が呼んでいる」が放送される。八月、「朝日新聞」にエッセイ「男の目」が十月まで荒川晃らと共同連載される。

一九六五年（昭和四十）　二十七歳

一月、「若い11」第三十三号に民話「失われた恋人たち」が同年十二月の第四十四号まで連載される。二月、「朝日新聞」（名古屋本社版）に「決別、新しい旅へ」が掲載される。七月、「朝日新聞」（同）にエッセイ「団地のうた」が九月まで連載される。

一九六六年（昭和四十一）　二十八歳

八月、「短歌」八月号に松田修歌集の書評が掲載される。

一九六七年（昭和四十二）　二十九歳

二月、「短歌」二月号に「短歌の潮流を展望する」が掲載される。「中日新聞」にて、瀇と「現代短歌の道——中部を語る」と題する対談を行なう。四月、角川「短歌」四月号に「無可有境の歌人（定家覚え書）」が掲載される。

一九六八年（昭和四十三）　三十歳

一月、『証言—佐世保'68.1.21』松田修編（創言社）に詩が掲載される。月刊情報誌「旅路」（国鉄・現JRのPR誌）のグラビアページに詩が連載され一九八八年の最終号まで二十一年にわたった。

一九六九年（昭和四十四）　三十一歳

五月、山路曜生《やまじようせい》の舞踏「薔薇道成寺」（国立劇場小劇場）の演出を手がける。九月、『現代結社代表歌人選集』（桜楓社）に「春日井瀇論」が所収される。

一九七〇年（昭和四十五）　三十二歳

三月、浅井愼平の写真集『STREET PHOTOGRAPH』（深夜叢書社、同年七月刊行）に解説「燕と島とアメリカと」を書く。七月、第二歌集『行け帰ることなく（『未青年』を併録）』（深夜叢書社）を刊行し、歌とわかれる。七月十七日渡米し、サンフランシスコ、ロサンゼルス、オレゴン州、ワシントン州に滞在し、カナダのバンクーバーに足を伸ばして、秋、名古屋に戻る。十月、「日本読書新聞」十月十九日号に三島由紀夫の『行け帰ることなく／未青年』書評」が掲載される。十一月、三島由紀夫が自衛隊市ヶ谷駐屯地で割腹自殺をする。一週間後エッセイ「青春に出会った人—三島由紀夫」を書き、「新潮」（新潮社）一九七一年一月臨時増刊号に掲載される。

一九七一年（昭和四十六）　三十三歳

一月、「短歌」一月号にエッセイ「秋から冬へ」が掲載される。四月、中日文化センターで「詩と短歌」の教室が開講される。一九九一年三月まで二十年間継続された。九月、月刊「中日文化センター」九月号にエッセイ「風の又三郎」が掲載される。

一九七二年（昭和四十七）　三十四歳

二月、NHKラジオFM芸術劇場（名古屋放送局・以下同）で「赤猪子《あかいこ》」が放送され、芸術祭参加作品となる。八月、中日新聞に「短歌鑑賞の手引き」を十一月まで連載する。

一九七三年（**昭和四十八**）　**三十五歳**

一月、『現代短歌体系9　寺山修司・春日井建・石川不二子・佐佐木幸綱』（三一書房）が刊行される。三月、ＮＨＫラジオＦＭ芸術劇場（名古屋）で「生きていたジェームス・ディーン」が放送される。四月、愛知女子短期大学（現名古屋学芸大学短期大学部）の非常勤講師となる。十月、演劇集団「ぐるーぷ鳥人」を創設し、旗揚げ公演「わが友ジミー」（春日井建作・荒川晃演出）を名古屋市今池の演劇喫茶「ターキー」で上演する。十一月、ＮＨＫラジオＦＭ芸術劇場（名古屋）で「ナウマン象の生きた日に」が放送される。

一九七四年（**昭和四十九**）　**三十六歳**

二月、初期作品集『夢の法則』（湯川書房）を刊行する。三月、ＮＨＫラジオＦＭ芸術劇場でミュージカル「気ちがいピアノの調律師」が放送される。七月、「ぐるーぷ鳥人」の第二回公演「お父さまの家」（荒川晃作・春日井建演出）を演劇喫茶「ターキー」で上演する。

一九七五年（**昭和五十**）　**三十七歳**

九月、ＮＨＫ中部本部ラジオ放送台本「舞台の客」を書く。「中日新聞」にエッセイ「日常の風景」を十月まで連載する。

一九七六年（**昭和五十一**）　**三十八歳**

一月、ＮＨＫラジオＲ１文芸劇場で「薄墨の桜」（宇野千代）の脚色を手がける。三月、濱が皇學館短期大学客員教授の職を辞す。九月、ＮＨＫラジオＲ１文芸劇場で「白夜」（ドストエフスキー）の脚色を手がける。

一九七七年（**昭和五十二**）　**三十九歳**

六月、現代歌人文庫『春日井建歌集』（国文社）が刊行される。七月、『現代歌人朗読集成』（大修館書店）に自作朗読が収録される。八月、ＮＨＫラジオＲ１文芸劇場「ロング・ロング・アゴー」（島尾敏雄）の脚色を手がける。九月、ＮＨＫラジオドラマ「海辺の午後」を書く。十二月、「短歌」が日本短歌雑誌連盟の優良歌誌として選ばれ、表彰式に濱、政子とともに出席する。

一九七八年（**昭和五十三**）　**四十歳**

三月、濱の第一歌集『吉祥悔過《きちじやうけくわ》』『海石榴《つばき》』、政子の歌集『丘の季』の出版記念会が開かれる。六月、画集『横尾龍彦集』（深夜叢書社）に解説「神秘家横尾龍彦氏の世界」を書き掲載される。十月、濱が心筋梗塞のため入院、十二月に小康を得て退院。

一九七九年（昭和五十四）　四十一歳

一月、濵が国立名古屋病院に入院。四月、NHKラジオで「旅行鞄の荷造りをするとき」が放送される。四月三十日、濵が心不全により死去。享年八十二。六月、「短歌」の編集発行人を引き継ぐ。「朝日新聞」（名古屋本社版）に「光る雲」十五首を発表する。七月、「短歌」七月号の巻頭に「表現の世界」が掲載される。十月、「短歌」春日井濵追悼号に『「吉祥悔過」以降六十首抄』を編む。

一九八〇年（昭和五十五）　四十二歳

二月、「短歌」二月号に「大鴉」十首が掲載される。「短歌現代」二月号に「歌人日乗」が掲載される。四月、岡井隆、斎藤すみ子らと超結社歌人集団「中の会」を創設し、発会記念ティーチインを行なう。五月、中部短歌会の創立五十八周年記念「短歌」全国大会を開催する。七月、中の会「会報No.1」に「乳の実の風土」を寄稿する。十一月、「中の会」主催「'80現代短歌シンポジウム〈熊本〉――〈私〉とは誰か」が開催され参加する。十二月、「短歌現代」十二月号に「帰宅」二十五首が掲載される。

一九八一年（昭和五十六）　四十三歳

二月、「朝日新聞」（名古屋本社版）にコラム「東海詞華集」を翌年二月まで連載する。八月、「中の会」主催「'81現代短歌シンポジウム〈名古屋〉――現代のみえる場所」が開催され参加する。「短歌研究」八月号に河野裕子と対談「一九六〇年代の成果と現在」が掲載される。九月、月刊「中日文化センター」（のちに「ふおうらむ」と改題）に「現代短歌入門」を連載、八五年三月まで四十二回にわたった。十月、中部短歌会の創立五十九周年記念「短歌」全国大会（伊勢）を開催する。「短歌研究」十月号に前田透との対談「短歌に対する方法意識」が掲載される。

一九八二年（昭和五十七）　四十四歳

二月、名古屋市芸術賞奨励賞を受ける。四月、「中の会」総会で演題「形と心」を講演する。シンポジウム「春日井建研究」が同時開催される。五月、新聞の取材旅行でヴェニスとヘルシンキを訪れる。八月、「中日新聞」にエッセイ「失うということ」が掲載される。十月、中部短歌会の創立六十周年記念「短歌」全国大会（名古屋）を開催する。十一月、「中の会」主催「'82現代短歌シンポジウム〈東京〉――ただよう家族」のパネリストを務める。「短歌」十一月号に「砦――三島由紀夫に献ず」十五首が掲載される。十二月、『東海詞華集』（大和書房）が刊行される。

一九八三年（昭和五十八）　四十五歳
三月、「短歌」が昭和五十七年度愛知県芸術文化選奨・文化賞を受ける。五月、寺山修司死去。「中の会」主催「シンポジウム――女・たんか・女」を開催する。七月、角川「短歌」七月号「寺山修司追悼」に「帆はかがやきて過ぐ」が掲載される。八月、「短歌現代」八月号に追悼文「時の果実――寺山修司の作品空間」が掲載される。中部短歌会の創立六十一周年記念「短歌」全国大会（恵那）を開催する。

一九八四年（昭和五十九）　四十六歳
八月、中部短歌会の創立六十二周年記念「短歌」全国大会（名古屋）を開催する。十一月、第四歌集『青葦』（書肆風の薔薇）が刊行される。「中の会」主催「'84現代短歌シンポジウム〈名古屋〉――短歌vs.劇」を開催し、「新・病草紙」（寺山修司作・春日井建構成）を上演する。

一九八五年（昭和六十）　四十七歳
一月、「読売新聞」（中部版）短歌欄の選者となる。四月、愛知女子短期大学人文学科国語国文学教授に就任する。「中の会」総会で演題「晶子とらいてうの歌」を講演する。九月、短歌研究新人賞（短歌研究社）の選考委員となる。この後、八七年～八九年、九一年と継続される。十月、中部短歌会の創立六十三周年記念「短歌」全国大会（名古屋）を開催する。

一九八六年（昭和六十一）　四十八歳
十月、中部短歌会の創立六十四周年記念「短歌」全国大会（鎌倉）を開催する。

一九八七年（昭和六十二）　四十九歳
一月、「現代短歌　雁」（雁書館）創刊号で特集され、自筆年譜が掲載される。※五月、俵万智『サラダ記念日』（河出書房新社）刊行。六月、「中の会」と「ゆにぞん」の共催で「短歌フェスティバル・イン・豊橋―ライト・ヴァース再考」を開催、参加する。八月、中部短歌会の創立六十五周年記念「短歌」全国大会（名古屋）を開催する。十一月、「短歌研究」に「歌の見える場所」が掲載される。

一九八八年（昭和六十三）　五十歳
四月、NHK教育テレビ「短歌入門」の講師となり、一九九〇年三月まで継続する。「中の会」総会で演題「作品の〈読み〉について」を講演する。八月、「歌壇」（本阿弥書店）八月号に「消失点《バニシング・ポイント》」が掲載される。自宅建て替えのため、名古屋市近郊の仮寓に引っ越す。中部短歌会の創立六十六周年記念「短歌」全国大会（岐阜県岩村町）を開催する。十月、中部短歌会の月例歌会開催場所が春日井邸から長円寺会館（名古屋市中区）となる。

一九八九年（平成元）　五十一歳

二月、新居に引っ越す。八月、濵の歌碑が高座《たかくら》結《むすび》御子《みこ》神社（名古屋市熱田区）に建立され、除幕式が行なわれる。中部短歌会の創立六十七周年記念「短歌」全国大会（名古屋）を開催する。

一九九〇年（平成二）　五十二歳

一月、「中日新聞」にエッセイ「思い出の背景」全四回が連載される。四月、「中の会」総会で演題「私の位置」を講演する。「歌壇」四月号に「水際にて」が掲載される。七月、角川「短歌」七月号に「アレキサンダーの鏡」が掲載される。八月、中部短歌会の創立六十八周年記念「短歌」全国大会（名古屋）を開催する。十月、「中の会」十周年記念「’90現代短歌シンポジウム〈名古屋〉フェスタ・イン・なごや—現代短歌’90ｓ」を開催する。十二月、愛知女子短期大学附属東海地域文化研究所のシンポジウム「中京文化とは何か—近世から現代へ」で「中京の詩歌—近世と近代」の報告をする。

一九九一年（平成三）　五十三歳

四月、「中の会」の終会集会を開き解散する。六月、「短歌四季」（東京四季出版）八号が春日井建アルバムを組む。※この取材のため岡嶋憲治が春日井邸にインタヴューに出かける。「菫」（愛知女子短期大学文集）第七号（四月七日刊）を手渡される。八月、「短歌往来」（ながらみ書房）八月号に「欲望の法則」二十一首が掲載される。十二月、日本社会文学会国際交流名古屋研究大会で「岡井隆について—〈ナショナリストの生誕〉を中心に」の報告をする。中部短歌会の創立六十九周年記念「短歌」全国大会（京都）を開催する。

一九九二年（平成四）　五十四歳

この年、中部日本歌人会の委員長に就任。五月、「短歌研究」五月号に「ボタン」九首が掲載される。六月、角川「短歌」六月号に「幸運」二十一首が掲載される。十一月、中部短歌会の創立七十周年記念「短歌」全国大会（名古屋）を開催する。「短歌　七十周年記念特集号」が参加者に配布される。

一九九三年（平成五）　五十五歳

一月、「短歌研究」の作品季評のコーディネーターとなる。二〇〇三年七月まで十二回、断続的に担当する。三月、平成四年度愛知県芸術文化選奨文化賞を受賞。四月、「いきいき中部」（建設省・現国土交通省の中部地方建設局ＰＲ誌）に巻頭詩が連載され、二〇〇二年三月まで百回余にわたった。六月、「歌壇」六月号に「楊柳」が掲載される。十一月、中部短歌会の創立七十一周年記念「短歌」全国大会（名古屋）を開催する。
一九九四年（平成六）　五十六歳
三月、「歌壇」三月号に「夜景」が掲載される。九月、角川「短歌」九月号に「on the edge」十四首が掲載される。十一月、中部短歌会の創立七十二周年記念「短歌」全国大会（名古屋）を開催する。
一九九五年（平成七）　五十七歳
五月、「短歌研究」五月号にエッセイ「今に今を重ねて」が掲載される。同号に「彫刻」七首が掲載される。十一月、中部短歌会の創立七十三周年記念「短歌」全国大会（岐阜）を開催する。
一九九六年（平成八）　五十八歳
七月、「歌壇」七月号に「汀線」が掲載される。十月、中部短歌会の創立七十四周年記念「短歌」全国大会（名古屋）を開催する。
一九九七年（平成九）　五十九歳
三月、「短歌研究」三月号に作品連載第一回「朝寒」三十首が掲載され、一九九九年二月号の第八回まで続く。四月、愛知女子短期大学附属東海地域文化研究所の所長に就任、一九九九年三月まで務める。六月、「短歌研究」の作品連載第二回「バース行」三十首が掲載される。八月、角川「短歌」八月号に「高原抄」二十一首が掲載される。九月、「短歌研究」九月号に作品連載第三回「白雨」三十首が掲載される。九月、イギリス、イタリアへ旅行。十月、中部短歌会の創立七十五周年記念「短歌」全国大会（名古屋）を開催する。十二月、季刊「現代短歌　雁」四十号に「リド島即事」二十五首が掲載される。
一九九八年（平成十）　六十歳
一月、「短歌研究」一月号に作品連載第四回「塩の山」三十首が掲載される。以後、四月、四月号に第五回「祝意」、七月、七月号に第六回「風位」三十首が掲載される。八月、角川「短歌」八月号に「忘れ潮」二十一首が掲載される。九月、第三十四回短歌研究賞を受賞し、授賞式に出席。「短歌研究」九月号に受賞後第一作として「記念写真」五十首が掲載される。十月、「歌壇」十月号に「夏の空」三十首が掲載される。「短歌研究」十月号に作品連載第七回「秋の水」三十首が掲載される。十一月、中部短歌会の創立七十六周年記念「短歌」全国大会（名古屋）を開催する。
一九九九年（平成十一）　六十一歳
二月、「短歌研究」二月号に作品連載第八回「新月」三十首が掲載される。三月、角川「短歌」三月号に「春の雪」二十一首が掲載される。三月二十九日、中咽頭部に癌が見つかり、即日入院。抗癌剤と放射線による治療が開始される。五月、「短歌研究」五月号特集「意外な関係—伝記からぬけ落ちたもの」に新作七首と短文が掲載される。八月、退院。九月、第七歌集『白雨』(短歌研究社)が刊行される。十一月、第六歌集『友の書』(雁書館)が刊行される。中部短歌会の創立七十七周年記念「短歌」全国大会(名古屋)を開催する。NHK全国短歌大会(東京)で選者を務める。

二〇〇〇年(平成十二) 六十二歳

一月、「短歌研究」特集「短歌〈創作語辞典〉」に「寺山修司の創作語」が掲載される。翌月にも連載。角川「短歌」新年号にエッセイ「カレンダー」が掲載される。四月、歌集『白雨』『友の書』により第二十七回日本歌人クラブ賞と第三十四回迢空賞を受賞。「短歌往来」四月号に編集長(及川隆彦)のインタヴュー「短歌的叙情の復権」が掲載される。NHKテレビ(名古屋)「おしゃべりランチ」の短歌番組を担当する。五月、愛知女子短期大学教授を退任し、名誉教授となる。六月、第五歌集『水の蔵』(短歌新聞社)が刊行される。日本歌人クラブ賞・迢空賞の受賞祝賀会が開かれる。月末、抗癌剤治療のため短期入院。角川「短歌」七月号に「夜見」三十二首が掲載される。八月、「短歌現代」(短歌新聞社)八月号に「歌人日乗」が掲載される。九月、「国文学」(學燈社)にエッセイ「三島さんと私—四十年前、そして今」が掲載される。十月六日、上咽頭部に癌の転移が認められ、余命一年と告知される。免疫治療が開始される。十月、「すばる」(集英社)十月号の特集「三島由紀夫没後三十年」に「世外の人をめぐる断章」が掲載される。日本歌人クラブ東海ブロックと中日歌人会の共催で「二〇〇〇年あいち短歌大会」を開催する。十一月、中部短歌会の創立七十八周年記念「短歌」全国大会(名古屋)を開催する。

二〇〇一年(平成十三) 六十三歳

一月、秋田県の玉川温泉に湯治。四月、角川「短歌」四月号に「雪とラヂウム」二十六首が掲載される。「歌壇」四月号に「井泉」五十首が掲載される。五月、抗癌剤治療のため再入院。六月末に退院。八月、玉川温泉に再び湯治。十一月、愛知県教育表彰文化功労賞を受賞。十二月、中部短歌会の創立七十九周年記念「短歌」全国大会(名古屋)を開催する。十二月二十三日、母政子が急性心不全により死去。享年九十四。

二〇〇二年（平成十四）　六十四歳

二月、「短歌」二月号に「挨拶」十首が掲載される。四月、NHK教育テレビ「NHK歌壇」の講師となる。二〇〇三年三月まで継続する。五月、「短歌」「春日井政子追悼号」を編む。「短歌研究」五月号に「恋の思い出」が掲載される。七月、「短歌」七月号に「加古樟花追悼特集」を編む。九月、「短歌研究」九月号に短歌研究新人賞の選考委員として出席した選考座談会が掲載される。十一月、中部短歌会の創立八十周年記念「短歌」全国大会（名古屋）を開催する。第八歌集『井泉』（砂子屋書房）が刊行される。「短歌　八十周年記念特集号」を編む。「歌壇」十一月号に「天蓋花」二十首が掲載される。年末、中耳炎に罹り、手術。

二〇〇三年（平成十五）　六十五歳

三月、「短歌朝日」（朝日新聞社）に「シャツ」三十首が掲載される。五月、短歌研究文庫『春日井建歌集』（短歌研究社）が刊行される。十一月、日本歌人クラブの第四回国際交流「日・タイ短歌大会」のためタイ・バンコクを訪れ、「三島由紀夫と私と短歌」という題で記念講演を行なう。

二〇〇四年（平成十六）

一月、中部短歌会の創立八十一周年記念「短歌」全国大会（名古屋）を開催する。二月、角川「短歌」二月号に「タンタロス」二十六首が掲載される。三月、中日新聞にインタヴュー記事「春日井建さんに聞く―『中部の文芸』短歌担当を終えて」が掲載される。五月、第五十七回中日文化賞を受賞。第九歌集『朝の水』（短歌研究社）が刊行される。五月二十二日、中咽頭癌のため死去。享年六十五。六月、現代短歌文庫『春日井建歌集』（砂子屋書房）が刊行される。八月、「現代詩手帖」特集版『春日井建の世界―「未青年」の領分』（思潮社）が刊行される。「短歌研究」八月号で「追悼春日井建」が特集される。九月、角川「短歌」九月号で「追悼春日井建」が特集される。十月、生前編集していた、春日井政子遺歌集『細波《さざなみ》』（短歌研究社）が刊行される。十二月、現代歌人文庫『続・春日井建歌集』（国文社）が刊行される。

二〇〇五年（平成十七）

一月、「井泉」（井泉短歌会）創刊号が刊行される。「春日井建追悼」を特集。十月、遺稿エッセイ集『未青年の背景』（雁書館）が刊行される。

二〇一〇年（平成二十二）

五月、『春日井建全歌集』（砂子屋書房）が刊行される。

二〇一四年（平成二十六）
五月、詩集『風景』（人間社）が刊行される。名古屋市文化のみち二葉館にて「春日井建の世界——没後10年、その軌跡をたどる——展」が開催される。

本年譜は、「現代短歌　雁」創刊号（一九八七年一月）に掲載された春日井建による自筆年譜と、『春日井建全歌集』（二〇一〇年）に掲載された喜多昭夫編の年譜をもとに、その後、明らかになった項目を加筆修正して作成したものである。
（岡嶋憲治編、岡嶋正恵補）

『未青年』収録歌異同対照表

岡嶋正恵作成

作品社から刊行された第一歌集『未青年』（のち短歌新聞社文庫『未青年』に誤植などを修正して収録）はその後、『行け帰ることなく』（のち短歌研究文庫『春日井建歌集』に収録）に編成をかえて併録され、その後国文社の現代歌人文庫『春日井建歌集』（のち本書を底本として『春日井建全歌集』に収録）に（全篇）として、ほぼ、作品社版に戻す形態で収録された。その都度収録作品数ならびに編成・表記に異同がみられる。本書では、参考資料として、大きな異同を対照表として付記する。

◇各章ごとにまず構成の異同を、破線の後に歌の表記のみ異同を記した。
◇全歌集、短歌研究文庫に収録されている作品は原則として初句および二句を記した。
◇章をわたっての異同で、しかも表記についても異同のある場合は変更後の位置に前表記を併記し、その後の異同についてはその下欄に表記と変更後の章を記した。
◇歌の配列順、送り仮名、振り仮名の異同については言及していない。

初版（作品社、一九六〇年）、 **短歌新聞社文庫**（二〇〇〇年） **三百四十七首**	**『行け帰ることなく』**（深夜叢書社、一九七〇年）、**短歌研究文庫**（二〇〇三年） **三百五十首**	**現代歌人文庫**（国文社、一九七七年）、 **全歌集**（砂子屋書房、二〇一〇年） **三百五十二首**
緑素粒　四十首	**緑素粒**　六十首 ・「序」の前に置いた詞章「少年だったとき」を章題「緑素粒」のあとに段落分けをせず置く。 ・次の一首を削除。 旧約を ・「奴隷絵図」「弟子」から十六首、他に五首を加えて、構成をかえて	**緑素粒**　四十首 ・構成を作品社版に戻し、『行け帰ることなく』版で加えた五首について、⑬は「奴隷絵図」、⑮は「火柱像」へ移し、③、⑯、⑰は『行け帰ることなく』版のみに収録。

六十首にする。	
①太陽の金糸に狂ひみどり噴く杉を描きしゴッホを愛す（「弟子」「ゴッホ忌あつし」より）	ゴッホ忌あつし（「弟子」に戻る）
②油絵を（「弟子」より）	
③泥汗を	
④火の剣のごとき夕陽に跳躍の青年一瞬血ぬられて跳ぶ（「奴隷絵図」「飛ぶ」より）	飛ぶ（「奴隷絵図」に戻る）
⑤終焉の（「奴隷絵図」より）	
⑥跳躍の（「奴隷絵図」より）	
⑦子を生みし（「奴隷絵図」「産みし」より）	産みし
⑧青竹の（「弟子」より）	
⑨くちびるに（「弟子」「唇びるに」より）	唇びるに
⑩聖火リレーの（「奴隷絵図」より）	
⑪夕映えの街を暴走する自動車《くるま》（「弟子」「車」より）	車
⑫夕焼けて金いろの沼の（「弟子」より）	
⑬星宿の	
⑭石を擲《なげう》つ（「弟子」より）	
⑮市《まち》のなか	
⑯心臓が灯れるごとく	
⑰湯にひたり首に菖蒲の	
⑱愛などと（「奴隷絵図」より）	
⑲雨やみて（「弟子」より）	

	⑳雨だれのしたたる樹幹黝みて（「弟子」「黝ずみて」より） ㉑青白き（「奴隷絵図」より）	黝ずみて
聖夜劇のわれの脚本十七才の火急な恋が汝がためひそむ 埴輪青年のくらき眼窩にそそぎこむ与へるのみの愛はつめたく 月舟が宙ゆく明日の世代よりとりのこされし転落の詩よ	十七歳 愛はむなしく 宙をゆく明日は何ならむ若きひとりの性をよむ歌	十七歳 愛はつめたく 宙ゆく明日の世代よりとりのこされし転落の詩よ
水母季　四十首	**水母季**　四十首 ・次の二首を削除。 海峡をたどればアンネの隠れ家が血紅に顕ちて空は焼けたり 水鳥がしろき航路をひく夏も海図に黒き孤島テニヤン ・「雪炎」から次の一首を加える。 少年の眼が青貝に似て恋へる ・次の一首を加える。 孤島テニヤン	**水母季**　四十首 ・構成は『行け帰ることなく』版と同じ。 恋ふる
海草の花芽ふふみて恋ひやすき胸に沁みゐる舟唄を聴く 内股に青藻からませ青年は巻貝を採る少女のために 紫の流紋をゑがく海の崖切り	沁み入る 採る　少女	沁みゐる 採る少女

立てり君なき胸きりたてり	きりたてり	切り立てり
奴隷絵図　四十首	**奴隷絵図**　三十首 ・「緑素粒」に採られた七首と次の五首を削除。 ①太股を ②相抱く ③半獣の ④父の抽斗 ⑤悦楽の流れわたしをにんげんになししばかりか愛欲を強《し》う ・次の二首を加える。 若き母夢みしわれの朝ふかく李朝の壺に揺るる藤の房 黒皮服を脱がむとせしが吐く息の肉じみて狼の族なるわれよ	**奴隷絵図**　四十首 ・構成は作品社版とほぼ同じ。次の一首を削除。 ⑤悦楽の ・『行け帰ることなく』版の「緑素粒」から次の一首を加える。 星宿の
エジプトの奴隷絵図の花房を愛して母は年わかく老ゆ 髪きつく捲るばかりに有頂天に生きてみづみづと孵化しゆく少年の渇を知れ父母《ちちはは》は	奴隷絵図 毟る 人らは知らず	奴隷絵図 捲る 人らは知らず
雪炎　四十首	**雪炎**　四十首 ・「水母季」に採った一首を削除し、「兄妹」から次の一首を加える。	**雪炎**　四十首 ・『行け帰ることなく』版で加えた次の一首を削除。 水しぶく

	水しぶく寒中水泳の青年は視界より消えてわが火蛇《サラマンダー》	・次の一首を加える。 ことばなど失ひはてむ日がくると仰げり小暗く雪の舞ふ空
雪やみて気泡ばかりの空のなか硬き恋慕も熟れると思ふ	熟れる	熟るる
頬あつく抱かれゆくときよみがへる土人形を粘りし童子期	練《ね》りし	練《ね》りし
だみ声のさむき酒場に吊られゐて水牛の角は夜ごと黝ずむ	黝む	黝ずむ
カットグラス白くかたむき人の愛もたねば崩れる胸に満つ液	崩るる	崩るる
夜空には骨片のごとく見てをらむ不眠の窓をよぎる雪粒	不眠の	不眠の
弟子　四十首	**弟子**　三十首 ・「緑素粒」に採った九首と次の一首を削除。	**弟子**　四十首 ・構成は作品社版に同じ。
無花果が紫の葉陰つくる凶事が酔はせゐる街あらむ	無花果が	丘あらむ
嗜虐のことば貯《た》めし唇びる生き生きと囚はれの身に放つを待てり	くちびる	唇びる
火柱像　四十首	**火柱像**　四十首 ・次の一首を削除。歌集『夢の法則』に収録。	**火柱像**　四十首 ・『行け帰ることなく』から次の一首を削除。

	独身寮の粗き土壁に青年のシャツ灰いろの影が干からぶ ・次の一首を加える。 黴花のごとき陰語をなげやりに君は吐く雨季に出所せしより	黴花の ・『行け帰ることなく』「緑素粒」から次の一首を加える。 市《まち》のなか
過ぎ越しの月日痛むと古びたる馬券さきつつ鳴らす指笛敗徳狂と呼ばれゐる背に陽の縞は揺らぐ焙られてやがては死なむ	旅券 背徳狂	旅券 敗徳狂
血忌　四十首 太陽牌《タイヤンパイ》売りゐし王《ワン》と母に聞く育ちてあはれはたちの夜にきりきりと薤歌《かいか》吸はるるむらさきの卍うず巻きゆく雲の奥（短歌新聞社文庫では「うづ巻きゆく」）	**血忌**　四十首 はたちなる日に うづ巻きゆく	**血忌**　四十首 はたちの夜に うず巻きゆく
兄妹　三十二首	**兄妹**　三十首 ・「雪炎」に採った一首「水しぶく」と次の一首を削除。 冬川の柩となりて流れゆくうすき浮氷をうちて泳げり	**兄妹**　三十二首 ・構成は作品社版に同じ。
少女よ下婢となりてわが子を宿さむかあるひは凛々しき雪	あるひは	あるひは

女なれ（短歌新聞社文庫では「あるいは」） 酔ひつぶれ近づきゆけば曲面鏡わが影をみにくくひろげて澄めり	**洪水伝説**　三十五首	方舟より呼びあふ声すわが名古屋ソドム死に〈生めよ増殖《ふや》せよ地に満てよ〉 水ひかぬ路地の露店に骰子を振るわが欲望《イアンクス》の鳥の泥光る手よ 水没の闇にひしめけさはやかに光りて悪徳商人の眼は
酔ひどれて	**大洪水**　四十首 ・章題を変更し、次の五首を加える。 蹌踉と歩めるは魔か水皺《みじわ》寄る汀をたどる誰かうしろ影 芬芬と潮のこもる闇の奥へひとすぢつづく汀線の白 風の手に襟首つかまれ歩みゆく堕天のこころ悲しみながら 叫びたるいまはの声は集りて水の伽藍へ呑まれゆきたり 無尽数の白兎がとべる波がしら大洪水の後も騒ぎたつ	殖《ふや》せよ 欲望《イアンクス》鳥の 昨日の死者たち
酔ひつぶれ	**洪水伝説**　四十首 ・章題を作品社版に戻し、構成は異るが収録歌は『行け帰ることなく』版と同じ。	増殖《ふや》せよ 欲望《イアンクス》の鳥の 昨日の死者たち

夜光針を壁よりはづす十四才の甥の水死の刻《とき》九時五分

はづせり十四歳の

はづせり十四歳の

著者略歴

一九五三年　愛知県名古屋市に生まれる
一九八〇年　中部短歌会に入会
一九八八年　短歌賞新人賞（中部短歌会）を受賞
一九九二年　短歌賞（中部短歌会）を受賞
一九九七年　「短歌」の編集に加わる
二〇〇四年　春日井建の死去により中部短歌会を退会
二〇〇五年　井泉短歌会創立に加わる　「井泉」編集委員となる
　　　　　　創刊号を「春日井建追悼号」とし、次の三月号から春日井建の「評伝」を連載
二〇一四年　交通事故にて急逝

検印
省略

井泉叢書第二〇篇

二〇一六年七月十八日　印刷発行

評伝　春日井建

定価　本体二七〇〇円
（税別）

著　者　岡嶋《おかじま》憲治《けんじ》

発行者　堀山和子

発行所　短歌研究社

郵便番号一一二―〇〇一三
東京都文京区音羽一―一七―一四　音羽YKビル
電話〇三（三九四四）四八二二・四八三三
振替〇〇一九〇―九―二四三七五番

印刷者　豊国印刷
製本者　牧　製　本

ISBN 978-4-86272-496-0　C0095　¥2700E